自転しながら公転する

Spinning Around My Whirl by Fumio Yamamoto

山本文緒

新潮社

自転しながら公転する

写真　コハラタケル
装幀　新潮社装幀室

プロローグ

今日私は結婚する。

書類上ではまだ煩雑な手続きが残っているが、今日これから結婚式を挙げ、今夜から彼の部屋で暮らすことになる。

不安がないわけではない。むしろ考えれば考えるほど不安しかないような気がする。だが、新しい渦に飛び込む決心の炎は、青く静かに燃えていた。

ウェディングドレスに憧れたことなどなかった。

しかしいま私はスーツケースから取り出した白いドレスを着た。ヘアメイクをしてもらい、髪に生花を飾ってもらうと、鏡の中の自分は見違えるようで、この世にドレスという衣服があることの意味を初めて知った。

この衣装はネットのレンタルサイトで安いものを借りた。家で試着してみたときは子供のお遊戯会みたいだと笑ってしまったのだが、こうして五つ星ホテルの控室で着ると、何やら高級なドレスにも見える。しかしそれは母が贈ってくれた美しいベールのおかげかもしれない。

ヘアメイクの男性は現地の人で、私の肌の白さを褒め称えた。メイクなど必要がないほどあなたの肌は透明で美しい、早朝に開きはじめた蓮の花のようだと言った。容姿のコンプレックスを持て余してきた私だが、外国の人に言われると現実感がないせいか素直に受け止められた。

そのとき扉を薄くあけて、アシスタントらしき青年が何か慌てたような口ぶりで声をかけてきた。彼は小さく舌打ちすると、ごめんね、すぐ戻ってくるからと早足で外に出て行った。

私はメイクルームにひとり、取り残された。

ＢＧＭもかかっていないし、外の音も聞こえない。これ程の静寂に包まれるのは久しぶりで、鏡の中の私は情けないほど戸惑いの表情を浮かべていた。

沈んだ空気の中にひとりで座る、自分の姿を見つめた。

ベトナム人の恋人と結婚を決めてから、慌ただしく大騒ぎの日々を駆け抜けた。やっと式の日を迎えたが、これは本当に現実なのか実感がいまひとつ湧いてこない。

三日前に両親と共に日本を発った。

私はわりとどこでも眠れる性質で、日本とベトナムを往復する飛行機の中で眠れないことなど一度もなかった。乗り慣れているはずの航路なのに、思った以上に緊張しているのかまったく寝付けなかった。

暗い機内で、窓のスクリーンをクリアにするボタンに触る。すると目の前に深い群青色の空が広がった。宇宙的な青だ。遠くの水平線はかすかに丸みを帯びている。薄い雲が地球に貼りつくように漂い、その切れ間から陸地が見えていた。

来たよ、と私は心の中で言った。

育った国を発って、慣れ親しんだ生活を捨てて飛んできたよ。よろしくね、よろしくね、と繰り返し胸の内で呟いた。

私が日本から持ってきたものはごく少ない。パスポートとアプリの入っている端末、普段はいているジーンズ、シャツとワンピース、下着が数組、スニーカーとサンダル。それ以外の必要なものはこれから揃えるつもりだが、身軽なほうが好きなので持ち物はあまり増やしたくない。

新しい生活に向かう期待は大きいが、裏側には同じ大きさの心細さがあった。

式の前にふいにひとりきりにされ、鏡の中の自分がみるみる青ざめていくのがわかった。恐い。断崖絶壁の細い尾根に立っているような強烈な不安が湧き上がってきた。

思わず立ち上がり、窓辺に寄った。古いタイプの窓の鍵を苦労して開けると、細く開けた窓から熱い空気が雪崩れ込んできた。

クラクションの高い音が遠くに聞こえ、かすかだが硝煙のにおいが漂ってくる。目の前はコロニアルスタイルの中庭だが、建物の向こうは喧騒と原色が溢れるホーチミンの街だ。

今日の最高気温は四十度を超えると聞いた。東京だったらこんな日は誰も外を歩いていないのに、こちらの人々は平気な顔で街を歩き回ってざわめきを作り出していた。

そこで背後のドアが開く気配がして、振り返るとそこには母が立っていた。

「あら、窓なんか開けてどうしたの?」

今日の母は祖母から譲り受けたという黒留袖を着ていた。裾に控えめに松竹梅の刺繍があるだけの着物はやや地味だが、いつもの若作りすぎる服よりも年相応で似合っているように見えた。

私は曖昧に首を振って窓を閉めた。母は何も言わず、上から下まで舐めるように私を見た。

昔から何度もこの視線に晒されてきた。母は毎日のように私の衣服をチェックし、Tシャツとジーンズといった簡素な恰好のときでも、サイジングがどうとか流行りがどうだとか言った。

「すごく綺麗にできたわねえ」

否定の言葉を浴びせられるかと思いきや、母はそう言った。

「ベール、ぴったりじゃない。あー、フランスから取り寄せてよかったわー。ね、ママの言う通りでしょ。本当にきれいなアンティークレース」

母がうっとりとそう言うので、私は思わず笑ってしまった。

でも笑ったことで、すり寄ってきた得体のしれない恐怖は部屋の中に霧散していった。

真っ白なウェディングドレスを着て、私は教会のステンドグラスを見上げている。隣にはベトナム人の恋人が笑顔で立っている。

彼はいつも楽しそうな顔をしている。仕事がつらいときも、悲しみに暮れているときでも、静かに笑っているような人だ。明るいというよりは、若いのに何故か老成しているようなところがあった。

日本で働いていた彼と出会って、いつの間にか付き合いだした。彼の帰省に合わせて初めてこの国に遊びにきたとき、私は彼のバイクの後ろに乗って田舎道を走った。

あのときを境に、すべてが変わった。それまでの曖昧に揺れていた自分の人生が、はっきりとしたベクトルを持った。

大きなスクーターにふたりで乗って、風を切り、焼けるような熱い空気の中を走った。彼が好きな開発から取り残された地域は、ホーチミンからは想像もつかないような風景が広がっていた。国道の両側は猛々しい緑にあふれ、道を牛が横切っていった。

日本の田舎にあるような田園と南国らしいパームツリーが混在し、舗装はあちこち剝がれ、日本ではあまり見なくなった鉄塔と送電線がどこまでも続いた。時折通る小さな集落にはまだ笠帽子をかぶった老人がいて、古いバスが土埃をあげて走っていた。

見たこともない景色なのに、強烈な懐かしさが湧き上がりめまいがするようだった。湿気と濃い酸素。生まれて育った関東平野の乾ききった空気と全然違った。

ものすごく美味いんだと連れて行かれた店は、バラックと見紛うような小屋で、テーブルにかけられたビニールクロスはお世辞にもきれいとは言いかねた。

盛り付けも何もないような、ただ皿に入れただけのような青菜の炒め物が出てきた。でも鼻孔をくすぐるハーブの匂いに暴力的な食欲が込み上げた。目の前の恋人は日本にいるときと違って大きな口を開け、がつがつとそれを掻っ込んだ。つられるように口に入れると、うま味が口の中で弾けた。

日本で食べていたベトナム料理とは全然違った。ハーブとスパイスが何種類も使われているせいもあるだろう。野菜も肉も新鮮だというのもあるだろう。化学調味料がほんの少し入っているせいもあるかもしれない。その食べ物には、私の常識を覆し、それまでの自分を解放するようなものがあった。

夢中で何皿も注文して食べた。美味しい以外の言葉が出てこず、胃がいっぱいになっても舌と歯がもっともっとと欲しがった。どうしてこんな深みのある味がするんだろうと独り言のように呟くと、タレが違うんだよと彼が何でもないことのように言った。タレの配合も店によって違うし、ナンプラーも塩もエビペーストも地元で作っていて、日本では手に入らないものだからねと笑った。

激甘のデザートも平らげて、勘定をした。店で働いているのは意外にも若い人ばかりだった。皆、さっぱりした身なりをして、フランクな接客をしている。オープンになっているキッチンでは若い女性がフライパンを振っているのが見えた。

彼が店主と話していたので、私は先に店の外に出た。

Tシャツの胸のあたりに今食べたものの油が少しついていた。

それを見ながら私は経験したことのなかった感覚に体中がしびれて放心していた。

ここで暮らせたら、という思いが湧き上がった。

お洒落なんかしないで、化粧なんかしないで、こういうところで働いて、こういうものを食べて日々暮らしたい。

生まれ育った国の、ちょっとでもしくじったら揚げ足をとってくる、顔だけは笑っている狭《きょう》量《りょう》な人々に囲まれて生活する感じ。そうやって生きることを何故か疑問にも思わなかった。

外国で暮らすことについては考えたことはあった。でもそれは、あくまで自国に軸足をおいて、中国やインドに稼ぎに行くのもいいというくらいの気持ちだった。そんな漠然とした思いとはまったく違う熱望と言っていい気持ちが込み上げた。

だから、結婚の話が出るまで時間はかからなかった。

パートナーとして生きる術は、結婚という方法を取らなくてもいくらでもある。でも彼と私は結婚という方法を選んだ。

その理由を私はまだ両親や身近な人たちにうまく説明できない。退路を断つ覚悟というのとも少し違う。ただ、バランスを取るだけ、リスクヘッジをするだけの生き方から外れてみたかったのかもしれない。


古いホテルの中の教会は、小さいけれど厳かだった。

ここベトナムでも、日本と同じように西洋式の結婚式を挙げる人が多いそうだ。

式次第に従って宣誓と指輪の交換をした。結婚指輪など不要だと思っていたし、彼も同意見だったが、母が「それじゃあ格好つかないでしょ」と言って勝手に買ってしまったのだ。

しかもこんな時代遅れなデザインをと私が怒ると、まあまあと恋人になだめられた。親からの贈り物は有難いことだよと笑顔で言う。東南アジアのほうがまだ親の意向を尊重する傾向は強く、納得はいかなかったが、彼の鷹揚な態度にまあいいかという気になった。

持ち重りのするクラシックなプラチナリング、アンティークレースの床を引きずる長いベール。両方とも母自身が欲しかったものだったのだろうと私は思った。

誓いのキスを済ませ、式は滞りなく終わった。退場するために参列者のほうを振り向くと、最前列に座っていた母と目があった。

母は涙ぐんでいた。目を赤くして、小さなハンカチで目頭を抑えている。

何の涙だろうか、と私は他人事のように思った。

喜びだろうか、悲しみだろうか、怒りだろうか。とうとう父と結婚式を挙げることはなかったというので、娘の私に己を投影しているのだろうか。嬉しいのか、嫉妬しているのか、母の胸の内が本当にわからなかった。

やっと諦めたようだが、母は最近までこの結婚に反対し続けていた。

ベトナム人の恋人と結婚することを告げると、異常なほど取り乱した。言葉もわからない国の人と結婚するだなんてと母は嘆いた。

そんなに驚く？　と私はあっけにとられた。

母は昔から私の服装以外のことにはあまり関心を示さない人で、進学やアルバイトのことについてもまったく意見を言わなかった。どちらかというと父が反対するだろうと思っていたのだが、父はただ「おめでとう」と笑っただけだった。

あんなに関心がなかったのに、急に執着するだなんて。

泣いている母を「なんなのこのひと」と思って見つめていると、母の隣で戸惑った笑みを浮かべている父と目が合った。

父は私を見て肩をすくめた。お前の気持ちはわかるよとばかりに。

私は夫になったばかりの恋人の腕につかまり、リストのピアノ曲が流れる中、バージンロードを歩き出す。

参列者は少ない。

日本の友人は誰も呼ばなかったので、礼拝堂のベンチはほとんどが彼のほうの親族だ。式を済ませたら、彼の叔父が経営するレストランに移ってパーティーとなる。そこには沢山の人が集まるだろう。

今は嵐の前の静けさだ。

あのドアを開ければ、そこには喧騒の街が広がっている。

車道には車が増えたが、まだバイクが大きなクラクションを鳴らして、濁流のように流れる街がそこにある。

市場と屋台のざわめき。明るい笑顔の日に焼けた人々。色彩の強い花々と果実、アルミの食器がたてる音。

私はそこに飛び込むのだ。

1

毎朝都《みやこ》は牛久《うしく》大仏を眺める。今朝は寝坊をしたので駐車場に車を停めてから手早くメイクをし、フロントガラス越しに大仏を見ながら豆乳をストローですすった。家の冷蔵庫から取ってきたそれは既に生温くなっていて、紙パックが少しふやけてたわんでいる。

二年前まで朝の習慣は駅ビルのカフェに寄ることだった。隣の人と肩が触れ合いそうなほど窮屈なカウンター席で、足早に行き交う都会の人々を眺めながらソイラテを飲んだ。雑踏の中で埋もれるようにして、人々の服装が薄着になったり厚着になったり変化してゆくのを見るのが好きだった。近い将来、雑木林の向こうにそびえ立つ大仏を車の中から毎日眺めるようになるとは微塵も思わなかった。

牛久大仏は都が子供の頃に建立された。台座を含めた高さが一二〇メートルという馬鹿みたいな大きさで、送電線が張られた大きな鉄塔よりもはるかに高い。自由の女神の像高だけと比べても三倍はあるという。

田圃と畑しかなかった真っ平らな田舎の真ん中に、縮尺を狂わすような大きさで忽然と現れた立像に、大人も子供も面白がったり眉を顰《ひそ》めたりした。外から来た人は誰でもぽかんと口を開けた。みんな戸惑っているのに平然としていて空気の読めない仏様、と都は思った。痛い存在として都は大仏から目をそらし続け、やがては視界に入っても何も感じなくなっていた。

だが都会での一人暮らしを解消して地元に戻って来てから、何故だか視界に入ってくる度いちいち「あ、大仏」と見入ってしまうようになった。東京に住んでいた時、東京タワーを見る度にふと立ち止まっていた気持ちと似て非なるものではあるが。大仏は相変わらず何を言われても気にしない顔で優雅なポーズを取っていた。

車のエンジンを切ると、オーディオから流れていたボサノバとエアコンの冷気も途切れた。バッグを持って外へ出る。暦は九月になったが日差しはまだ真夏と変わらずに強く、手をかざして顔の前に庇《ひさし》を作った。

歩き出すと、そこには大仏と同じような唐突さで作られた新しい町があった。

巨大な平置き駐車場の向こうに、パステルカラーの塀に囲まれたアウトレットモールが広がっている。パームツリーと噴水が配置されたエントランスは海外のアミューズメントパークのようだ。このアウトレットモールは都が東京で暮らしている間に建設された。にょきっと天を衝く大仏と対照的に、這いつくばるように延々と平屋のショップが立ち並んでいる。こちらは広すぎて縮尺が狂う。

真っ平らな関東平野に貼り付くように広がる田畑と雑木林、その中に出し抜けに作られた大仏と煌《きら》びやかなショッピングモール。

田舎といっても、実は都心から電車で一時間ほどしか離れていない。

このちぐはぐな場所で都は働き、暮らしている。

従業員用の駐車場は客用のものとは別にやや離れた場所にある。モールを囲む壁は目の前に見えているのだが歩くと存外時間がかかった。開店前の時間には、通用口へ続く舗装された細い道を従業員達が一列になってぞろぞろ歩く。何も遮るものがないので日差しにも風雨にも晒される。照りつける太陽の下を延々歩いてやっとショップに辿りつくと、社員の中では一番若い杏奈《あんな》が掃除機をかけていた。ノースリーブにショートパンツでまだ夏の装いだ。

「都さん、おはようございます。暑いですねー」

彼女は顔を上げて人懐こく笑った。

「おはようございます。ほんとうに暑いね。駐車場から来るだけで汗だく」

「空調最強にしときましたから涼んで下さいー」

天井に嵌め込まれたエアコンの真下に立って埃っぽい冷気を顔に浴び、胸のボタンをひとつ外して首元をはたはたさせた。秋冬ものの厚手のカットソーで来たので大汗をかいてしまった。平屋のショップはダイレクトに気候の影響を受け、通勤路と同じで夏は蒸すし冬は底冷えする。今まで勤めたことのあるテナントビルはどこも室温が安定していたから最初は驚いた。

早番のスタッフが揃って、レジを開けたり掃除をしたりしていると業者が納品にきた。軍手をはめてカッターで次々と大きな段ボール箱を開けてゆく。今日はまだ週の始めなのでそれほどの量はない。伝票をチェックしつつ皆で手際よく並べてゆくと開店前にはショップの中は整った。

都は外からウィンドウをチェックしようとクロスを手に外へ出た。左右に軒を連ねるショップの前に客らしき人影は見えない。日差しは白く、石畳を模した通路が光っている。向かいの店舗の女性が脚立に乗ってディスプレイされていた造花の向日葵《ひまわり》を外していた。

お盆の繁忙期が終わると、本格的に秋冬ものが入ってくるまでモールはしばし眠ったようになる。今日は長閑《のどか》な一日になりそうだ。

その日の昼前、本社の女性がふいにショップへやって来た。

「あれ、長谷部さん！　びっくり！　どうしましたか」

杏奈が挨拶より先に素っ頓狂な声で言った。彼女は本社のマーチャンダイザーで、週末から翌週にかけての販売戦略伝達のため木曜日か金曜日にいつもやって来る。週頭の午前中に現れることはまずないので都も少し驚いたが、それよりも本社のMDにあけすけな物言いをする杏奈にひやひやした。

「つくば店のほうに用事があったから寄ってみたの。これ差し入れ」

わーありがとうございます、と杏奈が洋菓子の紙袋を受け取った。

長谷部は都に「店長は休憩中かしら」と小声で聞いてきた。

「あ、それがついさっき電話があって、お子さんが水疱瘡《みずぼうそう》かもしれなくて病院に寄ってくるそうです。今日は忙しくなさそうだし、お休みされるかも」

「……そう、お子さんが」

長谷部は拍子抜けしたような顔をした。

「何かご用事でしたか？　携帯に連絡してみましょうか？」

「いいのいいの、用事じゃないの。携帯だったら私も知ってるから。本当についでに来ただけだったからいいの」

そんなふうに言われるとますます何かあったのではないかと勘ぐってしまうが、それ以上は何も言えず気まずい空気になった。

「与野《よの》さん、お昼はお弁当？」

質問の意図が摑めないまま都は首を振る。

「今日は違います。作ってくる日もあるんですけど」

「じゃあお昼一緒にどう？　ここ回転寿司あったよね。暑いから酢飯が食べたくて」

長谷部が妙に熱心な様子で誘ってきた。

「え、でも」

そばで聞いていた他のスタッフが「お店暇だしゆっくりどうぞ」と言ってきた。何となく釈然としない気持ちのまま都は彼女に続いてショップを出た。


モールはやはり人影が少なかった。犬をつれた人や年輩の夫婦が、買い物というより散歩をするようなのんびりした顔で歩いている。お盆の時の人でごった返した様子が夢のようだ。

寿司店も空いていて、詰めたら六人は座れそうな大きなテーブル席に通された。

この店に入るのは初めてだった。間口に比べて中は広々としている。つけ場には板前が数人おり、店の奥には別に調理場があるようだし、フロア係の女性も多い。テーブルに置かれていたメニューを見ると値段は決して安くはなく、街道沿いにあるパネルで注文するような家族向けの回転寿司より高級な感じがした。ふたりともサービスランチを注文する。

従業員はモール内の飲食店で食事をしてはいけない、という決まりは特にない。人出の多い時は店が忙しくて行けないし、そういう時でなくても普通の店より割高なのであまり行かないだけだ。時々フードコートには行くが、それだってこうして本社の人が来た時や、地元の友人が買い物に来てくれた時に休憩をもらって一緒に寄るくらいだ。

長谷部とふたりで食事をするのは初めてだった。打ち合わせの時も店長か他の社員が一緒だったので、面と向かうと何を話していいかわからない。都はテーブルの横を回ってゆく寿司を所在なく見ていた。

「与野さんはお店、もう一年くらいでしたっけ?」

彼女がふいに口を開いた。

「はい。去年の六月からなので一年と三か月くらいです」

「そう。すっかり慣れた？」

「慣れた部分もありますけど、まだまだ至らないところもあるなあって思います」

言葉を選んで返事をする。査定のようなことをされているのかもしれないと思うと緊張する。

そして長谷部は黙り込んだ。話題話題と思いながら粉っぽい緑茶をすする。

「この夏もあのフリルカットソーはよく動きました。マカロンカラーのシリーズは全色入った日になくなって」

「そうね、追加分も予定より早く完売したみたい。来年はフレンチスリーブも作りたいってデザイナーが言ってた」

「わー、私もそれは欲しいです」

数年前に爆発的に売れて、今も売れ続けている春夏のカットソーの話などをした。

その時、都たちの前に割り込むように寿司の皿が差し出された。顔を上げると、若い職人が何故かそっぽを向いたままこちらが寿司を受け取るのを待っていた。

「お待たせしました」

何この人、と反射的に思った。寿司屋の板前が客の顔を見てにっこりする必要はないと思うが、それにしても態度が悪い。照れなのか仕事が嫌なのか、ずっと顔を横に向けたままだった。

仕方なく受け取ると次々と皿を渡された。長谷部と分け合って割り箸でつまんで口に入れ、ゆっくりと噛みしめる。寿司を食べたのは久しぶりで、確かにこう暑いと酢飯の風味が嬉しかった。シャリは大きくてネタはそこそこ肉厚だ。サービスランチは寿司十貫に加え巻物とみそ汁が付くようなので、男の人でも満足する量だろう。だが味は期待してしまった分、落胆が大きかった。スーパーの惣菜売場で売っているものとそう変わらない。

かつて食べた青山の高級寿司の味がふと蘇る。幸せな記憶とは言いがたいが、宝石のような寿司だった。あんな美しくて衝撃的においしい寿司を口に入れることはもう一生ないかもしれない。

今日はなんだかよく東京でのことを思い出すなと、都は口元を手でおさえ大きなシャリを咀嚼《そしゃく》した。思い出せる、ということはいいことなのかもしれない。帰ってきた当初は精神的な防衛本能みたいなものが働いて、行った店など一切思い出しもしなかった。

少し空腹が落ち着くと、回転寿司は回転寿司というジャンルであってこれはこれでいいものだというふうに気持ちが持ち直してきた。

長谷部はいつもわりとモード寄りで隙のないスタイルなのだが、今日はベージュのてろんとしたチュニック丈のブラウスに黒のスキニーパンツとやはり黒のバレエシューズで、シンプルというよりはかなり気の抜けた服装だった。四十は超えているらしいと誰かが言っていた。いつもはその年齢よりはるかに若く見えるのに、今日は髪も艶がなく、ファンデーションが小鼻のまわりでよれていて年相応に見える。どう見ても調子が悪そうだ。なのに本社から二時間以上はかかる不便なアウトレットまでわざわざやって来て、特に親しくもない自分を食事に誘ってきたのは、やはり何か言いたいことがあるのではないだろうかと都は思った。

「あの、店長に何かお話でしたか？」

先ほどと同じ質問を口にしてみた。ぼんやりと散漫になっていた彼女の視線が都の顔へと戻ってきた。かすかに彼女は微笑む。

「……ちょっと伝えたいことがあって」

「私でよければ伝えておきましょうか」

「実は私、子供ができたの」

「え？」

「まだみんなには言わないでもらっていいかしら。ぎりぎりまで働く予定だし、産休が明けたらすぐ復帰するつもりだから」

「それは、あの、おめでとうございます」

長谷部が結婚しているという話は聞いたことがなかったので、都は一瞬口ごもってしまった。

「ありがとう。でもおめでたいかな」

「おめでたいに決まってるじゃないですか」

「亀沢《かめざわ》店長みたいに、これからはやれ子供が熱を出したとかなんだとかで、どんどん予定が狂うんだろうね」

堅い表情で彼女は言う。照れではなくて本当にあまり嬉しくなさそうでどういう返答をしていいか困惑する。

「体調は大丈夫なんですか？　つわりとかは？」

「大丈夫って言いたいところなんだけど、先週は二日くらい休んじゃって」

「そうなんですか、今はお体大事にしてくださいね」

「ありがとう。与野さんは優しいね」

そこで「お待ち」と荒っぽい声が降ってきて、再び板前が寿司を突き出してきた。顔を上げると、やはり彼はそっぽを向いて腕だけで投げやりに鮪の乗った皿を差し出している。

今度はそれを受け取らなかった。何故だか大きな怒りの塊が胃の底から突き上がってくるのを感じた。

普段は店の人の態度に違和感があっても、長年販売員をしている都は店員の気持ちが分かるので、怒ったりクレームをつけたりしたことは一度もなかった。

けれど不思議なほど不快な気持ちが抑えられなかった。都が皿を受け取らず、板前を睨んでいることに気がついた長谷部は戸惑って彼と都を交互に見た。そして彼女が代わりに手を出そうとした時、都は強い口調で言い放った。

「さっきからどこ見てるんですか」

板前がぎょっとしたように顔を向けた。都は正面からその男の顔を見た。思っていたよりも若い。馬面、というのが都の頭の中に浮かんだ第一印象だった。背が高くやや猫背で、つまらなそうに結んだ口は大きくて唇が厚い。目は大きいが重そうな瞼《まぶた》をしている。鼻筋は通っていて左右対称のわりと整った顔ではあるが全体的にふてくされている印象だ。

「いくら何でも失礼ですよ、バイトの人ですか？」

隣のテーブルにいた客がちらりと都のほうを見た。彼の削げ気味の頬に徐々に赤味がさして、耳の先まで色が変わっていった。やがて「すみませんでした」という形に口をもごもごさせ都の前に寿司の皿を置いた。そして逃げるように背中を向けてつけ場に行ってしまった。

「与野さん、大丈夫？」

宥《なだ》めるように長谷部が言った。都はそれを聞いたとたん、彼と同じくらい自分の顔が沸騰していることに気が付いた。心臓がばくばく音を立てる。何故あんなことを言ってしまったのだろうと気持ちが乱れ、恥ずかしくて叫び出しそうだった。

感情を抑制できなかったこと、その羞恥と、屈辱にも似た気持ちが入り混じり、本当は泣きたかったが上司の前なのでなんとか堪《こら》えた。

「あの、どうもすみません。食事中に変な空気にして」

取り繕うように何とか笑って都は頭を下げた。長谷部は「いいのいいの、気にしないで」と顔の前で掌《て》を振った。

「アウトレットの中のレストランなんてこんなものよ」

慰める口調で彼女は言った。都は一瞬動きを止めた。

自分のショップも何か不備があったら「アウトレットだから」とやはり言われるのだろうか。すっかり食欲がなくなり都は箸を置いた。


仕事を終え運転して家に帰る。実家に戻ってアウトレットの仕事が決まった時に、父に半額だしてもらって買った中古の軽自動車だ。

二十分程の道のりだが、仕事を終えたあとに運転するのはいつまでたっても憂鬱だ。何しろ田舎で街灯が少なく駅に近づくまで真っ暗な道が続く。東京でぎゅうぎゅうに混んだ地下鉄の中、身動きできずに見知らぬ男の酒臭い息を嗅がされて帰るのとはまた違う種類のストレスだ。

携帯に父親から買い物リストが送られてきていたので沿道の大きなショッピングセンターに寄った。アウトレットに比べたら小さいが、それでも煌々《こうこう》と灯りが点いているうえ様々なテナントが入っていて多少は気分が華やぐ。

昼、寿司屋の店員にクレームをつけてしまったことでの動揺がまだ収まっていなかった。きっと人に話したら、文句を言われた方ではなくて言った方なのにどうしてくよくよするのかと不思議がられるだろう。自分が理に適わないことで憂鬱になっているのだということは都にもわかっている。ただ、言いたいことを言う、ということが必ずしも気の晴れることではないことを最近都は痛切に感じることが増えた。気持ちを抑えて黙っていたほうが楽なことも沢山ある。

気晴らしに雑貨店や書店を覗いてみたい気がしたが、寄り道すると果てしなくなりそうでスーパーにだけ寄って店を出た。常磐線の駅を越え、大型マンションが立ち並ぶ通りを抜けたところに都の家はある。新しく開発された住宅地なので周囲の家はみな新しい。家に着いて父親のセダンの隣にそろそろと車を入れる。

玄関を開け二階へ上がると、エプロンをした父が廊下に顔を出した。

「ただいま。梨も買ってきたよ。ママ、好きだったと思って。ママは？」

ビニール袋を渡しながら都は言った。

「今日はもう寝ちゃったよ」

「もう？　また具合悪いの？」

「いや、今日は暑い中ずいぶん散歩したから疲れたみたいだ。眠れる時は寝たほうがいいって先生も言ってたし、まあいいだろ」

「そっか。先に着替えてくるね」

自室で部屋着に着替えながら、明日は休みを取っているし、母が寝ているならやはり寄り道してくればよかったと思った。一度帰ってから出かけるのは気が進まない。夜の運転は恐いし、父親もいい顔はしない。

父と向かい合って食事をした。音量の絞ってあるテレビの画面を眺める。

「あ、これ、おいしいね」

鶏肉のソテーがいつもと風味が違っていて都はそう言った。

「ヨーグルトで漬けてみたんだ、うまいだろ」

「なにパパ、どこでそんなの覚えたの」

「朝のテレビでやってた。まだあるから明日の弁当に入れていっていいぞ」

得意げな顔で父は笑った。

「明日は休み。ママの病院」

「そうだったな。助かるよ」

父はまだ五十代だし、最近カジュアルな服装が板についてきて以前より若く見えるようになった。ふたりで出掛けると年の離れた夫婦に間違われることもあるくらいだ。

都は前よりずっと父と気が合うと感じている。以前は苦手意識があったが、今は母の看病という同じ使命を持つ仲間意識もあって、軽口も叩けるようになった。

「パパ、片付けはやっておくから先にお風呂入ったら」

「うん。じゃあ頼む」

父がいなくなったキッチンは急によそよそしくなって、都は手早く後片付けをした。

灯りを落とそうとして、果物籠に入れておいた梨をしばらく見つめる。ひとつ手に取り、果物ナイフで櫛形に切り、剝《む》いてタッパーへ入れた。冷蔵庫の前面に貼ってあるマグネット式の小さいホワイトボードに母へのメッセージを書く。

——ママへ。ピンクの蓋のタッパーに梨が入ってるから食べてね。ミャー。

丸顔の自分の似顔絵とハートも添える。

壁の時計を見上げるとまだ十時前だった。テレビと電灯を切ると、深夜のようにしんとした。

自室へ行ってベッドを見たとたん、都は吸い寄せられるようにしてそこに転がった。

都の部屋は三階建ての家の一階にある。庭に面したこの部屋は元々夫婦の寝室として設定されていて、この家の中でリビングの次に広い。母は屋根裏部屋風の三階の小部屋を気に入ってそこを自室にし、父は二階のリビング脇の和室で寝起きしている。

一階の寝室のウォークインクローゼットは大きくて、都の大量の服が全部収まり最初は嬉しかった。一人暮らしの部屋から持ち帰ったシングルベッドや小型のテレビ、一人掛けソファを置いてもまだかなりの余裕がある。

東京で住んでいた部屋よりもずっと広い寝室で都は夜を持て余している。昼間の寿司屋で味わった最悪な気分がやっと薄れてきて、カバーをかけたままのベッドの上で眠りに落ちた。

翌日は母の通院日で、隣の市にある総合病院へ出かけた。自宅から病院まで直線距離にするとそれほど遠くはないのだが、電車とバスの両方に乗る必要があり結構時間と体力を使う。母は運転ができないので、都か父が車を出して付き添うのが常だった。

県道と農道を駆使して最短距離で病院へと向かう。田んぼの稲穂が色づいてきていて、鷺《さぎ》がひらりとその上を飛んでいた。

予約をしていても総合病院の待ち時間はとても長い。どうせ一時間以上は順番が回ってこないのだからお茶でもしに行こうと誘うのだが、母は「急に呼ばれるかもしれないし」と言って、診察室のドアが見える長椅子から動こうとはしない。

「売店行って雑誌買ってくるね。ママも飲み物か何か要る？」

一応聞くが母は首を振った。廊下をエレベーターへ向かって歩きかけ、癖で後ろを振り返る。母はじっと座って目をつむっていた。

若返った父と逆に母はすっかり老け込んでいた。太ったというほどではないが全体的に浮腫《むく》み、口角は落ちて皺が増えた。カットもカラーリングもたまにしか行かないので白髪の目立つ髪はもっさりしている。病人だから仕方ないとは思いながらも、直視したくなくて都は目を逸らした。

元気な頃、母はごく普通の中年女性だった。基本的には専業主婦だが、着付けと簡単な和裁ができるので、近所の美容室に頼まれると成人式や七五三の時に着付けの手伝いをしたりしていた。屈折したところも意地悪なところもなく、普通に陽気な母親だった。

その母が病気で別人になってしまった。母の病気は、簡単に言ってしまえば更年期障害だった。父からの電話で母の具合がよくないと初めて聞かされたのは、仕事と遊びで毎日目いっぱいで親の存在など思い出しもしない日々の中、突然のことだった。社会人になって父親から直接電話がかかってきたのはそれが初めてだった。精密検査をすると聞いていきなり顔を叩《はた》かれたようなショックを受けた。

母は電話口には出なかった。父がその時言ったことに耳を疑った。

「ママは今、人と話す気力がないんだって」

人？　と都は思った。母のおなかから生まれた自分は母とこの世の中で一番他人ではない間柄だったはずなのに、いつそんなに遠く離れてしまったのだろうと愕然《がくぜん》とした。

検査の結果はやはり父からの電話で、更年期障害だと聞かされた。その時都は安堵のあまり笑った。なーんだ更年期障害か、じゃあ大丈夫だね、とも言った。二十代の都には、それは中年以降の女性がかかる麻疹《はしか》のようなものという認識しかなかった。じっとしていればそのうち治るものだと思った。

だがそうはいかなかった。母は不定愁訴を訴え続け、激しく情緒不安定で、症状は悪くなるばかりだった。様々な治療を試してみたが改善されず、婦人科の担当医に勧められて精神科にも通院するようになった。

都は生まれて初めて更年期障害について自分から調べ、いかに症状の個人差が激しいものか、治るまでの期間も長ければ十年以上に及ぶ場合もあることや、鬱病との境目が曖昧なものであることも知った。母の体調と精神状態は複雑に入り組んで、事態は家族が想像していたものより深刻になった。

父は母の看病のため勤め先を一時休職し、都も結局仕事を辞めて実家に戻ることになった。都が仕事を辞めた理由は母のことだけではなかったが、大きなきっかけにはなった。父は最近復職したが、残業も少なく休暇が取りやすい部署へと異動を希望した。父ははっきりとは言わないが、それが閑職だということは都にもわかっていた。

家族が病気になるということがどんなことか都はまったく知らなかった。一番苦しいのは病気をしている本人だし、自分よりも父親のほうが大変な思いをしていることもわかっていた。けれどそれは去らない台風の中に突然放り込まれたような出来事だった。

つらすぎて、憂鬱すぎて、あまりにシャレにならなさすぎて、都は未だにこのことを詳しく人に話せないでいた。

母が昔の母に戻って、都が自分のことだけを考えていい日々を取り戻せるのはどのくらい先なのだろう。そんな日はこないのかもしれないと思うと背筋が寒くなる。母のことが嫌いなわけではないのに、そのことを考えると気持ちが鉛のように重くなった。

暗くなった気持ちを拭おうと都はファッション雑誌を買った。それを持って母のところへ戻ると、いつもと違う光景を目にして立ち止まった。

待合室のソファ、先程と同じ位置で、母が自分で持ってきたらしい文庫本に目を落としていた。診察を待っている間に何か読んでいる母を都は初めて見た。

「ママ?」

恐る恐る呼ぶと母は本から顔を上げ、首を傾《かし》げた。

「どうしたの?　なんかあった?」

都が答える前に受付の女性が母親の名前を呼んだ。


診察室に入ると、医師の正面に母が座り、後ろの補助椅子に都は腰を下ろした。

担当医は体格がよく厳つい風貌の壮年男性だ。白髪頭を短く刈り込んでいて、霜のおりた冬の芝生みたいに見える。白衣より柔道着が似合いそうだ。以前は違う医師にかかっていたのだが、その先生が病院を移り、春から彼が担当医になった。

母の診察の時、それが婦人科でも精神科でも父か都のどちらかが付き添う。母がしきりに「先生の言うことの意味がわからない。聞いても覚えられない」と不安を訴えたからだ。確かに医者の説明というものは、向こうは嚙み砕いているつもりでも専門用語が混じっていたりして集中しないと理解できないことがある。

問診を終えると先生は大きな笑みを見せた。

「うん、だいぶいい感じに安定してきましたね」

母がどんな表情をしているかは都の位置からは見えない。こくりと頷《うなず》く母の顎の先を、息をつめて見つめた。

「お薬、今回からそろそろ減らしていきましょう」

きっと母親よりも都の方が驚いた顔をしていたに違いない。医師は都の方に顔を向け「次回から、お嬢さんは外して下さって大丈夫ですよ」と柔らかく言った。

母が良くなってきている。そう思うと体の底から嬉しい気持ちが湧きあがってきた。母と手を取り合って笑い合いたかったし、すぐにでも父に電話をしたかった。だがぬか喜びをしてあとでがっかりするのも恐ろしく、都は顔に力をぐっとこめて無表情を装った。

本当？　本当に？　やっと憂鬱な日々から解放される？

会計をして調剤薬局に寄っている間、ずっと胸の内で呟き続けた。母も同じ気持ちなのだろうか、喜びを露わにはせず平静な様子だ。

病院を出ると車でスターバックスに寄った。病院の帰り、母の調子が良ければほんの少しドライブし、どこかカフェに寄るのが習慣になっていた。ケーキと飲み物を買って向かい合うと、母の表情は家を出た時に比べて見違えるほど明るく、都はもう嬉しさを堪えきれずに言った。

「ママ、お薬減らせるって、本当によかったね！」

はにかんだ様子で母は頷いた。

「うん、ありがとう。先週あたりからずっと調子がいいの。朝も起きられるし」

母は手にフォークを持ったまま、ケーキを食べることも忘れた様子で続けた。

「今の先生になってずいぶん薬も変えてくれたし、よく話も聞いてくれるから」

「そうだね、いい先生だもんね」

「前の人はひどかった。きんきん喋って恐かったし、デリカシーがなくて」

「まあねえ、元気な先生だったよねー」

以前の担当医は若い女医で、母とは確かに相性が悪かったかもしれない。けれど都にはそれほど悪い人には見えなかった。母は人の好さそうな見かけと違い、案外気難しいところがある。

母は息を吐《つ》くと、改まった顔をして言った。

「ねえ都、ママね」

都はどきりとする。思い詰めた顔で母が何か言い出す時、いいことだった例《ため》しがない。

「ママ、もう大丈夫な気がする」

「……ほんと?」

「都にもパパにも気を使わせて、時間を奪って、本当に申し訳なかったってママ思ってる」

「そんなことないよ」

都は語気を強めた。

「だからもう、アルバイトじゃなくてフルタイムで働いていいのよ。パパにもそう言うつもり。会社まで辞めさせてごめんね。今までありがとうね」

嬉しいはずのその言葉に、何故だか鋭い痛みを感じて都は絶句した。動揺を悟られまいとして娘らしく唇を尖らせる。

「ママのために会社辞めたんじゃないよ。それに今の仕事、ただのバイトじゃなくて時間労働契約で一応社員なんだよ。社会保険も入ってるし」

「そっか、ママ、世間知らずでごめんね」

都は慌てて首を振った。

「ううん、ちゃんと言ってなかったもんね。でも焦らないでゆっくり治していこうね。私もパパもついてるから。さあ、ケーキ食べよう!」

母は微笑んで頷いた。都も笑い返す。喜びと痛みが皿の上のマーブルケーキのように入り混じっていた。

九月の連休、モールでは大セールが企画され、都の勤めるショップにも夏物を売り切るため在庫が山のように届いていた。

このアウトレットにはハイブランドはほとんど入っておらず、有名な巨大アウトレットモールに比べたらぱっとはしない。だが広大な駐車場が無料ということもあり、休日には近隣の住民がレジャーがてら日常の買い物にやって来て混雑する。

連休は天候に恵まれ、モールは過ぎたはずの夏が戻ってきたような人出となって毎日へとへとになるまで働いた。ところが連休の最終日、運悪く台風に直撃されてしまった。

ショップの列には大きく軒が張出していて店を巡るのに傘は必要ないが、それでも荒天の中、アウトレットにやってくる客はごく少ない。

開店してもまったく来客がなく、都と店長で、届いたばかりの秋物をマネキンに着せることにした。昨日の段階で連休での売り上げ目標に達していたので、店長は機嫌がよかった。

「そういえば長谷部さん、赤ちゃんできたんだってね」

店長が顔を寄せてきてそう言った。

「あ、はい。聞いています」

「なんだかあんまり具合がよくなくて、早めに産休に入るかもって」

「そうなんですか」

「付き合ってた人と急いで籍入れるらしいよ。相手の人、繊維メーカーのマネージャーなんだって。マネージャーってことはもうずいぶん年なのかな。略奪婚だったりして。でもまあ、経済的にも頼りになりそうだから安心して産めるんじゃないかな」

都は「それはよかったですねー」と彼女の目を見ないように返答した。

店長は若い時に社内結婚してもうふたりの娘がいる。仕事熱心な人ではあるが、本社勤務の夫やその周辺から社内情報を聞き出しては耳打ちしてくるので対応に困る時がある。噂話に興味がないわけではないが、彼女の話には大抵何かの意図や愚痴が含まれているので都は注意深くなっていた。

「本社もさ、早めに後任の人を決めてくれないと困るよね」

同意を求められて都は「そうですねー」と曖昧に頷いた。

長谷部は体調不良で二週続けてショップに来なかった。代理の若い人がやって来て販売戦略の打ち合わせと週末の手伝いをしていったが、店長はそれに対応するためシフトの休みを返上して連休はぎっちり出勤していた。両親と二世帯住宅で同居している彼女は急な出勤でも対応しやすいそうでそこは有難い。

「来月バイトの人、ひとり辞めるじゃない。補充してもらう話があったんだけど、それもうやむやだし」

独り言めいた口調で店長は言った。都はマネキンにストールを巻き付けながら聞き流す。

「ねえ、与野さんて、やっぱり週五日入るのはきついかしら」

はっきり聞かれて都は店長の方を見た。

「こんなところで聞いてごめんね。事情があって時間勤務なんだもんね。でも与野さんは何でも安心して任せられるし、フルで入ってくれると本当に助かるんだ。一応頭に入れておいてくれるかな？　駄目なら駄目でいいから」

「あの」

都は店長に向き直った。

「シフトもう少し増やせるかもしれません」

「え、本当に？」

店長の顔がぱっと輝く。都は慌てて顔の前で掌を振った。

「今すぐにはお返事できないんですけど、実は家族の体調が悪くて週四日だったんです。でもだいぶ快復してきたので」

「そうだったの。そういうことならちゃんとお家の方と相談した方がいいね。でも早めに考えてみてくれたら助かる」

店長は都の二の腕あたりを親しげに叩いてレジのほうへ戻って行った。

都は彼女に触れられたあたりに目を落とし、職場の上の人に言うのは早かったかもしれない、もう少し様子をみて、母が一時の気分だけで「もう大丈夫」と言ったのではないことを確かめてからのほうがよかったのかもしれないと少し思った。でも言わずにはいられなかったのだ。


その日は遅番だったので昼休憩も最後に取った。

アウトレットモールは敷地が広くショップ数も多いので、一カ所だけではなくていくつも従業員用の休憩室がある。都のショップから近い休憩室はその中でも一番広さがあり、飲み物だけではなくカップラーメンや菓子など様々な種類の自動販売機が設置してあり、ここで簡単に食事を済ませる人も多い。

昼食時はとっくに過ぎていたので、休憩室には書類を広げて打ち合わせをしている人達が一組いるだけだった。

彼らから離れた窓際の席に座って、都は携帯をチェックした。高校時代の友人から飲み会の誘いがきていた。ちょうどシフトのない日だったので躊躇《ためら》わずに出席の返信をする。最近遊びで出掛けることもあまりなかったので楽しみな気持ちが膨らんだ。

ふいに雨が窓を叩く音が強くなって、都はぎくりとする。台風がかなり近づいてきているようだ。この風雨の中、運転して帰るのは気が重かった。あまりにひどい天候だったら父親に迎えに来てもらおうかと考えた。

都はバンダナでくるんだ弁当を広げた。父が夕飯に作る惣菜の余りがあれば、それに自分で焼いた不格好な卵焼きを合わせて弁当を詰めてくる。料理が不得意な都にはそれだけのことでも億劫《おっくう》で仕方なかったが、毎日コンビニで昼食を買うと馬鹿にならない出費になる。

店長は子供ふたりの弁当を毎日作っていると言っていた。まだ結婚する展望などかけらもないのに、今からそれが憂鬱だった。もしも結婚するのなら絶対料理のできる男の人がいい、そして店長のように親の近くに住めば助けてもらえることも多いのかもしれないと、頭に浮かぶままにつらつら考える。

週に五日働くようになったら時間契約から正規の社員になれるだろうか。そうしたら月々の給料は上がるだろうし、賞与も貰え、キャリアアップの道も拓ける。

都は箸の先を軽く嚙んで、自分がそれを本当に望んでいるのかと考えた。

今のショップは、若い社会人女性をターゲットにしたきれいめの服を扱っている。仕事やデートに着ていけるフェミニンなデザインで、素材も扱いやすいものが多い。都が以前に勤めていた麻やオーガニックコットンを主な素材としたブランドとはまったく客層が違う。

都は十八歳の頃、自然素材を使ったそのブランドの虜になった。一見素朴に見えるが実はとてもデザインが凝っており高価だった。ただの客では月に一枚買うのがやっとだと思い、高校を出て、東京でアルバイト店員になった。ナチュラルラインのワンピースや、ざっくりしたウールのトップスが可愛くて大好きだった。好きで好きでたまらないブランドの服をシーズンの最初から着ることができて都は幸せだった。食費を削ってでもその店の新作を一枚でも多く買うことを迷いなく選び、やがて努力が実って社員に登用された。

今の都はその頃と違って、自分のショップで売っている服にそれほど興味がなかった。仕事だから制服のように着ているだけだ。だが着てみればいいところは沢山あった。化繊とひとくちにいってもぺらぺらなものはほとんどないし、皺にもならず、洗濯も楽で麻などに比べると嘘のように軽い。廉価なので流行りのスタイルを取り入れやすいのもいい。シーズンのはじめにベーシックでサイズがきちんと合っているものを選んでおけば、プロパーの店ほど厳しくないので来シーズンも店頭で着ることができる。

だが正社員になるとしたらどうなのだろうと、都は弁当を食べながら考える。好きでもない服の会社に勤め続けることができるのだろうか。好きなブランドの服だって、最後の方は辟易《へきえき》することもあったのだ。

いや、そのブランドが好きとか嫌いとか言っている場合ではないのかもしれない。仕事があるだけで有り難いのだ。今はよくても、そのうちこのショップで店頭に立つのは難しくなるだろう。でも正社員になって、内勤や同じグループ内の年齢層の高いブランドへ移ることができればずっと働ける。

来年も着られる服や、正社員になって昇進するには、というようなことを考える反面、都にはたとえば半年先に自分がどうなっているのかうまく想像することができなかった。結婚など本当は宇宙旅行と同じくらい現実味のない遠いことだった。

その時休憩室のドアが開いて、背の高い白い服の男が入ってきた。アパレルの店員とは明らかに雰囲気が違って、都はすぐにあの寿司屋の店員だと気が付いた。

反射的に目をそらしてうつむいた。彼は都の方へは視線を向けず、自動販売機コーナーの方へ歩いていった。

どきどきしながら様子を窺うと、彼は自動販売機でたこ焼きを買っていた。都が座っている場所から四角い休憩室の対角線上になる位置に、彼は横顔を向けて座った。ペットボトルの茶を飲みつつ、たこ焼きをつまんでいる。

向こうの視界に自分が入っていないとわかって、都は少し安心して彼を観察した。短く簡素な髪型で、薄手の白い作務衣を着ている。首筋から肩にかけての線が意外にきれいだ。この前はひょろりとした人だと思ったが、改めて見ると胸と腕には結構筋肉がついていそうだ。

彼はたこ焼きを食べ終わると、ズボンの尻ポケットから本を取りだして読み始めた。あ、本なんか読むんだ、まったく読まなそうな外見なのにと都は思う。

ふと彼が都の方を振り返った。慌てて下を向く。弁当箱を包んで都は立ち上がった。

休憩室の扉に手を伸ばすと、向こうから扉が開いて眼鏡をかけた男性が入ってきた。うつむいて横をすり抜ける。いかにもアパレルの男性らしいデザイン過剰な眼鏡だ。

「お、カンちゃん、久しぶり」

その人が誰かに声をかけたのでちらりと振り返る。眼鏡の人が寿司屋の店員に近寄っていくのが見えた。

台風の影響で営業時間が短縮されるかと思っていたが、結局モールはいつも通りの閉店時間だった。

店長は子供を迎えに行きたいからと早めに帰った。都はアルバイトの子を先に帰してひとりで店を閉め、自分も駐車場へと急いだ。

モールを出ると、大粒の雨が正面から吹き付けてきて、傘をさしていてもみるみるうちに足下とスカートの裾がびしょ濡れになった。風がうなり植栽された細い木がひどくしなっている。従業員達は身を縮めてぞろぞろと駐車場に向かう。パンプスの中敷きがぶかぶかと水をふくんで気持ちが悪かったが、前をゆく人の踵のあたりだけ見つめ、感覚のスイッチを無理にオフにして黙々と歩いた。

ようやく自分の車に行き着き、乗り込もうと傘を閉じた一瞬で肩から背中までぐっしょり濡れてしまった。何故レインコートを着てこなかったのかと舌打ちしたい気持ちになる。

濡れてまだらになってしまった革のバッグを助手席に放り、車のキーを差し込んだ。いつも通り回したが何も反応がない。あれ？　と思ってもう一度差し直して回した。まったく手応えがかえってこない。濡れた前髪を額に貼り付けたまま何度もキーを回すがエンジンはかからなかった。

「もー！　なんでよ！」

都はハンドルに突っ伏した。風雨はまたさらに強くなって、フロントガラスには滝のような雨が流れている。寒くて背筋が震えた。

解決策がまったく思いつかず、都は携帯を取り出し父親に電話をかけた。もう家に戻っているはずの時間なのに電話は繋がらない。家の固定電話にも母の携帯にもかけてみたが誰も出なかった。その間にまわりの車は一台一台いなくなる。遠くの照明灯が雨に滲んでいるのを、都は途方に暮れて眺めた。

　頭の中が真っ白で動けなかった。こういう時、誰に連絡したらいいのだろう。ロードサービスを呼んだらいいのかもしれないがそれも大袈裟な気がした。東京時代の恋人が頭を過《よぎ》ったが、連絡先は消去してしまっていたし、こんな時に思い出してしまう自分が腹立たしかった。

　大きな溜め息をついた。落ち着け落ち着け、と口の中で唱える。

　腕時計を見ると、モールから駅に向けて出るシャトルバスのことを思い出した。最終の便に急げば間に合いそうだった。

　決心して都は車の外へ出た。駐車場にもモールへの道にも外灯は少なく、あたりはとても暗かった。まだ照明の点いているモールのショップの灯りだけが、空から舞い降りた巨大ＵＦＯのように雨の中でぼんやり光っている。

　大粒の冷たい雨に背中や肩がさらに濡れ、やっとの思いで通用口にたどり着いた時、ずっと向こうのロータリーから四角く光るバスが離れていくのが見えた。あ、もう走っても間に合わない。そう思ったとたんに膝から力が抜けた。立ち止まった瞬間突風にあおられ、傘の骨が音をたてて折れる。思わず手を放すとあっけなく傘が遥か後ろへ飛んでいった。重い雨粒が盛大に顔にかかった。

　その時、体の横を大きなビニール袋のようなものが通り過ぎて都はぎょっとした。見ると、こんな天気に薄っぺらのビニール雨合羽を着て自転車に乗った人だった。その人が都の方を振り返った。

「どうした？」

警備員かと思ったら、馬面に眠たげな目の、あの寿司屋の店員だった。

「なに泣いてんの？」

泣いているつもりはなかった。顔が濡れているのは雨のせいだと言いたかったが、都は一言も言葉を発することができなかった。

2

秋は唐突にやってきた。つい先週まで店頭で着る秋冬ものの服の下で汗を滲ませていたのに、今朝は急に冷え込んで、ポットから注いだ紅茶が湯気をたて、もやりと顔を覆った。

都は鏡の前で何度も着替えている。

今夜は高校時代の友人たちとの飲み会で、急な冷え込みに着ていく予定だったダブルガーゼのブラウスがすっかり気分でないように感じ、手持ちの服をあれこれ探りはじめた。

クローゼットには、都が自分の中だけで「制服」と呼んでいる、今勤めているブランドの服が増えてきて、じわじわと「私服」スペースを脅《おびや》かしてきていた。

最近休日は母の病院の付き添いか近所のスーパーくらいしか出掛けておらず、めかし込む機会もなくて、買うのは仕事用の服ばかりだった。だから当然の結果なのだが、都は何かが大きく目減りするような焦燥を覚えた。

去年のシーズン頭にネットで見てどうしても欲しくて買った、たっぷりとギャザーが寄ったフランネルのワンピースをかぶる。ツイードのジレを合わせ、ニットレギンスにフェアアイル模様のレッグウォーマーを重ねて穿き鏡の前に立った。靴は革のアンクルブーツが合いそうだ。

鏡をのぞき込み、髪を下ろそうかまとめようか迷う。

都の細い髪は元々癖毛でうねっており、パーマをかけると見事にふわふわになる。今の勤め先では服に合わないので編み込んだりひとつにまとめているのだが、ゆるいシルエットの服を着ると髪も可愛くしたくなった。

最近パーマもカラーもさぼっている。コテを出してきて毛先を巻いてみた。もうメイクはしてあったが、チークブラシで頬の真ん中にローズピンクを丸く重ねて入れた。

鏡から離れて全身を映してみる。可愛くできた気もするし、三十二歳の自分にはもう痛いような気もした。十分ありなのか、もうなしなのか客観的によくわからなかった。

都は自分の顔をじっと見る。美人ではない。ファニーフェイスの部類だと思う。丸い顔にやや離れた目の配置、鼻は小さいけれど少し上を向いている。色素は薄く全体にそばかすが散っていた。もっと綺麗だったらよかったと思うことがないでもない。でも見ようによっては可愛くないわけではない。

時計を見上げる。そろそろ出掛ける時間だ。

今日はこれでいいけれど、と都はクラフト風の、でも驚くほど値の張るアンティークビーズのブローチを襟元につけながら考えた。

あの寿司屋の店員と出掛ける時は、私服と制服どちらを着て行ったらいいだろう。

今夜友人たちに聞いてみようか。でも聞く前から言われることはだいたい想像がついた。都は鏡の中で唇を尖らせた。

店は最近できたらしいベトナム料理の店だった。

女子会と言えば無難なイタリアンや洋風居酒屋が常だったので珍しいなと思いながら地図の通り歩いていくと、カフェのようなお洒落な店が現れたので驚いた。ドアを開けると土壁が一面鮮やかな青に塗られており、タイルがところどころ埋め込まれ、象や虎の絵も描かれている。これほど個性的で可愛らしい店をこのあたりでは見たことがなかった。

今日は都を含めて五人集まると聞いていた。店員に案内されて、半個室になっている奥のテーブル席を覗くと先にふたりが席についていた。

「ミャー、久しぶり！」

いつも幹事役を買って出てくれる絵里が片手を挙げた。

「わー絵里、元気だった？　この店よさげだね！　あれ？」

彼女の正面に座っていたショートカットの女の子が微笑んで会釈してくる。

「あ！　そよかちゃん！」

「都さん、お久しぶりです」

「やーん、そよちゃんだー！　どうしたのどうしたの！　びっくりした！」

「絵里さんが誘ってくれたんですよ」

「うそ、嬉しいーっ」

都とそよかは互いに手を取り合って声を上げた。絵里は満足げに頷く。

「この前、常磐線の中でばったり会ったんだよ。そしたらこの春からつくば勤務になってこっち戻ってきてるって。ミャーが喜ぶと思って誘ったんだ」

「そうだったんだ、すっごい嬉しい」

「都さん変わってないですねえ」

「そうかなー。そよちゃんは大人っぽくなったねえ」

　そよかは、都のひとつ年下の幼なじみだ。同じ団地に住んでいて、小学校から高校まで同じ学校に通った。高校では部活まで同じだった。家族ぐるみの付き合いをしていたのだが、都が働きはじめて家を出て、その後実家が今の家に引っ越すなどし、いつの間にか疎遠になっていた。

　通っていた高校には全員が運動部に所属しなくてはならないという謎の校則があり、都は楽そうに見えたので卓球部に入部したのだが、実際はとても厳しくて、同じように甘く見て入った子たちと慰め合って何とか頑張った。その時の仲間が今も一番仲がよく今日はその集まりだ。

　そのうちあとのふたりもやってきて乾杯をした。人数が多いのでコースを注文してあったが、出される料理はどれも味がよくて、全員美味しい美味しいを連発した。

　都がこの集まりに参加するのは久しぶりで、話題は自然と都のことになった。

「しかしミャーはあいかわらず若いっていうか、ゆるふわなんだね」

「それ幼稚園のスモックみたいで可愛いよ」

「森ガールファッションってまだ廃れてないんだ」

　そう口々に言われても都は反論せずに肩をすくめる。彼女たちにあけすけなもの言いをされるのは慣れていた。昔から皆の中で都だけは変わり者ということになっている。都以外は勤め帰りだったので比較的きちんとした格好だ。かつては地味な女子の集まりだったが今は皆それなりに華やぎを身に着けていた。その中で都だけが少女に退行したかのような姿だ。

　森ガールというのはおとぎ話の森にいそうなファンタジックで少女趣味な女の子のことで、どちらかというと揶揄《やゆ》するニュアンスで広がった言葉だ。都は自分のファッションをそう言われるのは心外ではあるが、反面森ガールという単語を初めて聞いた時は言い得て妙だとも思った。

「でも今は普通の服の店で働いてるんだよね」

絵里が笑いながらフォローめいたことを言った。

「そう。お仕事と割り切って、アウトレットでコンサバなお洋服を売ってるんだよ。みんな買いにきてね」

「この前こっそり見に行ったら、この子シフォンブラウスにタイトスカートで最初わかんなかったよ。ミャー、いつもああいう格好してればもっとモテるんじゃない」

「別にモテなくてもいいもん。自分のためにお洒落してるんだから」

そこから話題は合コンや、婚活や、誰が結婚したらしいというふうなものへ移っていった。

都が所属していた女子卓球部の同期は八人いたが、そのうち四人は二十代前半で結婚してもう子供がおり、飲み会に出てくることは稀《まれ》だった。子供のいる人達はママ同士でランチなどしているようだ。

今日集まった同期四人のうち、絵里だけは二年ほど前に結婚したが共働きで子供もおらず、独身の時と何も変わらない様子だ。婚活を始めた頃に絵里はダイエットして髪を伸ばし、驚くほど綺麗になった。服装もスリムなものにヒールを合わせて、四人の中で一番人妻らしくない。

都の住んでいるあたりは東京とそれほど離れていないこともあり、何がなんでも二十代のうちに結婚しなければならないという空気はそれほど濃くはない。ただ独身のままでいると子持ちの友人達に誘ってもらえず、交友関係がどんどん狭まってゆくことは確かで、それ故に結婚を焦る人も多かった。地元の友人との密着度で結婚願望のメーターもずいぶんと違った。

絵里たちが恋愛関係の話で盛り上がっているのを尻目に、都は隣のそよかに話しかける。

「そよちゃんも独身なんだよね？」

「もちろんですよ、彼氏すらいません」

「えー、私も私も」

「都さん、そんなに可愛いのに？」

「そう言ってくれるのは嬉しいけど、さっき言ってた通りこういう服着てるとモテないから」

「男の人ってみんなゆるふわが好きなんじゃないですか？」

「そんなの都市伝説だって。だいたいの男はウエストがきゅっとくびれて、胸とお尻がボーンってなってるのが好きなんだよ」

都の言い方に彼女はアハハハと笑う。

「そよちゃん、今はこっちに住んでるの？　実家？」

「そうです実家です。でもひとり暮らししたくって」

そよかは東京の大学入学を機に実家を出て、就職してそのまま東京に住んでいたが、転勤でとりあえず実家に戻ってきたと経緯を話した。

「私も私も！　東京で働いてたんだけど、あれこれあって実家に戻ったの」

「実家は楽だけど、時々きついですよねー」

「そうなのよ。お金的には楽なんだけど逃げ場がないっていうか、一度自由を知っちゃったあとだからさ」

境遇が似ていることを発見し、ふたりはさらに盛り上がった。都は昔からそよかに好感をもっていた。情緒が安定している感じがあって一緒にいてほっとするのだ。

「そよちゃん、今度ふたりで会おうよ」

「ぜひ！　都さん、近いうちに服買いにいっていいですか」

「いつでも来て来て！」

「私、服ってどうしたらいいかまったくわからなくて、見立ててもらっていいですか」

確かにそよかは就活中の学生のようなそっけない白シャツとグレーのパンツ姿だった。

「もちろんだよー、仕事に着ていく服？」

「仕事っていうか遊びっていうか」

彼女は少し言いよどむ。

「あ、デート？」

「いえいえいえ、まだデートってほどでは」

「まだってことはそうなる展望があるんだね」

「なになに、誰と誰がデートだって？」

酒のピッチが早い絵里たちがはしゃいだ声で割り込んできた。そよかは問いつめられ、しどろもどろになって説明をする。

会社の先輩が最近残業のあと食事に誘ってくるようになった。話も食べものの好みも気が合って、今度休みの日に出かけようかということになった。デートの誘いなのかと思っていたら、よく聞くと他のメーカーの展示場を見にいくという。

「仕事なんだか遊びなんだか、どんなつもりか私にもわからなくて」

「えー、休みの日に仕事って……、なんか変じゃない？」

都は眉間に皺を寄せて言ったが、皆の囃《はや》し立てる声にかき消されてしまった。絵里たちは「照れてるだけなんじゃない」「休みに誘うってことは気があるんだよ」と盛り上がっている。

大声で笑う女たちの中で、都は黙ってワインをちびちびすすった。絵里がそれに気がつき顔を覗き込む。

「あーん、ミャーちゃん、どした？　苦手な恋バナで不機嫌？」

子供をあやすように絵里は言う。都は小首を傾げて絵里の顔をじっと見てから言った。

「ねえねえ、じゃあ私も出会いの話していい？」

その一言に、女たちはそれぞれワイングラスを持つ手や、春巻きをつまんだ箸を止めた。

「私もこの前、男の人に飲みに誘われたんだよね。聞いてくれる？」

皆は一斉に都の顔を見る。興味で輝く女達の目を都は少し醒めた気持ちで眺めた。そして九月の、あの台風の日の話を始めた。


あの台風の夜、寿司屋の店員は自転車からひらりと降りると、風で飛んでしまった都の傘を追いかけて行った。その隙に都は手の甲で顔を拭いた。泣いていることを指摘されたことが恥ずかしく、そして屈辱だった。

「こんな台風の日になんで折りたたみ傘なんだよ」

傘を捕まえて戻ってきた彼は、おちょこになった傘の骨をぱきぱき音をたてて直し、手渡してきた。責めるような口調に都はむっとする。

「なんでって車だったから……」

「まだ帰らないのか？」

「それが車のエンジンがどうしてもかからなくて、バスで帰ろうと思って」

「バスもう行っちゃったんじゃない」

「じゃあタクシーで」

「こんな日にタクシー呼んでもこねえんじゃね？」

いちいち否定されて都は苛立った。

「来るまで待ちますから。さようなら」

背中を向けると「バッテリー？」と彼が声をかけてきた。

「え？　さあ、わかりません」

「見てやるよ」

彼は自転車をスタッフ用通路の脇に停めて鍵をかけ、早足で歩き出す。

「あの、いいです、大丈夫です。電話して父親を呼びますから」

大声でそう言っても寿司屋はどんどん歩いて行ってしまう。ビニール合羽の背中を都は折りたたみ傘を握って懸命に追いかけた。足が速い、というより歩幅が広いのだろう。嵐の中、彼は悠然とした足取りで歩いていった。

広い駐車場には都の車を含め、もう四、五台しか残っていなかった。何も言わなくても彼は小豆色の軽自動車にまっすぐ向かって行く。

車の前で待っていた彼にやっと追いついてキーを渡すと、彼はロックを解除し、ビニール合羽を脱いで後部座席に押し込んでから運転席に入った。それを突っ立って見ていたら「濡れるから乗ってろ」と言われ、傘を畳んで助手席に滑り込んだ。なんでこの人は命令口調なんだろうと都は眉をひそめる。

運転席で彼はキーを回したり、計器を見たりしている。そしてふんふんと頷くと、急に携帯を取り出して誰かに電話をしはじめた。

「おう、俺。まだ店だろ？　いや、おめーの車、まだ駐車場にあったから。わりーけどすぐ駐車場来てくんない？　知り合いの車のバッテリー上がっちゃってさ。おめーケーブル積んでるだろ。え？　いいからとっとと来いよ」

乱暴な口調で彼は言い、無造作に電話を切った。

うわあ、この人絶対元ヤンキーだ、いや現役でヤンキー世界にどっぷり浸《つ》かっている人だ。都は額に手をやってがっくりうな垂れた。田舎に蔓延《はびこ》るヤンキー文化が大の苦手だ。嫌いというよりも、恥ずかしくて目をそむけたくなる。けれど地元で暮らす以上悪口を言うと差し障りが大きすぎるので、口に出さないように気を付けてきた。

改造やペイントを施した車や、ファミレスでもモールでも自宅の延長線上のジャージ姿で闊歩する姿や、デザインだけセレブブランドのものを真似た安っぽいブーツや、そういうものから牛久大仏のように目を逸らして無視してきた。

店に来るお客は仕方ないが、極力関わりを持たないようにしていた。なのに油断したと都は後悔した。電話の相手に「知り合い」なんて言っていたことも腹が立つ。

彼は電話を終えると車の外へ出て、ボンネットを開けはじめた。都も慌てて外へ出て彼に傘をさしかけようとすると「乗っとけ」とぴしりと言われた。

「なんなの偉そうに。さいあくー」

すごすごと車に戻った都はひとりごちる。上げたボンネットの陰に隠れて彼が何をしているのかは分からない。自分で車のボンネットを開けたことなど教習所以来なかった。

やがてモールの方からビニール傘をさした男が姿を見せた。寿司屋に手をあげて近づいてくる。よく見ると丸い縁の眼鏡をかけていて、夕方休憩室で見かけたお洒落眼鏡の男だった。丸眼鏡は彼と二言三言話すと駐車場の奥へ向かい、停めてあった自分の車を運転して都の車と向かいあうように停めた。車種はわからないが車高の低いヤンキー車ではなく普通のコンパクトカーのようだ。ヘッドライトがまぶしくて都は目をつむった。

丸眼鏡の方の車のボンネットも開けられ、何かケーブルのようなものでつないでいるようだ。やがて車が揺れて丸眼鏡が運転席に乗り込んできた。眼鏡のレンズと長い前髪が雨の滴で濡れている。

「こんばんはー、災難だったねー」

彼が都に向かって笑顔で言った。肌がきれいで華奢な肩をした今時のフェミニンなお洒落男だ。ヤンキー寿司職人と友人とはとても思えないチャラさだ。

「あの、なんだか大ごとになっちゃってすみません」

「いいのいいの。昔からカンちゃんには逆らえなくてさ。ていうか君、夕方休憩室ですれ違ったよね」

「……はい」

「カンちゃんがあの子可愛いって言っててさ、あいつがそんなこと言うの珍しいから二度見しちゃったよ。どこのショップ？　トリュフさん？」

「あ、そうです」

あの子可愛いって言ってた、と都は胸の内で呟いた。意外すぎてにわかには信じられない。本当にそう言ってたんですか？　と聞き返したかったがそれも嫌らしいかと思って呑みこんだ。

「僕はブルーシップ。ここは春からの勤めでさ。田舎でつらいよね」

彼の勤め先のセレクトショップは正門近くにあり、レディースも合わせたらアパレルの中では一番店舗面積が広く、このモールの目玉といっていいショップだ。

「寿司屋の方とはお友達なんですか？」

「中学の時の同級生」

「同級生？」

「同じモールに勤めることになるとは思ってなかったよ」

そこで寿司屋がフロントガラスの向こうから手を上げて合図をしてきた。眼鏡がキーを何度か回すと、しぶしぶという感じでエンジンがかかった。

「わ、すごい！　かかった！」

現金なもので有難迷惑という気持ちが吹き飛んだ。車の外へ出てふたりにぺこぺこ頭を下げて礼を言う。また雨が強くなってきていて、ふたりは「じゃあ」と言ってモールのほうへ戻って行こうとした。

「あの、すみません！」

急に不安になって都は慌てて彼らを呼び止めた。

「これって、このまま運転して帰って大丈夫でしょうか。途中でエンジン止まるってことはないでしょうか」

ふたりは都の切羽詰まった様子に顔を見合わせる。せっかくエンジンをかけてもらったが都は不安で仕方なかった。路上で止まってしまったらそれこそどうしたらいいのかわからない。すると丸眼鏡が寿司屋を肘でつつき、「カンちゃん、運転して送っていってやんなよ」と言った。

「そんな、それはいいです、悪いですから」

都が慌てて辞退すると、寿司屋は少し考える顔をしてから、じゃあそうすっかなと呟いた。

「いえ、本当にいいです！　ごめんなさい、ありがとうございました」

「いいよ、こっちも心配だから」

そう言って彼は再び運転席に収まった。丸眼鏡はあっさり背を向け遠ざかってゆく。都はおずおずと助手席に座った。正直、困惑より助かった気持ちのほうが大きかった。

「こんなことになって、なんだかすみません」

「いいって。不安なのはわかるから。家はどの辺？」

甘えてしまったことが恥ずかしくて小声で住所を言うと、なんだおれんとこと近いじゃんと彼は笑った。あ、笑った顔を初めて見たと都は思った。

車は夜の中を走り出す。また風雨が強くなってきてワイパーが忙しく動いていた。ベンチシートの軽自動車なので運転席と助手席の距離は近く、知らない男の肉感が触れ合いそうなところに感じられて落ち着かない。考えてみれば最近仕事でもなんでも女性とばかり接していて、父親以外の男性をこれほど間近にするのは久しぶりだった。

「この車、中古で買ったの？」

前を向いたまま寿司屋が言った。

「え？　はい、そうです」

「通勤にしか使ってない？」

「そうですね」

「最近エンジンかかりにくかったりした？」

「はい、朝なんかは一回でかからなかったです」

「たまには少し遠出しないとバッテリー上がりやすくなっちゃうよ。これ年式古いし気をつけたほうがいい。とにかくディーラーか修理工場に連絡してすぐ見てもらいなよ。もうすぐ車検なんだし出しちゃえば」

「え？　どうして車検って知ってるんですか？」

「そこに貼ってある」

彼はフロントガラスの隅に貼ってあるシールを差して「車検ステッカー」と言った。都は「はあ」と返事をする。彼の無表情な横顔が、この女なんにもわかってないんだろうなと言っているようだ。

「いつも自転車通勤なんですか？」

そういえばこの人の名前も知らないなと思いながら都は聞いた。

「そう」

「うちの近くだったら、モールまで自転車じゃ大変ですよね」

「まあね。でも一時間はかからないよ」

「こんな台風の日でも自転車すごいですねー。折り畳み傘どころじゃないですね」

彼はちらりと都を見て片方の眉を上げた。

嫌味を言ってもそうすっきりはせず、会話が途切れ、むしろ居心地が悪くなっただけだった。このあたりは畑の中に民家が点在しているだけなので街灯も少ない。すれ違う車もなくヘッドライトがセンターラインを浮きあがらせている以外は真っ暗だ。雨で濡れた足下や肩が冷たくなってきて、都は腕をさする。それに気がついたのか彼は空調のスイッチを入れた。

「暖房して大丈夫なんですか」

「エンジンかかってれば大丈夫」

「そういうものなんですか」

「女の人はあんまりそういうの知らないよな。ていうか興味ないよな」

「知らないと車に乗ったら駄目ですか」

「駄目じゃねえけど」

「男の人はどうして乗り物に興味あるんでしょうね。子供の時から男の子って電車とか車とか妙に詳しいじゃないですか。どんな性差なんでしょうかね」

なんだか口が止まらない。もっと無難なことを言えばいいのになに言ってるんだろうと自分でも混乱してきた。

「さあねえ、脳の構造の問題なんじゃないの」

「女は馬鹿だって言いたいんですか？」

「言ってねえって。むしろ女のほうが頭はいいんじゃねえ。現実的だしさ」

都がからんでも寿司屋は気にする様子もなく受け答えをした。

「今日に限ってどうしてバッテリー上がっちゃったんでしょうか」

「ルームライトかなんか点けっぱなしにしてなかった？」

「あ！」

そういえば今朝、寝坊をして車の中で化粧をした。その時あたりが暗くてルームライトを点けた気がする。

「ルームライトとかハザードなんかは案外電気食うね。スマホと同じで何かアプリが動いてたらどんどん充電減ってくでしょ。で、古くなってきたらフルチャージしてもすぐバッテリー切れになる」

態度の悪い都に、寿司屋は機嫌を損ねる様子もなく説明してきた。口を噤《つぐ》んで頷く。何を考えているのかよくわからない人だ。丸眼鏡みたいに軽い人の方がまだ扱いやすいように感じた。彼はそこでふあっと大きなあくびをした。きっと疲れているのだろう。殊勝な気持ちに都はなった。

「あの、私は与野都といいます。助けて下さってありがとうございます。毎日乗ってても車のことよくわかんなくて」

「え、ミヤっていう名前なの？」

彼がびっくりしたようにそう返してきた。どうして驚いているのかわからなかった。

「ミヤじゃなくて都です。でもなんで？」

「おれ貫一《かんいち》っていうの。羽島《はしま》貫一」

「はあ」

「貫一おみやって言ったら金色夜叉じゃん」

「金色夜叉ってなんでしたっけ」

「熱海の海岸を散歩したり、ダイヤモンドに目がくらんだりするアレだよ」

都はますます首を傾げる。

「小説ですか？」

「そう。たぶん明治時代の小説。俺も読んだことないけど。有名だよ」

「はあ」

うっすらと聞いたことはあるが、あまりにもわからなすぎて反応のしようがなかった。本当に調子の狂う人だ。

「おれの名前、別にそこからつけられたわけじゃねえんだけど。寿司屋の息子だから貫一。ひどくね？　主人公の間貫一《はざま》と一音違いで子供の頃、客のじいさん達にからかわれた」

そうか家がお寿司屋さんなのか。ということは回転寿司で修行なのかな、でも回転寿司なんかで修行になるのかな、と考えたところで、この前店で彼にクレームをつけたことを急に思い出した。予想外の展開で余裕を失くしていたのですっかり忘れていた。

この人、あの時のことを覚えているのだろうか。でもそれならば可愛いなどと言わない気がする。単に休憩室で見かけただけの人だと思っていてくれるといいのだが。

「前にさ、店、来てくれたでしょ」

やっぱり覚えていたんだと都は身を堅くした。

「あの時は悪かったです。俺、二日酔いで、態度悪くて」

彼があっさりと謝罪を口にしたのが意外だった。

「……いいえ。私のほうこそ、なんか生意気ですみませんでした」

「別に生意気じゃないよ」

「そうですか」

「俺がやな感じだったんだし」

「まあ、そうかもしれませんね」

再び彼は「お」という顔で都を見た。そしてにやにや笑いだす。なんだろう気持ちが悪い。

少しずつ沿道に大型店舗の灯りが増え、道が明るくなってきた。もう少し走れば鉄道駅だ。

「うちは線路を越えて少し行ったところなんですけど、貫一さんのお家はどのへんですか？　こんな雨の中帰れますか？　わたし送って行きましょうか？」

「家の前まで行くよ」

「車も大丈夫そうだし、いいですよ」

「そう？　じゃあ駅で交代しようか。おれんち、歩いていける距離だから」

常磐線の駅のロータリーに彼は車を止めた。外に出ると彼は後部座席に入れていたビニール合羽を取り出し羽織った。バス停の庇の下で向かい合う。そうして正面から見ると彼はかなり大きく見えた。

「本当にありがとうございました。何か改めてお礼させてください」

「いいよそんなの」

「でも」

「じゃあよかったら飲みにでも行こう」

貫一の口から出た言葉が意外すぎて、都は口をぽかんと開けた。携帯電話を取り出して「連絡先聞いていていい？」と彼はぶっきらぼうに言う。

そのはにかんだ様子が中学生の男の子のようで、都は軽い優越感を覚えた。連絡先を交換すると、貫一は雨の中を身軽そうに走っていった。

飲みにって。

じゃあ私、その時何を着ていこう。都の頭の中に浮かんだことは、まずそのことだった。


都が話し終わると、皆はしんとなった。そして互いの顔を見て、誰から発言するかを牽制しあっているような雰囲気になった。

「なにこの話」

口火を切ったのは絵里だった。そのとたん、全員が爆発的に笑った。

「ちょっとなんなのミャー！」

「ウケるんですけど！」

口々に言って皆は笑った。わき腹を押さえて涙まで浮かべている。別に何も可笑しい話ではないはずだが、昔から彼女達は都が真面目に語れば語るほど爆笑した。隣に座ったそよかだけが困惑した様子だ。

「ミャー、あいかわらず素っ頓狂だな」

「そいつイケメンなの？」

「可愛いって言ってくれればヤンキーでもアリなのか」

都は黙ったまま皆の笑いが収まるのを待った。

「だいたいその寿司屋に都がつけたクレームって何なの？」

絵里に聞かれて、寿司屋で態度の悪かった彼に文句を言った顚末を説明した。皆は再び都の話に聞き入り、そして目を丸くしてお互いの顔を見る。

「やる気のない回転寿司の店員！」

ひとりが大きな声で言い、皆はどっと笑った。

「ちょっとミャー、少しくらい親切にしてくれたからって別にそんなのと飲みに行く必要ないって。ただのヤンキーの車詳しい自慢じゃん」

「ちゃんとした寿司職人っていうならまだしも、回転寿司の店員でしょ？」

「ミャーにはもっといい男ができるって。そんなので妥協しちゃだめだよ。貫一おみやって何だよ。そいつ、単にやりたいだけなんじゃないの？」

都が予想していた通り、皆の寿司屋に対する反応は厳しかった。

「だいたいミャーは、そいつのことタイプなの？　好きになる可能性ありそうなの？」

顔をずいと近付けて絵里が聞いてくる。

「えー、別にタイプとかじゃないけど」

親切にしてくれたのは嬉しい。思ったよりも頼りになりそうな感じの人ではあったし、何故かは分からないが話しやすさも感じた。でもふてくされた働きぶりも見ているし、ヤンキー的センスは都が毛嫌いしているものだ。ただ急に知り合ったから気になっている。

「ミャーはほんとに男を見る目がないよね」

誰かが言って都はどきりとした。

「そうそう、高二の時に物理の堤《つつみ》のこと好きになってチョコレート渡してたよね」

「そうそう、つっつん！　あれは引いたわー」

「本当にミャーってわけわかんないね」

皆が盛り上がる中、都は確かにとうなずいた。堤先生は着ぐるみを着たみたいな小太りで冴えない外見だった。おじさんに見えたけれど実はまだ結構若くて、着ているものはいつも古くてダサいシャツだったがきちんとアイロンがかかっていた。よく園芸部の女の子達と楽しそうに花壇の整備をしていた。都はゆるキャラのような堤先生が何故だか好きだった。でも先生の好きなタイプの女性はセクシーアイドルだった。

服のセンスはあるつもりだけれど、男のセンスは悪いのだと都は思った。

「で、飲みに行くの？」

問われて都はゆっくり頷いた。結局飲みに行くのかよ！　と絵里が言い、皆は再び弾けるように笑った。

最近都はバスでモールに通っている。

台風のあと、車の調子が悪いようだと父親に言うと、整備工場に連絡してくれた。車はすぐ点検に引き取られて行って、父からは「外見だけで車を選ぶからこうなるんだ」と言われた。

都の車はもう販売終了になっている軽自動車で、どうせ自分の車を買うなら、そして高級な車には手が出ないのなら、ぼろくても可愛い車がいいとネットで探したものだった。車検までの期間が短いことや、バッテリーが劣化しているかもということは考えもしなかった。

車検も通すことになり、工場が混んでいて一週間ほどかかると言われた。その間、隣の駅まで一駅電車に乗り、その駅から出ているモールへのシャトルバスに乗って通勤することになった。

家から最寄り駅まで十五分も歩かないとならないし、電車は都会と違って本数が少ない。車通勤よりはだいぶ時間がかかるので家を出る時間も早くなる。けれど精神的には楽だった。ただ乗っていればいいバスではスマホを見たり居眠りをすることができる。車が戻ってきても都はそのままバス通勤を続けていて、もう車を手放してしまおうかという気持ちにすらなっていた。多少は不便になるが、そうすれば維持費も税金も浮くことになる。

朝早い時間のバスには従業員達が乗っているが、座れないほど混んではいない。深まりはじめた秋の景色を都はぼんやり眺めた。木立の上には吸い込まれそうな透明な空が広がっている。遠くの牛久大仏もどこか眠たげだった。

バスに揺られてうとうとしていると携帯が震えた。画面にはメッセージが表示されている。貫一からだった。

――今日早番？　遅番？　おれは遅番。渡したいものがあるから休憩時間そっちの店に寄っていい？

読んでぎょっとする。店に来られるのは勘弁だ。

――今日は早番です。休憩時間か仕事上がりにこちらから行きましょうか

――じゃあ終わったら店のぞいて

――渡したいものって？

――大したものじゃねーから

大したものかどうか聞いてるわけじゃなくて、と都は眉を寄せる。「変な人」と呟いて携帯をしまった。

飲みに行く日程はまだ決まっていなかった。何度かメッセージをやりとりしたが、彼は彼なりに用事もあるようでなかなか互いの都合がつかなかった。

もうどうでもいい、と都は思った。万障繰り合わせてまで是非ふたりで会いたいわけではない。こちらが好きというわけでもないしと投げやりな気分で思った。

その日、ショップに新しいマーチャンダイザーがきた。

長谷部は産休ではなく退職したそうだ。店長が言っていたように夫の収入で十分食べていけるからだろうか。それとも優秀な長谷部のことだから出産を機にどこかへ転職するつもりなのかもしれない。聞いてみたい気がしたが本人に直接連絡するほど親しかったわけではない。

新任のＭＤは男性だった。かなりイケメンだと前情報で聞いていたが、ショップに現れた本人は噂以上の男前だった。

細身で上背があり、前任の長谷部よりずいぶんと若い。挨拶回りの日だからか、控えめなスーツを着ていた。濃いめの顔立ちで、顎にはラフな感じの髭を生やしている。はらりとかかる前髪

がいいバランスだ。袖から覗いたシャツやパンツの丈も、感じよく浮かべた笑顔も、非の打ちどころがなかった。

どうしてこういう人には興味が湧かないのだろうと都は不思議に思った。どうしてゆるキャラとかヤンキーとかが気になってしまうのだろう。だから友人達にも笑われたり呆れられたりするのかもしれない。


その日、早番を終えて寿司屋を外から覗いてみた。

すると、白い作務衣姿のまだ学生のような男の子が向こうから扉を開けて「いらっしゃいませ、イチメイサマですか」と都に声をかけてきた。外見は日本人に見えるが、微妙に言葉のアクセントが違う。最近モールでも、東南アジア系や中国系の従業員が増えている。ネームプレートにさりげなく目をやると「ニャン」と書いてあった。ニャン？　と首をかしげてじっと見てしまう。

「カウンター席がヨロシイですか？」

ものすごくにこやかな笑顔で言われ、都は慌てて手を振った。

「いえ、えーと、食事じゃなくて、ええと」

そこで奥にいた貫一が都に気がつき、カウンターの中から手を上げた。そして顎で店の外を指す。あいかわらず偉そうな態度だ。都が外に立っていると、すぐに貫一が出てきた。

「いいんですか、営業中に」

「大丈夫。こんな半端な時間に客こないし」

促されて店の列が途切れるあたりまで歩いてゆく。日は暮れ始めていて冷たい風が吹いているのに、貫一は薄手の作務衣一枚だ。都はウールのマフラーをぐるぐる巻いているのに彼は少しも寒そうではない。

「あのバイトの子はどこの国の人？」

「ベトナム。筑波大の留学生だって」

「優秀なんだね」

「俺らと違ってな」

「一緒にしないでください」

「おみやは学歴あんの？」

「高卒だけど」

「十分じゃん」

彼はスタッフオンリーと書かれたスチールドアの前に寄り掛かるように立つと、ズボンの尻ポケットから文庫本を取りだした。

「はいこれ。俺はもう読んだからやるよ」

差し出されて受け取ると、分厚い文庫本のタイトルは『金色夜叉』だった。

「どうなのと思ったら意外に面白かった」

本は彼が尻ポケットに入れていたせいか少しゆがみ、体温でうっすら暖まっている。

「え？　なにこれ、渡したいものってこれ？」

「興味ないかもしれないけど、まあ暇な時にぱらぱらめくってみ。返さないでいいから」

こんなもの貰っても、と都は思いながら受け取った。

「……ありがとうございます。本好きなんですか」

「まあ普通かな」

「私はあんまり」

都が明らかに嬉しくなさそうにしていても、彼は気にする様子もなく笑った。破顔すると目尻に皺がよってずいぶん印象が違う。ヤンキーなのに本が好きなのか。本当によくわからない人だ。渡された文庫本をバッグにしまうため目を落とすと、素足にスニーカーを履いた彼の足もとが目に入った。大きい足だ。くるぶしが巨木のこぶのようにごつい。

「おみやは早番が多いの？」

見とれていた都は問われて顔を上げた。

「私ですか？　土日以外はだいたい早番です」

「じゃあ飲みに行くの、来週の月曜か火曜はどう？」

「来週の月曜は休みで」

「何か予定があんの？」

「いえ、昼間は病院なんですけど、夕方からはあいてます」

「病院？　どっか悪いの？」

「あ、私じゃないです、母の付き添いで」

「そう。じゃあ月曜にしない？　おれ早番にしてもらうから」

「はあ」

「じゃまた連絡するわ。お疲れ」

貫一はそう言うと都の肩を軽く叩いてから店の方へ戻っていった。その叩き方は異性の触り方ではなくて、上司が部下を励ますような感じだった。

急にひとり取り残されて、都は釈然としない気持ちでしばらく立っていた。

ふたりで飲みに行くのが具体的に決まったことが、楽しみなような面倒なような、複雑な気分だった。男性とふたりで出かけるなんて地元に帰ってきて初めてだ。

帰りのバスの中で文庫本を開いてみた。こんな厚い本は読んだことがない。冒頭を少し読んでみたが、現代語と違っていて日本語なのになにが書いてあるのか全然頭に入ってこなかった。

――ママ、起きてる？　そろそろお昼だけど何か食べる？

仕事休みの日、昼近くになっても母が起きてくる様子がなかったので、都は携帯でメッセージを送った。

しばらく待ってみたが返事はこない。仕方なく三階への急な階段を上がっていった。最初から直《じか》に行けばいいのだが、都は母の部屋に入るのが苦手で、できれば避けたいと思っていた。

わざと足音をたてて階段を上り、ドアを叩く。返事がないのでそっと扉を開けてみた。

母はベッド脇の一人掛けソファに座ってテレビに顔を向けていた。ヘッドホンをしている後頭部が見える。テレビに映っているのはどうやら韓流ドラマのようだ。傍らのベッドは乱れ、あちこちに服や雑誌の山ができている。

母の部屋は屋根の傾斜が張り出している、いわゆる屋根裏部屋だ。建て売りのこの家を内覧した時から母はここをいたく気に入って、花柄の壁紙を貼り、両開きの小窓と天窓の枠を白く塗らせた。最初は「小公女おばさん」と言ってからかったが、その夢見るスペースに籠城している母を見る度に都はかける言葉を失っていった。きちんと片づけて可愛くしていたのは最初だけで、だんだんと散らかっていって、部屋の隅に綿ぼこりが目立っても自分では掃除しないし、人にもさせようとしない。

「ママ、起きてたの」

呼びかけると母は振り返った。都を見ると億劫そうにヘッドホンを外す。

「なに?」

「何か食べない?」

すると母はテレビを指して「これあと十分くらいで終わるから」と言った。都が二階に降りて食事を作っていると、五分もたたないうちに母が現れた。

「ドラマ見終わったの?」

「ううん、つまんなかったからもういい。樫山《かしやま》さんが面白いって韓流ドラマのＤＶＤ貸してくれたんだけど、どこがいいのか全然わかんなかった」

樫山さんというのは母の昔からの知り合いで、今でも調子がいい時にはお茶をしたり電話で話したりしている女性だ。最近母は機嫌が悪くなると、彼女のことを殊更悪く言う。

都が黙っていると母はテーブルに肘をついて大きく息を吐いた。パジャマに毛玉だらけのカーディガンを羽織っている。

母の体調は秋が深まるにつれ下降していった。九月に病院へ行った時、もう母は大丈夫、あとは治ってゆく一方だと思った都は、自分の落胆をうまく隠せないでいた。

「チャーハンでいいよね。昨日の焼き豚入れるね」

「玉ねぎ少しにしてね」

父が昨日買ってきた焼き豚と野菜を刻んで冷や飯を炒める。何が悪いのか昔母が作ってくれたようにはできず、べちゃっとしてしまう。自分で作っておいておいしくなさそうだと思う。それを汁物と一緒に出した。

「なにこの味噌汁、どろっとして」

椀から口を離して母は言った。

「ネットで見て、とろろを入れてみたの」

「ふーん。あんまり好きじゃないかも」

「長イモはホルモンのバランスを整えるんだって」

優しい言い方をしようと思っているのに、つい責めるような口調で言ってしまう。相手が苛々しているとこちらにもそれが感染する。母は黙り込んだ。

食事が済んでお茶を淹れた。こんな雰囲気の時に言いたくはないが、店長に返事をしなければならないので、都は仕事の話を切りだした。出来るだけ柔らかい声になるよう注意する。

「ママ、私、十二月に入ったらシフトを週に五日入れてもいい？」

母は横を向いたまま硬い声で答える。

「なんでママに聞くの？　あなたの仕事なんだから好きにしたら？」

「ママ、ひとりで病院行ける？」

「行くわよ」

「最初はタクシーでもいいと思うけど、来週、試しに一緒に電車とバスで行ってみようか。三十分くらい早めに出れば大丈夫だと思うよ」

何か言い返してくるかと思ったら、母はそのまま視線を落とした。伸びた髪が横顔を隠す。ひどく意地悪をしているような気分になった。

食器を洗っていると、カウンターの向こうから「ねえ、都」と母が言った。先ほどまで尖っていた声は力を失くしていた。

「昨日雑誌で読んだんだけど、ホルモン治療って、癌の発生率だけじゃなくて狭心症になる確率も高いって」

「……どんな雑誌？」

「なんか健康雑誌。やっぱり漢方治療に変えた方がいいのかしら」

またその話かと都は唇を嚙んだ。ホルモン治療をはじめる前にそれは父が散々調べて説明して、母も納得したはずだった。主治医によるとそういうデメリットがあるという説は、まだ明確な実証はされてはいないがないとも言い切れないということだった。母の場合、激しいほてりや倦怠感が、ホルモン治療で劇的に緩和されていた。治療はまだしばらくは続けなくてはならないそうで、それが母には不安で仕方ないようだ。都も、母が重篤な病気にかかるリスクが高くなるのはとても心配だ。だから、どうしても不安ならばやめてもいいのではと常々言っているのだが、母は自分の意見を決めきれない。

「今度婦人科の先生にもう一度相談してみよう。私も一緒に行くから」

「でも何度も同じこと聞いたら先生に嫌がられそうで」

娘には何度も同じことを言っても嫌がられないと思っているのか。かっとしそうになったが、一番つらいのは病を患っている本人なのだと自分に言い聞かす。自分だって何かトラブルがあったら、友人に愚痴を聞いてもらったりするではないか。

母の目尻に涙が滲むのを都は見てみないふりをした。

貫一と飲みに行く日、都は悩んだ末に「私服」を着ることにした。

久しぶりに美容院へ行ってパーマとトリートメントをした。前の晩にパックをし、爪も塗り直した。『金色夜叉』も四分の一くらいは読んだ。

待ち合わせたコンビニで、貫一は都を見ると明らかにぎょっとした様子だった。

「いつもと感じが違うね」

「休みの日だから」

素知らぬ顔で都は言う。彼の方は特にどうということのない恰好だ。チェックの綿シャツにジーンズ、古そうな革のジャケットを羽織っている。野暮ったくはあったが、それほどヤンキー風ではないことにとりあえずほっとする。

「どこ行きます？　このあたりのお店？」

どうせ店など考えてきていないだろうなと思いながら聞くと、「なんか最近できた店がこの先にあって」と言った。

「あ、調べてきてくれたんですか」

「うちの店の子に聞いて。人気あるらしいから一応予約しておいた」

「えー、すごいじゃないですか」

何も期待していなかったので、都は彼を少し見直した。

「ベトナム料理なんだって。珍しいよな」

「あれ、それってホイアンカフェじゃない？」

「あ、知ってた？　他のとこのがいい？　でも俺が知ってる店だと知り合いに会っちゃうかもしんねえから。俺はいいけど、おみや、嫌だろ」

「いいですよ、そこ美味しかったから行きたいです。あとおみやって言うのやめて下さい」

ぶらぶら歩いて店に向かった。月曜の夜なのにもうテーブル席は全部埋まっており、ふたりはカウンターに座った。まだよく知らない人と食事をするのはカウンターの方が楽でほっとした。

エスニックはよくわかんねーと彼が言うので都が料理を注文した。春巻きや青菜の炒め物やバインセオを頼む。虎の顔のラベルが貼ってあるビールで乾杯した。

開口一番、彼が「普段はそんな恰好なの？」と聞いてきたので都は苦笑した。

「相当気に入らないみたいですね」

今日は自分でもやりすぎだと思う程森ガールにしてきた。ワンピース二枚重ねで裾からは重ねたレースがふんだんにはみ出ている。

「仕事の時は普通なのになんでそうなっちゃうの？」

「これが私の普通です」

「せっかくウエスト細いのに。台風の時、ブラジャーちょっと透けて色っぽかったのに」

「いきなりエロ発言ですか！」

睨むと彼は大きく笑った。貫一があまり楽しそうに笑うので、都もつられて笑ってしまう。料理がやってきて、貫一は一口食べると「なんだこれ美味いな！」と大きく言った。先日は宴会だったのでじっくり味わえなかったが、都もこの店の料理は抜群に美味しいと改めて感じた。添えてあるパクチーは新鮮で柔らかく、素材もいいものを使っているのだと思った。

「おみやはずっと服の仕事？」

「そう、高校出てすぐ。好きなブランドの服を山のように買いたくて、そしたらもう勤めちゃったほうが早いと思ってアルバイトで入ったの。社員にもなったんだけど、十年勤めて辞めて、今はコンサバ服を仕事って割り切って売ってます」

「バイトから社員になったんだ。偉いなー」

「貫一さんは？」

「俺？　俺はただのバイトだよ」

「家がお寿司屋さんだって」

「前はね、今は廃業してもうない」

感触が硬くて、あ、そう、と呟く。聞かれたくないことなのかもしれないと思い、都は話題を変えた。

「ていうか、貫一さんっていくつですか？」

「三十になったとこ」

「え？　三十？　何それ、私三十二なんですけど」

「うっそ、おみや、年上なの？」

「年下なんじゃない！」

都は思わず音を立ててグラスを置いた。

「ずっと敬語使って損した！　むかつく！」

「おみやが勝手に使ってたんだろ」

また彼は可笑しそうに笑い声をたてた。

「もうー、あったまくる！　もっと飲む！」

「おー、飲め飲め」

貫一は通りかかった店員に酒のお代わりを注文すると、ふいに立ち上がって「煙草吸ってくる」と言って店の外へ出て行った。

都は息をついてあたりを見回す。満席の店内は騒々しくはあったが、いやな感じではなかった。

皆楽しそうに飲んで食べている。自分も楽しんでいるな、と都は思った。

「こんばんは」

急に声をかけられて振り向くと、若い男の子がにっこり笑って都を見下ろしていた。

エプロンをかけているので店員なのだとわかったが、追加した酒や料理を持ってきたわけでもなさそうだ。それにどこかで見たことがあるような顔だ。

「料理、おいしいですか？」

「え？　は、はい」

「僕のこと覚えてます？」

誰だっけと都はきょとんとしてしまう。

「この前寿司屋サンに来ましたよね。貫一さんの彼女サンでしょ？」

「あーっ、ニャン君！」

先日、回転寿司に貫一を訪ねていったときに店にいた、バイトのベトナム人の男の子だった。

彼はぴかっと笑顔の彩度を上げた。

「はい、ニャンです！　ネームプレートみましたか」

「そう。あの、私のあだ名がミャーだから、印象に残ってて」

「ミャー？　猫の鳴き声？」

「ミヤコっていう名前なんです。小さいとき自分のことを、ミヤ、ミヤって言ってて、そのままミャーになって」

説明したとたん、ものすごく幼稚なことを言っているような気がして、恥ずかしさがこみ上げてきた。

「日本の人はみんな猫がスキですね。僕も名前で得してる。すぐ覚えてくれるし、親しみをもってくれる。ミャーさん、猫同士仲良くしてください」

右手を差し出されて、都は一瞬戸惑った。いや、ただの握手だとおずおずと自分も手を出した。手が触れ合ったとたん、彼は左手も添えて両手で都の手を強く握ってきた。人の手に触れたことなど久しぶりで動揺してしまう。

「こ、ここでもアルバイトですか?」

聞きながら手を引こうとしたが、がっちり握ってきて彼は離そうとしない。

「ここ、僕のお兄サンの店なんです。だから忙しい時は手伝ってます」

「えー、そうなんだ! 私、この前大勢で来たの。みんな美味しいって言ってすごく盛り上がった。お洒落だし、いいお店だね」

「嬉しいです! お兄サンも喜びます」

「おい」

そこで戻ってきた貫一が、肩をぶつけるようにしてニャン君を小突いてきた。やっと手が離れて都はほっとする。

「なに、手え握ってんだよ」

「貫一サン、彼女サン、可愛いですねー」

まったく悪びれずにニャン君は言った。

「彼女じゃねえよ」

「じゃあいいでショー」

そこで他のテーブルから呼ばれて、ニャン君は笑顔のまま去っていった。貫一は舌打ちをしながら椅子を引き、腰を下ろした。

「ニャン君から話しかけてきたのか？」

「そう。びっくりしたー。このお店、彼のお兄さんがやってるんだってね」

「らしいな。奥さんは日本人らしいよ。ニャンくんの家、かなり金持ちで、日本でいろいろ商売やってるんだって」

「へー、なんかすごいね」

「そーだな」と彼は平坦な感じで言った。そして都の顔を覗き込み、「ねえ、なんで世の中にはあんなに服ばっか売ってんの？」と唐突に聞いてきた。急に話題が変わって、都は首を傾げる。

「なんでって……」

「いま煙草吸いながら思ったんだけど、アウトレットだけじゃなくて、新しくショッピングセンターとか出来ると七割くらいは服屋じゃね？　服ってそんなに儲かるの？　あれ全部本当に売れてんの？」

改めて聞かれると、うまい返答が思いつかなかった。新しい服を買うと新しい扉が開いて、その向こう側は何も悪いことがないような気がするじゃない、そう言ってもこの人が納得しそうもない。

「それほど儲かってないよ。シーズンのもの全部売り切れるわけじゃないし」

「なー、そうだろー」

「でもお寿司屋さんだって仕入れた魚が全部売り切れるわけじゃないでしょ。服だって鮮度の商品なの。定番商品もあるけど、ラインは毎年微妙に変わってくし」

「なんかどの店でもおんなじようなの売ってない？」

「それはそうだよ。流行のものを一斉に売ってるんだもん。流行って意図的に作ってるんだよ」

「そうなの？」

「二年くらい前にその年の世界中の流行色が決められて、各国のスタイリングオフィスってとこで素材とシルエットを決めて通達するのよ。各社、糸とか生地とかそれぞれ決めるけど、まあ同じようになる仕組みなの」

「へー、面白いな！」

「そうかな」

「それぞれの会社で、まったく違うデザインのものを出したいとは思わないわけ？」

「そりゃ細かくみればいくらでも違うし、ハイブランドなんかはそのデザイナー独自の世界があるけど、大衆ブランドは余所と似てないと安定して売上出せないよ。日本人はみんなと同じ服がいいんだもん」

「お洒落って人と違うのがいいんじゃないのか」

「浮かないのが何より大事なの。みんなと同じような服で、でも細部がちょっと違うってところが大事なの」

「じゃあ服屋なんてあんなに沢山なくてもいいんじゃね？」

「でもさ、たとえば車なんかは私にはほとんど同じデザインに見えるよ。みーんな尖った顔して釣り目でさ、でもいろんな会社でちょっとずつ違うのを売りたいんでしょ？　それが商売なんでしょ？　それと同じだよ」

「なるほどなー、面白れえな」

　いやに感心されて都はくすぐったくなってきた。

「じゃあおみやは、そういう画一的な服の世界がいやになって会社辞めたのか？」

「んー、そういう部分もあるのかも。でもまあ、他にできることもないし」

「あ、それ俺もそう。すぐに換金できる技術って寿司しかねえの。あ、寿司だけってわけでもないか。割烹で下働きしてたから、和食なら何とかできるかな」

「すごいね、私、料理は好きじゃなくて」

「仕事だから別にすごくねえよ。俺だって服のこととか、流行のこととかまったく知らねえし。おみやは面白れーな。自分のやってる仕事、そうやって見られる女の子は珍しいんじゃね？」

「なにそれ、仕事に男も女もないでしょー。あんたのまわりにはそんな女の子しかいなかったの？」

自分でも酔っているなと思いながら、都は彼の頭をぺちんと叩いた。

「わりい、適当なこと言った。おみやは頑張ってる」

「ふーんだ、ばーか」

彼はカウンターに肘をついて、都の顔をにやにやして眺めている。

「私が頑張ってるなんて、あんたにどうしてわかるのよ。私はね、もう一生仕事なんか二の次でいいの。だって本気で仕事したら、私は他のことなーんにもしたくなくなっちゃうから」

「いいじゃん、しなければ」

「そんなわけいかないの。それこそ私は女の子だから、家のことしなくちゃならないの。一人っ子だから私しかいないの。あのねー、何年か前からうちの母親が病気で」

知り合って間もない人に何を言っているんだろう。そう思っても口が止まらない。

「病気っていっても更年期障害なんだけど。あ、でも更年期障害っていってもひどいの、重症なの。何日も寝込むし、家事一切できないの。放っておくとバスローブの紐をわっかにして部屋に吊るしてじっと見てたりすんのよ。目え離せないっつーの」

さすがに貫一はにやけるのをやめ真顔になった。

「で、パパが言うのよ。俺が仕事を辞めるわけにはいかない、まだ家のローンも残ってるし、ママとお前のために俺はもう少し金を作りたい。だから済まないけどお前が仕事を辞めてくれないかって。そりゃそうよね、だって私の給料なんてたぶんパパの半分以下だよ。私だってママが心配で心配で、治ってほしいし死んでほしくないし」

「そうなのか」

「でもね、最近具合がよくなってきて、ママの方からフルタイムで仕事していいって言ってきて、やっと未来に光が見えた気がして嬉しかったのよ。でもさー、いざそうなってみると、私やっぱりママのこととか家のこととか、目を逸らしたくなっちゃったんだよね。なんで私がここまでやんなきゃならないのとか、不平不満が爆発しそうでさー。家事をやりつつ、家族の体調も見つつ、仕事も全開で頑張るなんて、そんな器用なこと私にはできそうもない。でも世の中の、たとえば子供いる人なんかは、みんなそうしてるわけでしょ。ジャグリングっていうの、あのボウリングのピンみたいなの、四本も五本も一斉に回してるみたいな生活を毎日してるんでしょ。なのに私、これしきのことで、なんか頭がぐるぐるしちゃって」

「そうか、自転しながら公転してるんだな」

「は？」

貫一はカウンター越しに自分と都の分の酒を頼んだ。

「なあ、おみや」

彼は顔を寄せて都に囁いた。

「地球はどのくらいの速さで、自転と公転してると思う?」

「そんなの知らないよ」

「地球は秒速465メートルで自転して、その勢いのまま秒速30キロで公転してる」

都がぽかんとする。

「地球はな、ものすごい勢いで回転しながら太陽のまわりを回ってるわけだけど、ただ円を描いて回ってるんじゃなくて、こうスパイラル状に宇宙を駆け抜けてるんだ」

貫一は炒め物の皿に残っていたうずら卵を楊枝で刺し、それを顔の前でぐるぐる回した。

「太陽だってじっとしてるわけじゃなくて天の川銀河に所属する2千億個の恒星のひとつで、渦巻き状に回ってる。だからおれたちはぴったり同じ軌道には一瞬も戻れない」

「さっきから何言ってんの?」

「いや、面白いなって思って。おれたちはすごいスピードで回りながらどっか宇宙の果てに向かってるんだよ」

都は貫一の顔を覗きこんだ。瞼がとろんとしている。顔には出ていないが相当酔っぱらっているのかもしれない。

「おみや、しかも地球の軸は少し傾いてるの知ってるか?」

彼は楊枝に刺したうずら卵を都の顔の前にぐいっと出した。

「できたばっかりの地球の地軸はまっすぐだったらしい。それがある日、でっかい火星くらいある小惑星がばーんって地球にぶつかって、その衝撃で23度傾いちゃったそうだ。ジャイアントインパクト。こんな感じに」

楊枝を傾けて彼はくるくる回した。

「その時の衝撃で宇宙に飛んだ破片が地球のまわりを回ってそのうち集まったのが月になった。そのジャイアントインパクトのおかげで傾いたから地球にはまんべんなく寒暖が生まれて、生き物が発生した。傾きながら自転公転してるから季節があって、夏にはTシャツが売れて、冬にはコートが売れる。で、おみやの給料が支払われる」

「さっきから何が言いたいの？　飲みすぎじゃない？」

「俺もわかんなくなってきた」

急に素直に貫一は認めた。うずら卵を皿に放ると、目を閉じて首を垂れる。都も強い眠気を感じた。いったい何杯飲んだかわからない。こんなに飲んだのは久しぶりだった。

「おみや、もう帰ろうか」

「うん」

都は傍らに置いてあった伝票を取り上げ、お会計をと言って店員に渡した。店を見渡したがニャン君の姿はなかった。

「明日仕事か？」

「そうだよ」

「早番？　遅番？」

「ええっと、あ、明日は遅番なんだ。シフト代わってほしいって店長に頼まれて」

「おみや、じゃあこのあとおれんちで飲もう」

都は目を閉じたまま言う貫一をじっと見た。

「やだ。行かない」

「なんで。来いよ」

「付き合ってもない人の部屋になんか行かない」

貫一はゆっくり首を上げて目を開けた。意外にまつ毛が長い。

「じゃあ付き合おう」

「じゃあって何よ」

「もうニャン君に手え握らすなよ」

頭がぼうっと痺れていくのを感じた。そして「うん」と頷いた。

3

そよかと一緒に買い物へ出たのは、年が明けて正月ムードも街から消えつつある頃だった。会おう会おうとお互いずっと言っていたが、なかなか会えなかった。十二月に入ってからはクリスマスセール、歳末バーゲン、そして初売りのために福袋の準備と息をつく間もなく、早番から遅番までの通しの日が続いていた。少し早く帰ることができる日は結局貫一と会ってしまって、帰宅するのは連日深夜だった。

一月も半ばになり、久しぶりに土曜日に休みが取れて、やっと会えることになった。服を見立ててほしいと言われたが、正直なことを言ってアウトレットには売れ残りの服しかもうなくて、都はどこか都心のショップの春物を定価で買うことを提案した。そよかは東京まで出なくてもいいよ、柏《かしわ》でいいよ、そのくらいが自分にはちょうどいいと言った。

柏は都達が住む町から東京へ向かう途中にある、大きなターミナル駅だ。ショッピングビルや百貨店も複数あって、高校生くらいまではよく買い物に来た。けれど大人になってからは、柏はただ通過する街になっていた。

そよかに似合いそうなブランドのショップにいくつか目星をつけ、駅ビルに入っている百貨店に来た。どの店のウィンドウにも大きな赤札がこれでもかと貼られている。すごい人出だったが、バーゲンは終盤に入ってきていて、やはりめぼしいものは残っていない。

「どうかな、都さん」

試着室のカーテンをそっとめくってそよかが顔を出した。

「おー、いいねいいね。すっごい似合うよ、そよちゃん」

「ほんとですか。胸元あきすぎじゃないですか?」

「全然平気だよー。はい、これつけてみて。ネックレスつけると胸のあきも気にならないから」

「パンツもこの丈でいいのかな」

「ガウチョは背が高い人が穿くほうが決まるんだよ」

ひょろっと背が高くて肩幅のあるそよかには、深く切れ込んだVネックのハイゲージニットに、流行りのガウチョパンツがよく似合った。半額になっていたコットンパールのネックレスは顔周りを華やかにみせている。接客してくれている店員の女の子も「すごく素敵です」と手を叩く。はにかみながら、そよかは腰のあたりに手をやり鏡の方を見た。人は自分の体の気にしている部分を無意識に触る。腰は確かに多少張っているけれど本人が気にするほどでもない。

「パンツ、それもいいけど、もうちょっとゆったりしたのも似合うかもね」

都がさりげなく言うと、「あ、同じお素材でタックの入ったのあります。お持ちしますね」と店員の女の子がすぐ反応した。それに穿き替えると、そよかは鏡に自分の後ろ姿を映し、ほっとしたような顔をした。

そよかの買い物が終わると、お互い少し自由に見ようということになった。

今日の都は、コートの下はどうということのないニットワンピース姿だった。あまり購買意欲もわかず、通路をぶらぶらする。入っているテナントは都の記憶と違って都心のデパートとそう変わらないものになっていた。ここなら家から通えるし、アウトレットよりはこちらのほうがよかったかとすら思った。

しかしそこまで考えて急に思い出す。今の勤務地を選んだのは、以前勤めていたブランドのグループがアウトレットモールには入っていないからだった。国内主要ブランドのほとんどが入っている百貨店では、確率は低いが、以前の職場の知り合いと会ってしまう可能性があった。会ったところで気にしなければいいのだが、その時はそういう気持ちになれなかったのだ。

目についたインナーの店に入って、安くなっていたボア素材のルームウェアを手に取った。思い出したことを忘れたくて、そのベビーピンクの、上品とは言えないウェアを都は買った。


服を見立ててもらったお礼に夕飯をご馳走したいとそよかが言って街へ出た。時々行く店があるのだと連れて行かれたのは、路地の奥にあるログハウス風の設《しつら》えのシチューの店だった。

「可愛いお店だねー」

「でしょう。すごく美味しいんですよ。でもこの前彼氏を連れてきたら、恥ずかしいからもう来たくないって言われました」

確かに店員もお客もほとんどが若い女性だ。シチューセットのドリンクの中にグラスワインがあったので都は白ワインを頼んだ。

「都さんってお酒強いんですか？」

「んー、前はあんまり飲まなかったんだけど、最近つられて飲む癖がついちゃって」

「いいじゃないですか、ふたりでお酒」

「そよちゃんは？」

「私はあんまり飲めなくて。でも彼がワイン好きで、時々ワインバーみたいな店へ行くんですよね。彼は別にいいって言うんですけど、スーツ以外はTシャツかパーカーみたいな服しかなくて、いくらなんでももう少し小綺麗な恰好したほうがいいかと思って」

「彼氏大人だね」

「おじさんなだけですよー」

「年上だと店決めるのはあっちだよね」

そよかの彼氏は五歳年上のバツイチだと言っていた。都の前の恋人はひとまわり年上だったので、デートではいつも大人っぽい店に連れていかれた。最初は素敵な店に舞い上がっていたが、いつからか負担に思うようになっていった。時間がない時や、簡単に済ませたい時でも、美食家の彼はチェーン店やネットに評判が出ていないような店には入らなかった。そよかの彼はそんな人ではなさそうだが、都は少し心配だった。

都とそよかは同時期に始まったお互いの恋愛について報告しあっていた。絵里たちには何を言っても笑われるか呆れられるかだし、東京にいた時の友人とは最近は会う機会も減っていたので、そよかが聞いてくれるのはとても助かった。

そよかは文具メーカーで営業職として働いている。互いの仕事の話や、高校を出てから会っていなかった間のことや、新しい彼氏の話をして都とそよかは笑った。女友達と美味しいものを食べて、肩の力を抜いて思う存分喋ると心から安らげた。貫一と付き合い始めて約三か月、楽しい盛りなのは確かなのだが、都はどこかうっすら気持ちが晴れないと感じていた。だが女友達といる時間は何も後ろめたさがなく、晴れ渡った空のようだ。

「そういえば私、もうすぐ一人暮らし始めるんですよ」

「えっ、そうなんだ！　いいな、いいな、私もしたいなー」

「しましょうよー」

「うーん」

都は母のことを話そうかどうしようか迷う。そよかは優しいし、少しくらい話しても引かれないかもしれない。

「したいけど、実はママがちょっと体調崩してて」

「え、おばさんが？」

そよかは子供の頃ずっと同じ団地に住んでいて、家にも遊びにきていたので、都の母には何度も会っている。

「あ、大丈夫、大丈夫。大したことないの」

「……ほんとですか？」

「ただの更年期障害だから」

「そうなんですか」

「でも落ちついたらまた一人暮らしするつもり。なんかもう三十超えてるのに、遅く帰ると親が不機嫌で」

「あー、わかります」

「そよちゃんは彼氏と一緒に暮らしたり結婚したりしないの？」

「えー、まだ付き合いはじめたばっかりですよー。あっちはバツイチだし」

「そっかー」

「ちゃんと考えたほうがいいのかもしれないけど、なんか具体的なこと考える気がしないんですよね。子供作りたいならいろいろ焦ったほうがいいんだろうけど、それすら自分の気持ちがはっきりしなくて」

「うん、私もそんな感じ」

デザートを食べながらお茶を飲んでいると、テーブルの上に置いてあったスマホが振動した。目を落とすとメッセージが表示されている。

――仕事終わっていま銭湯、これから来る？

今日はそよかと別れたら早めに家に帰るつもりだった。なのに「今日は帰る」と返信できなかった。そよかが柔らかく「貫一さんですか？」と聞いてきた。都は目を伏せたまま頷いた。


地元駅の改札を出て西口へ向かえば自宅、東口は貫一の部屋のある方向だ。人の姿もまばらな夜の改札を出た都は、少しも足を止めずに東口の階段を駆け降りた。寒風吹きすさぶ道を、肩をすぼめマフラーに顔を埋めて早足で歩く。木枯らしが前髪を上げて額を叩いた。

気持ちに足が追いつかず、だんだんと駆け足になる。「あれ？　私ってそんなにあの人が好きだっけ？」と覚めた思いがよぎるが足の速度はゆるまない。

アパートの脇には貫一の自転車が停めてあった。ドアを開けるとすぐ急な階段が二階へ続いている。暗くて冷たい玄関でブーツを脱ぎ階段を一気に上がる。タイツのつま先がそれだけで氷のように冷たくなった。

扉をノックすると「開いてるよ」と声がした。木製の薄いドアを開けると、一気に出汁の匂いと湯気に包まれる。彼はガス台に向かって何か作っていた。

駆け足で来た勢いのまま背中に抱きついていた。「危ねーな」と貫一は振り返り、犬の頭を小突くようにして都の頭を揺すった。鍋の中身はおでんだった。

「これ友達がくれた」

都がそう言って差しだした袋を覗き込むと「お洒落パンだ」と貫一は言った。帰り際にそよかが、お礼だと言って渡してきたものだ。

「おでんじゃパンは合わないね」

「別にいいじゃん。うまそう」

最近では彼の部屋にすっかり慣れた。ここではお洒落をして澄まして座っている意味はない。この前まで貫一にジャージを借りていたが、今日は先ほど買ったボア素材の部屋着に着替えた。髪をゆるくツインテールに結ぶと、あっという間にヤンキーカップルの片割れみたいになる。

炬燵の上に鍋ごとのおでんと、ドイツパンと、焼酎のお湯割りのグラスがふたつ置かれた。グラスは耐熱用のものを都がこの前買ってプレゼントした。それまでは、貫一の実家で昔使っていたという寿司屋の古い湯呑茶碗で飲んでいた。

グラスをぶつけ合って口をつける。匂いが強い芋焼酎が最初はいやで飲まなかったが、あまりに部屋が寒いので少しずつ口をつけるようになり、だんだんおいしく感じるようになってきていた。冷えたつま先は炬燵であっという間に暖まった。石油ストーブの上のやかんがひゅんひゅん蒸気を上げて、カーテンのかかっていない台所の窓は真っ白になっている。

そよかと夕飯を食べたばかりだったが、大根があまりにもおいしそうに煮えていたのでもらった。さすが綺麗に面取りしてある。口の中が熱くてやけどしそうだ。

「おー、このパンうめーな」

そよかがくれた、ドライフルーツやナッツがみっちり練り込んであるドイツパンを一口食べると貫一はそう言った。

都は仕事が忙しい中、週に二度も三度もこの部屋に来ていた。翌日の着替えを持って泊まり、この部屋から出勤したことも何度かあった。エアコンも風呂もないこの部屋が、何故だか居心地がよかった。

「泊まってくか？」

「今日は帰らないと」

「じゃあ、あとで送ってくよ」

「いいよ、タクるよ。チャリ寒いもん」

貫一は手を伸ばしてきて都の頬に触れる。顔を寄せ合って唇を重ねた。銭湯に行った貫一の首筋からは石鹼の匂いがした。


ベトナム料理の店に行った日、都は結局そのまま貫一の部屋へ来た。店を出てどちらからともなく手をつないで、唇を合わせた。それは深刻なキスではなくて、猫同士が鼻と鼻で触れて挨拶するような感じだった。なのにそうしたら、貫一と自分の手に突然強力な磁力が発生したかのように離すことができなくなってしまった。

恋愛が得意ではない都は、それまで周囲の人よりずっと慎重だった。高校を出てすぐに付き合っていた人も、そのあと長く付き合うことになった年上の恋人とも、体の関係を持つまでには時間をかけた。自分を安売りしないためではなく、戻れない一歩を踏み出す勇気がなかなか出なかった。なのにその日は不思議なくらい恐くなかった。

初めて貫一と飲みに行ったあの日、都は貫一の住処に来てとても驚いた。

寂れた商店街の外れ、シャッターの閉まったままの金物屋の二階に貫一の部屋はあった。建物の裏手の木製のドアを開けると、上がりかまちの先はいきなり急な階段が二階に向かって伸びていた。アパートというより下宿という感じだ。

部屋の中は思ったよりも広かった。四畳半ほどはありそうな板張りの台所に六畳くらいの和室で、風呂も洗濯機もなかった。早番の日は銭湯に行ってついでにコインランドリーで洗濯し、銭湯の営業時間以外でシャワーを浴びたかったらすぐそこのネットカフェへ行くと言った。

部屋の中にはほとんど家具らしきものはなかった。台所には冷蔵庫だけで食器棚もなく、和室には布団が敷いたままで、隅にはカラーボックスが三つほどあってその中には本が整理されずに押し込んであった。

あの夜、都は酔っていたが、その部屋を見て不思議といやな感じは受けなかった。金のかからなそうな暮らしだな、と思った。そしてまだ付き合ってもいないのに、この人が自分と関わることで、彼のどこか充足した生活を侵略することになりそうだと、勝手に罪悪感を覚えたのだ。

その万年床で都は貫一と体を合わせた。乾いた体に包まれると、シャワーも浴びられないことや、いつから洗っていないかわからないシーツも気にならなかった。ただ酔っていたからかもしれない。

寝てしまうと、彼の生活に変化をもたらす罪悪感より、この人にもっと近づきたいという、焦燥感にも似た衝動がばりばりと頭をもたげた。

都はそれを止められず、翌日もそのまた翌日も仕事が終わると貫一に会いに行った。仕事が忙しく時間もないのでまた車を運転するようになった。

最初から今に至るまで、好きかどうか、お互い言葉にはしていない。都が前に付き合っていた人は言葉が多い人だった。それに舞い上がったこともあった。慣れてみると貫一は比較的無口で、年齢よりずっと落ち着いていた。

貫一は都が来ていてもあまり構わなかった。ある夜、仕事を終えて彼の部屋へ行くと小さい液晶テレビが置いてあって、おみやのためにリサイクルショップで買ったんだと笑った。都にテレビを見せて、自分は壁に寄り掛かって本を読んでいたりした。

彼は駅前にある新古書店で適当に本を買っているようだった。小説は少しであとはノンフィクションや科学系の本で、読んだらそのままカラーボックスに突っ込んで、たまると紐で縛ってゴミの日に出していた。

煙草を吸う時にはどんなに寒くても、部屋から出ていく。廊下の突き当たりに引き戸があって、その外はベランダというほどでもない小さな物干しスペースになっており、貫一はそこで煙草を吸った。

都は眠くなって炬燵でとろとろまどろんだ。テレビが点いていてもここは静かだった。

「おみや、そろそろ帰りな」

貫一はそう言って都を揺り起こし、スウェット上下からセーターとジーンズに着替え、革ジャンパーを羽織った。

「送ってくれなくていいって」

「いいから。早く着替えろ」

「あー帰りたくない」

外へ出たとたん、あっという間に冷気が全身に沁みて胃の底のほうから震えがくるようだった。

貫一の自転車の後ろに乗って「さむーーーっ！」と大声を出した。

背中にしがみつくと、貫一は自転車を漕ぎはじめた。県道に出ると「パラリラパラリラパラリラーッ」と暴走族のクラクションを口真似した。都も笑ってパラリラパラリラーと声を合わせた。

顔に何か当たったと思って見上げると、雪がちらちら降ってきていた。

「雪だーーーっ」

「雪イエーーーイッ！」

「雪、ふざけんなーーーっ！」

楽しくて、楽しくて、都は大きな声をあげた。


都が家に居る時間はさらに減っていった。自室のある一階に風呂場も洗濯機もあったので、二階のリビングに上がらずに過ごす日々が続いていた。休日は日頃の睡眠不足を解消するため午後まで眠り、夕方になると車で貫一の部屋へ向かった。母親と顔を合わせたくなくて、携帯で「友達と会ってくる」とだけメッセージを送って家を出ていた。

その後、母は自力で病院へ行っているようだった。料理やその他の家事もしている様子だ。なんだ、やればできるんじゃない、と都は思った。

やってくれる人がいなければ、自分でやるんじゃない。

考えてみれば自分は一度家から独立した娘なのだ。少額だが家賃の代わりに毎月家に金を入れている。今はたまたま一緒に住んでいるだけだ。自分の時間をどう使おうが自由だ。だから罪悪感に苛《さいな》まれる必要などないのだ。

都は力むようにして、そう思った。


二月になると、モールは本格的に閑散期へと入った。

プロパー店では軽くて色鮮やかな春物が飾られる季節だが、アウトレット店の春はまだ遠かった。街で売れ残ったニットやコートが、木枯らしに運ばれて田んぼと畑に囲まれたモールに吹き溜まっている。

冬の閑散期は夏のそれと違ってとても長い。バレンタインや、春の新生活に向けてのフェアが行われるが、ゴールデンウィークまでは週末でも混雑というほどの来客数にはならない。年末から年始にかけての怒濤の忙しさから急に暇になるので、この時期は本当に気が抜ける。

「あのー、これってSしかないですか？」

眠気が抜けずぼんやりと品出しをしていたら、いつの間にか入店したらしいお客に声をかけられ、都は飛び上がるようにして振り向いた。

「あ、はい！　いらっしゃいませ！」

「……このセーターなんですけど、Lはありますか？」

少し嫌な顔をしながらその女性は聞いてきた。彼女が差し出してきたのはオフタートルのニットプルオーバーで、この冬各店舗で売れ残り、大量に入荷してきた商品だった。

「すみません、黒はもう出ているだけなんですよ。色違いでしたらサイズございます」

「うーん、あんまり明るい色じゃなければ」

三十代後半から四十代前半に見える女性だった。地元の主婦だろうか、メイクもしていないしラフな服装だ。店のブランドターゲットは二十代だが、アウトレットなので様々な年代の人が来店するし、プレーンなものなら母親くらいの年齢の人が買ってゆくこともある。

「オレンジならLがございます。煉瓦色に近いですから落ち着いた色合いですよ。あとベージュでしたらMがございます」

棚の下のほうに畳んであったものを出して手渡すと、その人は鏡の前で体に合わせてみた。それだけで、あ、オレンジ似合う、大丈夫と都は思った。

「ベージュのほうが無難かなあ」

「オレンジ、とてもお顔に映えますよー。どうぞご試着なさってみてください」

「でもベージュはMなのかー」

「どんな感じのボトムスに合わせられますか?」

「ジーンズか、ツイードのスカートか」

「ツイードでしたらオレンジが映えそうですねえ」

「うーん」

「今でしたら二着でさらに10％オフですので、両方いかがですか。オンにもオフにもとっても便利ですよ。こちらおうちでお洗濯できますし」

「そうなんだー」

「ご試着だけでもぜひどうぞ。着てみるとまた感じが違いますよ」

「うーん」

お客の煮え切らない態度に、いけないと思いながらも気持ちが毛羽立つのを感じた。そんなに悩むほどの値段じゃないじゃない。

ついムキになってしまい、粘って勧めて試着室に連れていった。似たタイプの他のニットも渡して試してもらったが、結局彼女は何も買わず、もう少し他も見てきますと言って店を出ていった。都は徒労感に溜息をついてプルオーバーを畳んだ。

昨夜はまた遅くまで貫一の部屋にいて、家に戻ったのは深夜だった。四時間ほどしか眠っていなくて体が鉛のように重い。体調が悪いと接客の引き際が分からなくなる時がある。

その時、レジの方から男性の声が聞こえてきてどきりとした。新マーチャンダイザーの東馬《とうま》が他のスタッフと話している。バックヤードの出入り口から入ってきたのだろう。見られていたのかもしれないと思うと少し鼓動が早くなった。


繁忙期が終わり、東馬はスタッフひとりひとりと面談を行っていた。今日は都の番だった。

都には新MDの東馬のことがまだよくわからなかった。愛想がないというわけでもないのだが、どことなく人を見下しているような感じを受ける。

前MDの長谷部は女性だったせいか、みんなで一緒に店を作ろうという雰囲気を感じさせてくれていた。反して東馬は上司然としており、遠慮のないダメ出しをした。最初はイケメンがきたと喜んでいたスタッフ達も困惑し、反感を持つようになった。最近では、顔を合わせれば皆彼の悪口を言う。

都はなるべく悪口大会に参加しないよう、かといって若いスタッフの不満の言葉を否定しないよう曖昧に相槌を打っていて、そのことでもかなり消耗した。何故か店長は東馬のことが気に入ったようで、聞いていて恥ずかしくなるような媚びを売った声を出す。それを見るスタッフ達には白けたムードが漂い、陰で店長を悪く言う者も出てきていた。

東馬はかなり頻繁に店内のレイアウトやボディのスタイリングを変えるように指示する。そのわりには自分では手伝おうとはしなかった。

アウトレット店舗は都心のテナントに比べて売り場面積が広く、特にウィンドウの幅が広い。装飾用品が多く必要なわりに、会社からなかなか回ってこないので、長谷部はよくプロパー店で不要になったインテリア小物を自分で集めて持ってきてくれた。それらを皆でレイアウトして、忙しい時でも学祭のような楽しい雰囲気があった。東馬が担当になって、店のムードは明らかに悪くなっていた。


休憩室に向かい合って座り、東馬は来月からの販売計画のことなどを説明しはじめた。今年はウェブショップでスプリングコートとセレモニースーツの予約商品を展開しており、かなり好評なのでアウトレット店にも期間限定で入れる予定なのだという。その販売コーナーを都に任せると言われ、思わず「えっ」と声を出してしまった。東馬は書類から顔をあげて都を一瞥したが、何も言わなかった。

任せるということは売り上げノルマもついてくるということだ。ノルマと言っても必ず果たさなければならないものではないが、達成できなかったら査定的に何かマイナスがつく可能性もある。正社員でもないのに荷が重いと思う気持ちと、ある程度の成果を見せれば何かキャリアに展開があるかもしれないという期待がせめぎ合う。

タブレットの画面を向け、スプリングフェアの商品一覧を彼は見せてきた。入荷の日付や、東馬の説明するポイントを聞きながら都はメモを取る。

彼は書類の他にノートを何冊かテーブルに広げていて、そこにはびっしりと数字やラフ画が書きこまれていた。噂によると彼は少し前に他社から転職してきたそうで、以前は営業畑にいたという。MDは店長経験者がほとんどだが、デザイナーや営業出身のMDも少しはいる。営業出身のMDは数字ばかりで服のことにはうといと聞いていたが、もしそうだとしても勉強熱心な人であるのは確かだと都は思った。

体を傾けてタブレットを覗きこみながら、近づいた東馬の顔を盗み見る。ふいに彼もこちらを見て至近距離で目が合ってしまった。慌てて都は体を離す。かすかだがスパイシーなコロンの香りがした。眉や髭が濃く、顔の彫りの深い東馬に似合っている。こういうのは自分で選ぶのだろうか、それとも恋人が選んでくれるのだろうか。

「ここのところ続けてお店を見せて頂きました。いくつか気になったことを言ってもいいですか」

「はい」

「まず先程のことなのですが、プルオーバーを買わなかったお客様」

「あ、はい」

やはり見ていたのかと、都は身構えた。

「試着までして購入しなかったのはどうしてだと思いますか」

「……すみませんでした」

「謝って下さいと言ったのではなくて、理由はなんだったと思ったか聞いているんです」

接客の仕方がまずかったのだろうか。それにしてもいやな言い方をする。アウトレットなのにプロパー店並みの接客を求めているのだろうかと内心むっとした。

「色というよりデザインがお客様の体型にあっていなかったと思います。胸の下がすぐ切り替えになっていて、バストが強調されてしまうので。あのデザインはハンガーにかかっていると可愛いし、体型もカバーできそうに見えますけど、細い方でないとすっきりは着こなせないので残ってしまったのかも」

「なるほど」

彼はゆっくり頷いて顎のあたりを触り、そしてもう一度頷いた。

「なるほどね。言われてみればそうかもしれない。70%オフになって、試着までしたのにどうして買わなかったのかわからなかったから」

いやに感心されて都は戸惑う。

「胸が目立つデザインを好む女性は少ない気がします。特にここのモールには、日常に着やすいものを買いにくる方の方が多いので。ファッションというよりは実用品として」

うん、と彼は再度頷いた。視線が都の顔ではなくて、首の下あたりに向けられている気がして、髪を直すしぐさをしながら体を引いた。東馬は書類に視線を戻した。

「他に気になったことをいくつか」

「はい」

「亀沢店長にも伝えましたが、バックヤードが乱雑すぎです。なるべく早く整頓してください。あれじゃあいくらオンラインで在庫管理しても何もならない」

「……はい」

「林さんと大久保さんは、まだ私語が目立ちますね。お客様への対応もやや粗く感じます」

「はい、わかりました」

バイトの女の子ふたりの指導のことは、先月にも注意を受けていた。彼女達はまだ若くてバイト歴が浅い。やんわり注意をしているのだが、あまり改善されていなかった。

しかしここはアウトレット店なので、プロパー店のように入店時の研修もなく、接客の指導はなかなか徹底できない。都にも、この店で販売員を育てようという意識は薄かった。むしろ何か注意することで機嫌を損ねて店を休まれたりすることのほうが困る。正社員でもないのに嫌われ役をしたくないというのも正直あった。

「あと、中井杏奈さんのことなのですけど。中井さんとは親しいですよね?」

問われてすぐには返事ができなかった。杏奈とは話すほうだが、十歳も年が離れているし、あちらは正社員なのでお互いどこか距離を置いていた。

「彼女がブログで店のことを書いているのは知っていますか?」

「え? ブログ、ですか?」

「先週見つけたんですけど、ショップにずいぶん不満があるようで、いろいろ悪しざまに書いてますね」

「……そうなんですか、私はまったく知らなかったです」

「仕事の愚痴を個人のブログやSNSに書くのはまあよくあることですが、僕が見つけられるくらいだから、店も簡単に特定できるしよくないですね。今のうちにやめさせてあげてください」

やめさせてあげてください、という言い方に都は気持ちがざらっとするのを感じた。

「ほら、これです」

タブレットの画面を向けてきたので、都は咄嗟《とっさ》に手を前にだして拒否した。

「いえ、見ないです。東馬さんから直接本人に言われたらどうでしょう」

「僕が知ってたら彼女致命的でしょ？」

「じゃあ店長に」

都がこれほど拒むとは思っていなかったのだろう、東馬は気を悪くしたような顔をした。

「与野さん」

「は、はい」

「最後にもうひとつ。あなたの店頭での服装なのですが」

さーっと血が引く。今朝寝坊をして適当にそのへんにあったカーディガンを着てきたが、これは「私服」で店のものとはテイストがずいぶん違う。

「それはうちのブランドじゃないですよね。今日だけじゃなくて、最近服装もヘアメイクもちょっと手を抜きすぎじゃないですか」

確かに最近あまり着るものに気を配っていなかった。貫一の部屋に泊まった翌日などは、トップスを変えるだけで、髪もただ後ろでくくっていただけだ。

「アウトレットなのにうるさいことを言うと思いますか？　プライベートでしたら女性の身繕いについてあれこれ言う気はないですけど、仕事ですから言います。以前の職場では店長も経験してらっしゃるそうですから、何を言われているかはわかりますね。確かにうちはドレスコードがあるわけじゃないですが、コンセプトを体現しているスタッフはむしろプロパー店以上にきちんとしなければいけません。アウトレットだからいいだろうとか、正社員でもないのにとか、思っているんじゃないですか」

都は絶句し、膝の上で両手を握りしめた。「すみませんでした、気を付けます」と頭を下げる。そのまま東馬の顔を見ることができなかった。

凍えるような夜だ。モール全体が冷凍庫の中のような冷気に包まれていた。駐車場まで歩く間に、体の芯まで冷え切り内臓が震えだしそうだった。星がいつもより輝いて、うっすらとシルエットが見える牛久大仏の向こうに、けぶったような天の川が見えた。

車に乗り込んで暖房を強にしても、吹きつけてくる風はなかなか暖まらない。家に帰りたくはないが、ここにずっといるわけにもいかないので、都は車を出した。

運転に集中しようと思っても、東馬の顔がちらついて消えない。言われたことはいちいちもっともだったし、口調も強いわけではなかったのになんだか罵倒されたような気がしてしょうがない。勘違いであってほしいが、ずっと胸を見られていたような気もする。

貫一に会って気分転換したかったが、今夜彼は泊りがけで友人の家に行くと言って不在だった。冷えた両手でハンドルを握ったまま、友達ってどんな人なのだろう、なんだか怪しい気もすると考える。そういえば貫一と会うのはいつもふたりきりで、彼にどんな交友関係があるのか全然知らなかった。どうせ友達はみんなヤンキーなのだろうからと興味を持ったことがなかった。

車内が少し暖かくなると強い空腹感が込み上げてきた。なんでもいいから温かいものを食べたくなって、街道沿いの大きなスーパーに車を停めた。スーパー自体は二十四時間営業だが、フードコートはあと三十分ほどで閉店になる。そのせいか客はちらほらとしかいなかった。そこでうどんを注文した。割り箸を真ん中で割るのに失敗してしまい、偏って持ちづらい箸で食事をした。照明は明るいしテーブルも清潔なのにうら寂しかった。

空腹を満たすと、スマホを出して仕事中にきていたメッセージを読んだ。そよかから引っ越し先の住所と近況、絵里からまた飲みにいこうという誘い、東京で働いていたときの女友達から展示会の知らせがあった。貫一は都が送ったメッセージを読んでもいないようだ。気分がふさいで仕方なくて、スマホの画面を無為にスクロールする。

「あれー、ミャーさん」

突然声をかけられて驚いてスマホから顔を上げた。満面笑顔の男の子が都を見下ろしている。

「……あ、ニャンくん」

「偶然ですネ！　ナニしてますか、こんなところで」

「何って……、うどん食べてた」

「ひとりで？」

すごく驚いた顔で聞かれて、都はむっとする。

そこで彼の連れらしき男性がニャン君に英語でもなさそうな言葉で何か声をかけ、売り場のほうへ歩き去った。

「あの方、もしかしてお兄さん？」

「そう。買い物してくるって」と言いながらニャン君は都の正面に座った。前にベトナム料理屋で会った時とは髪型が変わっていて、フロントが重ためのマッシュルームカットになっていた。今時の韓流アイドルみたいだ。それよりも、彼が着ているコートに目が釘付けになった。

「カンイチさんは？」

「今日はなんか友達のところ。ていうか、そんなことよりそのコート」

ニャン君は一目で上等なものとわかる、黄褐色の毛皮のコートを着ていた。漫画に出てくるお金持ちのおばさんのようなロングファーコートだ。

「すごくない？　どうしたのこれ！」

驚きのあとに笑いがこみ上げてきて、都は堪えきれずぶっと噴き出した。一重瞼のアジア人の男の子が一番着なさそうな衣服だ。

「ナンカ可笑しいですか？」

「ううん、そのファーコート、いいね！　ふわっふわ」

「いいでしょコレ。あったかいよー」

「こんなのどうしたの？　誰かにもらったの？」

「リサイクルショップで買ったヨ。ロシアンセーブルっていうんだって」

「買ったの！　セーブルを！　初めて見たよ〜。ね、触っていい？」

「いいよ〜、触って触って」

都があまりに笑うので、ニャン君もつられて笑いはじめる。

「すごいね、ふわっふわでツルッツル！」

「うん、ベトナム暑いからこういうの着れないでしょ。着るの夢だったんだ」

「へー、夢！　すごいね！　百万円くらいしそう」

「そこまでしなかった。半分くらい」

「えーっ！　じゃあ五十万？　ウケる！　ニャンくんお金持ちなんだね！」

笑いのツボに入ってしまったようで、都は横腹を押さえながら笑い転げる。目尻に涙まで滲んできた。

「そんなに気に入ったんならミャーさんにあげるよ」

ニャン君は気を悪くする様子もなく、テーブルに両肘をついて都をにこにこして見ている。

「もらえないって！　ていうかいらないって！」

「ボク、ベトナムに帰ることになったから、もうこれいらないし」

「え、そうなの？」

「うん、二番目のお兄さんが国でやってる商売が忙しくて、手伝うことになった」

「へー、そうなんだ……」

一通り笑いが収まると、何故これほど馬鹿笑いしてしまったのかと急に恥ずかしい気持ちになった。情緒不安定なのかもしれないと都は思う。

「まだしばらくニホンにいるから、帰国する前にミャーさんデートしてくださいヨー」

「は？　デート？」

都は驚いて聞き返す。誰もいないフードコートに素っ頓狂な声が響いた。どんなつもりでニャン君が言っているのかまるで分らない。どう見ても十歳以上年が離れていそうだ。

「連絡先、教えてください」

彼はスマホを出しながらそう言った。

「えーっ！」

「いやデスか？」

「いやじゃないけど、私なんかに興味あるの？」

「ミャーさん、すごく可愛いじゃないですか。ボク、好みのタイプです」

可愛いと言われて、都は目をぱちくりさせた。

「今度ひとりでご飯食べるときは、キマッテボクを呼んでください」

「キマッテ？」

「あれ、ボクの日本語まちがってる？」

「合ってる合ってる、ハハハハ」

ぺしゃんこだった気持ちが、彼のおかげで少し膨らんだ気がした。都は「そろそろ帰らないと」と言って立ち上がった。毛皮をまとった韓流アイドルのようなニャン君は、遅い時間で危ないからと言い、駐車場までついてきて、車で帰る都に手を振って見送った。


まあまあ悪くない気分で家に戻ると、そこには不機嫌な父が待っていた。

父の車はまだ車庫になかった。母よりも父のほうに顔を合わせづらいと感じていたので都は安堵した。数日ぶりに二階への階段を上がる。以前買った缶酎ハイがまだ冷蔵庫にあるはずだ。ゆっくり入浴し、それを飲んで何も考えずにぐっすり眠ろう。

リビングの扉から光が漏れている。母がまだ起きているのだろうかと思って開けると、ダイニングテーブルに父が座っていて都はぎょっとした。父はワイシャツ姿で、外したネクタイがテーブルの上に無造作に置いてあった。いやに暖房が強く、部屋の中はむわりと暑いくらいだった。父はゆっくり都のほうへ顔を向ける。手元には缶の飲み物があった。まぶたがとろんとしていて少し酔っているようだが、顔に血の気がなく白っぽかった。体全体から疲労が立ち上っている。

「おかえり。遅かったね」

そう言って父はかすかに笑った。なんだかいやな感じの笑いだ。二階に上がってきたことを都は痛烈に後悔した。

「ただいまー。パパの車なかったから、まだ帰ってないのかと思った」

都は自然を装ってそう言った。キッチンへ歩き冷蔵庫に手を伸ばす。飲み物を取って急いで退散しようと思った。

「車のドア、派手にこすっちゃって修理に出したんだ」

「え、珍しいね。怪我とかは？　大丈夫だったの？」

「それは大丈夫。慌ててたのかな」

「パパ、運転うまいのに、そんなこともあるんだね」

「まあな。まだ仕事忙しいのか？」

「バーゲン終わったからそうでもない。でも春のフェアもあるから」

冷蔵庫を開けたとたん、父が言った。

「あー、都のコレ、ビール切らしてたから勝手に貰っちゃった。悪いね」

テーブルの上の缶を持ち上げて見せる。都が買い置きしておいたフルーツ味の缶酎ハイだ。

「全然いいよー。でもパパには甘すぎるんじゃない？」

「いや、結構うまいよ。まだ一缶くらいあるだろ？　お前も飲めば？」

「うん。私はお風呂上りに飲むよ。パパ、入らないの？　私、先にいい？」

都はさりげなくリビングを出ていこうとした。

「今日ママがさー」

父はどうでもいいような口調で言った。都は立ち止まる。振り返ると父はテーブルに肘をついたまま無表情に都を見ていた。

「ママが？　なに？」

「ママのことなんか興味ないか」

「興味ないわけないじゃない、変なの。ママ、どうかした？　また具合悪いの？」

深刻に聞こえないように都は明るく聞いた。背中が緊張する。

「昼過ぎかな、携帯に電話してきたんだ。気分が悪くて立ち上がれないって。ひとりで病院行った帰りに」

「え」

「駅のホームのベンチにずっと座ってるって言うから、誰でもいいからその辺にいる人に声をかけてタクシー乗り場まで連れていってもらえって言ったんだけど、もう泣くばっかりで」

頭上でバケツが反転し、ざばんと水を浴びせかけられた気がした。

またた。また始まったのかと都は立ちすくんだ。

母が出先で体調を崩し、歩けないと連絡してきたことが、地元に戻ってきてから何度かあった。外で具合が悪くなると母は精神的に追い詰められ、パニックを起こす。都は二度ほど仕事を抜けて迎えに行ったことがある。

「死にたいとか言って泣くから、会議を抜けて迎えに行ったよ。それで俺も慌ててたんだろうね、車、会社の駐車場でこすっちゃって」

「……今は？」

「安定剤を飲んで寝てる。明日朝一で病院に連れていくつもり」

「パパ、仕事は？」

「大丈夫。明日は半休取れそうだから」

都はそれ以上何を言っていいかわからず、うつむいた。父も黙り込み長い沈黙が流れる。暖房が強くて息苦しかった。今すぐ階段を駆け下りて外へ飛び出したかった。

沈黙に耐え切れず、都が先に口を開いた。

「ママ、最近元気そうだったのに……」

「最近？　最近のママの様子なんかお前は知らないだろう」

鼻で笑って父は言った。

「年末あたりからこれで三度目だよ。明け方に家を抜け出して、探し回ったこともある。そのときだってお前は家にいなかった。具合が悪いなら家で寝込んでてくれればいいのに。更年期じゃなくて認知症なんじゃないのかって疑うよ」

父は苛立ちを露わにした。

「なあ、一緒にママの看病をしていくって約束したのは嘘か。ママ、ママって泣いてたのは一時の感情か。やっぱり面倒くさくなったか」

「パパ、違う」

「何のためにお前は会社を辞めたんだ。実家にただ同然で住んで、着飾って遊びまわるためか」

母親が初めて自殺の真似事のようなことをしたとき、都は大きなショックを受け、病院の廊下で父の袖を握って泣いた。処方された薬を全部飲んで胃洗浄されている母も、仕事を休んで献身的にそばにいたのにそんな仕打ちをされる父も痛々しくて、とにかくこの人達の力にならなければと思った。

体調と情緒の両面とも不安定で、母は少し入院した。退院を翌日に控えた日の夜、つくばの一番高級なホテルのレストランで、父とふたりだけの家族会議を開いた。そこで父から、東京での仕事を辞めて帰ってきてくれないかと言われた。自分ひとりでは、たとえば母が勝手に薬を飲んでしまわないように管理するのも難しい、かと言って、いま自分が仕事を辞めたら夫婦で共倒れだと父は苦渋の表情で言った。「渡りに船」とまではいかなくても、都は「ちょうどいい機会だ」と思って頷いた。仕事を辞めたかった。辞めるのに正当な理由ができたことにほっとした。

「お前の人生に家族は必要ないっていうなら、この先死ぬまでひとりで生きていけ。もしこの家を出て、結婚して新しい家庭を作ったとしても、やっぱりお前は何かあったら逃げるんだろう」

そんなことない、という言葉が喉元まで出たが、都は何故か飲み込んでしまった。そんな薄情なことはしない、と自信を持って言えない自分に愕然とした。

何も言わない娘に、父は大きくため息をついた。

「付き合っている男がいるのか？」

都はためらってから、頷いた。

「もういい歳なんだから、いるならいるでいい。でもな、浮かれて自分のすべきことを忘れるな」

「……」

「そいつと結婚するのか？　するならそれもいいだろう。一度連れてきなさい」

「結婚するとかは、まだ、考えてないです」

「そうか」

父は無表情に続けた。

「未来のない男に溺れて時間を無駄遣いするな」

都は母に、最近家をあけてばかりいたことを謝った。母は「謝ってもらうようなことじゃないから」と平坦に言った。

父はそのあとすぐ、毎日夕飯の材料が宅配されるサービスを見つけてきた。既に切ってある野菜や肉や魚が夕方届き、ついている簡単なレシピに従って材料を炒めたり煮込んだりするだけで立派なおかずが出来上がる。献立を考えたり買い物に行ったりしないでいいのは楽だった。休みの日や、早番で帰宅したときは、都がその惣菜キットを使って調理した。母は調子がよければ自分でやることもあった。

母は最近とても無口で、都が体調のことを聞いても、ただ「大丈夫」というだけで話したがらなかった。父が早く帰宅すれば、三人で食事をすることもあった。父もあれから都に対して何も言わず、一見、家の中は以前と同じ状態に戻ったかのようだった。だが無難な話題で笑ってみても、そらぞらしい空気は拭えなかった。

家にいるのがいやでいやで仕方なかった。でも捨てたいほどの毒親でもない。母は病気なのだ、病気になったのは母のせいではない。

日曜日の夜、貫一と都はふたりとも早番だったので、モールから一緒に彼の部屋へ戻った。近所の定食屋で簡単に夕食を済ませ、洗濯物を持って銭湯へ向かった。隣のコインランドリーでランドリーマシーンをかけて、銭湯の受付で左右に別れる。少し前から都は風呂セットを貫一の部屋に置くようになった。

都が入浴を済ませてコインランドリーへ行くと、まだ貫一は上がってきていなかった。彼は風呂が好きなようで、延々と浸かっていられるらしい。遅番の日は必ずネットカフェでシャワーを浴びてから出勤しているし、洗濯もまめにしていて案外きれい好きだ。だが、銭湯代とネットカフェのシャワー代、コインランドリー代の合計を考えると、風呂付で洗濯機が置けるアパートに越したほうが安く上がるのではないかと都は思った。

湯冷めしないよう都はフリース素材のウェアに、厚手の靴下を履いて、貫一に借りた襟にボアのついた防寒用の作業着を着ていたが、床がコンクリートのため足元が冷えてきて、両足を椅子の上にあげて膝を抱えた。マシーンの中をぐるぐる回る衣類を眺めると、都のピンク色の部屋着も貫一のシャツや下着と共に回っていた。最近の悩みがぐるぐる目の前で回るようで、軽いめまいを覚えて都は目をそらせた。

「おー、まだ乾かねえ？」

そう言いながら貫一が入ってきた。片手にはタオルと石鹼を入れた洗面器、もう片方の手には缶のハイボールを二缶持っていた。大きい手だなと思っていると、はいと差し出されたので「いらない」と首を振った。

「元気ねえな、おみや。また自転公転してんのかよ」

「別に」

ついきつく返事をしてしまったが、貫一は特に気にした様子もない。鼻歌まじりに缶のプルトップを開ける。

「飲まねえの？」

「車だもん」

「あ、そうか」

貫一は肩をすくめる。そこで貫一のスマホが鳴り出した。彼は電話に出ると「おう、大丈夫、ちょっと待って」と丸椅子から立ち上がろうとした。都は反射的に袖を引く。

「ここで話していいよ。外寒いでしょ」

貫一は一瞬怯んだような顔をしたが、都の台詞に有無を言わさないものを感じたのか浮かせかけた腰を椅子に戻し、背中を向けて誰かと話しはじめた。

おお、この前はお疲れー。え、忘れ物？　あーあー、そんなの捨てちゃって。うん、うん、来月なー、大丈夫、休める休める、仕事超絶ヒマ。

しばらく聞いていたが、スマホから漏れ聞こえる声は男のものだった。相手が何か言うのに貫一は適当に相槌を打っている。男同士でもだらだら長電話するのだなと都は思った。

彼の丸めた背中を眺めながら、都は最近の自分の運気の低下をしみじみ思った。

仕事にも行きたくないし、家にも帰りたくない。新しい恋人は優しくないわけではないが、何も考えていなさそうだ。父に言わせれば未来のない男なのだろう。

電話の相手と馬鹿笑いをする貫一を見ながら、この人、もう少しちゃんとした寿司屋に勤めてくれないかなと都は思った。あるいは、せめてもう少し出世して、店長とか地域担当者とか、本社勤務になるとか。このまま家に連れて行ったら、父は鼻で笑い、貫一は別に嘲笑されるいわれなどないのに笑われて腹を立てるかもしれない。そうしたら自分も傷つくし、みんな不愉快な思いをする。父は昔何度か浅草にあるてんぷら屋に連れて行ってくれて、その店の大将をとても褒めていた。そのことを思うと貫一の仕事をそれほど低く見たりはしないかもしれないが、それにしても回転寿司……。

そこまで考えて、都は己の自分本位ぶりに呆れて息を吐いた。自分だってアウトレットのしがない売り子でしかないのに。何様だ。

結婚を考えないのであれば、貫一はいい恋人だ。しかし、この先、結婚というものをまったく考えずに生きていける、という気がしなかった。結婚しないで一生を過ごす。そういうこともあるかもしれないと思いつつも、その実、心底それを恐れていた。いつか両親をなくしたときに、兄弟のいない自分は誰も身内がいないまま、ひとりで年老いていくことになる。それを思うと妥協してでも結婚したいというのが本心に近かった。

そこで父の呪いのような言葉を思い出す。お前は新しい家庭を築いても、そこから逃げ出すに違いないと。自分本位で忍耐のない、思いやりのない自分は、本当にそうなるかもしれないとぞっとした。

貫一の長電話に耳を傾けるのも飽きてきて、都は風呂セットを入れてあるエコバッグから自分のスマホを取り出した。いつも見ている星占いのサイトを開ける。来週の自分の運勢を見ると「運命の人に出会うかも?」と書いてあった。では目の前にいる男は運命の人ではないのかと星占いの先生に問い質したくなった。

スマホをバッグではなく、癖で上着のポケットに入れようとして、そこに何か入っていることに気が付いた。手に触れたものを引っ張り出す。キャラクターが描かれた、幼い柄の封筒だった。ずっとそこに入れてあったのか、封筒の角はこすれて柔らかく折れている。

持った感じですぐに中身はプリントされた写真だと直感した。都は考えるより先に貫一に背中を向け、封のされていない封筒の中身を出してみる。思ったとおり写真だった。数枚あるうちの一番上の写真を見ると、六人ほどが並んで写っている。一番端は貫一だった。土木作業のバイトだろうか、皆作業着のような姿で頭にタオルを巻いて、足元の長靴は泥で汚れている。真ん中のふたりはよく暴走族の写真にあるようにしゃがんでいて、絵に描いたようなヤンキーだった。貫一の隣に立っている背の低い人はよく見ると女性だった。同じように作業着だが化粧が濃い。

わかった、来月なー、ほんじゃな、と貫一が背中で言ったので、都は急いで写真を封筒に戻し、上着のポケットにしまった。

「お、乾燥終わってるじゃん。帰ろうぜ」

「……ん」

「どうしたよー、ほんとに元気ねえな」

「あ、うん、ちょっとまたママの具合がいまひとつで」

貫一は乾燥機から衣類を取り出す手を止めて、都を振り返った。

「そうか。心配だな」

「うん、まあね。これからあんまり頻繁にはこれなくなるかな」

「そんなのいいけどさ。帰ったほうがよくない？」

「ううん、今日は泊まりたい。ママ、今は落ち着いてるし。今日はパパがいるし」

「無理してねえ？」

「してねえ」

貫一は笑った。都は貫一がくしゃくしゃにまとめようとした洗濯物を取り上げ、手早く畳んだ。

「おー、さすがお畳みのプロ」

手をつないでコインランドリーを出た。駐車場に停めてあった車に乗り込む。都がエンジンをかけると、貫一はさっき都が飲まなかったハイボールを開けて飲みはじめた。貫一はあの台風の日に運転してくれたとき以来、運転席に座ろうとしたことはない。少しずつ堆積してゆく違和感から目をそらすように、都はアクセルを踏んだ。

その晩、貫一が寝込んだあと、都は起き上がって、彼の上着から写真の入った封筒をそっと抜き取った。

閑散期はシフトの融通もきくので、カレンダーに書き込んである母の通院日に合わせて次の休みを取った。なのに母が友人の樫山さんと病院へ行くと言うので驚いた。樫山さんが車を出してくれるので、診療を受けてからふたりで映画を見に行くと言うからさらに驚く。前に韓流好きの彼女のことを悪し様に言っていたのに、どうしたのだろう。

元気が出てきたかというとそういうわけでもなく、話しかけても反応が薄いし、顔は無表情で腫れぼったい。それでも外出着に着替えて化粧をして出かけて行った。

思いがけず留守番をすることになってしまい、家中の掃除をすることにした。この前父親に言われたことを思い出し、自分も家のことを大事にしているのだと態度で表明しなければと思ったのだ。水回りを磨き、階段にも丁寧に雑巾をかける。一軒家を掃除してまわるのは思った以上に骨が折れ、夕方にはくたくたになって、リビングのソファに寝転がった。今日は父親も帰りが遅くなると言っていた。自宅でひとりになるのは珍しいことだったので所在ない気持ちになる。

両親が買ったこの家は、若い建築士が設計したそうで、結構洒落ている。しかし正直なところあまり自分の家という気がしていなかった。ここは自分の家だ、と思える住処を手に入れることが、いつかできるのだろうか。

自室も掃除しようと降りていくと、ベッドサイドのテーブルに置いてあった封筒に、ついまた手をのばしてしまった。この前貫一の上着から取ってきた写真だ。もう何度も見ているのに、また取り出して眺めてしまう。

五枚の写真は、すべて同じ日に撮影されたもののようだ。最初に見た写真の他は、大勢で飲み会をしているものだった。貫一は今より少し若い。髪がやや長く前髪が額にかかっている。どの写真にも、隣に同じ女性が写っていた。

どうしてあの時すぐ、この写真のことを貫一に聞かなかったのかと都は後悔していた。黙って持ってきたりするからいろいろと勘ぐってしまうのだ。

そこでジーンズの尻に入れてあったスマホが鳴って、都はびくりと顔を上げた。貫一からの連絡かと思って見ると、店長からだったので顔をしかめる。休みの日の連絡は大抵ろくなことではない。

相談したいことがあるのでこのサイトに目を通して来てほしいと、何かのＵＲＬが貼られていた。商品のことかと思ってページを開ける。

よくある個人のブログのようだ。一番新しい投稿には、パンケーキの写真がアップされている。なんだろうと首を傾げ、そしてすぐ東馬に言われた杏奈のブログだと気が付いた。巻き込まれたくない、読まないでおこう、そう思う気持ちに反して、何が書いてあるのかという好奇心が抑えられなかった。

ブログの記事一覧には「今日もムカついた」「仕事まじで辞めたい」「上司もバイトも使えねえ」というタイトルが並んでいる。ひとつ読んでしまうともう止められず次々と記事を読んだ。

登場人物がイニシャルで書いてあっても、自分の職場のことなので誰のことかすぐわかり、ありありとそのシーンが浮かんだ。都のことも「すぐ自分は関係ないという顔をする」「八方美人」などと書かれていた。杏奈は都にそれほど興味がないようで記述そのものが少なかった。仕事のことで一番多く書いてあるのは店長の悪口で、他には自分がアウトレットに配属されたことや、会社への不平不満が多かった。

夕飯を食べるのも忘れ、結局ほとんど全部の記事に目を通してしまった。都は暗澹たる気分でスマホの電源を落とした。

杏奈は意外に文章が上手だった。シニカルだがからっとしたユーモアもある。これが知らない人が書いたものであれば、同業者のよくある話として面白いと思えただろう。それに友人と出かけたらしい遊園地の写真や、他のブランドで買った服のコーディネイト写真も結構ある。別に仕事の不満ばかりを考えている毎日ではないのだろう。

杏奈は普段それほど愚痴っぽいわけではない。他の人のほうがよほど店長やＭＤの悪口を言っている。都にもニコニコ接しているので、腹の中でそんなにも毒づいていたとは全然気が付かなかった。

仕事の内情のことをインターネットに書くことはこの業界ではご法度だった。知らなかった、見つからないと思った、では済まされない。もし会社に知れたらなんらかの罰を受けるだろう。


翌日、店長に誘われて一緒に昼食を取った。朝からみぞれ交じりの雨が降っていて、モールは恐ろしいほど客がいない。春のリニューアルに向けてフードコートは三分の一くらい店が閉まっていて、昼時なのにがらがらに空いていた。

店長は杏奈のブログに対してそれほど怒っていなかった。書かれた悪口そのものよりも、厄介を負うことになったことが面倒で不機嫌な様子だ。

「まったく、やりにくいったら」

店長は苦虫を嚙み潰したような顔で言った。

「私が正面切って叱っても、あの子反発するだけだと思うのよね」

「うーん、そうですかね」

「いっそ辞めてくれればいいとも思うんだけど、でも辞めろとは言えないじゃない。バイトじゃないんだし」

「……そう、ですね」

正社員というのはやはり守られているものなんだなと都は思った。確かにこれしきのことで免職にまではならないだろう。

「やっぱり与野さんさ、それとなく言ってくれないかしら」

「ええ?」

「東馬君もそう言ったんでしょ。与野さんのこと、一番信頼してるみたいだし」

「でも私が何か言うのは、余計ややこしい事態になりませんか」

「うーん。同僚からそっと注意されたほうが、あの子も騒がないんじゃないかしら」

「ちょっと難しいと思いますけど」

「東馬君にも、なるべくことを荒立てるなって言われてるの」

上目遣いになって言う店長の表情を見て、都は薄々感じていたことに確信を持った。どうやら店長は本気で東馬に気があるのだ。気持ち悪い、と反射的に思ってしまった。

「でも、エリア担当者なんですから、それこそ東馬さんの仕事なんじゃないですか?」

「んー、でも東馬君、今本当に忙しそうだから、なるべく店舗で解決したほうが」

「前のMDは、店員同士のトラブルもよく面倒みてくれたじゃないですか」

「そうねえ。ほらでも東馬君ってエリートだから、いろいろあるんじゃない。つくば店のリニューアルも重なってるし、会議に出る数も違うし。役員とゴルフ行ったりしてるみたいだし。あっという間に偉くなりそう」

全然答えになっていない答えに、都は唖然とした。店長は頬を染めて十代の女の子のようにくねくねしている。

ふたりができているかどうかはわからない。ただ店長が一方的に熱を上げているだけのように感じるが、どちらにせよ東馬はこの噂好きで気分屋の店長を、気のあるそぶりを見せてうまくコントロールしているのかもしれない。

「ね、お願い、ちょっとだけでも言ってみてくれない？　もし丸く収まったら恩にきる。正社員になりたいんだったら人事の人も紹介するし、推薦書類も書くから」

なにこれ、と都は思った。これってパワハラの一種なんじゃないのか。何を言っても無駄だと都は脱力した。

久しぶりに東京へ向かっていたが、都の気持ちは浮かなかった。

以前ショップで一緒に働いていた女の子が転職し、新しいブランドで展示会があると誘いがきていた。ここのところ気が滅入ることばかりなので、久しぶりにおしゃれをして都会の空気を満喫しようかと思っていたが、家を出る前から都は挫けかけていた。

最近、制服である店の服しか買っておらず、本来の自分が好きな天然素材のものを全然新調していなかった。クローゼットにあるものでいろいろコーディネイトを変えてみたがピンとこず、仕方なく全身黒ずくめの恰好で家を出た。バーゲンで買った黒のハイブランドのワンピースを着て髪を後ろでひっつめれば、アパレル勤めの人が忙しい合間を縫ってやってきたように見える。

延々と電車を乗り継いで地下鉄の表参道駅から地上に出ると、かつて慣れ親しんだ街の空気に包まれた。展示会場は裏路地にある古い雑居ビルの三階で、エレベーターもないそのビルの階段を上がっていくと、ちょうどドアを開けて出てきた友人に鉢合わせた。

「ミャーコちゃん！」

彼女は顔いっぱいで笑って駆け寄ってきた。

「来てくれたんだ、ありがとう！　わざわざありがとう！」

「りん子ちゃん、久しぶり〜。お誘いありがとう」

「忙しいのにごめんね、すごく嬉しい」

彼女とはかつて朝から晩まで一緒に働いて、家族よりも恋人よりも密着した時間を持っていたことを思い出し、懐かしさがこみ上げてきた。

「ねえねえ、一時間くらいしたら出れるからお茶しよう。時間ある？」

「あるある、今日休みだから」

「いまちょうど人が引いたとこだから、ゆっくり見てください」

彼女に手を引かれて中へ入った。そう広くない部屋だ。打ちっぱなしのコンクリートにむき出しの配管、年季の入った窓枠がいいムードを出している。ラックには色鮮やかな服がゆったりとかけてあった。店ではないので凝ったディスプレイではないが、洒落た見せ方だった。アウトレットのぎゅうぎゅうにかけてある服に慣れてしまっているので都はうっとりした。

「大人っぽいね。光沢がすごい」

「うん、半分くらいはシルクだからね」

ラメが入っているわけではないし、スパンコールもビジューもついていないのに、見る服見る服、大きくとった窓から入る柔らかい日差しをうけてきらめいている。チープさは欠片もない。

彼女が他のスタッフに呼ばれてバックヤードのほうへ行く。他に三人ほどお客がいて、どの人も洗練された身繕いだった。

都はひとりでゆっくりと展示された服を見た。丁寧に妥協なく作られた服は芸術品のようだ。

一着、自分の体型とキャラクターに合いそうなワンピースを見つけ、これなら高くても欲しいな、と都は渡された価格表を見た。そして固まる。自分のショップで売っているものより桁がひとつ多かった。


すぐ行くから先に行っていてとりん子に言われて、近くのコンビニで雑誌をめくっていたが、なかなか彼女は現れなかった。きっとすごく忙しいのだろう。やっぱりもう帰ろうと思ったとき、透明な自動ドアが開いてりん子が駆け込んできた。

「ごめんごめん～」

「あー、忙しかったでしょう。なんかこっちこそごめん。もう帰るから気にしないで」

「三十分もらったから大丈夫。私ここでなんか食べていい？」

「もちろんだよー」

ふたりでイートインコーナーに座った。彼女は都ですら驚くほど服飾に金を使うので、いつも金欠でスターバックスですらまず入らない。

「いま食べないといつ食べられるかわかんないからさ。ごめんね」

「大変だね」

「まーね。転職したばっかりだからしょうがない。一番ぺーぺーだから」

りん子は黒ニットに黒のスリムジーンズで、都と同じく全身真っ黒だが、充実して働いている人の熱気に溢れていた。

「プレスなんでしょ。すごいじゃない」

彼女はおにぎりを頬張りつつ首を振った。

「プレスなんて名ばかり！　小さい会社だから、ありとあらゆる雑用と事務と肉体労働！」

ぼやくわりには楽しそうだ。

「今度はずいぶん大人っぽいブランドなんだね」

「そう、ターゲットがアラフォーだからね」

彼女は都が店長をしていたときショップに転職してきて、二年もしないうちにまた転職して去っていった。雇われてるのに、どこか「働いてやってるんだ」という空気をもっている子で、卑屈さがない。同い年ということもあるが、店長の都に遠慮なくものを言った。けれど意地悪さはなくてただ率直だった。都はあっという間に彼女と親しくなり、頼りにもした。

「さっき赤のサマードレス、ガン見してたね」

「あー、もう少しで買いそうになったよ」

「いいお値段だもんね。欲しくなったら電話してー。エジプト超長綿で、ハリがあってしなやかでいいよー。でもミャーコちゃんがドレスほしがるなんて意外だな。恋人できた？」

「え？　なんで？」

「なんでって、デートに着るんじゃないの、ああいうのは」

そうだ、もしさっきのドレスを買ったとして、自分はあれをいつどこで着る気でいたのだろう。都は目を泳がす。ああいう服が必要だったのは、以前の恋人と付き合っていた時だ。高級なレストランやリゾートに行くときに必要な服だ。

「そういえば、渡辺さん、東京に帰ってきたんだってね」

彼女も同じタイミングで、都の昔の恋人を思い出したのだろう、そんなことを言い出した。都は返事をしそこなう。

「あ、要らない情報だったよね、ごめん」

「え、いいよ。どうしてるかなって思ってたから」

ぎくしゃくと都は笑った。

「そう？　なんかあっちの会社やめて、前の会社の総務かなんかに舞い戻ったみたい。コネがある人は違うね。どんな顔して戻ってきたのか図々しい」

「そうなんだ」

「関西でおいしいもの食べまくって、ひとまわり大きくなったって」

「人間が？」

「腹回りだよ」

都は笑った。

「ミャーコちゃんは最近どう？　アウトレットだったよね」

「うーん、なんか頭痛いことばっかりかなー」

「だよねー、私も私も」

りん子は腕時計に目を落とし、もう立ち上がろうとそわそわし始めていた。


せっかく青山まで行くのだから、いろいろショップを見て回ろう、地元にはないようなカフェで夕飯だって食べて帰ろうと思っていたのに、都はすっかりその気を失ってしまった。

地下鉄に乗って上野駅で降り、帰宅ラッシュ前の空いた常磐線に乗る。

都は呆《ほう》けたような気分で車窓に目をやった。

久しぶりに前の恋人だった渡辺の話を聞いた。特に嫌な気分になったわけではないが、東京に戻ってきていると聞いて、やっぱりな、という虚脱するような気持になった。

小太りで、人が好いふうに見えた。おおらかに見えた。初恋の高校の先生にちょっと似ていた。お金持ちのぼんぼんだった。

お金持ちは、お金がかかる生活をしている。そんな当たり前なことを知った交際だった。

独身だったが、都に結婚を匂わせたことはなかった。もてないもてないと言っていたけれど、遊んでいる女の子は他にもいた。

大きな地震があって、異常に恐がって、会社を辞めて関西へ行ってしまった。都は一緒に来るかとも聞かれなかった。

住宅やマンションばかりが広がっていた窓の外に、いつの間にか緑の割合が増えてくる。やがて西日を受けて茜色に染まったカップ麺の大きなオブジェが視界に入って後ろへ流れていった。そのカップ麺で有名な食品工場を過ぎると、茨城県に戻ってきてしまったといつも思う。

今日、目をとめたワンピースは、たぶん渡辺の好みだろう。

いまの自分には、仕事着以外はジーンズとシャツだけでいい。服には、その服を着る必然性が要る。もし、素敵な服が好きでそれが着たいのならば、そういう服を着る必要のある生活をするしかない。りん子のようにハイファッションの世界に飛び込むか、素敵な服にふさわしい恋人を作るか。

都は大きな倦怠感に目を閉じて息を吐いた。


その夜、都はクローゼットの整理をした。

必要かどうか、という視点で考えると、ぎちぎちに詰め込まれた服が、みんな色あせて見えた。

全部自分が吟味して好きで買ったものなのに、急速に不用品に見えた。

全部捨てたい、という欲求をこらえて、当面仕事に必要な服だけ選《よ》り分けた。それ以外の服を大型の紙袋にどんどん突っ込んでいった。

高かった服も、大好きでよく着た服も、思い出のある服も、ろくに畳まず詰め込んでいく。ビニールのゴミ袋を台所から取ってきて、明らかに値がつかなそうなチープなものや、色とりどりのストールやタイツもまるめて入れた。

スイッチが入って止まらない。何かに八つ当たりするような気分で服の袋をいくつも作った。ベッドの下に下駄箱に入りきらなかった靴が沢山置いてあって、それらもゴミ袋へ詰め込んでいるとき、部屋の中に電子音が響いた。

はっとして顔を上げる。スマホを手に取ってみると貫一からのラインだった。

——まだ起きてんのかよ
え、まだ寝るような時間じゃないけど、と思って時計を見ると、夜半をとっくに過ぎていた。続けて着信音が鳴る。

——おみや、ちょっと窓開けてみ
不審に思いながらカーテンをめくって細く窓を開けた。冷たい夜風が吹き込んできて顔に当たる。目を細めると、門柱の向こうに自転車に乗った貫一がいて絶句した。

にやにや笑って手を振っている。酔っぱらっているようだ。

「ちょっと、何やってんのよ！」

声を落として、でも怒鳴るように言った。自転車を無造作に立てかけると、彼は身軽に門を乗り越えた。図々しい野良猫のように庭を横切り、都の部屋に近づいてくる。

「おみや、入れてー」

「うそでしょ、馬鹿じゃないの！」

「大きい声出すと親が起きちゃうよ～」

「あんた、パパに見つかったら殺されるよ！」

寄ってきた貫一は、掃き出し窓の外に作られた小さいテラスにひょいと上がり、あっという間に靴を脱ぐ。するりと都の横をすり抜けて、魔法のように部屋の中に立った。酒臭さと、人間の雄の生々しさに圧倒される。

「ここがおみやの部屋かー」

「声、声を落として」

「会いたかったよー」

抱きつかれて驚きと戸惑いと、けれどやはり突き上げるような喜びに包まれた。頬に貫一の冷えた革ジャンを感じながら、自分もこの男に会いたかったのだと痛感した。

「会いたかったっていうか、やりたかった」

「馬鹿！　死ね！」

「あれ、おみや引っ越しか？」

床を埋めるように置かれた大量の袋を指して彼が言う。

「ええと、断捨離中」

「ふーん」

都は電気を消し、貫一を引っ張ってしゃがませ、頭から羽根布団をかけた。

「お、一発やるか？」

「違うよ！　親に気づかれたらまじやばいから」

ふたりとも小さくなって膝をかかえ、布団をかぶったまま肩をぶつけあった。

「ずいぶん飲んでるんだね」

「いや、もう冷めた」

「うそつけ」

ひそひそ話していると、すぐに布団の中はあたたまってきた。貫一のにおいが充満している。

「おみゃー、どっか行こうぜ」

「えー、今から？」

「違うよ。四月になったら」

「私は三月のほうが暇なんですけど」

「うちの店、三月いっぱいで閉店だから」

「え？」

「四月から無職で、おれ暇だから」

彼の言うことの意味が入ってこなくて、都は布団をかぶって真っ暗な視界の中で目を見開く。

「え？　なんて？」

「だから店なくなるから」

「じゃあ仕事は？」

「解雇解雇。一応ちょっと退職金出るから。そのうち次の仕事探すよ。でもなー、おれ中卒だから、仕事なかなか見つからねーんだよな～」

はははと小さく笑ったあと、よりかかってくる彼の肩の重みがずっしり増した。どうやらうつらうつらしはじめたようだ。

中卒なんだ。無職なんだ。

あ、そうなんだ、と都は呟いた。貫一は寝息をたてていた。

4

更年期障害は病気か否か。

桃枝《ももえ》は自分の体調不良を更年期障害だと診断されたとき、夫と娘が「病気じゃなくてよかった。ほっとした」と言ったことを、口にはしないが根に持っていた。

慰めるつもりで言ったのだろう。だが、その台詞は毎日の死にたいような不調を気のせいだと否定された気がした。

今ではもう、夫も娘も桃枝のことを「病気ではない」と思っていないのは分かる。だが、家族が自分の病気のことをどこか軽んじていることも桃枝には分かっていた。

更年期障害は長引いていた。

桃枝も女性として多少の知識を持っているつもりだった。重い人も軽い人もいて、ほとんど症状のない人もいる。しかしここまで生活に支障をきたすものだとは思っていなかった。

いつ終わるのか。

夫の顔にも娘の顔にも、いつもそう書いてある。

桃枝自身もいつ終わるのかと毎日のように思う。一生続くわけではあるまいと自分に言い聞かせるが、更年期障害に伴って発症した鬱が、そのまま老年性の鬱まで地続きになった例を雑誌で読んで背筋が凍った。

具合がいいように感じる時もある。遠くにぽっちり出口の光が見えてあと少しだと安堵して、でも翌週には最悪の体調で起き上がれないということを何度も何度も繰り返している。

簡単な家事ですらろくにできない。もし仕事を持っていたら、きっと勤め続けることなど出来なかっただろう。働いていなくてよかったと思う。思ったすぐあとで、いや仕事があって自分で稼いでいたらどんなによかっただろうと思い直す。

自分の貯金で治療に専念できたら、これほどまでに後ろめたい思いをしないで済んだだろう。だが後悔したところでもう取り返せない年齢にきていた。


心は濃霧の中で膠着していても、外の時間はちゃくちゃくと進んでまた春がやってきた。

娘の運転する車の助手席から、桜並木を見上げる。だいぶ散ってしまって葉桜になっている。

病院にはひとりで行くと言ったのに、せっかくママの通院に合わせて休みを取ったのだからと、今朝娘に恩着せがましいことを言われた。でも車に乗せてもらえば楽なのは確かだ。季節の変わり目はほてりとめまいがひどいし、そういうときタクシーに乗ると車酔いしてしまう。

桃枝は運転免許を持っていない。短大時代、同級生たちと同じように自分も免許を取ろうとしたら、父に「危ないから駄目だ」と止められた。昭和一桁生まれの父は、運転は男がするものという価値観の持ち主だった。アルバイトは禁止されていたので、親に費用を出してもらえないのであれば教習所にも通えなかった。

結婚したとき、夫も桃枝が運転免許を所持していないことについて特に何も言わなかった。自分の母がそうしていたように、どこかへ行くときはバスを駆使し、重いものを買うときは休日夫に車を出してもらった。田舎のバスは本数が少なく遠回りだったし、夫が必ずしもいい顔で買い物に付き合ってくれるとも限らなかったが、どうしても困るというほどでもなかった。いつも誰かの助手席で、それが普通だと思ってきた。

桃枝は体調を崩してから、かえって家族に甘えられなくなってしまった。何でもなかったときのほうが素直にあれこれ頼みごとができた。

運転する娘の横顔を盗み見る。浮かない顔でハンドルを握っている。母親と病院へ行くことが楽しいイベントでないことは確かだが、それだけではなくて最近落ち込んでいるようだ。

信号で止まれば首を億劫そうに回し、左折しては溜息をついた。

ここのところ休日でも、仕事先から電話がかかってくることが増え、去年できたらしい恋人に会う頻度も減っている様子だ。

春だというのに母娘して辛気臭い、と桃枝は苦く笑った。

娘に恋人ができたことは、すぐに気が付いた。

明らかに浮かれていたし、帰りが遅くなることが増えて、やがて外泊するようになった。

高校生のとき、娘が物理の先生が好きだといってバレンタインにチョコレートケーキを作るのを手伝った。先生の写真を見せてもらったら、ぼさぼさの頭をした小太りの冴えない男性だったので驚いた。この子は自分の身繕いにはうるさいのに、相手にはそれを求めていないのだとびっくりし、なんだか笑ってしまった。

そのあと都は家を出てしまったし、誰かを好きになったとか交際している相手がいるとかいう話を聞いたことはなかった。恋愛の気配はあったが、一度も娘から恋人を紹介されたことはない。

二月に、初めて娘の恋人を見かけた。

ここのところ夜中に家のまわりで自転車の音がすることがあって、カーテンの隙間から覗くと、門の前に自転車に跨《またが》った若い男がいることが数度あった。

不審者だろうか。夫に伝えたほうがいいだろうかと思っていた。

その夜も寝床の中で何度も寝返りを打っていたら、窓の下で自転車のブレーキの音がかすかにした。起き上がって小窓をそっと開ける。玄関は真下にあり、外灯が照らしているので姿形がくっきり見えた。

以前にも見た、細身の若い男だ。その男が自転車を立てかけ、突然軽い身のこなしで門を飛び越えたので驚いた。110番を、と携帯を慌てて探した。すると娘の声が聞こえた。

「あんた、パパに見つかったら殺されるよ！」

抑えた声だったが確かにそう聞こえた。そして男が娘の部屋に入ってゆく気配がして、あたりは静まった。

開けた窓から、冷気が部屋に忍び込む。桃枝は男が娘の恋人であることを理解した。

足音をたてて階段を下りていけば、びっくりして男は帰るかもしれないと思ったが、窓を閉め、ベッドに潜り込んで目をつむった。夫は一度眠ったらよほどのことがないと目を覚まさないので、きっと気が付かないだろう。

近いうちに娘はまた家を出ていくのだろうなと桃枝は思った。それは老いてホルモンバランスが崩れるのと同じように、生き物の成り行きとして仕方のないことだ。

だが夫はそんなふうには思っていないだろう。

精神科はあいかわらず待たされる。季節の変わり目のせいか、いつにもまして患者が多い気がする。

体調を崩しはじめたばかりの頃は、内科、耳鼻科、漢方専門医と沢山のクリニックにかかっていたが、今は他の病院の婦人科と、この精神科のふたつに絞って通っている。

何をそんなに見ているのか、隣で娘はずっとスマホをいじっている。二時間近く待たされて、やっと名前を呼ばれ診察室に入った。あとからついてきた娘は「よろしくお願いします」と医師に挨拶だけし、ドアの外へ出て行った。

医師とふたりで娘の背中を見送る。白髪頭をほとんど坊主に近いほど刈り込んだ主治医がその頭を自分の手でざりっと撫で、「なんか娘さん暗いね」と言った。

桃枝は肩をすくめて少し笑った。医師もにやりとする。どこか共犯者めいていた。

「そうなんですよ、恋愛とか仕事とか大変みたいで」

「抱え込んじゃうタイプかね」

「ええ。今日だってひとりで来れるって言ってるのに送ってくれるし」

「来なくていいって言ってるのになー。お母さんに甘えたいんだね」

桃枝は首を傾げた。むしろこちらが娘に甘えている気がするが、そうなのだろうか。

「で、最近はどうですか。少しは眠れますか？」

「寝つきはあいかわらずよくないです。でも早朝覚醒は減ってきました。むしろ昼まで起きられない感じで」

医師はうんうんと頷いた。

「食欲は？」

「あったりなかったり」

「他の症状はどう?」

「倦怠感はあいかわらずですね。頭痛も吐き気もあります。だいぶ暖かくなったのでのぼせもありますけど、汗が出たあとの冷えがひどくて震えあがります。微熱もなかなか下がらないし。体調もですけど、イライラがなかなかコントロールできないです。あとなんだか下腹が痛くて……」

延々と不定愁訴を訴えるのを医師は表情を変えずに聞いている。

桃枝がこの医者を好ましく思っているのは、話を遮らないからだ。本当はそれほど真剣に聞いてはいないことはわかっている。有用なアドバイスは特にないし、薬も代わり映えしない。しかし訴えを最後まで遮らない医者は珍しい。だから患者が沢山ついて混んでいるのだろう。

「なるほどなるほど」と言ってカルテにさらさらと書きつける。デスクの上にパソコンはあるが、この医師は手書きのカルテだ。

「お薬、今月もこのままでいきましょうね」

平坦な笑顔で医師は言った。


診察が終わって薬をもらうと、娘に誘われて車でスターバックスへ行った。

甘い飲み物とケーキを買って向かい合う。さきほど医師にだらだら不定愁訴を訴えたが、今日は比較的体調はよい。カフェの椅子に座っていられるくらいだったら、桃枝の中ではかなりましなほうだった。

去年、この店に娘と一緒に来たとき、奇跡的に体調がよかった。もうこれで良くなる一方だと錯覚してしまうほど晴れやかだった。そのあとすぐ滑り落ちるように体調は急降下した。自分も都もあの時の落胆は大きかった。

娘とピンク色のケーキを分け合って半分ずつ食べる。

「さくらシフォンって桜が練り込んであるのかな」

都が真面目な顔で言うので桃枝は笑った。

「さくらに味なんかないでしょ。それにこんな桃色じゃないし」

唇を尖らせて早速娘はスマホで検索をする。

「あ、本物の桜の花や葉を使用してるって書いてあるよ」

「あら、そうなの」

「上に載ってるのは桜の花の塩漬けだって」

「へー、どれどれ」

小さな桃色の塊を口にする。懐かしい塩辛さだ。

「桜の塩漬けなんて久しぶりにお目にかかった。結婚式のとき、控室で桜湯を頂いたの思い出したわ」

「それってママの結婚式?」

「そうよー」

人と食べ物をシェアするのは苦手だが、さすがに娘とはそういうところは平気で楽だ。かつて自分のおなかの中にいて、生まれてからは涎だって排泄物だって直に触ってきた。しかし逆はどうなのだろう。自分がもっと老いて認知症や寝たきりになったりしたら、娘は母のそれを汚いと思わないで世話してくれるのだろうか。

娘は相変わらず溜息だ。沈んだ顔で窓に目を向けている。

病院に付き添ってくれるときの娘は、当たり前だが特に着飾ってはおらず、ジーンズ姿だ。頭に載せている蛍光オレンジの大きなぽんぽんがついたニット帽が目を引くが、年齢からしたらどうかとも思う。

二十代の前半くらい、都が森ガールファッションというのか、ふわふわした現実感のない服装をしている頃、親の欲目とも思えないほど可愛らしかった。丸い顔の輪郭にやや離れた両目、かすかにちったそばかす、ぽってりした頬と唇。そして柔らかいくせ毛が洋服に絶妙にマッチして絵本から抜け出してきたようだった。美人ではないところがかえってキュートで、雑誌の街角スナップのようなものにも何度か出ていた。

しかし三十が近くなってから、お人形感が薄れていった。いまでも時々童話の中の少女のようなファッションで出かけていくが、以前ほどはもう似合っていない。仕事だから着ているという、ＯＬみたいな恰好の方が年齢なりの色気を出している。

「最近はどう？」

いつも娘が母に問う台詞を、桃枝のほうから言ってみた。娘は不思議そうに眼を丸くする。

「どうって、何が？」

「仕事とか」

「んー、別に普通」

言ってもわからないだろうという表情だ。

「そういえば、ママさー。そよかちゃん、覚えてる？　幼馴染の」

「あー、小島さんとこのお嬢さん？」

「そう。去年、偶然会って、最近また遊ぶようになったんだ」

「あらそう」

「でね、来週、そよかちゃんと温泉行こうって話になって」

そこで娘は一拍呼吸をおいて不自然に目をそらした。桃枝はそれに気が付かないふりをする。

「温泉いいわねー、どこの？」

「那須のほう」

「あら素敵ねー」

男の子と行くんだな、と桃枝は直感した。なにがそういえばだ。言うきっかけをさっきから探っていたんだなと思った。

「いいじゃない、行ってきなさいよ」

娘はほっとしたような笑顔を見せた。

桃枝はものわかりのいい母親だった。娘が何かしようとして頭から反対したことなど一度もない。高卒で働くことも、一人暮らしをすることも、夫と違って桃枝は反対しなかった。自分の母が厳しい人だったので自分はそうはなるまいと思っていた。だけどこれで本当によかったのだろうかと今になって思う。

娘の気をひきたくて、すがっているだけなのではないだろうか。だから実の娘なのに距離があるのか。医者は娘が桃枝に甘えたいようなことを言ったが、やはり逆なのではないだろうか。

「ママってさ」

「うん？」

「結婚するときに」

言葉を止める。娘が正面から桃枝の目をじっと見ている。何を言われるのかにわかに緊張した。

「結婚するときに迷った？」

桃枝は問われたことを考える。

「迷う？」

「この人でいいのかとか」

「別に迷わなかったよ」

「そう」

がっかりしたように、都はケーキの残りにフォークを突き刺した。


娘が温泉へ行った日、夫から定時で帰ってくるとメールが入ったのでしぶしぶ台所に立った。夫がインターネットで探してきた、具材が切ってあり、炒めるか煮るかするだけの惣菜キットは、メニューを考えて買い物に行って下ごしらえして、という手間がない。それなのにちゃんと料理をした気になるので最初は感動した。けれど続けて食べているとメニューも味も画一的で飽きてしまった。何も言わないが夫もきっとそう思っているだろう。

「都は仕事か？」

向かい合ってダイニングテーブルに座り、テレビを横目に食事をしていると夫が言った。

「お友達と温泉旅行だって」

ぴくりと夫の瞼が震える。きっと夫も、そのお友達というのが異性であると気が付いているのだろう。

「温泉なんてずいぶん行ってないわね」

「そうだな」

「温泉って、行ったら行ったで意外と暇よね」

「そうだな」

椀に残った味噌汁を飲み干し、夫は立ち上がって自分の食器を片付けだした。そしてソファへ移動し新聞を広げる。うしろからずいぶん薄くなった後頭部を眺める。

年をとったな、と思う。同じだけ年を取った。それだけは平等だ。

夫とは親戚の紹介で知り合った。製薬会社に勤めているという彼はいかにもインテリで、その頃の好景気の空気とは一切関係ないようなもっさりしたスーツを着ていた。まだ学生のような、青臭さのある人だった。

「僕はモテないので、女の人とどういう話をしたらいいかわからなくて」

そう言って頭を掻いていた。そして桃枝が着てきた着物を控えめにほめてくれた。

この人でいいじゃないか、というより、こんなうまい出会いはこの先はないのではないかと桃枝は思った。恋愛が苦手で、それまで男の人とほとんど付き合ったことがなかった。短大に入ってすぐ、流行りはじめた合コンというものに行って、近づいてきた男性と付き合ってみたが、三か月ももたなかった。

将来結婚はしたい、子供もほしい。それにはまず恋愛というハードルを越さなければならないのかと途方に暮れていたので、親戚の紹介というほとんど見合いに近い出会いなら、それほど恋愛的な行事をこなさなくても結婚に持ち込めると思った。

そして驚くほどスムーズに結婚した。専業主婦になって、すぐに子供も出来た。

どこにでもある話、というより、かなり幸運な話なのだと桃枝は思った。

しかし、最初に会った時の「僕はモテないので」という夫の台詞が別に謙遜ではなかったと数年のうちにわかった。これはモテないわと思った。

どことなく偉そうなのは、自信のなさの裏返しだとわかった。圧迫してくるくせに甘えてくる。女はB級生物だと思っている。そのくせ女に好かれたいと思っている。最近テレビでモラハラという言葉を知って、あ、これこれと思い当たった。

もちろんいいところもいっぱいある。妻の看病のために休職までしてくれた。今だって、桃枝が寝込めば料理だってなんだってしてくれる。妻の下着を丁寧に畳んだりもする。押しつけがましくはあるけれど。

この人ではない人と結婚したかった。そう思ったことは何度もあったが、今更離婚するほどの理由もないのでここまできてしまった。


桃枝は子供の頃から眠るのが下手だった。寝つきが悪く、一度寝てしまうと今度はなかなか起きられない。

医者から処方された入眠剤もあまり効かないのだが、その日はたまたまうまい具合にすんなりと眠りに落ちそうだった。

なのに寝入りばなに刺すような電子音が響いて、桃枝ははっと目を開けた。

ベッドサイドで充電していたスマートフォンに手をのばす。

――ママ、体調はどう? 温泉すごくいいよ。ママの具合がよくなったら一緒に行こうね
娘から猫のイラストのアイコンと共に、そうメッセージがきていた。

せっかくうとうとしていたのに。桃枝は体を起こし、頭を乱暴に掻いた。冷たくされたいわけではないが、時々娘のこの手の気づかいに苛々した。

桃枝は再び布団をかぶり、ぎゅっと目をつむった。しかし先ほど捕まえたと思った眠りの尻尾は、もうどこにも見つからない。いつ掃除をしたかも覚えていない空気の淀んだ部屋で、眠りから見放された体を持て余す。

だんだんと体が熱くなってきて、上掛けを足で蹴った。知らずに唸《うな》り声がでる。

なんだか暑い。まだ五月になってもいないのに、この調子では夏がきたらどうなってしまうのだろう。横になったまま、冬からずっと枕元に放ってあるはずのエアコンのリモコンを探す。

夫と同じ部屋で眠っていた長い月日、室温の調整もできなくてつらかった。でも今は好きにエアコンが使えてそれだけは本当によかった。

そんなふうに思っているうちに、暑さのボルテージがどんどん上がって、たちまち額だけではなく脇や背中から汗が吹き出した。

ホットフラッシュだ。

勢いよく身を起こすと、顔中から吹き出した汗が顎を伝ってぽとりと落ちた。恐ろしいほど全身汗でぐっしょりだった。パジャマだけではなくシーツも湿ってしまっている。ただ横になっていただけなのに、何かに追い詰められて全力で逃げてきたように息も上がっていた。

大きな声を出したかった。

苛々が、体が破裂しそうなほど膨らんでいる。悲鳴を上げて爆発させたかった。

だが夫に気が付かれると面倒なことになるので、唇を嚙んだまま枕をつかんで、力任せに壁に投げつけた。飾り棚の上の人形が派手な音をたてて落ちる。

シーツと枕カバーを乱暴にはがして丸めた。足音を潜めるのも忘れて階段を駆け降りる。パジャマと下着を脱ぎ捨て、シーツと一緒にドラム式洗濯機に放り込んでスイッチを入れた。

シャワーの温度を熱くして頭から浴びた。こんな時間に髪を乾かすのは面倒だが、頭からも大量の汗をかいていたので仕方ない。いっそ坊主にしてしまいたいと冗談でもなく考える。

気が済むまで湯を浴びてバスルームの外に出る。洗面台の鏡に自分の姿が映ってぎょっとした。薄くなりつつある髪が濡れて地肌に貼りつき、染みの目立ったるんだ顔から血の気をなくした女がそこにいた。喉元も肩もぶよぶよと白く、脂肪がついているのにやつれている。急いで目をそらし、壁にかけてあったバスローブを羽織った。紐を腰に巻こうとして手を止める。

洗濯物を一時的にかけるためのポールが洗濯機の上に設置してあり、桃枝はローブの紐をそこに掛けてみる。そして輪の形にゆるく結んだ。実際そこに首を入れようとまでは思っていないが、桃枝はしばらくその輪を見つめた。見ているだけで少し気が済んだ。

家族から離れてひとりになりたい、と桃枝は思った。夫や娘からの心配が、かえって重圧だった。

そういえば明日の土曜日は樫山時子とランチの約束をしたのだったと思い出す。気晴らしになるかどうかは分からないが、病院以外の用事が入っていることが少し救いだった。


翌日、リビングでテレビを観ていた夫に、知り合いとランチに行くと告げると「車で送ってやる」と言い出した。交通が不便なところではないからいいと断ったのだが、さっさと車のキーを持って部屋を出て行ってしまった。

最近とみに気が短い夫に急《せ》かされて予定より早く家を出たので、約束の時間よりずいぶん前にレストランに着いた。

そこは古いワインの醸造所で、広い敷地内は庭園になっており、レストランやカフェ、土産物屋があってこのあたりでは有名な観光地でもある。

敷地の中を少し散歩する。空は抜けるように青く、新緑を通りぬけてゆく風が心地よかった。

予約の時間が近づいたので、レストランに入って先に席についた。昔一度来たことがあるが、その時は近所の奥さんたちと一緒で、内装を落ち着いて見ていなかった。ひとりで座ってみると、ワインの貯蔵所を改装したレストランは記憶よりもずっと広かった。天井が高く開放的で、古い煉瓦の壁がしっとりと落ち着いた雰囲気を醸し出して居心地がよかった。

ほどなく時子が現れた。

「ごめんなさい。お待たせした？」

「ううん、私が早く着いちゃったの。主人が送ってくれたから」

「そうなの、優しいご主人ねー。うちなんかまだパジャマでごろごろしてたわよ。自分だけまたなんかうまいもの食いに行くのかって文句言ってさ。桃枝さん、今日は顔色いいじゃない？」

騒々しく腰を下ろしながら彼女が言ったので、桃枝は黙ったまま肩をすくめた。こんな体調で顔色がいいわけがない。夫が送ってくれたのも優しいからじゃない。ただの濡れ落ち葉というやつだ。否定の気持ちが込み上げるがいちいち言っても仕方ない。

ランチコースを注文し、時子はグラスワインの白を、体質で飲めない桃枝は炭酸水を頼んだ。

「時子さん、お誕生日おめでとう」

「ありがとう！　おめでたい年でもないけど、でも友達に祝ってもらうのは嬉しいわ〜」

別に友達じゃない。桃枝は微笑みながら、また胸の内で彼女の言葉を否定した。

この前時子に会ったとき、彼女の誕生日がもうすぐだと聞いて、桃枝は何かお礼をしたいから欲しいものがあったらプレゼントしたいと言った。彼女にはＤＶＤを貸してもらったり、車で病院に送ってもらったり、いろいろ世話になっているので心からの気持ちだった。すると時子は想像以上に喜んで、「物は要らないから素敵なお店でランチでもしたい」とはしゃぎ声を上げた。

このあたりにも、最近は隠れ家的でお洒落な店が増えている。だが桃枝はそういう店はとんと知らず、誕生日祝いをできそうな店はこのレストランしか思いつかなかった。

「こんな古いお店でごめんね」

「え？　どうして謝るの？」

「もっと今時の素敵なお店にしたかったんだけど、探せなくて」

「なに言ってるの、趣があっていいお店じゃない。こんなに素敵だって知ってたら来ればよかった。落ち着いててほっとする。もう若くないんだしこういうほうがいいわよ」

前菜の皿を持ってきたウェイターにも、時子は「素敵なお店ね～、今度は結婚記念日にも来ちゃうわ」と勢いのまま話しかけた。無表情だったウェイターがにこりと笑う。

冷製のトマト煮を口に入れると、野菜の濃い味がした。最近宅配の惣菜の単調な味ばかり口にしていたので、舌の使っていなかった部分を刺激されたようで驚いてしまった。

「おいしい」

思わず呟いた。

「ねー！　すっごくおいしいわよね！　感激！　こんなの家じゃ食べられないわよね！」

時子が大きな声で同意してきて桃枝はつい笑ってしまった。

顔の彫りが深く口が大きな彼女は、表情が豊かだ。全身で楽しそうな空気を発散してくる時子を前にして、むっつりしている自分が愚かに思えてきた。

彼女といると最初は苛々するのだが、十分くらいすると慣れてきて急に楽になる。賑やかで単純で、思ったことがすぐ顔や口に出る。他人がどう感じているかあまり斟酌しなさそうなので、それが癇に障るときもあるが、探られている気がしないので楽でもある。

彼女とは小学校のＰＴＡで知り合った。都と同い年の息子がいるが、もうとっくに結婚して独立しているそうだ。同じクラスになったのは小学校の低学年のときで、そのあとは地域の集まりで時折顔を合わせるくらいで自然に疎遠になっていた。

ところが数年前に、漢方治療専門の医院でばったり再会した。

その頃、桃枝は体調不良が長引き、勧められて漢方治療をはじめたところだった。時子も更年期の症状があってそこに通院しており、桃枝は彼女に誘われてお茶を飲みに行った。時子は更年期障害についてよく調べていて、様々な治療法があることを教えてくれた。お互い頑張りましょうね、一緒に気晴らしをしましょうねと励まされ、携帯の番号を交換した。

しかし、それが社交辞令ではなかったことに驚いた。

漢方薬がほとんど効かなかった桃枝に対して時子はみるみる元気を取り戻したようで、ランチや買い物や習い事にちょくちょく誘われた。体調不良でほとんど断ったが、それでも時子からの誘いは途切れなかった。あまり断ってばかりでは悪いという気持ちから、たまに出かけてしまう。決していやな人ではないが、親切なのか、鈍感なのか、どちらなのかよくわからなかった。

この間も、最近娘が忙しくてひとりで病院通いをしていると言ったら、あら今度一緒に行きましょう、帰りに映画でも見ましょうよと明るく言われた。娘に言ったら驚いていた。娘は、母親に友達なんかいないと思っているようだ。

いいや、確かに友達はいない。桃枝は改めてそう思った。若い頃には人並みに友人がいた。一緒に遊んで、旅行して、悩みを打ち明け合って、弾けるように笑った。ひとりひとり結婚していき、優先順位の一番が家庭になって、同性の友達は二の次になった。それが悪いとも思わなかったし、みんなそうなのだと思っていた。いったい友達とは何なのか、その定義は何なのか、そんなシンプルなこともいつしかわからなくなった。

時子は派手なネイルを施した指でグラスを持ち上げ、機嫌よくワインを空けた。

「ねえねえ、来週の日曜日、空いてない？　知り合いがフラワーアレンジメント教室を始めたんだけど、一緒に行かない？　初回は材料費だけでいいっていうから」

彼女の問いに、桃枝は魚のポワレにナイフを刺し込んだまま、曖昧に首を傾げた。

「約束して、体調悪くて行けなかったら申し訳ないからやめておく」

「あらやだー、そんなのいいわよ、体調はお互い様じゃない」

「でもここのところあんまり具合よくないし」

「体調のことだけじゃなくて、みんなこの年じゃ家の用事が急に入ることもあるんだからドタキャンでもいいわよ、お互い様だわよ。うちもお姑《しゅうとめ》さんが最近ボケつつあって、いつ呼び出されるかわかんないし！」

暗に断っているのだが、彼女には「暗に」が通じない。

働いてもいない、かといって家のことも全然できていない、そんな何もしていない自分が遊びみたいな習い事に行っていい気がしない。それに花を飾る気になど到底なれなかった。

あとひとくちで魚を食べ終わるというところで、何故か急に頬が熱くなってきて桃枝はカトラリーを置いた。

「どうかした？　顔、赤くない？」

「のぼせてきたみたい」

「あら、大丈夫？　ハンカチ持ってる？」

そう言いながら彼女がバッグからタオルハンカチを取り出す。

「持ってるからいいわよ」

「そんな薄いハンカチじゃダメよ。これ使って」

ぐいと差し出されたそれを受け取って、吹き出した汗を拭いた。たまらずカーディガンを脱いで半袖ブラウス一枚になる。

「ほら、これも」

大きな鞄からは扇子も出てきた。それを開いて桃枝に向かって扇《あお》ぎだす。恥ずかしくて桃枝は首を振った。

「いい。大丈夫だから」

「遠慮しないで」

「本当にいいって」

「恥ずかしがることないわよ。どうせおばさんの二人連れじゃない。私もホットフラッシュには長く悩まされたわー。でも生理上がったらぴたっと収まった！　桃枝さんも生理が上がるまでの辛抱よ！　慌てない慌てない！」

そう言って彼女は笑った。時子の肩越しに、向こうのテーブルの人たちがちらりと振り返るのが見えた。彼女が大きな声で「生理」とか「上がる」とかいうのが聞こえたに違いない。だが為す術もなく、桃枝は彼女に扇がれ続けた。

涙がふいに込み上げてきた。こんなところで泣いてはいけないと思ったが止められなかった。

「桃枝さん？　どうしたの、具合悪いの？　私なにか気に障ること言ったかしら。ごめんねごめんね」

テーブルの向こうで時子が困惑していた。

がさつだが悪い人ではないのだ。彼女は何故、こんな面倒くさい自分なんかを構ってくれるのだろうと、泣きながらも妙に冷静に頭の隅で思った。

それから一週間寝込んでしまった。

いい年をしてレストランで泣き出すなど大失態だった。時子はしきりに慰めてくれたが、きっと気味悪く思っただろう。

外出先でひとりでいてパニックを起こしたことは何度かあるが、よその人の前で感情が溢れてしまったのは初めてだった。精神的ダメージが大きく、そのせいなのかホルモンの不調なのか、頭痛と倦怠感もひどく寝込んでしまった。

一週間後、やっと起き上がる気になり、着替えてリビングに降りていくと誰もいなかった。外で物音がして窓から覗くと夫が庭先で何か作業をしていた。

ソファに腰を下ろして、ざっと畳まれた朝刊の折り込み広告を広げた。自分で買い物に行かなくなってずいぶんたつ。なのに長年の習慣で、ついスーパーの広告を眺めてしまう。

折り込みの中に地域の求人広告が入っていて、桃枝はじっと見つめた。

清掃、ビジネスホテルのベッドメイク、惣菜工場、営業事務、桃枝の年でも勤められる職がいくつかある。しかしいつ見ても同じようなところが求人している。

桃枝は夫からはっきりと「少しでもいいから働いてほしい」と言われたことがあった。この家を買ったときだ。

桃枝は母に仕込まれて簡単な和裁と着付けができるので、結婚してから近所の美容院で着付けの手伝いをしていたことがあった。その美容院は店を閉じてしまったので、またどこか働かせてもらえる美容院を探さなければと思っているうちに、夫の高齢の両親が続いて病気になった。介護とまではいかなかったが、入退院に付き添ったり施設を探したりで落ち着かず、数年かけてふたりを見送った。それが済むと桃枝の母親も亡くなってバタバタし、パートどころではなかった。

それらがやっと落ち着いた頃、住んでいた団地が老朽化して、だんだん外国人がまた借りして住むようになった。騒音やゴミ出しの仕方で住民とトラブルになることが増え、ここに一生住むのは難しいと夫と話し合い引っ越しを決意した。そのときにもう更年期の症状が出始めていて桃枝は元気がなかった。内覧したとき大幅に予算オーバーだったが、桃枝は清潔で洒落ているこの家を一目で気に入り、ここに住めれば元気も出そうだ、倹約もするし、自分も働いてローン返済に協力するからと夫に言った。

けれど結局桃枝はパートの面接にすら出かけられなかった。何故か恐怖が先に立ち、体調不良がそれに輪をかけた。

ローンはまだまだある。夫が定年まで勤めたとしても完済しない。退職金をつぎ込めば何とかなるが、できればそれは老後の資金としてなるべく手をつけずにおきたかった。

働くことへの恐怖。そしてお金が充分ではない恐怖。快復の見通しが立たない体調不良。相乗効果で不安は膨らむばかりだった。

桃枝は窓へ目をやった。何かがおかしいと思った。

珍しく頭がクリアで、しんとした気持ちになった。

更年期障害になる前は、自分はこれほど恐がりではなかったし、気難しくもなかった。情緒はどちらかというと安定していたし、専業主婦という身分にこれほど卑屈さは感じていなかった。価値観が変にぐらついてきたのは、体調を崩してからだ。

年をとるということは若さと引き換えに安定をもらえるものだと思ってきたが、そういう認識が誤りだったのかもしれない。

若いときに作った土台がひとつひとつ腐って、バランスを崩してゆく。

だったら慌てちゃだめだ。桃枝はそう思った。

時子がしきりに言っていた、「慌てない慌てない！」という台詞が頭の中にエコーした。

時間がまだ無限に感じられた頃は、焦りもなかった。けれど年長者を看取り、自分の時間もカウントダウンが始まったのかと思うと慌てないではいられない。焦っているという自覚すらなかった。もがいて沈むのではなく、体の力を抜いて浮かばなければ。

この一週間、ほとんど横になっていて家族のために何もしなかった。せめて夫に昼食でも作ろうかと玄関でつっかけを履いて外へ出る。久しぶりに外気に当たって、スカートから出た足元がすうすうした。

「パパ、お昼食べる？」

後ろから声をかけると夫が振り向いた。

「なんだ、起きたのか」

「なんにもないから、おうどんくらいしかできないけど」

「うん、いいよそれで」

隣家との境のフェンスがいつの間にかまだらに剝げていて、夫は刷毛でペンキを塗っていた。黙々とフェンスを塗る夫の横顔を眺めた。こめかみに白髪が増えるにつれ、目つきが頑なになってきた。駅のホームで突然パニックに襲われ、涙が止まらなくなって夫を呼んだときもこんな顔をしていた。夫の怒ったような心配した顔。こんな顔でするべきことをする人だ。

「なあ、ママ、これ見てみろよ」

夫が鉄製の門を指さしている。

「こんなところに足跡がついてる。誰か悪戯したのかな」

見ると黒い門の一部に、靴底の形に泥が乾いてこびりついていた。桃枝は身を固くした。夜中に都のところへやって来た男の姿が蘇る。

「悪質だな。酔っ払いか泥棒か」

「……近所の小学生じゃないの」

「子供にしちゃ大きくないか。このへんも物騒になったな。お前も気をつけろよ」

「そうね」

「防犯カメラをつけたほうがいいかな」

そう呟いて夫は軍手をつけた手で足跡を払った。白く残った足跡がかすれた。

都のところに夜中に男の子が来てね、その子が門を乗り越えて入ってきて、そのときについた足跡じゃないかしら。そう言ったらきっと夫は血相を変えるだろう。とても言えない。

そう考えたとたん、桃枝は今更ひやりとするのを感じた。

そういえば娘の恋人らしき男がやって来たのを見たのは二月だった気がする。三か月も足跡が残るだろうか。まさかあのあとも何度も来ているのだろうか。にわかにぞっとした。

勝手に大丈夫と思っていたけれど、娘の恋人は、本当にちゃんとした子だろうか。

娘の恋人のことで不安がこみ上げてきたことを夫に悟られまいと、桃枝は何気なさを装って背中を向け、玄関の扉を開けた。そのとたん家の中に大きな音でベルが鳴り響いたので「ひっ」と声が出てしまった。固定電話が鳴っている。最近は携帯電話ばかり使っていて、家の電話が鳴るのは珍しい。下駄箱の上に置いてある子機をあたふたと手に取った。

「あ、ママ?」

娘の声がしたのでさらにびっくりしてしまった。

「み、都なの?」

「そうだよ、どうかした?」

「どうかしたって……いつも携帯にかけてくるのに、どうしたの?」

「それがさ!」

大きな声を都は出した。

「スマホが見つからなくて! バッグに入れたと思ってたのにないの! 今朝出かけるとき慌ててたから、部屋に忘れていったのかも。探してもらっていいかな?」

ほとんど悲鳴みたいな声だ。たかが携帯電話くらいで大袈裟な、と思ったが、娘の世代にはスマートフォンはただの機械ではなくて片時も手放せない大事な相棒なのだろう。桃枝は子機を持ったまま、娘の部屋に入る。ベッドは起き抜けのまま乱れ、一人掛けソファや椅子の背に脱ぎ散らかした服が掛けてある。自分の部屋も散らかっているが、娘も相当なものだ。

鏡の前にごちゃごちゃと化粧品が置いてあり、その中にピンク色のカバーをつけたスマホがすぐに見つかった。

「あったわよ」

「ほんと？　あーよかった！　焦った！」

一転して弾んだ娘の声に桃枝は微笑む。

手に取ったとたんスマホが振動したので、手帳型のカバーを開けてみた。見ているそばからラインの通知が表示される。「貫一」と書かれたアイコンから何かメッセージが届いた。桃枝はそれをじっと見る。こんな名前の女友達がいるわけがない。内容までは表示されないので恐る恐るタップしてみたが、当然ながらロックがかかっていて読むことはできなかった。

「ないと困るでしょう？　アウトレットに届けようか」

「え！　ママが？　具合悪くて寝てたんじゃないの？」

「一週間も寝たからもう大丈夫」

「無理してない？」

「してないわよ。困ってるんでしょ」

「そうなの。えーとえーと、じゃあ本当に悪いんだけど、届けてくれると助かる！　仕事の連絡もスマホにくるし、夜に友達と会う約束してるし」

たった今ラインを送ってきた貫一というのが恋人で、今夜ふたりは会うのだとしたら、持って行かないほうがいいのかもしれない。桃枝はしばし考え込む。でも、娘の顔が一目でも見たくてたまらなくなった。電話の向こうで元気にしているのはわかっているが、顔を見なければ不安が収まりそうもない。

「いいわよ。今からお昼を食べるところだから、そのあと届けてあげる。お店に行けばいい？」

「ほんと?!　すっごく助かる！　ママ、ありがとう！」

二時半から休憩だからフードコートで待ち合わせさせてと娘は言って、電話を切った。

うどんを茹でていると外から夫が戻って来たので、桃枝は娘の職場までこれから届け物をすることを伝えた。何か言うかと思ったら、夫はじっと黙り込み、無言でうどんをすすった。食事を済ますと「じゃあ車で送る」と言い出した。

「え、いいわよ、バスで行くから」

「ホームセンターに足りないペンキを買いに行くから、ついでに乗せて行く」

「……あらそう、どうもありがと。せっかくだからちょっとアウトレット見てくるわ。帰りはバスで帰るから」

桃枝は台所を手早く片付け、出かける支度に取りかかる。まだ早いと言っているのに、あいかわらず急かされ、ろくに化粧もできず車に乗せられた。通り慣れた道を車は走り出す。よく晴れていて車の中は暑いくらいだった。窓を少し開けると気持ちのいい風が頬に当たった。

「携帯なんか」

ふいに夫が口を開いた。

「夜には家に帰ってくるのに、なんで届けなきゃならないんだ」

「今時の子は、電話とメールしかしない我々と違って携帯でなんでもするから、ないとすごく困るんじゃゃない？　仕事の連絡もスマホにくるって言ってたし」

「何のために固定電話があるんだ。仕事先にだって電話があるだろ」

「だからスマホは電話じゃないんだってば。電話もできるパソコンなのよ」

「じゃあパソコンですればいいだろう」

夫は鼻で笑う。桃枝は息を吐いて反論をやめた。なんだかおじいさんと話しているみたいだ。

夫は娘が実家に戻ってきてから娘の選んだ服を着て少し若返ったが、中身はそれに反して老化してきている気がした。四十代の終わりまではかろうじて残っていた、夫の中の青年の部分が完全に欠落してしまった感じがする。自分も人のことは言えないのだが。

若い頃は、機械関係に詳しい人だという印象だったのに、今はどんなに娘が勧めても頑なにスマートフォンに機種変更しようとしないし、桃枝がスマホに換えたら、お前なんかには必要ないだろうと嫌な顔をした。もしかしたら自分は理系だという自負があるからこそ、ついていけないテクノロジーに、プライドを傷つけられたくなくて近寄りたくないのかもしれない。

「都はいつまで働くつもりなのかな」

道の先に牛久大仏が見えてきて、ぼんやりとその顔を眺めているとふいに夫がそう言った。

「え？」

「アウトレットなんかで働いて」

「都は最初からお洋服の仕事だし、いいんじゃないの」

「仕事なんか、辞めてしまえばいいのに」

はっきり言い切る夫の顔を、桃枝は思わず見た。ハンドルを握り真顔で前を見据えている。

「でも若いんだし、健康なんだし、無職でいるよりいいでしょう。将来のために貯金だって必要だろうし」

「貯金なんかしてるもんか。洋服ばっかり買って」

確かに、と桃枝は肩をすくめた。

「早く結婚すりゃあいいんだ」

「今どき、結婚したって働きますよ」

「稼ぎのいい男を捕まえて養わせればいいんだ。で、若くて健康なうちに子供を産まないと」

「……産まないとどうなんですか？」

「幸せになれないだろう」

迷いのない口調で夫ははっきり言った。

桃枝は運転席に座っている夫が、別人に取り換えられてしまったような、恐怖に近い驚きを感じた。こんな明治生まれの人みたいな価値観を持っていたとは思わなかった。

夫との間に娘が産まれ、ふたりで育ててきた。夫は思った以上に子煩悩で、赤ん坊のときは風呂にも入れておむつも換えたし、娘にせがまれれば、疲れていてもディズニーランドだってどこだって連れて行った。だから娘に対する愛情を疑ったことはなかった。しかし、夫と自分で、娘に将来どうなってほしいのか、具体的に話し合ったことはなかったように思う。ただ漠然と、平凡でいいから幸せになってほしいとしか確認しあったことはなかった。

こんな考えをする人だったのだ。驚くと同時に、だからこそ、自分と結婚してくれたのかもしれないとも思った。

私は稼ぎのいい夫と結婚して養ってもらって、若くて健康なうちに子供を産んだけど、いま特に幸せじゃありません。

そう言いたかった。けれど、彼が必死で守ろうとしている脆《もろ》い何かを壊してしまいそうで、言葉にするのが躊躇われた。

「都はどんな男と付き合ってるんだ？」

「知りませんよ」

「母親のくせに知らないのか」

「自分で聞けばいいじゃないですか」

「娘が心配じゃないのか」

痛いところを突かれた気がして、桃枝は膝の上でぎゅっと手を握った。

車はアウトレットのロータリーへ入っていく。田畑とまだ何もない造成地が広がる中に現れる、パステルカラーの塀に囲まれた巨大なショッピングセンターは、いまだに目に慣れない。

車を降りると夫は無言で去っていった。また約束の時間よりずいぶん早く着いてしまった。


連休のせいか、以前来たときに比べると人が大勢歩いていて活気があった。桃枝はこのモールに来たのはこれまで二回しかない。開業したときと、都が働きはじめたときの二度だ。

桃枝はぶらぶらと歩き始めた。人出はあるが大混雑というほどでもなく、お祭りにきたようで、さきほどの車中でのやりとりの後味の悪さも薄れて少し楽しい気分になった。目につく店に入って、スニーカーや台所用品なんかを手に取ってみたりした。

最初は弾んでいた気持ちが、歩いて数店舗見ているうちに沈んでくるのがわかった。

特に欲しいものがなかった。以前はショッピングセンターや百貨店に行くと何もかもキラキラして見えて、なんでもかんでも欲しい気持ちになったが、病気のせいか単に老いのせいなのかわからないが、これといって買いたいものが見つからない。

歩き回るのも疲れてしまい、桃枝は娘の勤めている店の向かいにあったベンチに腰を下ろした。ここにいて娘が出てくるのを待とうと思った。

そしてふと、娘の勤める店の前に、ニット帽を被った長身の男がいることに気が付いた。

遠慮がちに、ショーウィンドウの隅のほうから首を伸ばして、店の中を覗き込んでいる。若い女性向けのショップなのに、どうして男が覗いているのだろう。中で彼女が買い物をしているのだろうか。

その男の派手なニット帽が、娘がかぶっていたオレンジ色のニット帽に似ていることに気が付いた。大きなぽんぽんがついている。

ばらばらに浮かんできた記憶が重なって、ふいに頭の中でパズルのピースがかちっと嵌《はま》るような音がした。

目の前の男の背格好が、二月の真夜中に見た、家に忍び込んできた男のシルエットに重なった。まさかと思ったが、見れば見るほどそんな気がしてきて、桃枝は息を呑んだ。

どうしよう。

落ち着け、落ち着け。慌てるな、慌てるな。

口の中がからからになるのを感じながら、桃枝は自分にそう言い聞かせ、深呼吸をして立ち上がった。ゆっくりと、こちらに背を向けている男に近づいていった。真後ろで立ち止まる。

「あの、すみません」

耳元で声をかける。男は飛び上がらんばかりに驚いて振り返った。

「すみません、ちょっと伺いたいことが」

彼は左右をきょときょと見回す。

「え、俺ですか?」

桃枝は不思議なくらい、自分が落ち着いていることを自覚した。男は背が高く肩ががっちりしている。夫に比べたら一回り大きいし、若さで骨が充実しているのがわかった。顔は整っているような、アンバランスなような不思議な顔だ。瞼が重く、面長で唇が厚い。二十代後半に見えるが、どこか子供のようなあどけなさが残っている。桃枝は微笑んだ。

「人違いだったら申し訳ないのですけど、うちの都のお友達じゃないかしら」

男の目が、大きく見開かれた。

5

都は母との待ち合わせ場所をフードコートにしたことを後悔していた。もう昼時を過ぎているから大丈夫かと思っていたが、ずらりとテーブルが並んだフードコートは満席で、子供が喚声をあげて走り回り、それを叱りつける母親の声が響いて、物凄い騒々しさだった。

喧噪の店内を何度も往復して母の姿を探したが見つからない。人混みが苦手なので、また具合でも悪くして帰ってしまったのかもしれない。入り口に立って途方に暮れていると、後ろから肩を叩かれた。

「あ、ママ!」

「会えてよかった。席がなくてうろうろしちゃった」

「こんな混んでるとは思わなくて、ごめんね」

母は微笑み、手に持っていたバッグから都のスマホを取り出した。

「はい、どうぞ」

「わーありがとう!　ほんとうに助かった!　なくしたかと思って泣きそうだったよ~」

「あってよかったわね。じゃあ帰るね」

「え、もう?」

「だって連休で忙しいでしょ」

「昼休憩だから大丈夫だよ。奥のほうのカフェならここよりは静かだと思うから一緒に行かない？　私は何かお腹に入れたいから」

少し考える顔をしてから母は頷いた。連れだってモールを歩くと、今日の母はなんとなく顔が高揚しているように見えた。久しぶりにモールに来たのでテンションが上がっているのかなと思った。奥まった場所にあるオープンカフェで向かい合って腰を下ろす。

「ゴールデンウィークで忙しいんじゃないの？」

先ほどと同じ問いを母親は口にした。

「もう最終日の午後だからそうでもないよ。連休は本社から手伝いの人が何人も来るから今日なんかは人手が余ってかえって楽なの」

「そう」

「ママ、具合はどうなの？」

「うん、今日はずいぶん気分がいいわ。睡眠が深かったのかも」

「ふーん」

機嫌は良さそうだがなんとなく違和感があった。具合がいいと必ずあとで揺り戻しがくるので、そのことのほうが恐い。

「ねえ、都」

「んー？」

「パパが言ってたんだけど、都、お付き合いしてる男の子がいるんでしょ？」

サンドイッチに齧り付いたところだった都は、思わずそのまま動きを止めた。パンを口にしたまま目を見開いて母の顔を見つめる。

「今度家に連れていらっしゃいよ。ママ、久しぶりになんか作るから」

「突然どうしたの?」

「どんな人と都が親しいのか、ただ気になって。パパだってそうなんだと思うよ。家に来るのが大袈裟って思うなら、外でもいいから。パパに会わせるのがまだ嫌なら、まずママにだけでも紹介してよ。顔くらい知っておきたいわ」

「で、でも」

「結婚を急かしてるとかじゃないの。無理にとは言わない。お茶でも立ち話でもいいから」

父親が言うのはわかるが、母親がそういうことを言い出すのは意外だった。昔から母は都の人間関係にあまり興味がなく、最近は自分の体調でいっぱいいっぱいで、いつにもまして他のことには気が回らない状態だった。

うろたえる都をよそに、母は紅茶を飲み干すと「バスの時間だから先に行くね」と立ち上がった。残された都は母の背中が人混みの中に消えていくのを呆然と見送った。

どうして急に、母親らしいことを言い出したのだろう。父親によほど何か言われたのだろうか。なんだかちょっと様子が変なような気がした。

首をかしげつつ、半日見ていなかったスマホをあけてみた。何通か通知が入っている。それが貫一からだったので急いで開けた。

——これからモールに買い物しに行くよ
——昼飯、一緒に食う? 休憩は何時?

正午前くらいの着信だった。

慌てて都は、スマホを忘れて読んでいなかったことを返信した。

仕事が終わって、都は貫一の部屋に来た。

貫一は都が来るときは鍵を開けておいてくれるので、ノックをし、「来たよー」と声をかけつつドアを開ける。すると彼は畳に寝そべってテレビを見ていた。いつもは壁に寄りかかって本を読んでいるので少し驚いた。貫一は顎をあげて都を見、力なく笑った。畳にはぼんぼんのついたニット帽が落ちていて、それと同じくらい貫一がへたっているように見えた。

「いい匂いするね」

ガス台に乗った鍋の蓋を開けると、鈍い黄金色でおいしそうな照りのぶり大根が入っていた。

「わーおいしそう。私、おなかすいちゃった」

貫一は黙ったままで都の顔を見つめている。

「どうかした？　なんか疲れてる？」

「いや、なんでもない。飯食おう、飯。冷蔵庫に昨日作ったひじきが入ってるから出して」

三月いっぱいで無職になった貫一は、頼んでもいないのに都が早番の日はこうして夕飯を作ってくれるようになった。おかずは乾物や豆を煮たり、魚をただ焼いたり素朴なものばかりだが、母親や父親が作るものより美味しかった。

「今日スマホ忘れちゃってさー。ライン気が付かなくてごめんね。母親が届けてくれたんだ」

先ほどラインで書いたことと同じことを都は口にした。既読はついたが貫一からそれに対する返信はなかった。

「うん。さっき読んだ」

「アウトレットまで来たんだね。何か買ったの？」

「靴」

「靴ってどんな？」

「革靴。あまりにもボロだったから」

就職活動用の靴？　と聞こうとして、聞くのをやめた。

冷蔵庫からひじきの小鉢をだしてテーブルに置く。炊きあがってそれほど時間がたっていないらしく、まだ温かい白米を自分の茶碗によそった。貫一は流しの下に置いてある瓶に入った糠床に手を入れて漬物を出している。

「おいしそう。いただきますー」

「はい、召し上がれー」

就職活動の話を、都はうまく聞けないでいた。貫一は都に金の無心をすることもなく暮らしていて、夕飯まで作って食べさせてくれる。婚約しているわけでもないのに、経済的なことには口を出しにくかった。

貫一が職探しをしている気配はある。時々壁にかけたスーツを着た形跡があるし、先日は伸びかけていた髪を突然短いスポーツ刈りにしてきた。それで頭が寒いと言うので、都は自分のニット帽を彼にあげた。蛍光オレンジのその帽子を、貫一は「馬鹿みたいな色だな」と笑っていたわりには、気に入ったのか最近いつも被っている。

こたつ布団を取り外したテーブルで、テレビを眺めながら食事をした。都は白いご飯で、貫一は焼酎でぶり大根をつつく。かかっているのは賑やかなクイズ番組だ。貫一はクイズ番組をみると、東大出のタレント並みに正解を口にする。今日も彼はテレビの中の解答者がフリップをカメラに向ける前に答えを口にしていた。大抵正解で、そのたび都と彼は「いえーい」と言って拳をぶつけあって笑った。

本当は笑うのをやめて、心に引っかかっていることをすべて吐き出したい気持ちでいっぱいだった。

就職活動はどうなってるの？　貯金はどのくらいあるの？　私の両親があなたを家に連れてこいって言ってるんだけど、どうする？　職が決まってからにする？　それとも無職でも堂々と行く？　それとも行きたくない？

言い出したら止まらなくなりそうで、都は気持ちを飲み込むように食べ物を口に入れ続けた。

「どした？　顔が般若みたいだぞ」

「うん、貫一さあ」

「んー？」

「うちの両親が、付き合ってる男を一回連れてこいって言ってるんだけど」

あ、言ってしまった。都はテーブルに目を落としたままそう思った。貫一の顔が見られなかった。テーブルの向こうでドン引きしているかもしれない顔を見たくなかった。しばらくテレビの音だけが部屋の中に響き、ＣＭに変わったタイミングで貫一が口を開いた。

「いいんじゃね。俺、いつでもいいよ。暇だから」

意外な答えに都は顔を上げた。

「え？　え？　いいの？」

「おみやだって、俺の親父に会ってくれたじゃん」

「……あー、うん」

四月に温泉旅行へ行って、その帰りに貫一の父親に会った。会ったというか面会に行ったのだったが。

四月に行った温泉旅行はたった一泊二日だったが、知らなかった貫一の過去と事情を知り、驚きの小旅行となった。

彼が知り合いから宿泊券をもらったとかで、那須に昔からある大きな観光ホテルに泊まりにいくことになった。子供の頃、テレビのCMでよく見たホテルだ。

家族連れや年配の人、宴会目的の団体が大挙して泊まりにくるような温泉ホテルだ。ボウリング場やプールまである。夜は歌謡ショーがあり、出演する演歌歌手のおっかけのおばさま達が全国から集まってくるそうだ。以前だったら、せっかくの旅行なのだからもう少しましなところに泊まろうと口にしたかもしれない。けれど貫一となら、変に小洒落たホテルよりそういうところのほうが楽しめるだろうし、今の自分にも分相応ではないかと都は思った。

自分の運転で県外に出たことがない都は、自信がないから貫一に運転してほしいと頼んだが「疲れたら代わってやるから」とへらへら笑うだけで運転席に座ろうとしなかった。高速に乗るのは教習所以来で緊張したが、平日で空いている高速道路は運転しやすく、拍子抜けするほどあっさり那須に着いてしまった。

予定よりずっと早くチェックインしたので、大人気だという家族風呂が借りられた。露天風呂から山々が見渡せ、鳥のさえずりを聞きながらふたりでゆっくり湯に浸かった。背中を流しあい、髪を洗いあった。貫一は裸のまま岩の上に寝そべったり大声で歌を歌ったりした。

細いわりに筋肉が固く締まっている貫一には、浴衣がよく似合った。風呂ではしゃいでいる時は小学生のようだったのに、浴衣を羽織ると急に色気が出て、都は照れて下を向いてしまった。

相手の浴衣姿にどぎまぎするのは男のほうだろうに、これでは逆だと都は自分の反応を少し忌々しく思った。

部屋に戻ると、貫一はビール片手に本を読み始めたが、都が髪を乾かしたり顔にクリームを塗っている間に、あっけなく眠ってしまった。畳に転がっている彼に、押し入れから毛布を出してかけてやりながら、都は微笑ましいような、悲しいような、複雑な気持ちを味わった。

那須には前の恋人と、森の中に建てられたオーベルジュに泊まりにきたことがあった。都会では考えられないほど空間をたっぷり使ったレストランや、部屋のテラスから望む緑の庭が夢のように素敵で驚いた。だが楽しかったのかどうかよくわからない。彼が大金を出して買った、その非日常で美しい光景の一部に自分もならなくてはいけないのだと思って、ずっと気が張っていた。

その時に比べたら自分は心から寛いでいる。けれど、あのときとはまた違う、むしろ今のほうがもっと言葉で表現できない違和感が気持ちの底のほうにへばりついている気がした。

夕食のバイキングは都が想像していたよりずっと豪華だった。見渡す限り、大皿に盛られた食べ物の山が続いている。洋食も和食も中華も、サラダも肉も魚もデザートも、およそ思いつく限りのご馳走が並んでいた。

寝足りた貫一はハイテンションで、次々と食べ物をとってきてテーブルに並べた。天ぷらやローストビーフ、刺身やカレーライス、本職のはずの寿司も平気な顔で持ってきた。食べ合わせがめちゃくちゃで、最初は面食らってどう楽しんだらいいかわからなかったが、広いレストラン中、大勢の人間が同じ浴衣姿で、欲望のまま食べ物を咀嚼しているその熱気に呑まれて、だんだん背徳感のようなものが麻痺していくのを感じた。とっくに満腹のはずなのに、違う味、違う食感への欲求が止まらなくなり、いくらでも胃に入った。

食べ疲れてレストランを出ても、まだ宵の口の時間だった。腹ごなしに散歩でも行こうかと話していると、貫一は土産物屋の奥に卓球場を見つけ、やろうやろうと言い出した。浴衣でスリッパのまま、入り口でラケットを借りる。

彼は都が経験者だと思わなかったのだろう、ラケットの握り方まで小さな娘に教えるようにレクチャーしてきた。都はあえて何も言わず素直に従う。そして貫一が加減してゆるい球を打ってきたので、都は振りかぶって力いっぱい打ち返した。エンドラインぎりぎりにボールがびしっと音を立て弾け飛んだ。貫一が目をぱちくりさせる。

「もたもたしない！　早く打ってきな！」

都が声を上げると、貫一がびっくりした顔のまま、今度は強めのサーブを打ってくる。手元に飛んできた球にラケットをかぶせるようにして強い返球を打った。

バイキングでは酒も飲み放題だったのでかなり酔っている貫一は、どこかに飛んでいった球をあたふたと探しに行っては、へなへなのサーブを打ってくる。その度に都は、彼の打ち返せないところを狙ってスピードのある球を叩きつけた。貫一はとうとう吹き出し、しゃがみこんで笑い出した。

ラケットを返してエレベーターに乗っても、まだ笑いが収まらない貫一は「おみや最高」と何度も言い、彼にそう言われるとひどく優越感を刺激された。一休みしたら大浴場へ行こう、それで今度はボウリング対決だと話しながらスリッパを鳴らして歩いていくと、部屋の前に若い男が立っていた。

「貫一さん！」

振り向いたその男が声を上げ、笑顔になって駆け寄ってきた。ワイシャツにネクタイ、その上からホテルの名前が入った法被を着ているので従業員だろう。

「おお、マサル！」

「貫一さん、会えてよかった〜」

その男はまるで子犬のように目をきらきらさせて貫一を見上げている。まだ二十歳そこそこに見える若い男だ。頭髪が今時ぎょっとするようなパンチパーマで、額に剃りこみのあとが残っており、幼さの残る顔とアンバランスだった。

「こいつ、宿泊券くれたマサル」

都は慌てて頭を下げる。貫一は都を指さし、「これはおみや」と言った。ぞんざいな紹介の仕方に眉をひそめると、マサルが「ちょーす！」と深く頭を下げてきた。

「彼女さん、泊まりにきてくださって超嬉しいっす！　おれ、貫一さんにずっとお世話になってるマサルって言います。ここの仕事も貫一さんが探してくれて、マジ感謝してるんです！」

マサルは背が低く、笑った口元から覗く歯並びがガタガタだった。正面から向かい合うと、どこかで見たことがある顔のような気がした。

「別に職の世話なんかしてねーよ。募集してるみたいだって言っただけじゃん」

「いや、俺、自分で仕事探す気になんなかったし、地元じゃないとこでなんか働きたくないって意固地に思ってたから、貫一さんに諭されて本当によかったです」

「諭してねえって」

「貫一さんに、家業継ぎたいなら外で働いてみたほうが絶対いいって言われなかったら、俺、あのまま腐ってたと思います。みんな呆然としてて、もうどうしたらいいかわかんなかったのに、どろどろの家、貫一さんたちが片付けてくれたし、飯だってずっと作ってくれて、親父もお袋も姉貴も本当にあれは仏様だって」

「仏って言うな、殺すなや。姉ちゃんは元気か？」

「はい！　そうだ、子供できたって連絡きたんですよ！」

「え、そうなの？　この前会った時はなんも言ってなかったべ」

「貫一さんには言えなかったんじゃないすか。憧れの男だから〜」

ふたりが笑って話すのを都は強張り気味の笑みを貼り付けて聞いていた。何の話かわからないが、貫一はとにかくこの男の子に心酔されているようだ。

「おれ、これから夜勤で、朝になったら非番なんです。お邪魔じゃなければ、このへんどっか案内します！」

「いや、明日は親父のところ寄って帰るから」

え、と都は貫一のほうを見た。親父のところ？

「そうなんすか。せっかく久しぶりに会えたのに残念っす。親父さん、具合でも悪いんすか？」

「いやいや、単なる様子見。宿泊券、回してくれて嬉しかったよ。マサルが元気にやってるのわかったし。またゆっくり飲もうや」

「はい！　じゃあまた今度、彼女さんと一緒に家のほう来てください！」

「おう、わかった。頑張れよ！」

何度も振り向きながら、マサルは廊下を去っていく。彼が角を曲がって見えなくなると、貫一はやれやれとばかりに自分で肩を叩きながら部屋に入って行った。都はその背中を追いかける。貫一は「なんか冷えちゃった。風呂行こうぜ〜」と歌うように言って、タオルを手に持った。

「ちょっと！」

追いついた都は貫一の背中を叩いた。

「え？」

「なんかいろいろ説明してよ」

「説明って」

「今の子、どんな関係なの？　ていうか、明日、どこ行くっていま言った？」

「ええと、親父んとこ？」

都はじりじりして、彼の浴衣の胸元を摑んで揺すった。

「親父って誰？」

「親父は親父だよ。父親」

「お父さんに会いに行くの？　私も一緒に？」

貫一は首を傾げ、少し考える顔をした。

「嫌なら俺だけで行くからいいけど」

「嫌とかじゃなくて、聞いてないって言ってんの！　なんで話さないの！」

「いや、あとで言おうと思ってたよ」

「もっと早く言え！　私、そんなの気持ちの準備ができてないよ。手土産も買ってないし服だってジーパンしか」

「ばっかじゃねえ。そんなんどうでもいいよ。ていうか、この話風呂上がってからゆっくりしようぜ」

「いま言って！」

「いま風呂行かないと、俺眠くなっちゃうしさー。な、あったまってからゆっくり話そう。せっかく温泉来たんだから、お・み・や・ちゃん」

貫一は優しく髪をひと撫でしてきた。それ以上責められず、釈然としないまま都は黙り、貫一の襟から手を離した。

無言のままふたりで大浴場へ向かい、男湯と女湯に分かれたのれんをくぐった。部屋に帰ってくると、先に戻ってきていた貫一は、敷かれた布団に潜り込んでぐっすり眠っていた。

思わず都は彼の背中を蹴ったが、一度眠り込んだ貫一は何度蹴っても起きなかった。

「何も秘密にした覚えなんかないって」

朝食の席で、都は機嫌を損ねたまま納豆を混ぜた。前の晩と同じレストランで、やはりバイキングだったが、夢から覚めたように現実的な食事が並んでいた。

「貫一、自分のこと、なんにも話さないから」

「おみやが聞かないからだろ」

「聞かなかった私が悪いわけ？」

「悪いとは言ってない」

いつまでも仏頂面の都に貫一も不愉快になってきたのか、乱暴な様子で茶碗の飯をかきこんだ。昨夜あれほど笑い転げていたのが嘘のようだ。悪い雰囲気のまま、ふたりは帰り支度をしてチェックアウトした。

今日こそはと、都は素早く助手席に乗り込んだ。貫一は仕方ないという顔で運転席に座る。

「お父さん、どこに住んでるの？」

「住んでるっていうか、介護施設だから。認知症でもう俺のこともよくわかってないよ」

「え、そうなの？」

「水戸だから、まあ二時間くらいかな」

カーナビも使わず、貫一は慣れた様子で車を走らせる。ロードサイドショップすらない田舎の一般道を淡々と進みながら、彼はぽつぽつと話し始めた。

自分は父親が五十歳の時の子供で、だからもう父親は八十歳を超えているということ。姉がひとりいるが、彼女は父親と前妻の娘であると貫一は語った。

父親は寿司職人としての腕は悪くなかったが、とにかく大酒飲みで、飲むと歯止めがきかなくなって深酒し、店を開けられないこともあった。見栄張りで、家計に余裕などないのに、飲みに行くと仲間の飲食代まで全部払った。こっそりサラ金に借りた金はいつの間にか大きく膨らんで、店に取り立ての電話がかかってくるのは日常茶飯事だった。

前妻はまだ小さかった娘を置いて出ていってしまい、父は途方にくれつつも、娘のことは周囲が驚くほどまめに面倒をみた。だが男親ひとりでは限界もあり、貫一の母親と出会ってすぐ後妻に迎えた。貫一が生まれてしばらくは父の放蕩も収まっていたし、飲まなければ人の好い、うまい寿司を握って近所の人から慕われる父を貫一は尊敬もしていた。自分が店を継ぐことは自然なことだと思って育った。

しかし回転寿司やデリバリーの寿司屋に客を取られるようになって、父の酒量が再び増えた。後年、父は長年に亘る大量の飲酒のせいか記憶におかしいところが出て、注文や勘定を間違えて常連客を何度も怒らせた。この時点で貫一の母親は、前妻と同じように夫に愛想を尽かし、出て行ってしまった。貫一は自分が外へ修行に出、戻ってきて店を継ぐからそれまで店を休んでくれと頼んだ。疲れ切っていた父は素直に言うことを聞いたが、店を閉めるとあっという間に認知症が進んだ。住居付きの店を売り、施設に入る金を作った。

そこまで一気に話した貫一は、一呼吸おいた後「おしまい」と言った。都はただ「うん」と頷いた。

何を言ったらいいかわからなかった。自分の母親の更年期障害など霞んでしまうようなシビアな話ではないか。未成年の子供をおいて出て行ってしまう母親が現実にいることに、都は衝撃を受けた。貫一は今までそんなことは一言も言ったことがなかったし、匂わせたこともなかった。

都は「コンビニあったら休もうよ」と呟くように言った。

沿道にコンビニを見つけて貫一は車を停めた。都は缶コーヒーを買って、店先の灰皿の前で煙草を吸う貫一に渡した。そしてバッグから写真が入った封筒を出して彼に差し出した。

昨日の夜、貫一が寝てしまったあと例の写真を見て、その中にマサルを見つけた。昨夜見た姿よりさらにあどけなかったが、特徴的な乱杭歯でマサルだとわかった。

「この隣に写ってるの、昨日の子でしょ」

「おー、懐かしい写真だな。あれ、なんでおみやがこれ持ってんの？」

「前に借りた上着のポケットに入ってた。なんか気になってずっと私が持ってたの。勝手に取ってごめんなさい」

「へえ、別にいいけど」

「別にいいの？」

「いいべよ、別に」

貫一は片頬で笑った。

「この人達、どんな友達なのって、なんか私、聞けなかったんだよね」

「ふーん。聞けばいいのに」

「だよね。どんな関係なの？」

「んー」

「ほら、言い淀む！　なんかそういうとこあるから、あんたにもの聞きにくいんだよね」

「わかったよ、言うよ。そいつらボラ仲間で」

「ボラ？　魚の？」

「震災ボランティア。あの東北の地震のとき、茨城も海岸沿いは津波でひどかっただろ。マサルの親が俺の親父の後輩で、海の近くで民宿やってたんだけど、波被って大変だったんだよ。で、頼まれて片付けに行ってたんだ。写ってるその女のほうはマサルのねーちゃん。あとは現地にボランティアに来てた人達」

「え、えーーーーーっ！」

思ってもみなかったことを言われて、都は思わず大きな声を出してしまった。

「ほらなー。おみや、そういうリアクションすると思ったから言いにくかったんだよ」

「だって」

「もう行くぞ」

横を向くと、貫一は煙草をもみ消した。

水戸の街中にある介護施設には昼前に着いた。住宅地の中に普通にあるそれほど大きくはない建物だ。コンクリートの壁に、ひらがなの施設名だけがパステルカラーで、その違和感が都の不安をかきたてた。

都は高齢者用の施設に足を踏み入れたことがないので、そういう場所でどんなふうに振る舞ったらいいのかわからず緊張していた。都の祖父や祖母はもう亡くなっている。小さい頃には遊びに行ったこともあったが関係は薄かった。

貫一は受付を済ますと、エレベーターには乗らず、軽い足取りで階段を三階まで上がった。都はただ懸命についていった。

三階のエレベーターホールを抜けると、広いリビングのような部屋があり、何人かの年寄りが車椅子に乗ったままテーブルのまわりに集まって座っていた。内装はほとんど病院と変わらない。どこからか出汁の匂いが漂ってきていて、昼食の時間が近いのだと思った。

老人たちは誰も入って来た都たちのほうを見なかった。それぞれ黙ってあらぬほうに目を向けている。貫一はまっすぐに、窓際にいる老人に向かって歩いて行った。

他の老人に比べ、大きい人だった。その大きな背中を丸めて、ぼんやりしている。貫一が「来たよ」と声をかけるとゆっくりと目を上げた。顔が赤黒いことに都はぎょっとした。日に焼けて黒いのとは違う。黒っぽい顔の中で大きな団子鼻が不吉に赤い。その人は返事もしないし、微笑みもしなかった。貫一は車椅子の前にしゃがんで、彼の腕のあたりを軽く叩いた。

「親父、元気?」

かすかにその人の頬がゆるんだように見えた。

「元気そうだね。ねーちゃん最近来た?」

答えが返ってこなくても貫一は普通にその人に話しかける。ふいに立ち上がると、部屋の隅に重ねて置いてあった丸椅子を持ってきて都の前に置いた。そして座るように促す。都はそろそろと腰を下ろした。

「親父、この人、おみや」

かすかだがその人が都のほうに首を曲げた。皺の中に埋没しそうな、象みたいな目だ。

「貫一お宮のおみや。金色夜叉なの、すごくない？」

都はぎくしゃくと頭を下げる。そこでポロシャツ姿の男性職員が寄ってきて、貫一に声をかけた。ふたりは顔見知りらしく、気安く挨拶をしていた。

ちょうど昼食が出てきて、貫一は離乳食のようなどろどろの食べ物をひと匙ひと匙、父親の口に含ませた。彼は食べることに集中できず、赤ん坊のように途中でぼんやりしたり口からこぼしてしまったりした。貫一は辛抱強く声をかけたり、父親の口元を拭いたりして、一時間以上かけて器の食事を平らげさせた。都はただ両手を握りしめてその様子を見ているしかなかった。

そのようにして、一泊二日の旅で都は貫一の知らなかった過去を知った。


彼の作った夕飯を食べ終わって、都は粗末な台所で食器を洗った。

いつの間にか、貫一はまた畳に寝そべって眠り込んでしまっていた。付き合い始めの頃はわからなかったが、よく寝る人だ。ちょっと目を離すと猫のようにどこででも眠ってしまう。

都は濡れた手を拭いて、そっと貫一のそばにしゃがんだ。閉じたまつ毛は案外長い。息をするたび上下する胸板が出会った頃より薄くなった気がした。

彼なりに次の仕事が決まらないことや、父親のことで思い悩んでいるのかもしれない。しかし悩みがあって眠れないなんてことはなさそうで、少し腹がたつ。

自分だったら恋人が来ているときに寝てしまったりはできないだろう。彼のように、人のことを気遣いすぎないでいられたら楽だろうなと思う。

しかし貫一は、思いやりがないわけではないのだ。むしろ、自分より遥かに他人のために尽くしている。

認知症の親の面倒だけでなく、災害ボランティアへ行って他人のためにも働いている。自分の時間を人のために惜しみなく使って、そのことを愚痴ったことなど一度もない。

この前の旅行で、貫一のそういう面を知って心動かされた。感動したというより、動揺した。前の恋人がお金を持っていても血が通っていないような人だったから、その飾らない温かさに驚いてしまった。

その驚きは時間がたつにつれて、彼への愛情を深める作用から自己嫌悪に変化して、じわじわと染みてきた。

都はまわりの人に細かく気を配って、思いやりをもって生きているつもりだった。しかしいざ家族が病気になると、自分の時間を差し出して面倒をみることが本当は嫌で仕方なかった。肉親に対してでもそうなのだから、赤の他人に無償で何かすることなど考えたこともない。貫一とくらべると自分は薄情だ。虫歯に水が染みるように、気持ちの奥がきしんだ。

手を伸ばして、貫一の頰に慎重に触れる。少し伸びた無精ひげが指先にざりっとする。屈み込んで、彼の乾いた唇に自分の唇を寄せてゆく。彼が息を吐くと煙草の臭いが鼻について、唇が触れる寸前に都は動きを止めた。

テーブルの向こう側に空の焼酎瓶が倒れていることに気が付いた。黒ずんだ顔をしていた彼の父親が脳裏を過る。

貫一は、いざという時きっと誰よりも優しいだろう。

しかし、生きていく長い時間の中で「いざ」という時は、どの程度の長さなのだろう。

「ねえ、帰るよ」

肩を摑んで揺すった。「んー」と彼は声を漏らす。

「ちゃんとお布団で寝なよね」

「……おう。運転、気を付けて」

貫一は寝返りを打って背中を丸め、また寝息を立てはじめる。最近彼はもう都を送らない。

ひとりで部屋を出て、近所のコインパーキングまでゆっくり歩いた。小銭を機械に入れると、人気のない駐車場にその音がいやに大きく響いた。

車に乗り込んで、スマホを手に取る。

家に帰る前に、誰かと話がしたかった。いま貫一と楽しい時間を過ごしたはずなのに、楽しかったという後味が感じられなくて、誰かと他愛無く笑いあってから一日を終えたかった。

そよか？　絵里？　もう遅い時間だし、ふたりとも眠っているかもしれない。そう思いつつも「久しぶりだけど元気？」と短いメッセージを送った。

そよかには、最近貫一とのことをなんとなく話しづらくて、報告しなくなっていた。どちらもなかなか既読にならない。諦めてエンジンをかけて車を出そうとすると、ラインの着信音がした。返信かと思って見ると、ニャン君だった。

——ぼくのミャーちゃん、げんきですか？　らいしゅうデートしてください、なんようびでもOKです
都は暗闇の中で光るスマホの画面を、吸い込まれるように見つめ続けた。

恋愛がうまくいかない時はせめて仕事が順調にいってほしいが、そうはいかないようだった。

翌朝出勤すると、店長がつかつか歩いてきて、いきなり都の腕を摑み「ちょっと来て」とバックヤードへ引っ張った。目が吊り上がっているので、よほど何かポカをしてしまったのかと思ったが、身に覚えもなかった。

「どうしましたか?」

「中井さんがブルーシップに勤めてるの、知ってた?」

都の二の腕を捕まえたまま、潜めた声で店長は言った。

「え?」

「隣のショップの人に聞いて、今見てきたのよ。そしたら普通の顔で品出ししてた」

都はぽかんとした。

中井杏奈のトラブルは、とっくに解決したと思っていた。

都はMDの東馬と店長に頼まれて断りきれず、杏奈を呼び出しブログのことを切り出すと、彼女はそれほど動揺する様子も見せず「わかりました」と頷いた。「与野さんにまで気を遣わせてしまってすみませんでした」と笑みさえ浮かべて頭を下げた。よかった、わかってくれたんだと安堵したのもつかの間、その翌週には本社に辞表を提出し、有休を消化すると言って挨拶もそこそこに出勤しなくなってしまった。

それには正直驚いた。彼女の気分を害さないように話したつもりだったし、彼女もそれをわかってくれたように見えた。何も辞めることはないのにと杏奈の考えが理解できなかった。

店長は「辞めてくれたほうが楽だ」と言っていたのに、いざ本当に杏奈が辞めてしまうと、シフトがぐちゃぐちゃになって自分の休みがなくなったと不機嫌を露わにした。だが、アパレルでは人が急に辞めるのは日常茶飯事だ。もう気にしないでおこうと都は気持ちを切り替えたところだった。

「ほんとですか？」

「与野さん、知ってたんじゃないの？」

「そんな、知りませんよ」

店長は息を吐いて下を向いた。

「最近の子はまったくなにを考えて……」

語尾がすぼんで聞こえなかった。右手は都の腕を縋《すが》るように掴んだままだ。

同じモールやショッピングセンターの中でも、雇い主はショップごとに違うので店を移っても違反ではない。しかし同じ業種で、近くにある店に移るのは、はっきりしたマナー違反だった。都は自分がショップ店長をしていたとき、同じ目にあったことがある。これをやられるとかなり精神的に応える。

「……与野さんも、辞めるなら早めに言ってね」

「辞めませんよ」

「他の人はどうかしら。辞めたいって言ってるかしら」

「大丈夫ですよ。中井さんがおかしいんです」

店長の横顔は長い髪に隠れて見えなかったが肩が震えていた。

仕事をしていてもなんだか動揺が収まらず、落ち着かないまま休憩時間になった。

杏奈のことはもともと苦手だったが、根本的に相容れないとよくわかった。嫌な出来事だがもう関わりもないし、自分が落ち込んでも仕方ない。

そう自分に言い聞かせながら弁当を持って休憩室の扉を開けると、自動販売機の前に背の高い女の子の背中があった。買った飲み物を屈んで取って、こちらを振り向く。杏奈だ。都は反射的に扉を閉め、踵《きびす》を返して廊下を歩きだす。

広いモールには休憩室がいくつかあって、自由にどこでも使うことができる。なのに杏奈が以前と同じ休憩室を使っていることに驚いた。前のショップの人と顔を合わせたら気まずいという感覚がないのだろうか。

「与野さんっ」

びくりとして振り向くと、笑顔の杏奈が立っていた。

「どうして私の顔見て逃げるんですかー？」

息をのんで彼女の顔を見つめた。

「そんなお化けを見たような顔しないでくださいよ。私もこれからお昼なんです。ご一緒していいですか」

断ればいいのはわかっていたが、都は先ほど店長が自分にそうしたように、彼女の腕を摑んで通路の奥のほうへ引っ張った。店長もじきに休憩になるので鉢合わせしたくなかった。

ショップから一番遠い休憩室に杏奈を連れていき、テーブルを挟んで向かい合った。都は持ってきた弁当を、杏奈はコンビニで買ってきたらしいサンドイッチを広げた。

「与野さんて面白いですね。気まずくて隠れるのは、私のほうじゃないですかあ」

ほがらかに言われて都はむっとする。

「だったら気まずく隠れてたらいいじゃないですか」

「だって別に気まずくないですもん。私なんにも悪くないです」

すっかり食欲は失せていたが、食べないのも悔しいので、都は炒めたソーセージや卵焼きを次々と口に入れた。そして弁当に目を落としたまま言う。

「どこに勤めたってそりゃ個人の自由ですけど、これはあんまりだと思いますよ。辞められたほうは不愉快だし、転職先でだって、この人は後ろ足で砂を蹴って辞めてきた人、うちだってそうやって辞めるかもって見られることもあるし」

「そういうふうに思う人もたくさんいますよね。私の転職リスクまで心配してくださってありがとうございます」

「店長、泣いてましたよ」

「えー、なんで泣くことあるんですか？　泣くくらいならもうちょっとできることがあったんじゃないですかね」

都がはっきり言っても、彼女はけろりとしている。あまりの響かなさにげんなりした。

しばらく言葉を交わさず食事をした。杏奈はストローでジュースをすすって小さく鼻歌さえ歌っている。不愉快で、思わず都のほうが口を開いた。

「ブログのこと注意されたのがよっぽど気に食わなかったんですか？　正社員なのに、辞めることなかったでしょう」

「え、違いますよ。そのことで辞めたわけじゃないです。きっかけではありましたけど、もともと不満だらけで」

「それはまあブログ読んだから知ってますけど」

「MDに見つかったんなら、どっちにしろもう信用されないですもん。他店に異動願い出したって通るかどうかわかんないし。店長のことも、他の人たちのことも好きになれなかったから、働きにくいっていうか、毎日ほんとにつまんなくって」

「それは、自分から働きにくくしてたんじゃないですか」

「与野さん、今日はびしびし言いますね～。いつも、そのくらい意見を言ったほうがいいんじゃないですか、八方美人でのらくらかわしてないで」

杏奈はからかうように都の顔を指した。こんなときなのに、彼女のほっそりした指が綺麗だと見つめてしまった。ネイルも指輪もセンスがいい。

「そうかもしれないけど、中井さんには言われたくないです」

杏奈は「ですよねー」と馬鹿笑いする。挑発されていると思った。

「中井さん、恥ずかしくないですか？」

「何がですか？　恥ずかしいことなんかひとつもないですよ。むしろ与野さんのほうが私からしたら、見てて恥ずかしいです」

都は杏奈の顔を見つめた。口角は上がってるが目が笑っていなかった。

「与野さんもブルーシップに移ったらどうですか？　人、いくらでも募集してましたよ。ブルーシップは地域採用でもすぐ正社員登用されるからそのほうが得ですって。ポワールグループは転勤OKにしないと正社員になれないですよ」

ポワールというのは都が勤めているブランドの本社名だ。

「え？」

「そんなことも知らなかったんですか」

「……採用されるとき、契約書は読んだけど」

「表向きはそんなこと言ってないですよ。それにポワールは管理職になれそうもない人は正社員にしませんよ。バブルの前からある会社だから経営陣は古い考えのままです。もし推薦してもらっても、役員ほとんど背広のじじいだから、販売実績があってロジカルに話せる人じゃなきゃ面接通りませんて。店長がなんて言ったか知りませんけど、あの人が言うことマジで適当ですからね。正社員登用をちらつかせて、いいように非正規のスタッフを使いたいだけです」

杏奈はテーブルを長い爪でこつこつと叩いた。

「それに与野さん、だいたい肝心の意欲がないじゃないですか。システム以前の話ですよ。注意されない程度には働いてるけど、普通に考えてどんな職種だって意欲のない人を正社員にするわけないでしょ」

奥のほうに座っていた人たちが振り向いて、こちらの様子を窺っているのがわかった。杏奈はそれに気が付いたらしく、小さく唇を噛んでうつむいてから、ゆっくりと髪を掻き上げた。

「正社員になりたいわけじゃなかったらごめんなさい。だいたい今のアパレルじゃ途中から社員になったってたかが知れてますよね。契約のままのほうがフットワークいいと思います。ポワールは古臭いけど資本が大きいから、それもありですよね」

「……中井さんて、うちのブランドが好きで会社に入ったんじゃないの?」

「そりゃ嫌いじゃなかったですけど、別にこのくらいの値段の服なんて、セルフサービスのコーヒーと同じようなものじゃないですか。スタバだろうがドトールだろうが、大した違いじゃないですよ」

「え」

「人が服に対してどんな気持ちでいるかはそれぞれだと思いますけど、私にとってこんな程度の服はファッションっていうほどのものじゃなくて、ただの日用品です。そのへんで飲むコーヒーとか、靴下とか文房具とかと一緒。そうですね、お洒落なノートみたいなものです。与野さん、学生のときどんなノート使ってました？　私はせっせとハンズとか行って可愛いノート探してました。百均のノートでも別に問題ないけど、毎日使うんならちょっと可愛いノート持ちたいじゃないですか。友達にもそれいいねーって言ってもらえるし。それと変わらないです。本当に高級でセンスのいいノートが銀座とかで売ってることは知ってます。でもそれ買って何を書くっていうんですか。二千円のノート買ったら成績よくなりますか？　私、たかが日用品にお金かけるのバカみたいって思います。私にとってはノートも服も消耗品です。消耗品だからこそ、どんどん叩き売っていいんだって思ってて、だからアウトレットって私好きなんですよね。私、意欲もって叩き売ってますよ」

なんだか圧倒されて聞いていた。アウトレットで売っている服をうまくコーディネイトして、センスよく着こなしている彼女が言うからこそ説得力があった。

「与野さんだって、いまのショップの服が好きってわけじゃないですよね。でもそれって別に普通のことですよ。売ってるものなんかどの店でも大した違いはないです。もしカフェでバイトするなら時給がよくて勤めやすいところへ行きませんか？　百均だったら？　スーパーのレジ打ちだったら？　アパレルだっていうだけで急にプライドっていうか特別感がでちゃうのってなんでですか？」

そこまで言うと、杏奈は残っていたサンドイッチを口に入れた。都の目を見ながらゆっくり咀嚼する。都はとっくに弁当を食べる気を失い、手に持ったままだった箸を置いた。

「私ばっかり言いたいこと言って、すみませんでした。与野さんだって私に対して言いたいことっていうか、たまってることありますよね。言っていいですよ」

都は少し考える。

「特にないかな」

「えー、そんなことないでしょ」

「中井さんの言うこと、いちいちもっともですもん。なんか違うとは思うけど何言っても論破されるだろうし」

「うわー、諦めすごいですね」

都は苦く笑う。

「さっきも言ったけど、都さんもブルーシップに移りましょうよ。嫌味で言ってるんじゃなくて、本当に条件いいですから。販売員でずっとやっていくならセレクトショップのほうがいいですよ。トリュフの服ばっかり着るの飽きたでしょ？」

「まあ飽きたことは飽きたけど」

「あ、でも東馬さんに気に入られてるから、言えばお給料少しはアップしてもらえると思いますよ。あのひと、役員候補ですからね。前に飲みに行ったとき、与野さんのこと胸が大きくてそそられるって言ってたし」

「……はい？」

「一回やりたいって。気を付けたほうがいいですよ」

そこでテーブルに置いてあった都のスマホが震えた。目を落とすと、それをきっかけに杏奈はぴょこんと立ち上がった。

「じゃあ時間なんで私は戻ります。いろいろ失礼なこと言ってすみませんでした」

杏奈の細い背中が扉の外に消えていくのを見送ってから、都はのろのろとスマホを開けてみた。

――ミャー、久しぶり。ラインありがとね。ずいぶん会ってないよね。飲みにいこうよ～

絵里だった。都は返信を打とうとして、少し考え、絵里に電話をかけた。

「あれ？　電話してくるなんて珍しいね！」

すぐに彼女は電話に出た。久しぶりに聞く声だ。

「いま大丈夫だった？」

「大丈夫だよ、今日土曜で休みだし。ミャーも休みなの？」

「ううん、仕事。いま休憩中」

「え、なんか声おかしくない？　風邪？」

「ちょっと風邪気味かも」

「いや、なんか変だよ。ミャー泣いてるんじゃない？　そうでしょ、泣いてるでしょ。なになに、何かあった？　仕事でやなこと？　それとも男？」

彼女の問い詰めに都は力なく笑った。

「泣いてないって。ちょっと疲れることがあってぐったりしてただけ」

「今日これから旦那の実家に行くとこなんだ。でも遅くなってでよかったら話聞きにいけるよ」

「ううん、いいの、大丈夫」

「ほんとに？」

「本当に大丈夫、なんか今ほっとしたから」

「じゃあ近いうち会おうね」

「うん、ありがとう」

電話を切って、都はバッグからティッシュを取り出し鼻をかんだ。

ニャン君とふたりで出かけるのは浮気の部類に入るのだろうかと迷わないこともなかった。けれど、貫一と何か確固たる約束があるわけでもないのに、この先誰ともデートしないというのも違う気がした。

誘いを受けて出掛けることに決めたのはいいが、またもや着ていく服が決まらず都は悩んでいた。

通販で買ったブラウスを鏡の前で着て、二分もたたないうちに脱ぎ捨てた。思っていたよりも地厚で色が冴えず、明日は夏の陽気になると言っていたのにこれでは暑苦しくて気が乗らない。

ここのところ服はもっぱら通販で買っていた。椅子の上には既に脱いだ服の山ができていて、それらの多くは宅配便の箱から出したばかりでまだタグも付いたままだ。冬に大量の衣服を処分したのに、そのあと通販で次々と買ってしまい、がらんとしたクローゼットがまた徐々に埋まってきた。なんだかすごく頭が悪いことをしている気がして滅入ってきた。

杏奈の言っていたことがふいに浮かんだ。

消耗品だから叩き売るのだと言っていた。意欲をもって叩き売るのだと。

服も鮮度の商品だと貫一に言ったのは自分だった。新鮮な期間は短くて、時間とともにどんどん古くなってしまう。

つまりトレンドに合った服を買って着ている限りは、トレンドが流れる速さと同じスピードで、流行遅れの服が山積みになる。当たり前のことを今更実感してしまい、都はぞっとした。

前に勤めていたブランドは、人からは森ガールとからかわれても、流行に左右されない独特のデザインの服が多かった。だから、五年や十年前のものでもコーディネイト次第で新鮮に感じることができた。

しかし大量にモールや駅ビルなどで売っている服は、そうはいかない。トップモードからテイストだけを安っぽくコピーした服ばかりが積んであり、翌年にはお客ならともかく、店員はそれを着ることを許されない。

アパレルで働くようになった最初の頃、日本は二週間ごとに気候が変わるのだから、それに先駆けて店頭のレイアウトをどんどん変えていかなくてはいけないと言われた。気候と行動にぴったり合って、かつトレンドに沿ったものを着ようと思ったら、山のように服を持っている必要がある。

季節ごとに新しい服を手に入れる経済力、それが入るクローゼット、容量を超えないように管理する能力。時代とずれないように服を入れ替える手間を楽しめる力。疲れているときも時間がないときも、人からどう見えたいか、人にどう見せたいか、強く迷いのない自己プロデュース能力が要る。

自分にはそれができるし、才能があると思っていたことが大間違いだった気がしてきた。

ぐるぐると考えていると、ノックの音がして都はびくりと起き上がった。

「都、起きてる？　今いい？」

母親がドアを細く開けて覗きこんでいる。ブラジャー姿だった都は脱ぎ捨ててあったTシャツを急いでかぶった。

「うん、大丈夫。なに？」

脱ぎ捨てた服の山に母はちらりと目をやったが、それについては何も言わなかった。

「この前の話なんだけど、あの、ボーイフレンドを連れてくるって話」

「あ、うん」

「お父さん、都が土曜か日曜で休める日があればその日にしようって」

うやむやにしようとしていたのだが、そうはいかなかったようだ。

「……わかった。シフト確認して、彼にも都合聞いてみる」

「お昼でも夜でもいいから。じゃあお願いね」

ドアを閉めようとする母親を都は「ママ！」と呼び止めた。

「ん？」

「それって別に、お嬢さんをくださいとか彼氏に言わせる会じゃないんだよね？」

「なにそれ」

母はころころと笑った。最近母は表情が明るくなったように思う。具合がよくなくて臥せっている日もあるが、不機嫌を露わにすることは格段に減った。

「もうそういう話になってるの？」

「なってないけど、お父さんが誤解してないかと思って」

「してないわよ。ママがそういうんじゃないって釘をさしておくから大丈夫」

扉を閉めて母親がいなくなると、都は再びベッドに仰向けになり、ではそのとき自分はどんな服を着ればいいのかと考えた。他に考えることはあるはずだろうについ癖で考えてしまう。

いや、と都は閉じかけていた瞼を開ける。それは自分にとってやはり一番大事なことなんじゃないかと考え直した。

何を期待されていて、それにどう応えるか。何を主張したいか、主張を声高にしたいのか匂わせる程度にしたいのか。そういうことを表現するのが、都にとっての「着る」ということだ。貫一はきっと、着る服のことなんかで悩んだりはしないだろうが、彼が持っている数少ない服の中で、くたびれていないぱりっとしたシャツを選ぶだろう。考えて着ることは配慮と主張のバランスだ。

その隣に自分はどんな姿で座るのだろう。うまく想像できなかった。

気が進まない反面、どうとでもなれという気にもなって、都は来月のシフト表を見て、オフになっている土曜日を確認した。ラインで、母が言っていたことをそのまま貫一に送る。すると、五分もたたないうちに「了解」とだけ返事がきた。

ニャン君は牛久大仏を見に行きたいと言った。

仏像の中は上まで登れるようになっていて、素晴らしい展望だと人から聞いたそうだ。せっかくの休みにすぐそこにある大仏に行きたいとも思わなかったが、彼が是非と言うので付き合うことにした。

ニャン君を乗せて、アウトレットに負けないほど広い駐車場に車を停める。入り口の手前は仲見世になっていて土産物屋が並び、その華やかな様子に遠出をしてきたような気分になった。

拝観料を払って敷地内に入るのは初めてだった。青々とした芝の広大な庭が見渡せ、その真ん中にでんと大仏が立っていた。台座も入れて一二〇メートル、三十階建てのビルと同じくらいの高さの大仏は、まわりに高い建物が一切ない場所に立っているので異様なほど大きい。

日差しは夏のように強く、空には雲ひとつなかった。

冬に会ったとき、毛皮のコートを着て怪しげな雰囲気だったニャン君も、今日は紺のTシャツとリーバイスでさっぱりとした恰好だった。顔立ちもあまり東南アジア然とはしていないし、どこにでもいる日本人の男の子に見える。都は散々迷った末に、もうお洒落かどうかということは放棄して、せめて用途に合って清潔な服をと思い、平凡なボーダーのカットソーを着てきた。ニャン君とのバランスもいいし、少し歩いただけで汗をかいてしまったので正解だったと思った。

幅広の道がまっすぐ仏像へ向かっていて、歩いていくとどんどん大仏が迫ってくるようで現実感が薄くなる。平日だというのに観光客が結構いて、その中には外国人の姿も多い。真下から見上げる大仏は、螺髪《らほつ》というパンチパーマのような頭も、柔らかい表情の手のひらも、驚くほど大きくて圧倒される。宗教的な関心がなくても大きいというだけで気持ちが高揚した。昔の人は奈良や鎌倉の大仏を見たとき、こんなふうに度肝を抜かれたのだろうか。

「大きいねー」

「大きいデスねー」

ニャン君と同じことを何度も言い合った。

裏手に回ってかかと部分から胎内へ入り、エレベーターに向かった。

展望室の手前には大仏建立の過程を撮った写真パネルや、実物大の足の親指などが展示してあった。親指だけでも人間よりはるかに大きくて、ニャン君とはしゃいで写真を撮りあった。

この大仏は東本願寺というお寺が建てたものであること、世界最大のブロンズ製の仏像で、ギネスブックにも登録されていること、手のひらは奈良の大仏がそのまま載るほどの大きさだということなど、パネルに書いてあることをニャン君に読んであげた。

牛久大仏は茨城県内で最も高いビルである二十五階建ての茨城県庁舎よりも、さらに高いという、人から聞いたミニ知識を都が披露するとニャン君は楽しそうに笑った。

世界にあるタワーと比べたイラストを興味深そうに見ている彼に都は聞いた。

「ベトナムには高いタワーやビルはあるの？」

「ありますよ。最近ホーチミンに建ったのは、確か六十八階建てだったと思う」

「えーっ、茨城県よりすごい！」

「そうです、すごい都会です。ビルばっかり。空気は悪いし、ごみごみしているし」

ニャン君がお金持ちだったことを都は急に思い出した。自分よりもこの人は都会っ子なのかもしれない。

「ベトナムの人も仏教徒が多いの？」

「まあそうですネ。でもボクのまわりの人たちはそんなに熱心じゃない。ちょくちょくお寺にいくのはほとんどお年寄りと中国人。日本と同じで若い人はそれほど宗教のことについて考えないデス」

「そうなんだ」

「国民の平均年齢が二十九歳だから、古い時代のことはみんなあんまり知らない」

都はぽかんとする。

「二十九歳？　平均が？」

「うん、日本は四十六歳くらいでショ」

「なんでそんなに違うのかな」

「戦争でそれだけ人が死んだから」

さらりとニャン君が言って、都は言葉を失った。ベトナム戦争のことはほとんど知らないと言っていい。ひとつの国の平均年齢をそこまで動かすほど人が死んだ、それもそれほど昔のことではないのだと突然実感した。

「……ごめんね」

「なんで謝るのー」

「なんか全然知らなかったから」

ニャン君はにっこり笑って、都の手をさりげなく取った。手を繋がれたまま通路を歩く。このタイミングで振りほどくのもどうかと思ったし、嫌ではなかった。貫一より小さいけれど厚みのある手だった。

展望室は思ったよりも広くなく、外を見るための窓も東西南北にはあるもののごく小さいものだった。窓は仏像の頭部ではなく胸部にあって地上八十五メートルほどらしい。それでも見下ろすと驚くほどの高さだ。霞ケ浦もよく見えるし、眼下にはいつも働いているアウトレットモールが地面に張り付くようにしてあった。

「すごいですねー」

「すごいすごい。あっちに富士山が見えるらしいよ」

「どこですか、フジサン！」

縦に細長い窓から外を覗き込もうとニャン君と肩を寄せあったら、前触れもなくするっとキスされた。驚いて顔を離す。彼は邪気なく笑っていた。なんだか怒るのも面倒くさくなって都は黙って苦く笑った。

見物を済ますと、敷地内にある美しく整備された公園のベンチに腰を下ろした。新緑で溢れ、木陰を抜ける風がミニバラの枝を小さく揺らしていた。

するとニャン君がリュックからマグボトルに入ったアイスティーと手作りだというサンドイッチを出して、ピクニックのようになった。ベトナムのバインミーというサンドイッチだという。パクチーとお酢の風味が効いていていてとてもおいしかった。

「ニャン君、まめだね」

「そうですか、このくらいフツーです。ボク料理がスキなので」

「すごいねー、いいお婿になれそう」

自分が不得意なので、料理ができる人のことはそれだけで尊敬してしまう。

「本当はディナーにも誘いたかったんですけど、今日バイトが入っちゃって。ゴメンナサイ」

「あ、バイトなんだ」

このままニャン君のペースに乗せられるのがどこか恐かったので、都は内心ほっとした。

「お金持ちなのにどうしてバイトするの?」

「経験はお金じゃ買えないですからネ。ボクは将来、飲食店の経営をするつもりだから」

聞いた自分が恥ずかしくなるようなまっとうな答えが返ってきて、都は赤くなってうつむいた。ニャン君は本当に申し訳なさそうに「ゴメンナサイ、今度またゆっくり会えるときに会ってください」とすがるような顔で言った。

自分より年少の男の子にモテているということが、ここのところぺしゃんこだった自尊心を膨らませた。だがそれを無邪気に喜べるほど、都は若くなかった。

「ねえ、不思議なんだけど、私のこと本当に好きなの?」

「好きですヨー」

ためらいなく返答するニャン君に、何故だかカチンときた。猜疑心《さいぎしん》が頭をもたげる。

「どうして？　私のことなんてよく知らないでしょ。年上だし、見た目だってどっちかっていうとブスだし」

「ブス？　ミャーさんは可愛いです」

「ううん。私より若くて可愛い子は山のようにいる」

「それはそうかもしれないけど、ボクはミャーちゃんが可愛いと思う。そういうのって理屈じゃないでショ？」

ニャン君が顔を寄せてきて、またキスされそうになる。都は体を引いた。

「私、貫一と付き合ってるんだけど」

「知ってます。ボクに乗り換えましょうヨ」

「ニャン君、ベトナム帰っちゃうんでしょ？」

「また来ます。行ったり来たりの生活になると思います。ボクと結婚して、一緒に行ったり来たりしましょうよ。ホーチミンはそんなに遠くない。直行便で六時間くらい。寝てる間についちゃうよ。ミャーさんが好きそうな可愛い服も雑貨もいっぱい売ってる。美味しい店も山のようにある。興味ない？」

「行ってみたいとは思うけど……。ニャン君にとって私は外国人だよね。恐くないの？」

「恐い？　どうして？」

彼は黒目がちな目を見開いた。

「私だったら価値観が違いすぎる人と結婚するなんて恐いけど」

「同じ国の人だって価値観はひとりひとり違うでショ」

にこにこしているニャン君が、とても本気で言っているとは思えなくて都は苛立ってきた。

「でも、よく知らない人と結婚できないよ」

「じゃあカンイチはよく知っている人ですか？」

ニャン君に聞かれて、都は返事に窮した。梢を揺らしてひゅっと風が吹き、煽《あお》られた自分の髪で前が見えなくなった。

ニャン君は手を伸ばして都の髪を優しく払った。そのまま首筋に触れてくる。彼の指先はひんやりしていて心地よかった。日本語がたどたどしいから純朴な印象を受けるが、結構女慣れしているのかもしれないと思った。

「私、すごく打算的なの」

「へえ。そんなふうには見えないです」

「ううん、そうなの。あのね、貫一と知り合う前に付き合ってた人とも、私は打算たっぷりで恋愛してた。その人、前の会社の人事部の人で。年上で、落ち着いた雰囲気の人だった。もちろん好きだったから付き合ったんだけど、その人、会社の取締役の甥っ子だったから、結婚したら仕事も家庭も安泰だって思ってた。子供を産んで、もし大変なら仕事を辞めてもいいだろう、それほど苦労なく生きていけそうだ、幸せになれそうだって思った」

ニャン君は首を傾げて都の目を覗き込んでいる。

「その人、私のこと、あんまり人間として尊重してくれてないってだんだんわかって。でも人のこと言えないじゃない。私だって彼のこと、自分にとって都合のいい面しか見ようとしなかった。東北の大きい地震のときはニャン君まだ日本にいなかった？　その人、原発事故があって、東京にも放射能が降るって本気で恐がって、あっさり会社を辞めて関西にひとりで引っ越しちゃったの。びっくりした。何が恐いかの感覚は人それぞれだし、子供が小さい人なんかはそういう人結構いたからそれはいいんだけど、私についてくるかとか一緒に行こうとか、何にも言わなかった。自分が恐いって思っている街に、家族も恋人も友達も全部置き去りにして、自分だけ助かりたい人なんだってわかって、力が抜けちゃった。でも私も彼のこと責められるような人間でもないし」

ニャン君はいつしか微笑むのをやめ、真顔になっている。

「私はピュアな人間じゃないの。貫一が無職になって、中卒だからなのか、他の理由なのか、次の仕事がまだ決まらないみたいで、いろいろ考えちゃうの。この人と結婚しても、お金には苦労するんだろうな、子供も作れないのかもしれないな、もし無理して子供を作っても私はずっと働いて、睡眠時間も遊びの時間も削ってへとへとになって生きていくのかなって思っちゃう。貫一と一緒にいるのは楽しいのに、どこかでそう思っちゃうような性格だから、恋人に捨てられるのも仕方ない人間なのかもなって思う」

自分でも何を言っているのかわからなくなってきたし、ニャン君が都の話していることを理解しているとも思わなかった。ただ、溢れ出てきた言葉が止まらない。

「結婚はしたい。ここのところずっと考えたんだけど、私、結婚はしたいの。籍を入れるとか事実婚だとかは相手と事情によるけど、特定のパートナーをもって一緒に暮らしたい。でもその相手が貫一でいいのか正直わからない。人柄には問題ないと思うけど、人柄だけで食べていけるわけでもない。貫一は何も言ってくれなくてどう思っているのかわからない。自分の気持ちに自信がない。将来を誓うほどの覚悟ができないの。情熱も薄いし。寂しいからってだけで貫一と付き合ってるのかもしれない。恋人がいなくても仕事があるって思えるほどの仕事でもしてればいいけどそうじゃないし」

　自分のことを好きだと言ってくれている男の子に向かって支離滅裂なことを言っているなと、どこか他人事のように思った。

「だからニャン君、私のこと可愛いって言ってくれるけど、私はあなたが想像してるような人間じゃないと思う」

「ミャーさん、そんなふうに言わないで」

「ううん、私は実の親だって心のどっかで疎ましく思ってる。仕事にだって、なんの意欲もない。きっと誰に対しても心からは優しくできない、自分が楽することだけ考えてる。着飾ることだけが好きな、程度の低い人間なんだと思う。がっかりしたでしょ」

　ニャン君の指が頰に移動してきて、都の濡れた頰を拭った。

　いつの間にか日は傾きはじめ、オレンジ色を帯びた西日が背中を熱くしていた。都はニャン君に肩を抱かれながら、止まらない涙を恥じた。


　五月末、職場の歓送迎会があった。

　アパレルの店舗は閉店時間が遅いし、スタッフの出入りも激しいのでやらないケースも多いが、今回は社員がふたり配属になるため、きちんと歓送迎会をやることになった。

　都は契約なので用事があると言えば欠席しても角は立たないが、店長にぜひ出席してくれと言われてしまった。あれから都は、妙に店長に頼りにされていた。

　その日、閉店作業をしているところに問い合わせの電話があったり、レジの違算があったりして、都は店を出るのが予定よりだいぶ遅れてしまった。アウトレットからシャトルバスで駅へ向かう。その鉄道駅の裏手にある居酒屋に浮かない気持ちで向かった。

店員に案内されて個室を覗くと、狭い座敷に思ったより大人数が座っていた。社員だけではなくバイトの女の子たちも来ている。始まってから一時間以上たっているので、皆だいぶアルコールが入ってくだけた様子だ。端のほうに座ろうとすると、奥にいた店長と目が合ってしまった。

「与野さん、こっち。ここ座って」

店長は立ち上がって高いテンションで都を呼んだ。店長の奥の席には東馬が座り、彼の前には知らない男性が座っていた。その男性の隣があいている。顔の前で手を振ってジェスチャーで断ったが、東馬にも手招きされてしまい、都はしぶしぶ奥の席へ向かった。

生ビールがすぐきて、店長たちと型通りの乾杯をする。東馬の正面にいた男性は、同じグループのメンズ専門店の店長だそうだ。東馬の三年ほど後輩だという。顎鬚を生やしたアパレルによくいるタイプの男性だ。

東馬たちはずいぶんと飲んでいるようだった。最初は都にも気を遣って話の内容を説明してくれたりしたが、すぐ三人にしかわからない噂話のようなものになった。都は適当に微笑みながら聞き流す。おなかが空いていたがつまみもあらかたなくなっており、サラダの残りを皿に取って口に入れた。

それにしても東馬が大きな声で笑うのを初めて見たように思う。同性の後輩がいるせいなのか、口調もいつもより荒く、酔いのせいか語尾が多少回っていない。店長は男性ふたりが話すことにいちいち派手な笑い声をたてていた。男性がいる飲み会の空気に久しぶりに触れて、都はげんなりした。そして最初はわからなかったが、砕けた口調のようでもメンズ店の店長がずいぶんと東馬に気を遣って話していることに気が付いた。

男の人も大変だなあと思っているうち、隣に座ったその男性から肘で腕をつつかれた。え？と思って顔を見ると、顎で東馬の手元を指している。東馬は冷酒を飲んでいて、ガラスの猪口が空になっていた。酌をするように促されているのだと気が付き、都はしぶしぶ冷酒の瓶を手に取る。すると店長が一瞬真顔になって都を見た。注ぎたくて注いでるわけでもないのにと内心うんざりした。

個室が狭くて息がつまる。都は行きたいわけではなかったが、手洗いに立った。時間稼ぎに今更直さなくてもいい化粧を直す。鏡に映った自分の疲れた顔を見て、もうなんでもいいから方便を使って帰ろうと思いつく。そう決心すると少しほっとした。

帰ることを告げるため戻ろうとカウンター席の横を歩く。すると、端のほうに座っていた男が急に振り向いて腕を伸ばし、都の行く手を阻んだ。ぎょっとして立ち止まると東馬だった。

「なんかあの部屋狭すぎて、酸素足りなくならない？」

笑顔で聞かれて都は絶句する。

「酔い覚ましですか？」

「うん、飲みすぎた。煙草吸えるの、カウンターだけだっていうし。与野さん、ちょっと隣座ってよ」

隣の椅子を引かれて、都は「いえ」と断った。

「そんなこと言わずに少しだけ。話したいこともあるし」

両手を顔の前で合わせて、大袈裟に懇願するように彼は頭を下げた。あまり固辞するのも悪いような気がして、そろそろと腰を下ろす。

「大将、ハイボールふたつください」

カウンターの中で焼き鳥を焼いている店の人に東馬が言う。都は急いで「いえ、お茶で。ふたつともウーロン茶で」と声をはって訂正した。

「なんでよー」

「酔い覚ましなんですよね」

「はーいはい」

「東馬さん、東京に住んでるんですよね。終電逃したら帰れないですよ」

「あ、今日はビジネスホテル泊まるの。明日朝からつくば店行くから」

「そうですか」

カウンターの中から差し出されたウーロン茶を受け取ると、東馬は煙草に火をつけた。横から見ても目の縁が赤いのがよくわかった。隣に自分を座らせておいて、吸っていいかと聞かないんだなと都は眉を顰めた。

「与野さんは一人暮らしなんだっけ」

「いえ、家族と住んでます」

「あ、そうか。地元だもんね。でも全然訛ってないね」

「おかげさまで」

「店長は、時々訛るね。だっぺよー、とかいうの」

「そうですか」

「あいつ、俺のことまじで狙ってるんだよ」

都は東馬の顔を見た。頬がだらしなくゆがんでいる。

「離婚するとか言ってさー。まじかよ。夫、企画部にいるんだぜ。勘弁してよ」

ふたりは本当にできているのだろうか。そんなことはどうでもいいが、どうして自分が聞かされないとならないのだろうと不快さがこみ上げてくる。

「店長とお付き合いしてるんですか？」

「まさか」

「気のあるようなこと言ったりやったりしたんじゃないですか？」

「俺が？　しねーよ。あんなのに手を出すくらいなら、与野さんのほうがいいな」

ウーロン茶のグラスに口をつけながら東馬が言う。テーブルに落としたままだった視線を思わず上げて、彼のほうを見た。

「与野さんが店で一番可愛いよ。最初っから好きなタイプだなと思ってたんだ」

キモい、と反射的に思った。そんなキャバクラ嬢に言うようなノリで言われても鳥肌が立つだけだ。

「胸大きいし。このあと部屋で飲まない？」

都は唖然として東馬を見つめた。まったく悪びれる様子はない。からかうように片頬を上げて笑っている。嫌悪感がこみ上げて、都は音を立てて立ち上がった。東馬を見降ろし、喉が詰まってうまく声が出なかったが絞り出すようにして言った。

「それ、セクハラですよ」

「あー、そうだね、本当にごめんなさい」

妙にあっさり東馬が謝ったので、都は一瞬ぽかんとした。

「酔ってたってことで、許して下さい」

東馬も立ち上がる。その動作の流れで手を伸ばし、都の左胸を乱暴につかんだ。

鋭い痛みに都は息をのんだ。何が起こったのかすぐには分からなかった。都は咄嗟に一歩後ろに飛び退いたが、まさかという思いが先に立って、その位置で硬直してしまった。東馬はにやにやしている。体中の血液が逆流した。高校生のときにはじめて電車で痴漢にあった。あのときもこんな感じだった。怒りと恐怖で体が震えた。

それでも何とか右腕を振り上げた。東馬の頰を叩こうとした瞬間、彼の肩越しに女の人と目があった。店長だ。

腕を振り下ろすタイミングを外してしまった。東馬は都の視線に気が付き、後ろを振り向く。幽霊みたいな顔色の店長がふたりを見ている。東馬は肩をすくめただけで、ゆっくりと店長の横をすり抜けて個室に戻って行った。

都は何も言わずに店を出た。店長もただ黙って立っていただけだった。

小走りに駅への道を辿った。駅の改札を通って、ホームへの階段を駆け上がる。時刻表を見ると、ちょうど電車は行ってしまったばかりだった。都は誰もいないベンチに腰を下ろして体を丸めるようにして肩で息をした。東馬に摑まれた左胸がずきずきと痛んだ。あまりの悔しさに体の震えが止まらなかった。

怒りは収まらないが、それとは別に冷静にならなくてはと思い、震える手でバッグからスマホを取り出した。

メッセージの通知が光っている。すがるような気持ちでそれを開けた。貫一とそよかのふたりからメッセージが入っている。

どちらを開けるか迷う。そして何故迷うのだろうと都は動悸を堪えながら思う。

今、貫一と連絡を取ったら八つ当たりをしてしまいそうだった。最近起こった嫌なことが、全部貫一のせいのような気がして、理不尽な怒りをぶつけてしまいそうだった。

都はそよかのメッセージのほうを開けてみた。一時間ほど前に来ていたメッセージだった。

――ミャーさんお元気ですか？　最近お会いしてないですね。今度お店に行きます。最近小さいオーブンを買って、オーブン料理に凝っているので、よかったらうちにご飯を食べにきてください

何気ないそのメッセージを、都は何度も何度も読んだ。

自分にはこうやって好意を寄せてくれる友人がいて、両親もひとり娘の自分を可愛がって育ててくれたし、優しい恋人だっている。決して虐げられていい人間なんかではないと自分に言い聞かせた。深呼吸をしてゆっくりとメッセージを打ち返す。

――いま駅のホームです。これから帰るとこ

すぐに返信がきた。

――え、こんな遅くまでお仕事でしたか？

――職場の飲み会の帰りで。なんか飲み会で上司に胸を触られてムカついた

――えっ！　ちょっと、大変なことじゃないですか！　大丈夫ですか？

大丈夫、と打っていると、都が返信を送る前にそよかからメッセージが届いた。

――今から駅に行きますから！　ちょうど彼氏が来て車があるから迎えに行きます！

都はそれを読んでスマホをそっと伏せ、膝の上に置いた。

ひとりで家に帰って、今日あったことを誰にも言わずに眠って、何事もなかったかのように明日の朝目覚めて仕事に行って、ということにならないでよかったと都は思った。

貫一からのメッセージも開けて読んだ。ただ一言「俺はもう寝る」と書いてあるだけだった。

迎えに来てくれたそよか達と彼女の部屋へ行った。

共有部分が綺麗な立派なマンションだった。部屋はそう広くはなかったけれど物が少なくてすっきりしており、間接照明で温かく落ち着いた雰囲気だった。

恐縮する都をそよかはソファに座らせ、ミルクティーを淹れてくれた。彼氏のことは写真で見せてもらったことはあったが、実物は写真の何倍も感じがよく、聞いていた年齢よりずっと若く見えた。

ふたりは新婚夫婦のように都を気遣ってくれた。そよかはソファに一緒に座って当たり障りのない話をしたり、昨日焼いたというシフォンケーキを勧めてくれた。

「都さん、大丈夫ですか？　その上司、これまでもそういうことあったんですか？　ちゃんと会社の人に言ったほうがいいんじゃないですか」

そよかがそう口火を切って、都は慌てて首を振った。

「ううん、大袈裟にしてごめんね。ちょっと一回触られただけなの。さっきは動転してて、ついラインに書いちゃって。そよかたちが来てくれたから落ち着いたし、もう大丈夫」

笑って言うと、ふたりは顔を見合わせた。そしてそよかが何か言いかけるのを手で止め、彼のほうが口を開いた。

「一回だけだって立派なセクハラだよ。誰か信頼できる上司がいたら相談したほうがいいと思うけど」

「ええ、でも……」

「波風立てたくない気持ちもわかる。でもただ我慢してなかったことにすると、後々まで君の傷が癒えないと思うんだ。よかったら今日どんな様子だったか話してみてくれないかな。僕には言いにくかったら席を外すから、そよかちゃんにだけでも」

「あ、大丈夫です」

都は飲み会での出来事を思い出しながら話した。話し出すと止まらなくて、妙に細かいことまで語ってしまった。だらだら長く喋ってしまったのに、ふたりは口を挟まず静かに聞いていた。

都が話し終わると、彼は柔らかい口調で、でもきっぱり言った。

「ひどいな。単なるセクハラというより立派な犯罪だよ。契約の立場の都さんが気を遣って、隣に座るのとかを断れないことなんかも、そいつたぶん自覚してるんじゃないかな。それにお酌させるなんて今時パワハラもいいところだ。会社に相談窓口があると思うからそこに言ってみたらどうだろうか。もしできないようだったら外部の窓口もあるし」

都はぽかんとしてしまった。

「うちの会社にも窓口があるから、僕、どんな感じなのか聞いてくるよ。とにかく君は何も悪くないんだから。僕もそよかも相談にのるし、協力する。災難だったね」

彼氏の顔を都はじっと見た。レンズの薄い品のいい眼鏡とシンプルなポロシャツを身に着けている。落ち着いた知性のある話し方で、誠実さが眩しかった。頭がよくて思いやりがあって、そよかと似合っている。

唇を嚙んで、都はただ無言で頷いた。泣きたかったが泣かなかった。ここで泣いたらみじめすぎると思った。

その夜、ふたりは車で都を自宅まで送ってくれた。

自室に入って、都は乱暴にバッグを床に放った。

羨ましくて爆発しそうだった。ああいう男性と付き合っているそよかが心底羨ましかった。高学歴で、いい会社に勤めていて、優しくて大人で、冷静に女の人を守ってくれる。でも、自分はああいう人と巡り合える気がしなかった。

自分が巡り合ったのは、貫一だ。

家に貫一がやって来るその日、朝から小雨が降っていた。

都は最寄り駅へ傘をさして出かけた。貫一は都の家を知っているので迎えに行く必要はなかったし、行くにしても雨なのだから車を出したらよかったのだろうが、彼を拾ってすぐ家に着いてしまうのが恐くて歩いて駅まで行った。さらさらとした霧雨が気持ちよかった。

貫一とはしばらく会っていなかった。遅番が続いていたし、なんとなく会いにくくて避けているうちに今日になってしまった。

駅の連絡通路で、都は貫一を待った。雨がぱらついているが、夏至が近いので夕方になってもまだ外は明るい。

会わない間にいろいろあった気がする。貫一を見たらどんな気分がするだろうとやや緊張した。

人の流れの中から貫一の姿が見えた。白いボタンダウンのシャツに薄いカーキ色のチノパンを穿いている。パンツは見たことがないので買ったのかもしれない。手には手土産らしい菓子の紙袋を持っていた。都が手を振ると、彼はへらりと笑った。

久しぶりに貫一の顔を見てどんな気持ちになるのかと身構えていたら、どうということはなかった。見慣れた男の顔だ。

「おう、久しぶり」

「だねー。今日はなんかすみません」

「いや別に」

都は水色の七分袖ブラウスにジーンズを穿いていた。ブラウスは去年自分の店で買ったもので、きちんとして見えるけれど洗濯機でざぶざぶ洗えるものだ。

「なんか、メニューが結局お好み焼きになって」

「へー、お好み焼き」

「ママがあれこれ作るって計画したみたいなんだけど、貫一が料理人だって聞いたら考えすぎちゃってパンクして、パパがそんなんだったら出前にしろって怒って喧嘩になって。結局ホットプレートでなんか作って食べれば気まずさも薄れていいんじゃないかってことになって」

「ハハハ。俺が焼くよ」

無邪気に笑う貫一の顔を、都はひんやりした気持ちで見る。

娘が家に男を連れてくるということが、普通の家にとってどれだけの事件であるか、彼にはきっとわかっていないのだろう。

この男はどんなつもりなのか。

自分はどんなつもりなのか。

ふたりとももう三十代なのに、将来どうするか曖昧なまま親に会うのはおかしなことだと都もわかってはいた。

何か嫌な予感がした。東馬に胸を触られたあの夜から、物事が自分の都合のいいようには決してならないような気がしてしまって、重たい気分が晴れなかった。

「それ、とらやの羊羹？」

都が貫一の持った紙袋を指さして言うと、彼は「え！」と妙に驚いた声を発した。

「なんでわかるの？　エスパー？」

「紙袋でわかるよ。有名じゃん」

「へー、すげえな。手土産わかんねえから検索してトップに出てきたのを買ってきた」

「そうなんだ。わざわざありがとう」

ぽつぽつそんな話をしているうちに家についてしまった。

ドアを開けるのが恐いような気がして躊躇っていたら、向こうから開いて母が顔を出し、笑顔で迎え入れた。母はひらひらした新品のエプロンをしていた。

貫一は礼儀正しく頭を下げた。

二階へ上がると、父親がソファから立ち上がった。父はよそゆきの笑顔だった。昭和の頑固親父のようにむっつり黙り込んだままなんじゃないかと思っていたので、都は面食らった。

父親は「いらっしゃい。わざわざすみません」と頭を下げる。貫一も、お休みの日にお邪魔してすみませんと笑った。

テーブルの上には簡単なつまみやサラダができていて、ホットプレートも準備されている。父は貫一にビールをすすめ、彼はグラスを両手で持ってそれを受ける。

貫一は如才なく、「去年から都さんと親しくさせて頂いています」と挨拶した。都以外の三人は笑顔を絶やさず、多少ぎくしゃくした空気ではあっても和やかに談笑をしていた。

うわ、みんな大人だ、と都は見当違いのことを考えた。

6

娘の恋人が家に来た。桃枝がアウトレットで見かけ、声をかけたあの青年だ。

彼は桃枝の顔を見て意味ありげに微笑み、「初めまして」と頭を下げた。彼が差し出してきたとらやの羊羹の袋を受け取り、桃枝はうつむいて彼に客用スリッパを出す。アウトレットで話したことは持ち出さないでくれ、と牽制された気がしてうっすら不快だった。

広くない部屋の中で見るせいか、この前話した時よりも彼は背が高く感じた。招いたのはこちらなのに、家族だけの気のおけない空間に闖入者《ちんにゅうしゃ》が現れたようで、違和感が強かった。

そういえば、越してきてほどなく体調を崩してしまったので、この家に客が来たことがなかった。団地に住んでいた頃は近所の人がお茶を飲みに来たり、娘の友達が遊びに来たり、ごくたまにだったが夫の同僚が麻雀をしに来たこともあった。いつの間にか、桃枝の家は鎖国状態になっていて、そこに黒船がやってきたような感じだった。

夫がよそゆきの顔で愛想よくしているところを、本当に久しぶりに見た気がする。もっとぶすっとしているのかと思っていたので意外だった。逆に娘のほうがなんだか不機嫌そうにしている。

桃枝は警戒心を悟られないよう笑顔を保った。

「都がわがままばかり言っていませんか?」

夫が貫一にビールを注ぎながら聞くと、彼は「いいえ」と首を振った。

「都さんは思ったことをちゃんと言ってくれるので僕としては助かります。真面目だし、僕のほうが助けられることが多くて」

模範解答というか、見かけによらず歯が浮くようなことを言う。すると娘がびっくりしたような顔で彼を見ていることに気が付いた。その表情から、普段そんなことを言う男ではないのかもしれないと思った。

会話はそこで途切れてしまい、夫は小さく咳払いする。桃枝はさりげなく立ち上がって、テレビを点けた。夕方のニュースショーにチャンネルを合わせる。それで部屋の中の固い空気がふっと和らぐのを感じた。お好み焼きも、気まずい空気が流れるようだったらテレビを点けるということも、時子にアドバイスされたことだった。

夫がスポーツニュースにちらりと目をやって野球の話を始めた。貫一はまあまあ野球に詳しいようで、それなりに応じている。男ふたりが共通の話題を探っているのを、女ふたりは料理を取り分けたりしながらはらはらと見守った。

「お父さんとお母さんは茨城の方ですか?」

貫一がそう聞いてきた。知らない男の口から出てきた「お父さん、お母さん」という単語で、夫の皮膚にぴりっと電流が走るのが伝わってきた。帯電したまま、素知らぬ顔で夫は笑顔を保持している。

「女房は牛久だけど、僕の実家は松戸《まつど》でね。でももうこちらに来て長いから。貫一君は?」

「土浦で父が寿司屋をやっていまして、学校を出るまで実家にいました」

「ほう、土浦。最近は行かないけど、昔は仕事仲間と宴会っていうと土浦だったな」

「昔は栄えてたそうですね。店のお客さんたちからよく聞きました」

「そうなんだよ、映画だって昔はみんな土浦に見に行ったのに。郊外型のショッピングセンターとつくばエクスプレスで、完全に人の流れが変わったね」

やっと話題が見つかったとばかりに夫は話し始める。貫一は大袈裟すぎない相槌を打って、夫の話を聞いている。

桃枝はずっと貫一の一挙手一投足に目を奪われていた。

ビールのグラスを口元に持っていく。長い指で箸を持って煮物をつまむ。夫のつまらない冗談にうっすら笑う。都のほうをたまにちらっと見る。

肌が、耳から肩にかけてのラインが、腕の筋肉が、ぴんと張っている。若い雄だ、サバンナにいる動物みたいだと桃枝は思った。見比べるとどれほど夫が老いたのかわかる。若さというのは水分と弾力だ。採れたての野菜みたいに瑞々しい。

そして素朴で飾り気のない外見のわりには、彼は変に如才なかった。最初、夫に気を遣ってくれてよかったと桃枝は思っていたが、だんだんと不安な気持ちで胸が濁ってきた。安定した愛想のよさが、ただの人あしらいの技術のように感じられて、少し背筋が寒くなった。

この子の本心はどこにあるのだろうと桃枝は思った。感じのよさの奥にある彼の素の姿が、まったく見えてこなかった。息子くらいの年の男の子を理解できるとは思っていないが、娘を傷つけない相手であることの確信が欲しかった。

桃枝は、夫の話を遮るようにして言った。

「そろそろお好み焼き、作りましょうか。貫一さん、ご馳走じゃなくてごめんなさいね」

「いいえ、お好み焼き、大好きです。最近食べてなかったんで嬉しいです。僕が焼きましょうか」

「あら、でもお客さんにやってもらうわけには。ちょっと、都がやりなさいよ。ぼうっとしてないで」

「えー、私？」

「あ、都さんよりは僕が焼いたほうがまだ安全だと思いますよ。調理師免許あるし」

貫一の軽口にみんな笑った。そらぞらしい笑いだった。

彼は立ち上がって、切ってあった野菜と粉と卵を混ぜホットプレートに流し入れた。手早く形を整えて豚バラを乗せ、蓋をした。別に難しいことをやっているわけではないが、動きに迷いがなくて桃枝は見入ってしまった。

「やっぱり手つきがいいわねえ」

桃枝がついそう言うと、夫が「ハッ」と皮肉に笑った。

「うちの女たちは本当に料理がダメでね。面目ない」

気が付くと、三本用意しておいた瓶ビールがもう空になっていた。夫は酒に強いほうだが、緊張しているのかずいぶんピッチが早いように感じた。

「お父さんの店を継ごうとして板前になったのかい？」

「はい。でも父の仕事を手伝ったことはほとんどなくて、中学を出て都内の割烹に就職しました。いずれ継ぐにしても、外で修業して寿司以外の技術も覚えたほうがいいと思って」

貫一の発言を聞いて桃枝は「え？」と思った。中学を出て就職したということは、高校に行っていないということか。夫も表情を少し強張らせている。娘は下を向いて黙ったままだ。

「その割烹を辞めて、しばらくしてから回転寿司に勤めました。父の店はもう閉めていたので」

「割烹を辞められた？」

「はい」

「それはまた、どうして？」

「東日本大震災のときに、北茨城の知り合いが被災しまして、片づけなんかを手伝いに行ったんです。そのまま災害ボランティアをやることになって。勤め先が長期では休めなかったので辞めました」

桃枝も夫も、今度こそぽかんと口を開いた。

「……ボランティアって？」

桃枝が聞くと、貫一は答えた。

「北茨城の知り合いの家が民宿で、そこを拠点にして、知り合ったボランティアグループの人たちと福島へ北上して行きました。瓦礫《がれき》撤去や大工仕事や、飯炊きとかいろいろですね」

「そう、大変だったのね……」

どう言っていいかわからなくて、桃枝はかろうじてそう言った。

「いや、成り行きですよ」

貫一ははにかんだ様子で笑い、ホットプレートの蓋を外した。焼け具合を確かめてから、コテでお好み焼きを器用にひっくり返す。香ばしい匂いが部屋の中に漂ったが、その匂いさえ何か場違いな感じがした。

「ええと、パパ、もう少しビール飲む？」

娘が場を取り繕うような、不自然に明るい声で言った。夫は娘の顔を見てキョトンとし、そして目が覚めたように「ああ、そうだな」と返事をする。

「あれ、パパ、ちょっと顔色悪くない？」

都がふとそう言った。

「そうか？　気のせいだろ。ビールはもう腹いっぱいだな。貫一君、焼酎があるけど」

「はい、頂きます」

桃枝は慌てて立ち上がる。

「何で割る？　パパはお湯割りがいいわよね。貫一さんは？」

「すみません、じゃあ氷があったらロックで」

桃枝は台所に立って、飲み物の用意をした。カウンターキッチンの向こうのテーブルで、夫と娘と貫一がそれぞれあさっての方向に視線を向けて黙っていた。

桃枝は貫一から意外なことを聞かされて動揺していた。冷蔵庫から取り出した氷を器に入れようとして落としてしまう。拾おうとして屈み、そのましゃがみこんでしまった。

板前で、中卒で、災害ボランティア。

自分の想像を超えた人で、どう接したらいいのか桃枝は混乱していた。

桃枝がテーブルに戻ると、貫一は立ち上がってお好み焼きをもう一度ひっくり返し、ソースとマヨネーズを塗った。四等分に切って、青のりと鰹節をかけ、それを皿に取り分ける。

よく知らない男の焼いたお好み焼きは、いつも桃枝が作るものと同じ材料なのに、ふっくらして驚くほど美味しかった。


夫が黙り込んでしまったので、桃枝は気を取り直して都に話を振った。

「それで都は、貫一さんのお寿司は食べたことあるの？」

桃枝がそう聞くと、娘は意外なことを聞かれたという顔をした。

「ないかな」

「あるじゃん、アウトレットで」

「あ、そうか。でもあれ、貫一のお寿司って言えるの？」

「まあそうだな。シャリもネタも自分で選んだもんじゃないけどな」

桃枝の前で、娘たちがようやく砕けて喋りだす。

「それで美味しかったの？」

「えー？　普通の回転寿司の寿司だよ」

「おみや、そういうときは回転寿司とは思えない美味しさだったたって言えよ」

「おみや？」

桃枝が口を挟むと、貫一はしまったという顔をした。

「あ、そういえば、あなたたち貫一とお宮ね。偶然ねえ」

桃枝が思わず手を叩いて言うと、貫一ははにかんだように笑った。娘は不満げに口を尖らせる。

「私はおみやなんて呼ばれたくないのに」

「そっか、お寿司屋さんの子だから貫一さんなのね。今気が付いた」

「そうなんすよ、ふざけた名前で」

「あら、いいじゃない」

「都さんは何か名前に由来があるんですか？」

「由来ってほどじゃないけど、この子の名前を私の母と考えてたときに、母の名前が美都子《みつこ》だったから都っていう字を入れるのもいいねって話になって。住めば都って諺があるでしょ？　都って漢字を名前に使うのは、この先どんなことがあっても臨機応変に対応していく子になってほしいって意味もあるって聞いて、いいなって思ったの」

「へえー、そうだったんだ。ママ、そういうことは教えといてよ」

「あと雅やかで美しい人になってほしかったし」

「雅やかだって」

貫一が笑って、娘が持っていたお好み焼きのコテで彼を叩くふりをする。ふたりの子供のようなじゃれ合いに、やっと彼の素の部分が垣間見られた気がして、強張っていた桃枝の気持ちが少し解《ほぐ》れた。意外に相性の悪くないふたりなのかもしれないと思う。

仕事が回転寿司の店員では経済的に不安だし、中卒ということも気にはなる。だがボランティアをするくらいだから優しい人なのだろうし、きっと娘のことを無用に傷つけたりはしないだろう。もしこのふたりが結婚して近くに住んでくれたら、いろいろ助けてくれそうな気もする。

「金色夜叉って、でもどんな話だったかしら。有名な、あのダイヤモンドに目がくらみっていうくだりしか知らないけど」

「あ、最近、僕も読んだんですけど、あれって完結してないんですよ」

「え、そうなの？」

「書いてた作家が完結させる前に死んでしまって」

「へえ、知らなかったわ」

そこで都が「貫一は本が好きなの」とやや得意げに口を挟んだ。

「まあ、そうなの」

なんだか意外で桃枝は驚く。

「二日で一冊くらいは読んでるよね」

「まあそうかな」

「すごいわねえ。都なんか漫画しか読まないんじゃない」

そこで突然、夫が音を立ててグラスをテーブルに置いた。三人とも驚いて夫のほうを見る。何か言うかと思っていたら夫は何も言わず、沈黙が流れた。目が充血し、酔いがかなり回っているようだ。飲みすぎじゃない、と桃枝が言おうとすると、一拍早く夫が口を開いた。

「それで貫一君は、今も回転寿司で働いてるのか？」

話の流れと関係なく夫は言った。

「いえ、今は新しい店を探しているところで」

「というのは？」

「勤めていた店が閉店になってしまって、求職中です」

夫は目を見開いて、食い入るように貫一の顔を見た。彼はそんな夫の姿など目に入らないような顔で平然としている。

「それは、いま無職ってこと？」

「そうですね」

せっかく和やかになった部屋の中に、再び緊迫した空気が滞った。桃枝も驚いて、貫一と都の顔を交互に見た。無職なら無職と、都が言っておいてくれなかったことに憤りが込み上げる。

「君さ、もう少し身の振り方を真剣に考えたほうがいいんじゃないか」

「そうですね」

貫一は動揺を見せず頷いた。

「そうですねってなんだ、適当に相槌を打ってるだけじゃないか。さっき災害ボランティアのために割烹を辞めたって言ってたな。困っている人のために尽くすのは立派なことだと思うよ。でもそれで自分の仕事を放り出しちゃなんにもならないだろう。貫一君、仕事に対する姿勢が甘すぎるんじゃないか」

「ちょっとパパ、飲みすぎよ」

桃枝は取り繕うように笑って、夫の手からグラスを奪おうとした。

「お前は黙ってろ！」

夫が吠えて、びりっと空気が震えた。

「いいんです、お母さん。お父さんの仰る通りですから。すみません、氷なくなっちゃったみたいで頂いていいですか？」

にっこり笑って貫一がそう言い、穏やかな言い方なのになぜか気圧された気がして、「あ、はい」と桃枝は立ち上がった。台所へ行って冷蔵庫の製氷機を開いたところで、貫一に助け船を出されたのだと気がついた。

「貫一君さ、君ね、気楽でいいよな。無職で、よくうちの娘を貰おうなんて思ったね」

父親の台詞を聞いて娘が口を開いた。

「パパ、私たち別に結婚するとか言ってないよ」

「じゃあ、この男はなんで来たんだ」

「ちょっとママ、今日はそんなつもりで会いに来るんじゃないって言ってくれたんじゃないの？」

娘が振り返って、桃枝を責めるように言う。

「言ったわよ、ちゃんと」

「でもパパが」

「うるさい、お前たちは黙ってろ！」

夫に再び怒鳴られて、胃の底のほうから怒りがせりあがってきた。何か言い返したかったが咄嗟に言葉が出てこない。そこで貫一が急に立ち上がった。ぎょっとして家族三人は貫一を見る。

「あ、ホットプレートの電源を切ろうと思って。おみや、そっち側じゃない？」

「え、あ、うん」

あたふたと娘はホットプレートの電源をオフにする。貫一は殊更ゆっくりプレートに残って焦げていた野菜をコテで端に寄せた。そして、「で？」という顔で三人を見る。夫は気まずそうに横を向いた。話の腰を折られて少しトーンダウンした夫がもぞもぞと話し出す。

「さっきの話の続きだけど、君、それで中卒なんだろ」

「そうですね」

「それじゃ、雇ってくれるところも見つからないだろう」

貫一はうっすら微笑むだけで答えない。

「手に職はあるんだから、外食産業をかたっぱしから受けてみたらどうだ」

「ですねー」

「職を世話しようか？　俺の会社の社員食堂はどうだ？　でもあれは業者を入れてるのか……」

ぶつぶつと独り言のように言う。

「寿司が握れるんなら、なんかあるだろう、職」

「まあ、なんでもいいわけでもないので」

「だよな。うちの娘と結婚するなら、もう少しちゃんとした職についてもらわないと困るな」

「ちょっとパパ、さっきから何言ってるの。人の話を聞いてる？」

うっすら涙を浮かべて娘が抗議する。

「都、お前はこの男と結婚したいのか？　それともしたくないのか？」

夫に聞かれて、娘が絶句した。

「まあまあお父さん、こんなところで聞かれても、都さん、答えづらいですよ」

「こんなところじゃなかったら、どんなところなら答えられるんだ。おい、都。結婚したいかどうかもわからないのに男を家に連れてきたのか。お前、頭おかしいんじゃないか。おれたち親は、どんな気持ちでこいつに接したらいいんだ！」

夫は興奮のあまり音を立てて立ち上がった。

「お前たちは気楽でいいよな、適当に責任なく働いたり、ずっと家にいたりでよくて。俺は大変なんだよ。休職して会社に戻って、微妙なポジションで肩身が狭くても、頑張って家族のために働いてるよ。更年期障害とかで家事が全然できない女房のパンツまで洗ってるよ。なあ、貫一君、結婚ってそういうことだ。結婚はいいことばっかりじゃない。それでも結婚しなきゃいけないのは、社会で生きていくのに絶対必要な、」

そこまでまくし立てて、急に夫は言葉を切った。

テーブルに右手をついて、逆の手で額を覆う。体がぐらりと揺れ、あっという間に崩れ落ちた。どたっと束ねた雑誌を落としたような音がした。

「パパ！」

娘が叫ぶ。夫が倒れたことは目で見て分かるのに、桃枝は体が動かせなかった。声も出ないし、頭も回らない。ただ目の前で起こっていることが信じられなかった。娘が夫を揺するのを、録画したドラマを見ているように呆けて見ていた。

「おみや、手を離して。動かさないほうがいい」

都の手を貫一が止め、口元に手のひらを当てたり、脈を取ったりしている。

看病なら自分の両親と夫の両親、四人も経験があるのに、桃枝は救急車が来るまで、まるで子供のように震えて突っ立っているしかなかった。

「えーっ、救急車？　ちょっとちょっと、大変だったんじゃない、びっくりするわー！　それでどうしたの、ご主人大丈夫なの？」

時子に先月の騒動のことを話すと、彼女は猛烈に驚いた声を出した。

「とりあえず大丈夫。もう会社行ってるのよ」

「そうなの？　よかった、大変なことにならないで。怒ってる途中で倒れちゃうなんて、頭に血が上っちゃったのかしら。ご主人、高血圧？」

「そう思うでしょう？　実際、カーッときて血管が切れちゃったみたいな倒れ方に見えたのよ。でも調べてみたらどっちかっていうと低血圧で、しかも貧血気味だったの」

「えっ、若い女の子みたいじゃない」

「そうなのよー、どこの乙女かっていうの」

そこで部屋の中にチャイムの音が鳴り響いた。時子はインターホンのモニター画面をのぞき込んで、「宅配便だわ。ちょっとごめんね」とリビングを出て行った。

桃枝は息を吐いて、出してもらった麦茶のグラスに口をつけた。

今日は時子の家に来ていた。お茶に口をつける間もなく話していたので、もう氷が溶けてしまっている。

桃枝はゆっくり部屋の中を見渡した。時子の家に来たのは初めてだった。リビングはそれほど広いわけではないが、家具や装飾が少ないせいですっきりしていた。親から譲り受けた古い家にずっと住んでいたが、三年ほど前に思い切って建て直したのだと言う。鉄道駅からはだいぶ距離があるので、毎日夫を車で駅まで送り迎えしていると言っていた。

時子はあいかわらず騒々しいが、桃枝は彼女のアドバイスが乱暴なようで的を射ていることが多いことに気づき、最近は彼女のことをずいぶん頼りにするようになっていた。

彼女は戻ってくると勢い込んで聞いてきた。

「それで旦那さん、結局なんだったの？　って、あんまりそういうこと聞いちゃいけないか」

「あ、いいのよ。なんていうか、結局は立ち眩みだったみたい」

「立ち眩み！　やーだ、乙女ね」

「朝礼で倒れる女の子みたいでしょ」

声を合わせてアハハと笑いあう。

「起立性低血圧っていう、ほら、急に立ち上がるとくらっとすることあるじゃない？　あれの酷《ひど》いのだったみたい。病院着いた頃にはすっかり目を覚まして、救急車呼ぶなんて大袈裟だってすごく怒ってて。一応一晩病院に泊まって簡単な検査はしたの。で、疲労と脱水症状と貧血気味なのが重なって意識を失ったんだろうって。年齢的にもいろいろ心配な面もあるから今度精密検査をすることになって」

「あらまー。でもこういう機会にちゃんと調べるのはいいかもね」

「そうなのよ。私はわりと病院行きがちだけど、夫は病院嫌いだったから。まあ年だわね」

そう言って笑うと、時子もほっとしたような顔をした。

時子の手前笑いとばしたが、桃枝はあれから不安が消えず、ずっと気分が塞いでいた。

夫が検査している間、当直の若い医師がこんな可能性があるとずらずら病名を並べ、それがどれも聞きなれず慌ててメモを取った。それらをあとで検索してぞっとした。我が家の病人といえば桃枝、ということになっていたので、なんとなく夫が重病にかかるという可能性を考えたことがなかった。

「ね、それで娘さんの彼氏はどうだったの？」

「あ、うん。いい子だったわ」

時子は意外そうに眼を丸くした。

「へえ〜、それはよかったわね。あんなに怪しそうってナーバスになってたのに」

「いろいろ相談に乗ってくれて本当にありがとう。お好み焼きも正解だった。結局その子が焼いてくれたのよね」

「あらいい子ねー。そういえばコックさんなんだっけ」

「ううん、板前さん」

「料理できる子、いいじゃない。これからの子は共働きが普通なんだから、男だから家事しないなんて言ってられないもんね。家にプロの料理人がいるなんて羨ましいわ〜」

「まだ結婚するって決まったわけじゃないけどね」

「そうなの？　ご主人反対してるの？」

「ていうか、本人たちがそこまでまだ考えてる感じじゃなかったわ」

「そういえば、桃枝さん、その男の子になんて言ったんだっけ」

「え？」

「ほら、アウトレットでその子を見かけたとき、ばしっと言ってやったんだよね。あれ、勇気あるって感心したのよねー。なんだっけ、うちの娘と結婚する気がないなら敷居をまたぐな！　だっけ」

時子に言われて桃枝はあんぐり口を開けた。

「ちょっとやめてよ、全然違うわよー」

「え、そう？」

「うちの子とちゃんと関わるつもりがあるなら玄関から入って来て、って言ったのよ」

「あはは、そうだっけ。意味としては同じでしょう」

時子に笑われて、桃枝は「そうかしら」と呟いた。

確かに、突然付き合っている女の子の母親が現れてそんなことを言ったら、そういうふうに取るかもしれない。

あの日アウトレットで、考える間もなくそんな台詞が口をついて出てしまったのだ。彼が娘の帽子をかぶって、物陰から娘が働くのを覗き込んでいた。夜中に家に侵入されたのもあって、軽薄な、責任感のない若い男に見えたのだ。

もし娘と軽い気持ちで付き合っているのなら、親にそんなことを言われたら面倒くさくて離れていくだろうと思った。だが貫一はちゃんと手土産まで買って、玄関から我が家に現れたのだ。

貫一をいい子だと感じたのは本心だった。終始礼儀正しくにこやかで、夫が感じの悪いことを言ってもそれがぶれなかった。彼は都よりふたつ年下だというので、あの場にいた誰よりも若い。なのに一番大人のふるまいをしていたかもしれない。夫が突然倒れて救急車を呼んだときも、動揺している桃枝と都の代わりに救急隊員に対応してくれた。

何よりも、都を見る彼のまなざしは優しくて、貫一が都のことを好いていることははっきり分かった。

だが、桃枝の中に何かが引っかかっていた。

彼が中卒で無職だからだろうかと桃枝は自分に問い、人をそんなふうに学歴や経済的な状況で判断したらいけないという自省の念にかられ、でも母親としてそれはやはり気になるポイントだと思いなおす。

それにしても、貫一の完璧すぎる態度に比べて、夫の大人げなさは酷かった。

「その男の子、よさげじゃない？　お嬢さん、もう三十超えてるんでしょ。さっさと結婚させちゃえばいいじゃない」

「させちゃえって言ってもねえ。その子、いま無職なんだって」

「え、そうなの？」

「勤めてたお寿司屋さんが閉店になったんだって」

「ふーん、でも就職活動してるんでしょ」

「探してるとは言ってたけど。それまで回転寿司に勤めてたって言ってたから、なんていうか、この先家族を養えるような収入が持てるのかどうか」

アハハハと時子はけたたましく笑った。

「案外古いのねえ、桃枝さん」

桃枝はむっとする。

「古いって？」

「さっきも言ったけど、今どき夫の収入だけで食べていける世の中じゃないわよ。夫婦して働いて夫婦して子育てしなくちゃ」

「そのくらい私だってわかってるわよ。高収入とまでは言わないけど、せめて少しでも安定してたほうがいいじゃない。子供を産むのは女なんだし、産んだらしばらく働けないかもしれないでしょう」

「まあそうかもしれないけど。でも親が心配してもどうなるもんでもないでしょ」

「まあね」

桃枝はしゅんとした。確かに親があれこれ思い悩んだところでどうなるものでもない。

「子供と言えばさ、どうやら私に孫ができるみたいなのよ」

「あら！　おめでとう！」

「とうとう私もおばあちゃんよ。嬉しいのか悲しいのかわかんないわ。でね、息子たち、うちに帰ってくることになって」

「え？　同居？」

「この家、もともと二世帯で使えるように建てたのよ。一階にも小さいけどキッチンとバスがあって」

「そうなのー」

「息子たちが帰ってくるかどうかはわからなかったけど、帰って来なかったら人に貸せばいいって夫が言ってね。息子のお嫁さんが最初は乗り気じゃなかったんだけど、やっぱり子供ができたら家賃を節約して教育費に回したいって思ったみたいで。私に孫の面倒も頼もうって思ってるんじゃない」

「まー、いいわね、にぎやかになるわね」

「いやいや、干渉すると嫌われるからね。そーっと嫌われないように過ごすわよ。ねえ、それより桃枝さん、あなたの体調はどうなの？」

「主人が倒れてびっくりして、自分のほうは吹っ飛んじゃったわ」

「ならよかった。まあ夫婦ってそういうものよね〜」

孫か、と桃枝は思った。

知り合いでも孫を抱くのを楽しみにしてる人はいるが、桃枝は昔からそういう感覚はあまりなかった。いたらいたで可愛いのだと思うが、あてにされたら面倒くさいだろうなという気持ちのほうが正直大きかった。それよりも今は夫と自分の健康のことで、頭がいっぱいだった。


八月の最後の週、夫が検査入院をした。

最初夫は、検査だけなら入院せずに通院でできないかと粘っていたが、年配の内科医に「夏休みがてら涼しい病院でゆっくりしたらどうですか」と言われてしぶしぶ承諾したのだ。

入院手続きを終えると、夫は翌日の検査のため絶食だし、四人部屋のベッドの脇にただ座っているのも暇で、初日は早々に引き上げた。

翌日の午後、面会時間に合わせて病院へ向かった。夏も終わりなのかと思っていたのに再び暑さがぶり返し、家を出たとたんに汗だくになった。バス停に立つと、アスファルトからゆらゆらと熱気が立ち上り、足から溶けてしまいそうで思わずタクシーを止めてしまった。

病室を覗くと、窓際のベッドに夫の姿はなかった。お手洗いか、まだ検査に行っているのか。所在なく椅子に腰かけていると、車椅子に乗せられた夫が病室の入り口から現れたのでびっくりした。

「おう、来たのか」

夫は桃枝に気が付くと気弱な笑顔を見せた。

「どうかしたの？」

桃枝が聞くと、車椅子を押していた若い看護師が「腸の検査で軽い鎮静剤を使いまして、まだふらつくのでお連れしました。しばらく横になっていれば収まりますので」とにっこりして言った。慣れた手つきで夫をベッドに移す。

「大丈夫？」

「平気だよ。しかし朝から人間ドック並みにあれこれ検査されて疲れたよ」

一旦出ていった看護師が戻ってきて、点滴をセットしながら言った。

「先生がこのあと少しお話があるそうです。奥様、お時間は大丈夫ですか？」

「あ、はい」

「一時間くらいで来ると思いますので、帰らずにお待ちくださいね」

看護師はそう言うと、仕切りのカーテンをぐるりと閉めて出て行った。明るい生成り色の布に囲まれ、狭い空間に夫とふたりきりになり急に居心地が悪くなった。

「これ、なんの点滴かしら」

「飯が出るのが明日の朝らしいから、栄養剤かなんかじゃないか」

「そう。おなかすいたでしょ」

「そうでもないな」

窓は大きく前庭と国道がずっと遠くまで見渡せた。傾きはじめた日差しが信号に強く反射して光っている。

夫は病院が貸し出してくれる薄い寝間着を着ている。その寝間着の胸元が少しはだけて、夫の裸の胸が見えていた。痩せている人だと思っていたが、よく見ると中年らしくうっすらと脂肪がついて、肌にもたるみが見える。その生々しい肉感を目の当たりにして桃枝は動揺を覚えた。

夫の体などじっと見たことがなかった。体どころか、ずっと一緒に暮らしているうちに顔だってちゃんと見なくなっていた。自分の両親のことを思い出す。親の顔もあまり見ないで生きていた。彼らが古びて痛んできたとき、初めてちゃんと顔を見た。横たわった彼らの顔が脳裏を過り、暑いのに背筋が冷たくなった。

「都も夜に来るって言ってたわよ」

自分の感情から目をそらすように、桃枝は明るい声で言った。

「来なくていいのに」

「じゃあ自分で都にメールしたら？」

「ん。あとでしとく」

妙に素直だ。素直じゃないのも困るのだが、こんな夫はなんだかいやだ。

「今日、都、誕生日ね」

「そうだっけ。あいつ、いくつになるんだ？」

「三十三じゃない？」

「もうそんなか」

「この前成人式だと思ってたのにね」

「三十三じゃ、早く結婚して子供作らないとな」

「またそういうこと言う。都に嫌がられるわよ。そんなに孫が欲しいんですか」

「孫っていうか、子供がいない女はなんかかわいそうだろ」

「別にかわいそうじゃないですよ、その偏見、なんとかしないと若い人に嫌われますよ」

ふんと夫は笑った。いやな笑い方ではなく力なく認めるといったふうだ。点滴のビニールパックのあたりを見上げて夫は言った。

「誕生日なら、あれだろ、あの男とお祝いするんじゃないのか。父親のとこなんか来なくていいのに」

「だったらそう言ってあげてよ」

「わかった。メールしとく」

「でもあの子、優しいから来ちゃうんじゃないの」

「だなー」

まんざらでもなく夫は笑った。こんなにゆっくり夫と話すのは久しぶりだ。

「それにしても、あいつ」

「あいつって？」

誰のことを言っているのかわかってはいたが桃枝はとぼけた。

「寿司屋のあいつ」

「ああ、貫一君」

「若いくせにずいぶん落ち着いてたな」

あの日のことを夫が言い出すのは、この時が初めてだった。それまでまったくあんなことなどなかったかのような態度だったので、あえて桃枝もその話題に触れなかった。

「なんであんなに自信満々なんだろうな。中卒で無職なのに」

「別に自信満々ってことはないんじゃない？」

夫はそこで黙り込んだ。そして「たまには入院もいいな」と唐突に言った。

「え？　なに急に」

「子供の頃に入院したときのこと、昨日の夜、思い出したんだ」

「あら、入院したことあったの？」

「体育の授業で足を骨折して。そのとき、家から離れるのが妙に新鮮でね。痛いし動けないけど、淋しい気持ちよりうるさい親父から離れることに解放感があって。看護婦さんは優しいし、親戚が菓子とかメロンを持ってきてくれたりしてなー。あのときメロン、生まれて初めて食べたんだよなーって」

「あらまあ」

「で、久しぶりに父親のこと思い出して。そういえば父親の口癖って、世の中甘くない、だったなあって」

「そう」

「で、俺も娘の彼氏に、世の中甘くないって言ってるんだなって思ったんだ」

　この人が自省めいたことを言うのを、桃枝は初めて聞いた気がして内心すごく驚いていた。

「世の中甘くないってすぐ否定してくる父親に俺は呆れて、じじいの言うことに真っ向から言い返してもしょうがないって、ろくに反論もしなかった。親父から見れば、しらっとして見えただろうな」

　そこで夫は再び黙る。続きを話し出す様子がない。

「貫一君が落ち着いてたのは、同じことだって思ったの？」

　桃枝が言うと、夫はうっすら笑った。

「俺は別に、自分の考えを曲げる気はないよ。都には、社会的にちゃんとしてる男と結婚してほしいって思ってる。この年になって、やっぱり世の中は厳しいって思うからな」

「……そうね」

桃枝は窓に目をやって染まり始めた西の空をぼんやり見た。夫も目を閉じてうとうとしはじめる。

やがて先ほどの看護師が来て、先生がいらしたので相談室のほうへお願いしますと言った。


医者の話を聞いて、桃枝は病院をあとにした。

冷房の効いた病院の自動ドアがあくと、もあっと熱い空気に包まれた。車寄せにタクシーが並んでいたが、乗る気になれなくてバス停まで歩いた。五分もかからない道のりなのに、ブラウスが汗を吸って肌にはりついた。

バス停に並んだ人の列に桃枝もつく。夕日はもう半分沈みかけているのに息苦しいような暑さだった。額から流れた汗が顎をつたってぽつんと落ちた。

医者の言葉が頭の中に渦巻いていた。

腸に大きな腫瘍がある。悪性である可能性が高い。そこから出血して貧血になっていたのだろう。内視鏡手術より外科手術を勧めます。

夫はしばらく黙って、はいとだけ返事をした。

桃枝も医者に頭を下げた。

そういえば、夫の両親はふたりとも癌で亡くなっていると思い出した。

なかなかバスは来ず、前に立っている桃枝より年長の女性が、扇子で顔をせわしなく扇いでいる。桃枝もバッグから扇子を出そうと思ったが、気だるくてそれさえ億劫だった。

流れる汗をそのままにして、桃枝はサンダルを履いた自分のつま先を見つめた。

桃枝の更年期障害の症状が一番悪かったとき、夫が何故そんなにまでして看病してくれるのか、実はよくわかっていなかった。それが今やっと少しわかった気がした。

配偶者の死の影は、親のそれとはまったくの別物だった。自分の土台を容赦なく崩されるような衝撃だった。

ひぐらしがわんわんと鳴く下で、額から流れる汗が目に入って痛いほど沁みても、桃枝はそのまま立ちすくんでいた。

7

父親の手術は無事終わった。

経過はよく、当初の予定より早めに退院し、仕事にも復帰した。

一時、都は最悪の事態まで考えたのだが、拍子抜けするほどあっさりと、父は病気が発見される前の日常を取り戻した。都も仕事をほとんど休まないで済んだ。

しかしそれらの出来事は、目には見えないひび割れを都の心に作った。一見なんでもないのに、じわじわと花瓶の底から水が染み出すように都の中の何かが減っていった。

病院の広い待合室で、母親とふたりきり手術が終わるのを何時間も待った。呼ばれて小さな部屋に入ると、手術を終えたばかりの医者から切除したという腸を見せられた。なんの装飾もない無機質な部屋で見る、ステンレスに乗せられた生々しい肉片。人間の内臓を見たのは初めてで、それがスーパーで売っている食用の肉とそんなに見た目が変わらなくて、都は吸い込まれるように見入ってしまった。

医者は腸の一部を前にして、簡単に術後の説明をした。

母親は食い入るような顔をして、医者の話を聞いている。都も集中して聞いてはいたのだが、頭の隅のほうで他のことを考えていた。

もし自分が結婚をせず独身のまま年をとって、同じような手術をした場合、誰がこんなふうに切り取った臓器を見てくれるのだろう。誰が医者の説明を聞いてくれるのだろう。

そう思ったら、自分という器の中に溜まっていた、子供の頃から両親が愛情をかけて満たしてくれた水が、ぐんと水位を下げるのがわかった。

心細くて叫びだしそうだった。

水がもうなくなってしまう。満たさなくては死んでしまう。

泣きたいというよりは、餓えて掻きむしりたいような孤独に、都は呆然とした。

しかしそれでも、都は平気な顔で週五日のシフトをこなした。働いていればどんどん時間はすぎた。地球は回って、夏は終わった。


九月の最後の週に貫一の誕生日があった。

ひと月前の都の誕生日は、仕事が忙しかったところに父親の入院もあってそれどころではなかったが、やっと時間と気持ちに余裕ができたので、食事にでも行こうかと貫一を誘った。すると、ちょうどその日に東京で用事があるので、たまには都会で飯を食おうと言われた。

彼が指定した待ち合わせ場所は上野だった。東京で貫一と待ち合わせて食事に行くなど想像もしたことがなかったので、青山や銀座でもないのに都は妙に緊張していた。

中央改札の翼の像の下で待っていると、五分ほど遅れて貫一は現れた。彼がスーツ姿だったので都はぽかんとした。残暑でずいぶん蒸し暑いのに、ちゃんと上着を着てネクタイをしている。まさかデートのためにきちんとした格好をしてきたのだろうかと都はやや狼狽《うろた》えた。普段は持っていない黒い鞄も持っているし、営業職のサラリーマンのようだ。

「悪い、待たせた。店予約してあるから」

そう言って貫一はさっさと歩きだす。慌ててついて行くと、浅草口を出て少し歩いたところにあるホテルの一階にある店に連れていかれた。パリのビストロ風と言ったら言い過ぎだが、上野とは思えないような洒落た外見の店だった。広々としたフロアは八割ほど埋まり賑わっていた。焦げ茶を基調としたパブ風の内装で、かしこまったレストランではないがいかにも美味しそうな雰囲気だ。メニューを見ると、この店の看板料理はローストチキンらしい。こんがり焼けた鶏肉の写真を見ただけで食欲が刺激された。

「わー、これ、おいしそうだね」

「おみや、鶏肉好きだろ」

「うん。だから連れてきてくれたの？　よくこんなお店知ってたね」

「いや知らん。検索した」

「そうなんだ」

そういえば初めて飲みに行ったときも、貫一はちゃんと店を調べて予約してくれていたなと思い出した。

注文を済ますと、貫一は上着を脱いでネクタイをゆるめ、やれやれと息をついた。

「なんでスーツなの？　まさかデートだからじゃないよね？　面接とかだった？」

「まー、そうだね。この格好で違いますとは言えねえべ」

「どんな仕事か聞いていい？」

「寿司だよ」

「そっか。お店の場所は東京なの？」

「何店舗かあるけど、だいたい東京だね」

「そうなんだ。受かりそう？」

「さあなあ」

貫一はあまり聞かれたくないような顔をする。せっかくの誕生日なので都はそれ以上詮索するのをやめた。

今日貫一はスーツ姿のせいか、きちんとした社会人に見えた。都も店で売っているシンプルなワンピース姿なので、きっとまわりにいる若い社会人たちと同じような、仕事帰りの普通のカップルに見えるだろう。

生ビールのジョッキがきて、それを合わせる。

「おめでとう、三十一歳」

「一か月遅れだけど、おめでとう三十三歳」

「私の年は言わなくていいんだよ」

舌打ちすると貫一は楽しそうに笑った。あたりから漂う香ばしい匂いと喉を刺激するビールに、一刻も早く塩気のきいた鶏肉が食べたくなってきた。チキンは時間がかかるというので、パテやサラダをゆっくりつまんだ。

六月に貫一が両親と対面をした日を境に、ふたりの間の空気は変わった。膠着状態から一歩抜け出したように都は感じている。

父が倒れなかったら、もしかしたら貫一と気まずくなっていたかもしれない。倒れたことを感謝するとまでは思わないが、父の病気で流れが変わったことは確かだった。

やっとローストチキンがテーブルにきた。ハーフを頼んだのに驚くほど大きい。てらてらと黄金色に光っている。

「わー、おいしそう」

「うまそうだな」

貫一は鋸刃《のこぎりは》付きのステーキナイフを持ち、当たり前のように切り分けてくれた。食べやすい部分を都の皿に入れてくれたので、塊肉をフォークで突き刺し口に入れた。皮目はパリパリしていて中はふっくらとジューシーだ。口の中が一気に幸せになる。

「おいしいねー」「うまいなー」と同じことを馬鹿みたいに何度も繰り返して言いながら、ふたりは鶏を咀嚼した。食べ終わっておしぼりで手を拭き、貫一はけだるげにテーブルに肘をついた。都は見慣れない彼のネクタイの結び目を、食べ疲れて放心しながらぼんやり眺めた。

お金持ちにはなれないだろうけど、この人といれば安心なのではないかと、都はここのところ感じ続けていたことを再認識した。

この人と結婚しよう。

四の五の言っていないで、この人と結婚しようという気に都はなっていた。

父のがんはリンパに転移をしていないようでそれほど悪くはなかったが、医者は完治とは言わなかった。これから何があるかはわからない。母の更年期だって治ったわけではない。父の手術前後は気をはっていたのか母は元気そうだったが、父が退院して仕事に行き始めたら、気が抜けたのかぐったりしている。

両親の老いを、それに伴う病気を、そしてその先にある死を、自分ひとりだけで受け止められる気がしなくて、一緒に受け止めてくれる人がほしかった。

もし貫一と結婚しないならば、一刻も早く別れて次の人を探さなければならない年齢だ。これから気の合う人を探すのはきっと至難の業だろう。ただ出会いを待つのではなく、ちゃんと婚活しないとならないだろう。絵里から婚活の苦労を聞いていたので、それを思うとぞっとした。

しかし、都が結婚する気になっても、貫一はどうなのだろう。

彼はあれからまったくと言っていいほど態度が変わらなかった。あれほど父親に結婚結婚と言われて、何も考えていないとは思えないが、普段の会話の中にそれらしきことを匂わす言動はまるでない。父親の態度に反感を持ってもいいはずだが、特にそういうこともないようだ。

しかし貫一は、父が倒れたあと肉体労働のバイトを始めていた。そしていくつか面接にも行っているようだった。もしかしたら口には出さなくても思うところがあるのかもしれない。今日、面接が終わったあと自分を食事に誘ってくれたということは、再就職の手ごたえがありそうなのだろうか。無職の状態を脱すれば、貫一は求婚してくれるのかもしれないと都は思った。本当はずばり聞きたいが、焦っているように見られるのも癪で聞きにくい。

テーブルを片づけてもらったあと、都はバッグから包みを取り出して貫一に差し出した。

「はい、これ、お誕生日プレゼント」

お、という顔を貫一はした。

「すげー。開けていいの？」

頷くと彼は無造作にリボンを解いた。

「おー、財布」

「今使ってるの、あまりにも使い込んでるみたいだったから。こういうのって好みもあるしどうかとは思ったんだけど」

「いや、嬉しいよ。あれさすがにひどいもんな」

貫一にプレゼントを買おうかどうしようか、都は結構悩んだ。何か買って渡すこと自体はどうということもないが、それでは自分も何か欲しいのかと思われそうだ。都は欲しいものは自分で買うタイプだし、男の人からのプレゼントはだいたい自分のセンスに合わないものなので正直言って苦手だった。それに今の貫一に、余計なお金を使ってほしくなかった。

でも彼の、中学生が持つようなキャンバス地の財布がボロボロでいつも気になっていた。社会人が持つにはあまりにも幼稚だ。それでアウトレットで、あまり高くない黒い革の財布を買った。普通すぎるデザインだが、これなら誰が見ても変には思わないだろう。

サンキューと軽く言って、貫一は財布を鞄にしまった。サラリーマンがよく持っているナイロン製のバッグは、新しそうだが一目で安物とわかる。就職活動のために買ったのかもしれない。就職祝いにもう少しましなバッグをプレゼントしたいと都は思った。ネクタイもいかにも安っぽいので、もっとセンスの良いものを選んであげたい。

財布をしまったその手で、貫一は鞄から水色の小さな紙袋を取り出した。

「はい、これは俺から」

「えっ！」

その袋を見て都は仰天した。どう見てもティファニーの紙袋だ。

「恥ずかしいから早く受け取れ」

「えーっ、びっくりした！　ほんっとに、なっんにも期待してなかったから！」

「そこまで言うかよ」

「びっくりした〜！　嬉しい！　開けていい？」

何も期待していなかったのに、その光沢のある包みを手に取ると、無自覚に抑え込んでいた期待が決壊してどっと噴き出した。

まさか指輪では？　まさかプロポーズ？

内心どきどきしながら包みを解くと、ハート型のペンダントトップがついたネックレスが出てきた。そっと指で持ち上げるとかすかにしゃらんと音がした。

「うわー、なんだっけこれ。オープンハート？　すっごい可愛い！　ありがとう！」

「気に入ったならよかった」

「これ自分で買いに行ったの？」

「おう。適当に検索して、銀座まで行った」

得意げに貫一は笑った。よく気後れしなかったなと都は感心した。ネックレスはシルバーと極《ご》小《く》さいゴールドのハート型が二連になったデザインで都の好みにも合っていた。自分がアウトレットで安い財布を買ったことを少し後悔した。

帰りの常磐線の中で、満腹のあまりふたりはもたれあって眠ってしまった。目がさめると電車はちょうど最寄り駅についたところで、都は焦って貫一を揺り起こし慌てて電車を飛び降りた。

明日は遅番なので、貫一のアパートに泊まることにした。母は貫一の部屋に泊まることを容認してくれたし、父の内心はどうだかわからないが特に何も言ったりはしなかった。

結婚したらこんなふうにどこへ出かけても同じ家に帰るのだなと都は思いながら、とろんと眠いような幸福を感じつつ彼と手をつないで夜道をぶらぶら歩いた。

貫一がコンビニに寄るというので、付き合って都も入った。

少し胃がこなれて甘いものが食べたくなり、デザートの棚を眺めた。新製品のお試しフェアでプリンがひとつ百円だった。先ほどレストランで割り勘にして四千円も使ってしまったので節約しなくてはいけないが、百円ならいいだろうという気になる。レジに持っていくと、ちょうど貫一が会計をしているところだった。彼は「一緒に払ってやるよ」とプリンを取り上げた。

店員はカゴから商品をひとつひとつ取ってバーコードを通してゆく。プリン、発泡酒数本、つまみ、惣菜パン、納豆、雑誌。貫一は棚を差して煙草をふた箱頼んだ。

会計が三千円を少し超えた。レジに表示された数字に眠気が覚めた。

貫一のぼろぼろの財布から五千円札が取り出され、それが千円札と小銭になって返された。楽しい気持ちが一気にしぼんで、都は彼に続いてとぼとぼとコンビニを出た。

「ねえ、煙草ってひと箱いくらするの？」

「俺が吸ってるのは四百六十円かな」

「え、そんなに？」

ふた箱買ったら千円近いではないか。貫一が一日どのくらい煙草を吸うのか知らないが、もし三日にひと箱吸ったとしてもひと月五千円ちかくかかることになる。年収がそこそこあるサラリーマンならまだしも、彼はぎりぎりの生活をしているはずだ。

「ねえ、煙草ってずいぶんお金かかるんじゃない？　健康にもよくないしやめたら？」

都が言うと、貫一はうーんと唸った。

「ま、そうだな。ちびちび吸うことにするわ」

そういうことじゃなくて！　夜空に向かって叫びたくなった。しかし婚約しているわけでもないのに、あまり人の経済に口出しするのも変で都は黙り込む。

部屋に着くと貫一はスーツを脱ぎ捨て、「疲れたからもう寝るわ」と布団に入ってしまった。先ほどまでの幸福感はあっけなく去って、言いようのない不安が部屋に充満しているようで息苦しかった。今日は家に帰ろうかとも思ったが、つい惰性でずるずると部屋着に着替えて顔を洗った。シンクの横に置いてあるプラスチックのカゴに洗濯物が溜まっていることに気が付いた。洗濯機を買えばいいのに。というか、もう少しマシな、せめて風呂のついている部屋に越せばいいのに。そうしたらシャワーも浴びられるのに。

貫一の隣に潜り込んでもすぐに眠れる気がせず、都は壁に寄り掛かってスマホの電源を入れた。暗い部屋の中で、顔を照らすスマホの光にのめり込むようにして、店でもらったネックレスを検索した。

一流ブランドなのに手ごろな値段なのでちょっとしたプレゼントにいいと、バブル時代に流行ったようだ。今ではださいプレゼントとして有名だと書いてあり、都は反発を感じた。女といえば花柄やハートモチーフが好きだろうと単純に発想して作られた商品が毛嫌いされるのは都もよく分かった。だが老舗ブランドの定番品になっているものは、やはり手にすると廉価なものとはまったく違って素敵だった。

値段を検索し、手ごろとはいえ都が貫一に買った財布より高かったのでまた不安になった。

そしてあることに気が付いて、画面を凝視した。

一世を風靡したそのネックレスと都がもらったものとはデザインが違うようだった。代表的なオープンハートはシルバーのハートがひとつついているだけだが、都が貰ったものはシルバーとゴールドの二連になっている。

恐る恐る値段を検索する。そして見つけた値段が信じられなくて、バッグからネックレスを取り出して見比べ、何度もその数字を見た。

「九万千八百円……」

ほとんど十万円だ。

今の状況で十万円のネックレスをもらって喜べるほど、都はお気楽ではなかった。

貰ったときの嬉しい気持ちが吹っ飛んで、都は立ち上がり、思わず貫一の背中を「起きてよ！」と強く揺すった。揺すられても叩かれても、彼はちょっともぞもぞしただけで起きる気配はない。前にもこんなことがあったなと都は思った。

ぐーぐー眠る貫一を見下ろして、この人はもしかしたら何も考えていないのかもしれないと、都は不安を通り越して空恐ろしいような気持ちになった。

「ちょっと、マジで起きてよ！」

このままネックレスを貰って帰ってしまったら言い出すタイミングを逃すと思い、都はなおも貫一の背中を叩いたり蹴ったりした。

さすがの貫一も目を覚まし「なんだよ〜」と寝ぼけ眼で振り返った。

「これ、今調べたら十万円もするんじゃない！　何考えてんの！」

「はあ？」

「こんな高いもの貰えないよ！」

「……なんなの？　その話、今しないといけないわけ？」

「貫一、私が何か言っても全然真に受けないじゃん！」

都の剣幕に彼は大きく息を吐いて起き上がった。もぞもぞと布団の上にあぐらをかく。都は貫一の膝を揺すった。

「ネックレス自体はすっごく可愛いよ。でもこんなに高いもの、今の貫一から貰って素直に喜べるわけないでしょ！」

彼は目をごしごしこすって俯《うつむ》き、「貰ったもんの金額、早速調べるなや」と小さく言った。

かあっと顔が熱くなる。

「確かにそれは行儀悪かったけど、今そういう話じゃないじゃん！」

「建築現場のバイト代が出て、ちょうど金があったんだよ」

「それって体使って稼いだ大切なお金でしょ！　なんでこんな高いもの買っちゃったの？」

「……店に行ったらいろいろデザインがあって、これがなんかよかったから買ったんだよ」

「値札も見なさいよ！」

貫一は頭を掻き、大きくあくびをした。

「おみやさあ、なに怒ってんの？」

「さっきから言ってるじゃん！」

話が伝わらなくて都は苛つき、さらに興奮する。

「前から思ってたけど、貫一のお金の使い方どうかと思う。人に十万円のプレゼント買うような経済状態じゃないでしょう？」

都が勢い込んで言っても、彼は眠そうな顔をしたままだ。

「貫一がどれくらい貯金を持ってるとか、それは私は知らないけど、こんなネックレスを買うくらいなら洗濯機でも買ったほうがいいってことくらいはわかるよ！　コインランドリーってたまに使うくらいなら大した値段じゃないかもしれないけど、週に何度も使ったら安い洗濯機買ったほうが絶対安いはずだよ。銭湯代だって、ネットカフェのシャワー代だって、ひと月いくらかかってるか計算したことある？　風呂つきの部屋のほうが絶対経済的だよ！　貫一はお金の使い方が刹那的すぎる！」

　彼はただ黙って聞いている。顔にはなんの感情も現れておらず、呆けているようにも見えた。それが癇に障って、自分がヒートアップしていくのを感じた。

　彼の両肩をつかんで揺すり、都は叫ぶようにして言った。

「煙草とかお酒にお金使いすぎだよ！　十万円あったらスーツだって鞄だってネクタイだって、あんな安っぽいのじゃなくてもう少しましなものを買えたはずだよ！」

　そこでパチンと目の前で何かが弾けた。じわりと左頬が熱くなり、頬を張られたことに気が付いた。大した強さではなく、うるさい蚊を叩くくらいの感じだったが都は目を見開いた。

「うるせーな」

　貫一はだるそうに言った。

「じゃあそれ返せ」

「え？」

「ほら、返せよ。返品してくるから。返品できなかったら中古屋に売ってくるから。箱と袋もよこせ」

「え、でも」

　彼は傍らに置いてあった水色の小箱を取り上げる。

「……そんなつもりで言ったんじゃない」

「じゃあどんなつもりだよ」

皮肉に含み笑いをしながら、貫一は袋もリボンも取り上げ、都が前にプレゼントした布製のエコバッグに突っ込んだ。

そして部屋の隅に脱ぎ捨ててあったジーンズを穿き、パーカーを羽織る。足音を立てて部屋を横切っていく。

「こんな時間にどこ行くの？」

貫一は答えず、ドアを開けて出て行った。乱暴に階段を下りる音が部屋の中に響いた。


ひとり部屋に残されて、都はただ泣いた。涙が止まらなかった。

寝ている貫一を起こして何故あんなことを言ってしまったのだろうという自責の念と、叩かれたこと、そして自分の気持ちがまったく伝わらなかった徒労感で嗚咽《おえつ》した。

今までも軽い言い合いのようなものはあったが、貫一がこんなふうにキレたことはなかった。

帰ってくるかと思って明け方まで待っていたが、窓の外が明るくなっても貫一は戻ってこなかった。いくら悲しくて涙が止まらなくても、もう泣き止んで帰らなければならない時間だった。

家に帰って着替えて化粧をして仕事に行かなくてはならない。

都は服を着て、彼の部屋を出た。合鍵は貰っていなかったので、鍵はかけずにそのままにした。

明け方の薄青い空気のなかをとぼとぼと歩いた。

付き合っている人と喧嘩したことは今までだっていくらでもあった。

大丈夫、大したことではない。こんなのは痴話喧嘩だと自分に言い聞かせる。昨日の夜、上野で食事をしたとき、あれほど楽しく幸せだったではないか。

私は悪くない、いや、私が悪かった。

悪い、悪くない、悪い、悪くないと、まるで花占いをする少女のように繰り返し頭の中で呟きながら夜明けの町を歩いた。


「与野さん、もうちょっとこう、体を斜めにして」

「え、こうですか?」

店の前で新しい社員の仁科《にしな》に一眼レフを向けられ、都はポーズをとった。

「顔が固いよ〜。笑って笑って」

秋冬物の服を着てフェイクファーのティペットを巻いているので、額に汗が滲みだしてくる。

「今度は可愛く両手をあげてみようか。わーいって感じで」

「恥ずかしいです〜」

「仕事仕事。恥ずかしくないよ〜」

ずっと服の仕事をしているので、スタッフ同士で写真を撮ることに慣れていないわけではないが、外で撮ることはあまりなかったので、通りかかった人が振り返ってゆくのが恥ずかしかった。

今は各店舗で公式のSNSをやることが必須となっている。ずっとそういうことが得意な杏奈に任せきりだったのだが、彼女が辞めてからはスタッフ全員でコーディネイトを考え、写真を撮り合ってアップすることになった。ただ普通に撮ったのではプロパー店と変わらなくなってしまうので、アウトレットならではのカジュアルさや弾けた感じを出そうと仁科が言い出し、外で動きを出して撮ることになったのだ。

撮影が済むとそのまま仁科とモール内のカフェへ行って、早めのランチを摂ることにした。本当はふたりとも遅番だったのだが、最近売り上げが予算に達しないことが多くて店長の機嫌が悪く、仁科と話して早出して撮影したのだ。

「可愛く撮れたよ。見て見て」

仁科がカメラをこちらに向けて、今撮ったものを見せてくれた。

「わー、ありがとうございます」

「それにしても与野さんって若いよね。二十五歳くらいにしか見えないよ」

「それ持ち上げ過ぎですよ？」

「バレた？　でも三十超えてるようには見えないって。何か秘訣あるの？　教えてよ」

「そーですねー、強いていえば物を考えないことですねー」

人差し指を顎に当てて、わざと馬鹿っぽく都は言ってみせる。

「ハハハハ、やっぱり？」

「将来のこととか貯金のこととか考えると皺ができますからねー」

仁科は大きな声で笑う。彼女は明るく肩肘の張っていない人で、とても付き合いやすかった。ショップはあいかわらず問題だらけだし、貫一と喧嘩をして落ち込んでいたが、彼女と話すと少し明るい気持ちになった。

貫一との喧嘩は、不完全燃焼のまま収束していた。言い合いになって彼が部屋を出ていった翌日の夜には、彼から叩いてしまって悪かったと謝りのラインがきた。都も「私も言いすぎてごめんね」とメッセージを打った。

一見仲直りのような状態になったが、それまで、特に用事がなくても、食べたものの写真や道で見かけた猫の写真なんかを送ってきていた貫一から、ぴたりとラインがこなくなった。都がご機嫌伺いのようなメッセージを送っても、そっけないスタンプが返ってくるだけだ。ネックレスを本当に返すか売ってしまうかしたか、貫一も言わないし都も聞けなかった。

何故あんなに腹が立ったのか。都が貫一との結婚を具体的に考えはじめたとたんに、彼の無駄遣いが、自分の財布から出ているように感じてしまった。

もし本当に結婚して経済を一緒にするのならば、きちんと話し合わなければならないが、都はそのことがどこか、押しつけがましいような気にもなっていた。このまま自然消滅させるのが、お互いあまり傷つかない方法なのかもしれない。

ランチをあらかた食べ終えた頃、カフェの扉が開いて何気なく顔を上げると、店長が入ってきたのでどきりとした。後ろには東馬が続いて入ってくる。ふたりとも表情が硬い。

「あ、店長ー、東馬さんー」

仁科はためらいなく手を振った。東馬は如才なくにこりとしたが、店長は暗い表情のままだ。ふたりは店員に案内されるまま奥の席に向かって行く。心臓がいやなリズムを刻んで、都はこっそり深呼吸した。

ストローをくわえた仁科が、顔を寄せて手招きしてくる。耳を寄せると「店長とＭＤ、ますます怪しいね」と言われた。それだけで胃がちくりと痛んだ。

「うーん。そうですかね」と都はとぼけた。

「与野さんてさあ」

「はい？」

「店長と仲悪い？　なんか喧嘩でもした？」

「え？　いいえ。どうしてですか？」

「変なこと言ってごめん。ちょっとぎくしゃくしてるように見えたからさー」

「そうですか。そんなことないですよ～」

また動悸が早くなった。あの宴会から店長と都はほとんど口をきいていなかった。店長が何か意地悪をしてくるわけではないのだが、仕事上のことでも都が話しかけようとすると、ふいっと避けられてしまう。これでは不審がられるのも無理はない。

東馬は週に二回ほどしか店に来ないのだが、彼の姿を見ると緊張で背中が強張った。怒りと恐怖が込み上げてきて、日にちがたてば薄れていくと思ったのに、いつまでたってもあの時の感触が蘇って嫌悪感で鳥肌が立った。

「しかし、露骨なふたりだよね。私、もともとあの人のこと好きじゃなかったんだけど、ほんと目に余るわ」

「東馬さんですか？」

「いや亀沢」

仁科は店長を名字で呼び捨てた。

「同期なんだよね。あっちは四大卒で私は短大だから、店長はふたつ年上なんだけど」

「あ、そうなんですか」

「なんか最近、アルバイトの子たちに当たりが強すぎると思わない？　態度も偉そうだし」

それは都も感じていて、なるべくバイトの子のフォローをするようにしているが、正社員の人と店長批判を一緒になってするのは危険だと感じ、曖昧に首を傾げるだけにしておいた。

仕事辞めたいなあと都は思った。辞めたい度マックスだ。

貫一の仕事が東京に決まったら、彼とふたりでもう少し東京寄りの場所に引っ越して、どこか別のショップに移りたいなと思った。

けれど、そもそも貫一と、もう続けられないのかもしれない。

寄る辺なくて、不安で、自分だけが半裸で生きているような気がした。

仕事を終えて家に帰ると、父親がエプロンをして何か作っていた。

「なに作ってるの？」

「鶏のつくね」

「ふーん。ママは？」

「部屋で休んでる」

「具合悪いの？」

「悪いってほどでもないみたいだけど、ちょっと寒気がするんだってさ。急に寒くなったからじゃないか」

父親はボールの中の挽肉をこねながら振り向かずに言った。以前の生活にすっかり戻ったように見えるが、本当は何も元になど戻っていないと都はもうわかっていた。

初めて貫一と飲みに行ったときのことを、急に思い出した。地球が回る速度の話をしているときだったか。地球はただ太陽のまわりを円を描いて回っているのではなくて、スパイラル状に宇宙を駆け抜けていて、一瞬たりとも同じ軌道には戻れないのだと。

そのイメージを思い出したら急に目がまわってきて、都はどさりとソファに腰を下ろした。座ったとたん体がびっくりするほど重くなってずるずると横になる。

「もう飯できるぞ。なんだその恰好は」

振り返って父親が言う。

「なんか食欲ない。私もここのとこ体がしゃきっとしなくて。風邪のひきはなかかな」

「つくねにいっぱい生姜入れたから、少し食べて早く寝ろ。この家は病人ばっかだな」

父は笑ったが、都は笑えなかった。

母が自室から降りてきて、三人で言葉少なに鍋をつついた。

生姜の効いたつくねはおいしくて、特別いい家族だとは思わないが、家で作ったものをみんなで食べるのはやはり体も気持ちもほっとするなと思った。三人とも鶏肉が好きで、そういうのも遺伝なのか、それとも子供の頃からの食生活だから慣れているだけなのかとぼんやり考える。

ソファに投げ出してある自分のバッグの中でスマホが何度か震えたが、見るのも面倒で放置した。


その夜、熱い風呂に浸かってから、白湯で葛根湯を飲んでベッドに潜った。

二階のリビングでは両親が何か話している気配がする。以前、母親は食事を済ますと父を避けるようにすぐ自分の部屋に引き上げていたが、最近ふたりは毎夜何か話し合っている様子だ。

部屋の明かりを消し、毛布をかぶってスマホを確認した。

貫一からの連絡はあいかわらずなく、ニャン君とそよかからラインがきていた。

ニャン君はベトナムにいるそうで、楽しそうな自撮り写真が沢山送られてきていた。ミャーちゃんが来たら連れて行きたいところと言って、お洒落なカフェや、展望台のある高層ビルや、雰囲気のある街並みが何枚も添付されている。

ニャン君のことをすっかり忘れてたのに、貫一との関係に暗雲が広がると急に、ニャン君のことを考えてしまうようになった。

来月は日本に行くからまたデートしてください、という彼からの一文を何度も繰り返し読んでしまう。

普段はどうとも思わない飴玉も、おなかがすいているときはものすごく有難く感じるように、たったそれだけの台詞に寄り掛かるような気持ちになった。私だってモテないことはないのだと、大して意味のなさそうな台詞を過剰に大切に思ってしまっている自覚があった。

そよかからは飲みに行きましょうという誘いだった。宴会の帰りにそよかの家で話を聞いてもらって以来会っていない。彼女が心配してくれているのはわかるが、もう二度ほど、日程の調整がうまくいかないと言って遠回しに断っていた。

今は正直、そよかに会いたくなかった。

優しいそよかのことはもちろん好きなのだが、彼氏のことを思い出す度、濁った羨ましさに襲われて苦しかった。彼氏のことだけではなくて、いい会社に勤めて自立しているそよか自身からも劣等感を刺激される。

だからといって彼女の誘いをつれなく断り続けるのにも罪悪感があって、それはそれで落ち着かなかった。

そうだ、と都は目を開いた。絵里も誘って三人で会うのはどうだろう。

我ながらいいアイディアだと思い、起き上がってデスクライトを点けた。プリントして壁に貼ってあるシフト表を確認した。

シフトの空きを見ていたら、体が妙に重く、めまいまでしてきたので都は慌ててベッドに戻った。目をつむっているのに天井が回っているような感覚がする。なんだろうこれ、明日医者へ行ったほうがいいだろうかと不安が込み上げる。

休みたい、と都は思った。三日でいいから何もかもシャットアウトして頭をからっぽにしたかった。しかしそんなことは実現しそうもない。

翌朝起きると、体の具合は多少よくなっていた。仕事を休みたいと思っても、よほどのことがない限りシフト通りに出ないわけにはいかないのでほっとした。

出勤し、バックヤードの扉を開けると、荷物の積んである暗がりで、誰かが膝を抱えてうずくまっていたのでぎょっとした。

振り向いたのはバイトの女の子で、眉間に皺を寄せこちらを睨みつけてきた。目が真っ赤だ。

「あ、与野さんですか。与野さんでよかった、店長かと思いましたー」

険しい目をゆるめてその子が言った。

「ど、どうしたの?」

「聞いてくださいよ。もう店長、ありえない。ムカつく～」

しゃがみ込んだまま彼女は自分の膝を抱える。都も床に屈んでその子の背中に手を置いた。すると彼女は子供のように都の肩に額をくっつけてきて泣き出した。

バックヤードはショップの広々とした空間とは逆に、在庫の段ボールや雑多な物が溢れ、狭くて埃っぽい。剝き出しの蛍光灯の光さえ、積み上げた段ボールが遮っているような薄暗い空間で、都はひとまわり年下の女の子に泣きつかれ、途方に暮れた。

その子は週に五日シフトに入っていて、ほとんど社員と変わらない仕事をしている。まだ若いのに仕事ができて、アルバイトとは言えかなり頼りになるスタッフだ。

「朝からずっとここで値付けやってるんですよ。先週もまる二日、ここで作業させられて店に出られなかったんです」

「え、そうなの？　店長がやれって言ったの？」

「そうです。あの人私のことが嫌いで、絶対わざとなんです。息抜きにちょっとでも出ると、作業が終わるまで出てくるなって怒られて。やっと終わって店頭に出たら、ガラスケースに指紋がついてるから拭けって命令されて。その翌日からケースにちょっとでも汚れがついてると、私が掃除をさぼってるって叱られて。そのくせ私が言われた作業してるときに、自分が接客したあとの散らかった服とか靴の箱とか、さっさと片づけろって怒鳴るし。そんなの接客したの自分なんだから、片づけるところまでが仕事じゃないですか！」

一気に彼女は不満を訴えた。その迫力に都は気圧される。都もバイトで服の仕事をはじめたばかりの頃、その手の意地悪はずいぶんされた。だから、自分はそういうことは絶対にしないでおこうと思っていた。

「……そっか、ひどいね」

「それで、十二月のシフト表、出たじゃないですか」

「あ、うん」

「私の希望、全然聞いてくれてないんです。入れないって言ってあった日曜日が二回あって、どっちもシフト入ってるんですよ」

一度堰を切ってしまったせいか、彼女の訴えは止まらない。

「それなのに店長、週末ずいぶん休みが入ってるんですよ。前からなんかおかしいなとは思ってたけど、店長、自分の都合ばっかりでシフト組んでないですか」

都もそれは感じていた。明らかに店長は週末にちょくちょく休みを取るようになっていたし、出勤しても急に理由をつけて帰ってしまうことが増えていた。

「そりゃ私は実家に住んでる呑気なフリーターで、用事って言ってもデートとか遊びなんだけど、こんなに希望を無視される職場は初めてですよ。帰り際に仕事を押し付けられることも増えてて、この前なんか帰る間際に雑用いっぱい押しつけられて、帰ったの十二時近くですよ。それに休憩時間にまで、あれやってこれやってって命令されて。残業はまだ時給がつくけど、休憩時間の分は何もつかないのに！」

「ちょ、ちょっと声が大きくなってる。もう少し小さく」

あっという顔で彼女は口に手をやる。そして低い声で続けた。

「……私だけじゃなくて、バイトの子はみんなそんな扱いなんです。店長、社員さんとか与野さんみたいな契約の人にはそれほどひどくないから、きっとバイトは使い捨てだと思ってるんですよ。たまにニコニコして近づいてきたと思ったら、売れ残った服を買えって言うし。安い時給でやってられないですよ」

「え、買えって言うの？」

「予算に達しないとあなた達の時給も下がるかもしれないし、それどころか解雇になっちゃうから、協力してくれないと駄目だとか言って」

そんなことまで店長は言っているのかと都は言葉を失った。

「売れ残りを買えだなんてひどいですよ。私、バイトの中ではシーズン頭にずいぶん買ってるほうだと思います。ブック見て、欲しいのが入荷しないときは注文したり、他の店舗まで行って買うこともあります。だって私、トリュフの服が大好きでバイト始めたんですから」

「そうなの？」

「そうですよ。高卒じゃ真正面からこの会社受けても受からないし、第一トリュフに配属になるかもわからないじゃないですか。バイトでもこのお店の服を着て働けるって嬉しかったのに」

涙声を滲ませて彼女は言った。

「店長、私たちには威張ってるのに、東馬さんには猫なで声でベタベタで超気持ち悪い。あそこまで、人によって態度変える人っているんですね。東馬さんも我々にはまったく関心ないみたいなのに、時々さりげなく触ってきたりしてほんとにキモい」

「……触られるの？」

「肩とかですけど、それだって嫌ですよ」

頭がくらくらしてきた。様々な店舗で働いてきたが、ここまで店長とその上司がひどいのは経験したことがなかった。こんなショップでもそこそこ服が売れているのが不思議なくらいだ。

「わかった。私から店長に言ってみるね」

「いえ、いいです。もう辞めますから」

「え？」

「バイトの子みんなで話して、一斉にやめようってことになったんです。店長とＭＤを飛ばして直接会社に何か訴えても本気で改善してくれるとは思えないから、全員いっぺんに辞めれば、あの店長とＭＤはおかしいって会社も少しは思うでしょ」

「待って！　お願い、ちょっと待って！」

頭から血がさあっと引いて、都は彼女の両腕を摑んだ。

「そんなことしちゃ駄目だよ！」

「どうしてですか？　どっちにしろ辞めるならわからせてやりたいです」

「ね、落ち着いて。社員にはまだ誰にも相談してないんだよね？」

彼女は不満げに頷く。

「とにかく私が一度店長と話してみるから。ね、お願い。気持ちはすごくわかるけど、もしバイトの子たちが一斉に辞めちゃったら店がすっごく困るから。店っていうか、私が困る。何とかしてみるからもう少し待って。就業時間内に終わらないような作業を押し付けられたら、とにかく私に言ってね」

しぶしぶという感じで、とりあえず彼女は頷いた。そして都を窺うように斜めに見やった。

「なんか私、ついしゃべり過ぎちゃいました」

一度目をふせ、そして顔を上げる。

「与野さんは私たちの味方ですよね？」

彼女は体を離し、大きな目でじっと都を見つめた。


その子を手伝って、今日中にやれと言われた作業を高速で片づけた。

早番の彼女を先に返し、都は店長を探した。他のスタッフに聞くと「さあ、休憩室じゃないですか」とそっけない返事が返ってくる。店長ともなると事務仕事も多いので、ショップがすいているときに休憩室でパソコンに向かうこともある。だが、最近店長はあまりにも店にいないので、皆呆れていた。

店長には言いたいことが山のようにあるが、どう切り出したらいいかわからなかった。それでも、もうアルバイトの女の子たちの不満は爆発寸前で、それだけは何とかしなくてはならないと思った。

いくつもある休憩室を、都はひとつひとつまわって店長を探した。全部覗いたが彼女の姿はなかった。気が進まないが店長の携帯に連絡してみるか。でも最近はずっと、仕事のことで連絡があって電話やラインをしても、店長から無視されていた。

フードコートかカフェかもしれないと思い、都はスタッフ用の通路を出た。

まだ閉店時間には間があるのに、秋の日暮れは早くてモールはすっかり闇に覆われ、ショーウィンドウだけがぼんやり浮かんでいる。クリスマスイルミネーションが始まる前のこの季節は、一番モールが暗い気がする。どの店も飾りは控えめで、日が暮れるとかなり冷えるのでお客の姿もまばらだ。

冷たい風に煽られて震えがくる。腕をさすりつつ歩きだすと、少し先にある目立たないベンチのところに灰皿があり、そこで煙草を吸っている女性がいることに気がついた。

目をこらすと店長だった。都はそっと近づいてゆく。

彼女は薄手のブラウス一枚で、右手に煙草を、左手にスマホを持っていた。厳しい顔でスマホを見つめ、やがてそれをパンツの尻ポケットに入れた。煙草を乱暴に灰皿に押し付け、ヒールを鳴らして従業員通路のほうへ歩き出す。

その背中を追いかけた。角を曲がって、都は足を止めた。

店長は壁にもたれて夜空を見上げていた。都もつられるように空を見た。

ちぎれた薄い雲が、月の前を通過していく。

店長の横顔は見たことのないような表情だった。からっぽで、うつろな目だ。

どちらかというとガサツな印象の人なのに、愁いを帯びた横顔が美しかった。風が彼女の髪を揺らし、横顔を半分隠した。それを彼女はゆっくりとかき上げた。青白い頰に、ちらりと光るものが見えた。五メートルくらい離れているのに、色を失った唇が震えているのがわかった。

憤りの言葉をぶつけたかったのに、都は喉が詰まったようになった。

この人は苦しいんだ。それは自業自得なのかもしれないけれど、苦しいのは本当なんだ。今のこの人に、感情的にぶつけてもだめだ。都はそう思った。

「店長」

都はそっと声をかけた。彼女は首だけでゆっくり都のほうを見た。

涙を拭おうともしない。取り繕おうともしていない。する気力がないのかもしれない。

都は歩いて行って、彼女の背中におそるおそる手を置いた。

「……どうしましたか？」

しばらく俯いていた彼女は、さきほどの二十歳の女の子と同じように、都の肩に額をつけて泣き出した。

泣きたいのはこっちなのにと都は思いながら、彼女の骨ばった背中をそっとさすった。

その次の金曜日が、絵里とそよかで集まる日だった。

お店をどこにしようかと相談していたら、ちょうど夫が出張で留守にすることになったので家でゆっくりしないかと絵里が言ってくれ、それに甘えることにした。

都は仕事が終わるとコンビニでお菓子と飲み物を買い絵里の家へ向かった。結婚後の新居を訪ねるのは初めてだった。マンションの外観はかなり年季が入っていたが、部屋の中は綺麗にリフォームされて広々していた。

「わー、広いね！」

招き入れられて都は思わずそう言った。リビングダイニングの横には八畳ほどの和室がついていて、それだけで都が昔家族で住んでいた団地より広く見えた。

「他に寝室もあるんだよね？　２ＬＤＫ？」

「３Ｌだね。古いからさー、広いだけしか取り柄がないよ」

ダイニングテーブルの前に座って、都は部屋を見回す。大きなソファに大きなテレビ。ラグは暖色系で部屋を優しく見せている。同い年の人が住んでいる部屋とはとても思えなかった。このままここで子供を産んで、落ち着いて家族を作れる家だと都は思った。

「そよちゃんは？」

「ちょっと残業になっちゃったとかで、今向かってるって」

「そうなんだ。あ、なんか手伝う？」

「いいよ、サラダ用意してるだけだから。座ってて」

カウンターキッチンの向こう側で立ち働く絵里を見ながら、都はテーブルにぺたりと頬をつける。羨ましくて羨ましくて、床に寝転んでだだをこねたいくらいだった。絵里は結婚と同時に勤めていた会社も辞め、今はパートで働いている。こういう部屋でこういう生活をすることが、都にとって結婚の見本のようなものだった。なのに、今の自分にはまったく手が届きそうもない。

そこでチャイムが鳴った。スーツ姿でそよかが現れる。去年、再会した時もそうだったが、味も素っ気もないスーツだ。

「遅くなりました。一回家に戻って、作っておいたおかず取ってダッシュできました」

絵里は彼女から渡された紙袋からいくつもタッパーを取り出す。

「わー、いっぱい作ってくれたんだね。なにこれ、おいしそう」

「これは鰯のトマト煮で、これはクスクス。この冷凍してあるのが牛肉のしぐれ煮です。あとスコーン焼いてきました」

「すっごいね。助かるー」

ふたりは賑やかに話している。大人が惣菜の話で盛り上がるのを眺める子供のような気分になった。自分が買ってきた袋菓子が幼稚に思えて恥ずかしくなってくる。

テーブルの上にいろいろ並べて、三人は乾杯した。一番酒豪のはずの絵里は、今アルコールを控えているのだと言ってお茶で、そよかと都は絵里が用意してくれたビールをもらった。

「私もここの半分くらいでいいから、広いところに引っ越したいです」

「そよかの会社のお給料なら、いくらでも住めるでしょ」

「いやー、でもひとりであんまり広いところに住んでも」

「なによ、どっちなのよ」

絵里は笑ってそよかにつっこむ。

「例の彼氏と結婚して広いところに越したらいいじゃない」

「いやいや、結婚はしばらくないですね」

「同棲でもいいじゃない」

「んー、そうですよね」

「この辺は安くていいよ。車通勤できるなら不便はないと思うよ」

ふたりが話すのを都は口を挟まず聞いていた。ふとそよかが都のほうを見て「都さん、元気なくないですか？」と聞いてきた。

「そうなの、わたし元気ないの」

肩をすくめ都は答える。

「え、大丈夫ですか？」

真面目なそよかは眉間を曇らせて乗り出してくる。

「もしかして、あれからですか？」

声を潜めてそよかが聞いてきた。東馬に触られた夜のことを言っているのだろう。

「ううん、そうじゃなくて。なんていうか、いろいろうまくいかなくてさ」

「貫一さんと何かあったんですか？」

「あったっていうか、不本意ながらもう収まっちゃったっていうか」

絵里が笑いながら「もう今日は都の悩みを聞く会にしてやるわ」と言った。

「いいの？　じゃあ忌憚《きたん》のない意見をお願いします。私、どうしたらいいのかわからなくて」

「その中卒回転寿司野郎、いま無職なんだっけ。次の職、決まったの？」

「面接とか受けてるみたいなんだけど、まだ決まらないみたい」

「無職になったの春じゃなかった？　もう半年くらいたつじゃん。おかしくない？」

絵里にそう言われると、確かにそうかもと都は思った。

都はこの前の、ティファニーのネックレスで喧嘩をしたくだりを、彼のお金の使い方がおかしいと言ったら、軽く頬を張られたことまで細かく話した。絵里とそよかは黙って聞いていた。しばらく沈黙が流れた。ふたりとも首をかすかに傾げ、微妙な表情をしている。

「一応ラインであっちが謝ってきたから、こっちも謝ったんだけど、それからぎくしゃくして会ってないんだよね」

　絵里は首のあたりを掻いてから「あのさー」と言った。

「本当に忌憚のないとこ言っていいの？」

「言って言って」

「先に言っておくけど、別にミャーの人格を否定したいとか、マウンティングしてやるとかじゃないからね」

「わかってるって」

「私は、そんな男とはさっさと別れたほうがいいと思う」

　きっぱりと絵里は言った。

「もう三十三なんだよ。時間がもったいないよ」

　絵里のはっきりした物言いに、都は目を見開いた。父親にも同じようなことを言われたが、同い年の友人に言われるとその時と違って驚くほど動揺してしまった。

「だいたい私は最初からそいつのことあんまりいいとは思ってなかったよ。ミャーは結婚して家庭を作りたいんでしょ？　だったらそんな無計画に生きてる男と付き合っててどうするの？　子供を作りたいならもうのんびりできる年じゃないよ」

「……うーん」

「それにそいつワーキングプアどころじゃない、貧困一歩手前だよ。貧しいっていうのは、たとえばポケットの中にコインランドリーに行く小銭があっても、洗濯機は買えないような人のことを言うんだと私は思う。ミャーがすごく稼いでて、男の収入なんてまったくあてにしてない、むしろ私が稼いでくるからお前は家事と子守りしろって言えるくらい甲斐性があるならいいけど、そうじゃないんでしょ？」

一気に言われて、都は言葉を失った。

「さっさと別れて婚活しなよ。結婚したいってただぼんやり思ってるだけで具体的に何にもしなかったから、そういう野良猫みたいな男に引っかかっちゃうんだって」

「えー、でも、婚活大変そうじゃん」

「大変に決まってるだろ！　簡単に理想の相手が見つかるなら、誰も苦労しないわ！」

絵里は拳でテーブルを叩いた。彼女は数年に亘って婚活し、落ち込んだり悩んだりしながら今の夫と巡り合ったのだった。彼女が言うとすごく説得力があった。

そこでそよかが、「あの〜」と小さく手を挙げた。

「私はそうは思いません。都さんからずっといろいろ聞いてきて、貫一さんは相当いいと思いますけど」

「えーっ、何言ってんの？」

「絵里さんの意見はわかります。でも人はそれぞれ考え方違っていいですよね？」

「まあそうだけど」

そよかは体ごと都のほうを向いた。

「学歴とか収入しか人を判断する材料がないなんて、私は思いません。半年仕事が決まってないのは不安といえば不安ですけど……。前に都さんが言ってたことで、貫一さんが都さんのお父さんに職なんかなんでもあるだろうって言われて、なんでもいいわけじゃないのでって返事したっていう話があったじゃないですか。あれを聞いたとき、私、貫一さんはちゃんとした人だなって思ったんですよ。彼はきっと吟味してるんですよ。ボランティアしたり、施設に入っているお父さんの面倒をみたりしてるし、都さんのお父さんが倒れたときだってしっかり対応してくれたんですよね。いざっていうときに頼りになって、愛情深い人だなって私は思いました。それより今の都さんの話で私が気になったのは……」

そよかは一瞬視線を落として言い淀み、意を決したように顔を上げる。

「せっかく素敵なプレゼントを彼がくれたのに、都さんは料簡《りょうけん》が狭いと思いました」

「りょ、料簡？」

「こんなこと言ってすみません。でもどうしても気になって。その十万円があれば、貫一さんがもっといいネクタイや鞄が買えたのにってところに私は引っかかりました。前から思ってたんですけど、都さんはお洒落でセンスがよくて」

そよかがまた言葉を切ったので、都は身構えた。

「都さんに限った話じゃないんですけど、お洒落な人って狭量な面があると思います」

「きょ、狭量？」

「貫一さんがどんなネクタイや鞄を買ったって、それを駄目だと指摘するのはどうかと思います。ダサいって思うのはその人の自由ですけど、人の持ち物を、聞かれてもないのに、そんなふうに指摘するなんてどうかと思う。ネクタイならネクタイの、ビジネスバッグならビジネスバッグの、用途を果たしていれば別にいいじゃないですか。そこにセンスをプラスするのは余剰金がある場合です。ないから簡素なものを選んだわけですよね。でも彼は都さんへのプレゼントには用途だけじゃなくて、装飾品として価値のあるものを贈りたかったんですよね。それをないがしろにされて貫一さんは怒ったんじゃないですか」

都は思ってもみなかったことを言われて呆然としてしまった。自分が料簡が狭く、狭量であるなどと思ったことはなかった。むしろ人に気を使いすぎて言いたいことが言えないことが多いとすら思っていた。

絵里もぽかんとしていたが、やがてふっと笑い「理屈っぽ」と言った。そよかがカチンとした顔をする。

「私には絵里さんの意見のほうが理屈っぽいというか、計算高く感じますけど」

「なんでよ、どこがよ」

「自分の人生を思い通りにするために、パートナーを物みたいに条件で選んでるじゃないですか。たとえばカーテンを買うみたいに、これは安いけどペラペラで、あれは遮光性があるけど高くって、一番コスパがいいのはどれかしらって」

「はあ？　何言ってんの」

「人の相性って条件だけじゃないと思いますけど」

「なにを夢みたいなことを言ってんの。恋愛ならそれもいいけど、子供を作って家庭を運営していくんだから、いくら心が優しくても甲斐性なしじゃ話にならないじゃない」

「心が優しければ、何があっても乗り越えていけます」

「は、頭の中、お花畑か」

都は思わず立ち上がる。

「ちょ、ちょっと！　喧嘩はやめて！」

「喧嘩してねーよ」

「そうですよ、喧嘩じゃないです」

険悪な空気が流れる中、都はどうしていいかわからず立ったままおろおろした。忌憚のないことを言ってくれと頼んだのは都だが、女同士で、冗談交じりではなくはっきり意見を言われたのは初めてかもしれない。それも相反する意見を言われて、都は困惑しきっていた。もしかしたら仲の悪いふたりをバッティングさせてしまったのかもしれない。

絵里は正面に座ったそよかに向かって身を乗り出して言った。

「じゃあさ、そよかはミャーが中卒回転寿司野郎と結婚して、本当に幸せになれると思ってるんだ?」

「正確にはそうは言ってないです」

「え、なんでよ。いま擁護してたじゃない」

「世間のいう一般的な結婚っていうものに縛られすぎてるんじゃないでしょうか。そりゃ子供ができたりしたら、籍を入れたほうが便利だとかはわかりますけど、子供を作るために結婚があるわけじゃないでしょう。一緒に生きていく相手として、貫一さんは優れているんじゃないかと私は思うんです。結婚っていう制度にこだわるから、貫一さんの人間としての良さが理解されないような気がして。たとえば事実婚だっていいじゃないですか」

「悪いけど、それは簡単に言い過ぎだと思う。事実婚を否定するわけじゃないけど、籍を入れた夫婦とまったく同じ権利があると思ったら大間違いだからね。税金なんかはだいぶ違うし、どっちかが病気したとか急に亡くなったりしたとき、とにかく不便だし揉めることもあるんだよ。社会的にも理解されない場面がいっぱいあって、それでも籍を入れないっていうポリシーがあるならいいけど、ただ何となく決心つかないから籍入れないってだけなら、同棲カップルと何も変わらない。ミャーが同棲のままでいいって言うなら別だけど」

「戸籍だけが家族の絆じゃないんじゃないですか」

「そりゃそうだけど、そんないいとこどりなだけのパートナーシップなんて、覚悟が足りなくない？」

「今の話だと、むしろ事実婚のほうが覚悟がいりそうですけど」

「ま、待って、ふたりとも！」

都は半泣きになって、向かいあうふたりに割り込むように両手を伸ばしテーブルに突っ伏した。

「すみません！　優柔不断な私が悪いんです！　何も決められない私が悪いんです！」

都が顔を伏せたまま言うと、絵里とそよかはバツが悪そうな様子で口を噤んだ。

絵里は溜息をついて立ち上がると「そよかの惣菜、あっためてくるね」とキッチンへ向かう。

そろそろと顔を上げると、そよかが優しい顔つきで微笑んでいた。その顔は年少の者を見るような大人びた表情だった。

「都さんは、こういうの苦手なんですね。ごめんなさい」

「……こういうの？」

「議論っていうか」

ああ、と都は力なく息を吐く。

「白熱しちゃってすみません。都さんの気持ちも考えず」

「ううん、そんな謝らないで。真剣に考えてもらって嬉しい。でも確かに私、人が言いあってるの見ると少し苦しくなるかな。自分も人に異議を唱えるの苦手だし」

「じゃあ貫一さんと、先のことなんかを話し合ったりはしないんですか？」

「そうだね、たぶん向こうも何か意見を言うのが得意じゃないんだと思う。そういう空気にならないんだよね。具体的な話をしたら結論を出さなきゃいけないような気がして、どっちも言い出さないっていうか。はっきり不満を口にしたのはそのネックレスのことくらいで。それも言ったら怒って出ていっちゃうし……」

「はーい、できたよ」

皿を持って絵里が戻ってくる。鰯のトマト煮にはガーリックトーストが添えられていて食欲をそそった。空気が和んで、それを皆で口にした。

「ねー、いま台所で思ったんだけどさー」

絵里が指についたトマトソースをぺろっと舐めて、都のほうを見た。

「ミャーは、その十万円のネックレス、もし指輪だったらどうだったの？」

「あ、なるほど。どうなんですか、都さん」

都はぐっと詰まり、口の中のものを慌てて飲み込んだ。

「十万円の指輪をさ、結婚してくださいって言われながら差し出されたら喜んだ？　それとも怒った？」

都はうーんと唸る。

「……怒らなかったかもしれない」

都はゆっくり言った。

「なんだ、やっぱり回転寿司野郎と結婚したいんじゃん！」

絵里に大きな声で言われて、都は小さく唸って首を垂れた。

「都さん、その高額なお金も、その先に結婚があるなら無駄遣いに感じなかったということですね」

はっきりとそよかに言われて、都はガーンとなった。そこまで自分本位ではないつもりだったが、でもそうなのかもしれない。

「ミャーはさ、やっぱりちゃんと手順を踏んで、きちんと将来のことを考えてプロポーズしてくれるような男を望んでるんだって。回転寿司野郎がそういう男だったらよかったんだろうけど、残念ながら違うんだよ。そいつは絶対そんなことしてくれないって」

都はしゅんと肩を落とした。

「ふたりの言ってることはよく分かる。はっきりしなくてごめんね。私、本当にどうしたいのかわからなくって。結婚したいとは思うんだけど、子供が欲しいのかどうかはよくわからない。ぶっちゃけると、お金に余裕があれば子供も欲しいけど、余裕がなくても欲しいって気持ちでもない。貫一のことが好きだけど、好きで好きでたまらないってわけでもない。はっきりした感情があるとしたら、自分以外の人が羨ましいってことかもしれない」

ふたりは無表情で都を見ている。

「私、さっき、絵里のことがすっごく羨ましいって思った。私もこういう部屋でこういう生活がしたいって。でもこれは絵里が自分の望みを明確にして努力して手に入れたもので、棚ぼたじゃないんだよね。あと、私、正直に言うとそよかのことも羨ましくて妬んでた。高学歴の頭のよさそうな年上の恋人がいて、でもそよかはその人に依存しないで、結婚結婚って騒がないで、自立していい関係を築いてて。それだって、私は何もしないで、いいな〜って思ってるだけで、本気でそうなりたいってわけじゃないんだと思う」

そこでそよかがふっと虚しそうに笑った。

「そんなの都さんが勝手にそう思ってるだけで、内実はそんなんじゃないですよ」

そよかが珍しく捨て鉢な口調でそう言った。ここだけの話ですけど、と彼女は前置きする。

「彼、バツイチって言いましたよね。前の奥さんとの間に子供がふたりいて、養育費を山のように払ってるから再婚どころじゃないんです」

「ええっ？」

「ま、まじで？」

びっくりすることを言われて、都と絵里は大きな声を出してしまった。

「子供も家も車もみんな奥さんに渡して出てきたんです。その家のローンと養育費を払って、彼、ボロアパート暮らしですよ。会いたくてもなかなか子供に会わせてもらえないし。籍入れたり抜いたりするのって恐いですよ。それ思い知りました」

「ひえ〜」

「その話、ほんとなの？　どん引くわ〜」と絵里があけすけに言った。

「ええ、どん引いてください。友達には誰にも言ってないです。理解されないでしょうから」

そよかは自嘲気味に笑う。

「まさか、そよかが原因で別れたんじゃないんだよね？」

都が恐る恐る聞くと「違います。知り合った時はもう別れてましたから」と彼女は答えた。

絵里は身を乗り出す。

「聞いたら悪いのはわかってるけど、離婚の原因聞いていい？」

「お察しの通り、彼の浮気ですよ。飲み屋で知り合った年上の人で、三か月も付き合ってなかったみたいですけど」

ひえーと都と絵里は声を合わせる。

「ちょっと、そんな男大丈夫なの？　また浮気されるってことはないわけ？」

「そうですね。そういうこともないとは言い切れないから、最初は結構警戒して付き合ってたんです。でも食の好みとか、本とか映画とかの趣味が合って、話してて本当に楽しいんです。一緒にいて、こんなにしっくりくる男の人にはこれまで会ったことなかったから、もうしょうがないです。私はどうしても子供が欲しいってわけでもないし、いわゆる普通の家庭を作りたくて仕方ないってわけでもないですから。たくさん仕事して、やりたい勉強もして、旅行したり興味のあることに打ち込んだり、そういう人生にするって、もう腹を決めるしかないです」

「ふえ〜」

都は一度会ったそよかの恋人の顔を思い浮かべた。とても誠実そうに見える人だった。知り合いでもない都に親身になってくれて、浮気なんかしそうもない人に見えた。

「腹が決まってる人にくどいこと聞くけど、そよかは、もし彼氏にそういう金銭的な問題がなければ結婚したかった?」

都が聞くと、そよかは「うーん」と唸った。

「もしもの話は考えにくいですね。知り合ったときから彼にはそういう背景があって、それをわかってて付き合い始めたわけだから」

「すごいなー、はっきりしてるんだね」

「ミャーだって最初からそいつが回転寿司野郎だって知ってて付き合いだしたじゃん」

絵里の軽口にそよかが口を挟む。

「さっきから絵里さん、回転寿司回転寿司って言ってますけど、絵里さんは回転寿司行かないんですか?」

「いや、行くよ。むしろもう回らない寿司屋に行かない」

「ほらね。回転寿司って私もよく行きます。安くて手軽でおいしいじゃないですか。服でいうところのユニクロみたいなものです。今どきユニクロを馬鹿にするほうがどうかしてませんか？」

「うん、まあそうかも」

しぶしぶと絵里は認めた。そして「あー、なんかムキになって疲れた」と伸びをした。

そよかがお手洗いを借りていいですかと言って立ち上がった。

ふたりになると、「仕事のほうはどうなのよ、ミャー」と絵里が聞いてきた。

「いやもう、ショップの雰囲気が最悪で」

「例のＭＤのせい？」

「まあそうだね、店長も平静じゃなくて、バイトの子達もうっぷんが溜まってる。ほんともう辞めたいよ」

絵里が言う。

「やめるなら、転職だって急いだほうがいいんじゃないの？」

「……」

「余計なお世話なのは承知だけどさ、もし将来子供を作る気があるなら、土日休める仕事じゃないとキツくない？　お母さんがみてくれそうなら何とかなるかもしれないけど」

「いや、うちの親はみてくれないと思う。あてにするなってはっきり言われたことあるし」

そこでそよかが戻ってきて、絵里が今話していたことをかいつまんで説明した。彼女が何か言いたそうな顔になる。

「そよちゃん、この際だから思ったことがあったらもうなんでも言って」

「……ええ。あの、失礼なことかもしれませんが」

「いいよいいよ」

「都さんの迷いの根本は、自活できる経済力がないことなんじゃないですか。誤解されるとあれなんですけど、私は誰しもが自活できる金銭を稼ぐべきって思ってるわけじゃないんです。人にはいろんな事情や背景があって、たとえば家族の介護をしてたり、いろいろですよね。でも都さんの場合は、貫一さんに対して持ってる不安って経済的なことだけですよね。彼とこの先好ましい関係を続けていきたかったら、都さんがそれをカバーできる程度に収入を増やしたらどうでしょう。貫一さんは今一人暮らしをしてるんだから、本来なら問題はないはずですよね。都さんが持っている不安は、貫一さんの将来じゃなくて、自分への不安じゃないですか」

都は絶句する。

「その不安を自力で解消できないのであれば、相手を取り換えるべきだと私も思います」

確かにそうだと都は下を向いた。貫一と結婚とまでいかなくても一緒に住むのであれば、当たり前だが実家を出ることになる。今、自分は実家に住んでなんとかやっていけてるくらいの収入だから、実家のような生活の後ろ盾を無意識に貫一に望んでしまっているのかもしれない。

そこで話が途切れて、部屋の中に沈黙が流れた。絵里がテーブルの上を片づけはじめる。

「なんか真面目な話になっちゃったね。そよかが焼いてきてくれたスコーン食べようか？　ふたりともなに飲む？　お酒がよかったらいろいろあるよ。つまみにチーズもあるし」

「絵里さんが飲んでるの、なんですか？　おいしそう」

「これコーン茶だよ」

「私もそれください」

「そういえば、絵里、どうして今日は飲まないの？」

「うん、まあね」

そよかが躊躇いがちに言う。

「あの、もしかしてですか？」

「そうだね、病院行って、昨日わかった」

「やっぱり！　おめでとうございます！」

「え、なになに？」

わからなくて都はきょとんとする。

「ご懐妊ですよ」

「あ！　赤ちゃんか！　そっか！」

「安定の鈍さだな、ミャーは」

ふたりは笑う。

「そっかー、おめでとう〜。最初に言ってくれたらよかったのに」

「うん、まあ、昨日の今日だし。安定期に入るまで言わないでおこうかと思ってたんだよね。前に一回流産してるから」

「え、そうなの」

「うん、でも大丈夫。ちゃんと気を付けてるからさ。あんまり気を遣わないで」

とうとう絵里もお母さんになってしまうのか、と都は思った。友人の妊娠はよかったと思う反面、結婚よりもずっと、その人が遠く離れていってしまうような淋しさがあった。

「ミャーは？　お酒飲む？」

「ううん、私もお茶にする。最近あんまり体調よくなくてさー。今日は結構調子いいんだけど、めまいはするし、微熱がなかなか下がらないし」

キッチンに立った絵里が振り向く。そよかも都のほうを見た。

「ちなみにミャー、生理いつあった？」

「……あれ、いつだっけ」

しーんとなった。

絵里はスリッパを鳴らして部屋を横切ると、テレビ脇のチェストの引き出しを開けた。何か取り出して戻ってくる。

「今すぐこれ持ってトイレに行ってこい！」

細長い箱は、妊娠検査薬だった。

8

絵里の家のトイレで恐々《こわごわ》と検査薬を使ってみると、陽性を示す棒線は現れなかった。だが、目をこらすとうっすら縦線が見えないこともなく都は戸惑った。そよかと絵里は小さく唸る。

動揺する都を慰めるように、絵里が「妊娠が分かった時は、こんな薄くじゃなくはっきりした線が現れた」と言い、そよかは素早くスマホで検索し、「これは蒸発線っていうみたいで、陽性じゃないようです」と言った。

しかし、明確に陰性と出なかったことで都は蒼白になった。どちらにせよ生理がいつになく遅れていることは確かなのだから、病院に行くべきだとふたりは強く言った。

「私が通ってるクリニック、おじいちゃん先生なんだけど、すごく評判がいいから行きなよ」

そう言う絵里に、都は激しく首を振った。

「無理！　無理無理！」

「無理って、ミャー、有名な先生なんだよ」

「私、あの、婦人科検診の台に乗るやつ、やったことないんだもん！　男の先生なんて無理！」

ふたりは顔を見合わせた。

「あんたねえ、あっちは医者なんだよ」とあきれた絵里を止めて、そよかが子供を諭すように言った。

「不安なのはわかりますし、あんなの何回やっても慣れるものじゃないと思います。でも都さん、これから先も検査しなくちゃいけないことはあると思いますよ」

「でも」

「私が大学の時に、生理不順で少し通ってた診療所は女医さんで親切でしたよ。東京だけど行ってみます？」

都は涙目のまま唇を嚙んだ。確かにふたりの言う通りだった。

心配したそよかは付き添うとまで言ってくれたが、さすがにそれでは情けなさすぎるので、都は自分で予約を取った。

考えるのが恐くて、なるべく考えないよう予約の日まで過ごした。だがちょっとの隙に、もし妊娠していたらという考えが過って、店で服を畳む手が震えるのを自覚した。

もし妊娠していたら、何もかも否応なしに変わってしまう。

自分が招いた結果であるのはわかっているが、何か不条理に人生を捻じ曲げられてしまう気がして、恐怖に押しつぶされそうだった。

もし妊娠していたら、あの貫一のことだから結婚してくれる可能性は高いと思う。しかし、あの貫一と一緒に、本当に子供が育てられるのだろうか。いや違う、そよかが言っていたように、この不安は自分への不安だった。自分が今の状態で子供を産んで育てられるとはとても思えなかった。誰かの人生を支えるどころか、自分自身が本当のところ、まだ他者からの庇護を求めているのだ。

だからと言って、もし今お腹にいるかもしれない子供を産まない選択をした場合、自分は何事もなかったかのように貫一と付き合い続けることができるのだろうか。それはたぶん無理な気がした。どこかで「貫一の子供を産まなかった」という後ろ暗さや、「貫一にもっと経済力があれば産んだのに」という責める気持ちを後々まで引きずりそうで、もう彼と無邪気に笑えないような気がした。

もちろん避妊はしていた。貫一とそういうことをしたのは考えてみれば結構前だし、検査薬の結果も、そよかが調べてくれた記事の通りだとしたら陽性とは考えにくい。

それでも恐怖が去らなかった。

都は、自分が何の覚悟もなかったということを思い知った。

この大きな不安の片方を誰かに持ってもらいたくて、それはどう考えても貫一で、だから本当は彼に連絡したかった。だが、白黒つかないうちに感情をぶつけるのはあまりにも甘えが過ぎる気がして、奥歯を噛みしめるようにして堪えた。

そんなふうに思い詰めたまま予約の日がきて、都はほとんど処刑台に上がるような気分で都内にあるクリニックに向かった。

そよかが親切だと言っていた女医は、都の目には不機嫌そうな年配女性に見えた。婦人科の内診は緊張のあまり足が震えたし、股間の耐え難い違和感はそれこそ何かの処刑のようだと思ってしまった。

「妊娠されてはいないようですよ」

だから女医にそう言われたとき、止める間もなくぶわっと涙が噴き出した。こんなところで泣いたら駄目だ、いい歳をして何をやってるんだと自分に言い聞かせたが、どうにも泣き止むことができなかった。しゃくりあげる都に、女医は黙ってティッシュの箱を差し出してきた。

「暴行された？」

「え？」

「望まない性交でしたか？」

レイプされたかと聞かれていると気が付いて、都は慌てて首を振った。

「いいえ！　違います、相手は恋人です」

「恋人に、無理に？」

「違います。普通に、しました」

「それならいいけど」

都は嗚咽を飲み込もうと、奥歯を嚙みしめた。自分がものすごく恥知らずに感じた。

「あなた、大丈夫？」

女医は終始無表情だ。

「……大丈夫です。なんかテンパりすぎちゃって。すみません」

「いいんですよ」

少しだけ彼女の声色が優しくなった。ぐずぐずする鼻を控えめにかむ。女医は問診票に目を落とし、「遠くからいらっしゃったのね」と呟いた。

「うちは婦人科だから。心療内科とか精神科を紹介できますけど」

都は顔を上げて女医を見た。自分はそんなに危うく見えるのかと、衝撃を受けた。母親が通っていた心療内科を思い出す。自分には縁のないところだと思っていた。

「顔色がものすごく悪いわね」

「……そうですか？」

「自分の顔色に気が付かないくらい大変なの？　お仕事？　恋愛？」

「……両方です。大変というか、どうしたらいいかわからないことが多くて」

真正面から見たその女医は、髪の生え際にところどころ白いものが見える。母親と同い年くらいだろうか。けれど疲れた感じはしない。肌には艶があり、白衣の下の体は姿勢がよくて強そうだ。服の仕事をしていると、服の上からでもその人の筋肉の堅さがわかる。

「血液検査の結果を見ないと詳しいことはわからないけど、だいぶ脱水気味な感じね」

「脱水、ですか？」

「水分不足は間違いなさそうね。ノンカフェインの飲み物をちゃんと摂っていますか？」

「あんまり、摂ってないかもです」

最近、仕事中に休憩らしい休憩をとっていないし、ほんの少しの休憩時間も何か飲むとしたら珈琲か紅茶だった。

「お仕事は、販売員さんでしたっけ。自由のきかないお仕事の方は水分不足の方が多いんですよ。めまいや倦怠感がそこからきている可能性も大きいです。難しいとは思いますけど、こまめに水分を摂ってください。油断してると治るのに何年もかかったりしますからね」

そんなことを言われるとは思っていなくて、都はあっけに取られた。水分不足だなんて考えたこともなかった。

「生理不順はもう少し様子を見ましょう。ストレスも大きいようですし、ホルモンバランスも不安定かもしれないですね。水分と睡眠をたっぷり摂って、規則正しい生活を心がけてください。その日の疲れはその日に取るように。当たり前のことを言われてるって思うかもしれませんが、それができないから体調って崩れるんですよ」

「……はい」

「不眠もなくて食欲もあるようだから大丈夫だとは思いますけど、少し抑うつ症状も出ていて気になりますね」

「抑うつって……うつ症状ってことですか」

「そうです。思い切って休むという手もありますよ。仕事も恋愛も」

「恋愛も?」

都は意外なことを言われて問い返した。

「恋愛なんて楽なわけないですよ。人間同士の感情のぶつけ合いですからね」

女医は面白くも何ともない、というような表情のままそう言った。


安心したのか、夜には生理がきた。

きたのはよかったが、いつになく生理痛がひどく、都は翌朝出勤して一時間もしないうちにバックヤードでへたりこんだ。

遅番のスタッフが出てくるまで、店番は都と先日不満をぶつけてきたアルバイトの女の子のふたりきりだった。だがどうにも立っていられなくて、彼女に事情を話し早めの昼休憩を取らせてもらうことにした。あと一時間で遅番の社員が来るし、それまでの間に何かあったら電話をくれれば飛んで戻ってくるからと話すと、彼女は堅い表情で頷いた。口では「今日は帰ったほうがいいんじゃないですか?」と言いながら、眉間のあたりに色濃く不平不満の色があった。

このタイミングで彼女ひとりに店を押し付けるようなことをしてはまずいと思いながらも、額に脂汗が滲むくらい痛みがひどく、他のスタッフに早めに出勤してほしいとメールをするのが精いっぱいだった。

鎮痛剤を飲んで休憩室のテーブルに突っ伏す。だがどんどん具合が悪くなってきて椅子の上で体を丸めていたら、他のショップの人が気が付いて声をかけてきた。横になったほうがいいですよと救護室に連れて行ってくれた。都はモールにそういう場所があることも知らなかった。

救護室といってもただの窓のない小部屋で、看護師のような人の姿もなかった。ビニール貼りの簡易ベッドと、赤ちゃんのおむつ替え用の台が二台。カーテンを閉めて座れるスペースがあったので、授乳室を兼ねているようだ。

簡易ベッドの脇に毛布が畳んで置いてあったので、それを体に巻き付けて横になった。

目を閉じると、あっという間に意識が濁った。

半分意識を手放しながらも、もう半分が妙に覚醒して、ストッキングの足先が冷たかった。胎児のポーズで自分を抱きしめるように丸まった。体がどんどん冷えて固くなってゆく。死ぬときってこんな感じがするのかなと頭の片隅で思った。

目をつむっているのに目が回って、水面にコールタールが流れるような重い暗闇に襲われる。

最近会った人々の顔や情景が、その黒い流れに浮かんでは消える。

バイトの子の不満げな唇、クリニックの女医の呆れた顔、絵里の幸せそうな頬、そよかのスマホを操る素早い指先。

手術のときに父が着ていた寒そうな術着。母の泣き顔。

ニャン君の毛皮、浅黒い肌と白くて綺麗な歯並び。

貫一の古いスニーカー、埃っぽい自転車、壁に吊るしたスーツ。

私はほんとにクズだ！　と、突然叫ぶように思った。

幼稚すぎる。話にならない。

何も決められない、臆病な子供だ。自分の人生なのに誰かが何とかしてくれると思っている。

私なんか誰の役にも立っていない。

ただ消費して、無節操に物を溜め込んでは、愚かに捨てる。

考えてみれば、貫一と結婚することのメリットばかり考えていたが、彼にしてみれば自分と結婚することのメリットなど特にない。

私はただのお荷物だ。

ただのお荷物が誰かに拾ってもらおうと媚びを売っている。

私には価値がない。

だから自信満々な男に胸を摑まれたりする。

価値がない。

死にたい。

ずぶずぶと沼の底に埋まっていたのに、どこかで何かが鳴いてる声がして、沈んでいた意識が浮上しはじめた。

猫だ、と都は思った。

庭に野良猫がきたのだろうかと都はぼんやりと思った。

猫は可愛く鳴いているんじゃなくて、盛《さか》っているときの大きな声で、うわーんうわーんと鳴いている。パパは野良猫が庭に粗相をしていくのを怒っていて今度きたら水をぶっかけてやるって言っていたから、見つかる前に追い払ったほうがいいかもしれない。でも、猫を撫でたい。あのふわふわな頭と、つんと三角に張っている耳に触りたい。本当は猫を飼いたい。子供の頃、団地住まいだから無理だとママに言われた。小さくて柔らかい生き物を抱きしめたい。

まだ覚醒していない頭で都はそんなことを考えた。

さっき氷のようだった足先が今はぽかぽかしていて、もっと眠りの世界に浸っていたかった。でも猫を見てみたくて、重たい瞼をやっとの思いで開けると、そっけない白い天井が見えた。それで今どこに居るのか急に思い出した。

都は首を上げた。

いつの間にか同じ部屋の中に女の人がいて、都のほうに背を向けて立っていた。隅に置いた台に向かって何かをしている。よく見るとその人は赤ん坊のおむつを替えていた。猫の鳴き声だと思っていたのは赤ちゃんの泣き声だったと理解した。そう広くはない部屋の中に、赤ん坊のむずかる声が響いている。

「すみません、起こしちゃいましたか」

その人が振り向いて笑った。ほとんど金髪に近いような茶髪を高い位置でポニーテールにしている。地元によくいる、絵に描いたようなヤンキーの女の子だ。

「あ、いえ、全然。全然、平気です」

慌てて体を起こすと、借りた毛布の他にピンクと白のファンシーなハーフケットが下半身にかけられていることに気が付いた。

「あ、それ、寒そうだから、さっき私がかけました」

「え、え、あ、ありがとうございます！」

「おねえさん、大丈夫ですか？」

「はい、えっと、大丈夫です」

「すげーうなされてましたよ」

「え、そうですか、すみませんっ」

言いながら起き上がる。鎮痛剤が効いたのか痛みは引いていた。

はーい、お尻きれいきれいしようね〜と、その子は歌うように赤ん坊に話しかける。彼女はディズニーのキャラクターものの、だぶっとしたトレーナーにジーンズ姿だが、細い首筋と肉のついていない背中はまだ子供みたいだ。赤ちゃん連れだというのに、細いヒールのミュールを履いている。化粧は濃いが、どうかすると十代にも見えるあどけなさだ。

都は立って行って赤ん坊を覗き込んだ。

「可愛いですねえ。何歳ですか？」

「ありがとうございます。九か月ですー」

「女の子ですか？」

「あ、ピンク着てるけど男の子なんです。これはママ友からお下がり貰って〜」

赤ん坊を間近で見たのは久しぶりだ。思ったよりも大きく、そして生々しい。なんだか不思議な匂いがする。涙にぬれている瞳は白目の部分が青く人形の目のようだ。手も足も嘘みたいに小さい。でも爪はちゃんと生えていて変な感じだ。

絵里はこれからこんな大きいものを産むんだ。自分のおなかから人がひとり出てくるなんて考えてみれば凄い。都はペットですら飼ったことがないので、何もできないこんな小さい生き物を世話できるか自信がなかった。

でも目の前の若いママには、内心はわからないが、気負った様子は見えなかった。

「ここはよく使うんです。子供連れでも来やすいし」

赤ん坊のオムツカバーを留めて、ふいに彼女がそう言った。

「そうなんですか」

「駐車場が広いから車も停めやすいしー」

「そうですよね。子供連れの方、平日でも多いですよ」

「公園はなんかー、意識高い系のママばっかで、うるせーんですよね」

ケラケラと笑ってその子は言った。都は返答に詰まった。お腹の底がきゅっと鈍く痛んだ。

「おねえさん、具合悪かったんですか？　大丈夫ですか？」

「あ、ただの生理痛です。薬飲んで寝てたから、だいぶよくなりました」

その子は赤ん坊を抱きあげて、大きなベビーカーに寝かせた。ベビーカーには荷物が沢山下がっている。都はかけてもらったハーフケットを畳んでその子に返した。もし引き上げる前に自分が目を覚まさなかったら、きっとこの子はケットをかけたままそっと出て行ったのではないかと思った。

「どうもありがとうございました」

「全然です～、あ、おねえさん、電話鳴ってるよ」

あれ、あれ、と慌ててポケットを探っているうちに、その子はふいと部屋を出て行ってしまった。

店からだと思って急いでスマホを見ると、着信画面に貫一と表示されていてぎょっとした。ラインではなく電話がかかってきたことに都は動揺した。出ようかどうしようか迷う。迷っているうちにふっと着信が切れてしまった。

あ、と思った。やはり出ればよかった。自分でも狼狽えるような大きな後悔に襲われた。そのとたん、もう一度スマホが光りだす。貫一という文字がくっきりと浮かぶ。都は息をつめて通話ボタンに触れた。

「お、出た。おみや？　俺、俺」

「あ、うん」

「いい？　仕事中？」

「いま休憩中。なに？」

「久しぶりだな」

「そうだね」

貫一の声は何事もなかったかのようだ。都は戸惑いながら、ぎくしゃくと簡易ベッドに腰を下ろした。

「俺ね、仕事決まったから」

「あ、そうなの？」

それで嬉しくて連絡してきたのか。でもよかった。なんでもいいわけではないと言っていた貫一が決めたのだから、彼なりに納得できた勤め先なのだろう。

「十一月から。最初の三か月は試用期間で」

おめでとうと言うべきなのか。でもおめでとうって変じゃないかと都は目まぐるしく思った。

「……よかったね。お寿司の仕事？」

「おう。立ち食い寿司だけど」

「へー、立ち食い」

立ち食い寿司の店というのが存在していることを都は初めて知った。

「最近流行ってるんだよ。もともと江戸前寿司っていうのは立ち食いだったんだけどな。チェーン店で、まだどこの店に行くことになるかわかんないけど。遠かったら引っ越すかも」

ぶっきら棒な口調だが、嬉しさが滲み出ている。そういえばこの人は言葉は足りないけれど、感情はわりと素直に出る人だったと思い出した。

「ふーん」

「なんか反応薄いな」

彼はそう言って笑った。

「ま、いいや。おみやさあ、十月中に二連休ある？　仕事始まる前に一泊温泉でも行かないかと思って」

「え？　貫一と私が？」

「そうじゃなかったら誰と誰がだよ」

「え、だって」

ネックレスの件から連絡が途絶えていたので、きっと貫一は腹を立て、都への気持ちも褪せているのではないかと思っていたので、事もなげな様子で一泊旅行に誘われてびっくりした。

「宿代、俺出すからさ」

「なんで？」

「あの、ほら、ネックレス、返品したから」

「えっ！　まじで？」

「買った店に行って、接客してくれたお姉さんに頼んでみたら、返品させてくれた。ちゃんとした店はすげーな」

あの貫一が都心の一流ブランドショップへ行って、買った商品の返品を頼んでいるところを想像したら、都は叫びだしそうになった。いくら貫一が鈍感だとしても、気が進むことではなかっただろうし、勇気がいることだったろうと思う。都は今更ながら大きな罪悪感に襲われて青くなった。

「なんかほんと、いやな思いをさせちゃってごめんなさい。私があんなこと言ったから」

「もういいよ。その金で温泉泊まろうぜ」

「いや、自分の分は自分で出すよ。ていうか、この前も言ったけどそのお金、あんまり使わないでとっておきなよ」

あれ、行く流れになってるなと都は気が付いた。

「わかってるって。それより休める日あるのかよ」

「え、ちょっと待って。確か最後の週の月、火が休みだったと思う」

「おう。じゃ、俺予約するな」

「予約って、だいたいどこ行くのよ」

「熱海なんかどう？　俺、熱海っていったことないから。貫一お宮の像でも見ようぜ」

「はー？」

「決まりな。じゃ、そういうことで」

ぷつんと電話が切れ、都はスマホを持ったまま呆然とした。

喉がからからに渇いていることに気がついた。女医に水分不足だと言われたことを思い出し、とりあえず何か飲まなくてはと財布を持って立ち上がる。

そして、あれ？　と首を傾げる。体が軽かった。

そっと後ろを振り返るが、そこには自分が使ってくしゃくしゃにした毛布があるだけだった。


まだ下腹は多少重かったが、鋭い痛みは引いていた。ずいぶん長く寝ていたような気がしたのに、時計を見るとまだ一時間たっていなくて驚いた。急いでショップに戻ると、遅番のスタッフは誰も来ておらず、アルバイトの子に聞くと来店客もなかったという。

なんだか体がふわふわする。長い距離を泳いできたような心地よい倦怠感があった。

いつも見ている店内が妙にくっきり見えて、都は思わず目をこすった。

家の中を片づけるとき、写真に撮ってみるといいと前に雑誌で読んだことがある。試しにやってみると、それなりに片付いていると思っていた自分の部屋が、写真で見ると驚くほど乱雑で驚いた。

そのときのように、目に映るもの全てがクリアだった。ハンガーに掛けられているプルオーバーがずり落ちそうになっているのも、フロアの隅に埃が積もっているのも見える。歩いて行って服を掛けなおし、床拭き用のワイパーで埃を拭った。ショーウィンドウもよく見ると下のほうが汚れている。

ワイパーをしまおうとすると、レジ横のスペースに文房具が散らばっているのが見えた。今までずっと見てきたはずなのに、目というか脳がスルーしていた。ボールペンやハサミをペン立てに収めると、今度は電話の子機が妙に汚れていることに気が付いた。とりあえずと備品のウェットティッシュで拭いてみる。

目だけではなく耳もよく聞こえた。アルバイトの子のかかとが立てる不満そうな音や、いつも耳を素通りしているBGMも耳に届く。何か有名な映画音楽なのだが、何かはわからない。映画なんかいつから見ていないか覚えていない。

妙に落ち着いた気分だった。ずいぶんと久しぶりに「我に返った」ような感じがする。

貫一から連絡があったことが嬉しかった。仲直りできて心からほっとした。しかしそれだけではなくて、何かが底を打って浮上を始めたように感じた。

やがて遅番のスタッフが次々と出勤してきて、最後に仁科が現れたとき、都は「あ、なんで、この人に相談しようと思わなかったのだろう」とすとんと思った。職場でのトラブルを何故ひとりで抱えようとしていたのか。

都は仁科に歩み寄って、話があるので時間を取ってほしいと告げた。彼女は少し驚いていたが、店頭に人数が足りているのを確認するとすぐ対応してくれた。

休憩室の隅の席で、都は仁科に最近の店でのことを全部話した。

アルバイトの人たちの店長や東馬への不信感が弾ける寸前まで来ていること、店長が売れ残った服をバイトの子達に買うように迫ったこと。都自身が東馬にセクハラをされたことも打ち明けた。他の人も触られることもあるようだと言うと、仁科は唇を噛んで黙り込んだ。

そのまま沈黙が続いて、都はふと不安になった。

しばらく様子を見ようと言って、誤魔化されたらどうしよう。正社員でもないのに面倒なことを言ってくると思われたらどうしよう。

しかし都は仁科の難しい顔を見ながら、静かな決心が湧いてくるのを感じた。もしそうだったら、もうここで働く意義は何もない。転職しようとすんなり思った。

やがて仁科は静かに立ち上がった。そして深々と頭を下げた。

「契約の与野さんにそこまで負担をかけて申し訳なかったです。話してくれてありがとう。急いで対処します。すぐにでも店長と話します」

都は仁科の垂れ下がった髪を、肩から力が抜けていくのを感じながら見た。自然に取った行動とはいえ、やはり緊張していたのだ。よかったと思ったら鼻の奥がつんとしたが、抜けた力をまたぐっと入れて涙をこらえた。

脱皮したような不思議な気分のまま、夜、運転して家に帰った。夜道も恐くなかったし、苦手な車庫入れも一発でぴたっとできた。

なんだか、ＯＳのバージョンが更新されたような感じがする。今までぎくしゃくしていたことがサクサクと進む。

いい気分で玄関を開けて靴を脱ぎ、短い廊下の角を曲がろうとしたら暗がりにいつもはない大きな物が置いてあって、したたか足をぶつけた。

「いったー!」

思わずへたりこむ。足の小指が尋常ではなく痛み、涙が出た。

まずい、小指が折れたかもと思いながらうずくまって痛みをこらえる。数分唸っているとだんだん痛みが引いてきて、都は壁を探って廊下の電気を点けた。

そこには母の部屋にあったはずの少女趣味なカップボードが置いてあった。よく見ると隅に粗大ごみの回収シールが貼ってある。

「もー! なんなの!」

こんなところに置いておくなんて酷い。まだ痛む足の小指をさすりながら見ると、父のゴルフバッグや最近は納戸から出すこともなくなっていた炬燵テーブルもあった。断捨離だろうか。

自室に入って電気を点けると、長く掃除をしていない自分の散らかった部屋が浮かび上がって都は舌打ちをした。そんな簡単に何もかもうまくいくわけがないと、神様に諫められた気がした。


翌日の夜、仕事が退けてから、都と仁科は街道沿いのファミレスに来ていた。

もう時間は夜の九時半近い。ウェイトレスが来て、ふたりが食べたハンバーグ定食の重そうな鉄板を下げて行った。テーブルの上に何もなくなると急に手持無沙汰な空気になった。

「遅いなー。あいつ、何やってんだろ」

仁科はテーブルに肘をついて言った。

「メールしてみます?」

「んー、もうちょっと待ってみようか。与野さん、なんか甘いものでも食べる? 本当は飲みたい気分なんだけど車だしなー」

そう言いながら仁科はメニューをよこした。巨大なパフェの写真に気を取られたが、昨日の激しい生理痛を思い出し、冷やさないほうがいいんだろうなと思い直す。

「私、このワッフルにします」

「じゃあ、私はこの秋の味覚パフェっていうのにしようかな」

仁科は昨日、都の話を聞いたあとすぐ、休みを取っていた店長に電話を入れて今日の集まりを取り付けてくれた。話が話だけに休憩室でするわけにもいかず、仕事が終わってから外で話し合うことになった。店長は夕方どうしても用事があるからとあとから合流することになったのだが、八時半には来ると言っていたのにまだ現れなかった。

「与野さん、体調どう？　よくなった？」

「はい。もう大丈夫です」

なんだか自分のことを話したいような気になってきて、都は切り出した。

「ここのとこ、生理遅れてたんですよね」

仁科はやや戸惑った顔をした。

「付き合ってる人との、赤ちゃんできたのかと思って焦りました」

「そうなんだ」

彼女は目を優しそうに細めた。

「それは焦るよね。わかるよ。私は彼氏と長く同棲してるから、子供できちゃったかもって不安になったことあるよ」

「そうだったんですか。あの、こんなこと聞いたら失礼だとは思うんですけど……、長く同棲してて、結婚するっていう流れにはならないんですか？」

「んー、それこそうっかり子供でもできたら慌てて籍入れちゃうのかもしれないけど、あんまり積極的に結婚はしたくないかな。今のままで不便はないし。与野さんは結婚とかどうなの？　そのお相手と」

「うーん、ふたりともワーキングプアなんで」

「そっかー。結婚、お金かかるもんね～」

「かかりますよね～」

ふたりは乾いた声で笑った。

「与野さんの彼氏、どんな人？」

「んーと、料理が上手な人です」

「へー、料理できる男、ポイント高いね。だったら一緒に住んで、料理全般を任せて、与野さんがもっと稼げる仕事してもいいんじゃない？」

彼女はまったく自然な口調でそう言った。嫌味ではなさそうだ。

「それ、友達にも言われました」

「そう？　だって与野さんが契約社員なの、なんかもったいないじゃん」

「そうですか？」

「気配りはできるし、センスはいいし、真面目だし。それに店長経験だってあるんだよね？」

「……ありがとうございます」

「でも、いま与野さんに辞められたらうちは本当に困るんだった」

そこへワッフルとパフェが運ばれてきた。両方ともこってりと生クリームが乗っていていかにも甘そうだ。

「前に勤めてたのってどこだったの？」

都はブランドの名前を言った。

「森ガール だ！　へー、ぴったりだね」

仁科は笑った。

「高校出てバイトで入って、都内のあちこちの店舗に行きました。正社員になって、最後は青山の路面店の店長をやらせてもらって。その頃には森ガールっていうより、ただのナチュラル系になってましたけど」

「すごいじゃない。森ガールのときの写真ないの？」

興味津々で仁科が言う。都はスマホの画像フォルダを検索して彼女に見せた。

「おおーっ、妖精！　おとぎ話の女の子みたいじゃない！　まじ可愛いね！」

「奇跡の一枚ですよ～」

「これプロに撮ってもらったの？」

「そうなんですよ。二十五くらいだったかな」

もう今はない森ガールを主体としたファッション誌でカリスマ店員特集というのが組まれ、六人ほどが取材対象となった。それまで街頭でのファッションスナップで雑誌に出たことはあったが、ヘアメイクがついてスタジオで写真を撮ってもらったのは初めてで舞い上がった。

「青春の思い出ですよ」

「何言ってんの、いまだってまだ若いじゃない」

「そうですかねー」

「ナチュラル系の服、もう着ないの？」

「うーん、私、もともとこういう恰好しはじめたのって、胸が大きくて、それを隠そうと思ったからだったんですよね」

「そうなの？」

「その頃、身幅が大き目の服ってあんまり売ってなくて。たまたま見つけた森ガールの店で試着したら、すごくぴったりきたんです。胸は目立たないし、これが私の服だ！　って思えたんですよね」

「へー、いい体験だね。これが私の服だなんて思えることなかなかないよね」

「そうなんですよ。だからお金をつぎ込むことに躊躇もなかったです。今はその頃より痩せたし、胸を小さく見せるブラとかあるから、今の店の服もなんとか入るんですけど。あ、でもシャツとかはボタンが留まらないのもあります」

「そっかー、そんな悩みがあったんだね」

「それになんか似合わなくなっちゃったんですよ。きれいめの服を仕事で着てるうちに、麻の服とかしっくりこなくなっちゃって」

「まあ、年齢だけじゃなくて、状況の変化で似合う服って変わるよね」

仁科は頷く。パフェは途中で食指が動かなくなったようで、もうスプーンを投げ出していた。

「与野さん、うちで社員になるって話はなかったの？」

急に話が今の職場のことになって、都は一瞬言葉を失った。

「……うーん、店長が推薦してくれるようなことをちらっと言ってたことがあったんですけど、他の子に、うちの会社はよっぽど売り上げ出して、やる気がないと無理、みたいなこと言われちゃいました」

「そうだねー、表向きは社員登用制度があるってことになってるけど、店長やＭＤの後押しがないと難しいのが現状だよね。で、そのふたりがこの体たらくだ」

都は苦笑いしてワッフルを口に運ぶ。

「辞められたらうちが困るって言ったばっかりで矛盾してるんだけどさ、もっと社員登用が積極的なところに移るって手もあるんじゃない？」

「そうなんですよね……」

「なんか問題あるの？」

うーんと都は唸る。

「問題は私の自信のなさだと思います。実は店長やってたとき、私、ものすごくスタッフに嫌われてしまって」

「えー？」

「亀沢店長並みに人望なくて」

「まじで？　与野さんのこと嫌う人っているの？　癖はないし、場の空気も読めるし」

「それは、今は頑張ってそうしてるんです」

あらまー、と仁科は口を開けた。

「アルバイトの子たちが不満持っていること聞いて、本当にひやっとしました。私、店長のとき、スタッフにボイコットされたことがあって」

「は？」

「ゴールデンウィークの初日に、準社員とアルバイトが全員来なかったんです。社員は私ともうひとりの人しか出勤していなくて、泣きながら会社に電話して応援を頼みました」

仁科はぽかんとしたままだ。

「送られてきた商品の段ボールも開けられなくて、レジの横に積んだままです。もちろん休憩なんか行けないし、会社の経理の女の子まで駆り出されてきたり、沖縄へ行こうとしてたスタッフも呼び戻されてスーツケースにリゾートウェアのまま店に来て、ほんと針の筵《むしろ》でした」

「それは地獄だね」

「頭真っ白になりました。好かれてないことはわかってたんですけど、そこまでされるとは思ってなくて」

「なんで、そんなことになっちゃったの？」

自嘲気味に笑って都は首を傾げた。

「今思うと、とにかく私のリーダー的な素質とか覚悟がゼロだったんだと思います。下にいて、上の人にあれこれ文句を言うのは得意でも、自分がいざ人の上に立ってみると、スタッフから言われることが全然捌《さば》けなくて。会社の意向と売り場をつなぐのがへたくそで、ああしてこうしてって人に指示するのも苦手で、全部自分で抱え込んで結局パンクしました。シフト組むのも下手だったし、スタッフ同士の人間関係がこじれてるのに話を聞いてあげなかったとか、いろいろですね。店長として最悪なのに、会社の人事の人と付き合ってたりしたのも心証を悪くしたんだと思います」

「はー、そんなことがあったんだね」

「アパレルで店頭の仕事をしてたら、まず店長にならなきゃその先には行けませんよね。でもまた店長になるのが恐いっていうのが、正直なところです」

「なるほどー」

「亀沢店長の肩をもつわけじゃないんですけど、ちょっと苦しみはわかるというか」

うんうん、と仁科は頷いた。

「でもさ、また失敗するって思わないで、一回失敗したからこそ次は同じ失敗はしないって思ったらどうかな」

「……ですよね」

「そうそう」

都がこの話を人にしたのは初めてだった。

親にも親しい友人にも、貫一にも話せなかった。あのときの話をしたらたぶん泣いてしまうし、何より自分が無能で、仕事仲間にそこまで嫌われて、その結果実家に逃げ帰ったなんて心底恥ずかしかった。同性に嫌われるのはきつい。恋人に振られたことのほうが全然ましだった。都は本当のところ、母親の病気のことを渡りに船とばかりに会社を辞めたのだった。あまりにも後味が悪く、このことを思い出したくなかった。なのに、これほど平静な気分であの時のことを職場の先輩に話せる日がくるとは思わなかった。

そこで店長からラインの通知がきた。

「あ、店長、あと十分くらいで着くそうです」

仁科は大きく息を吐いた。ウェイトレスを呼びとめ、食べ残したパフェを下げてもらう。

「あーあ、それにしても亀沢はこの事態がわかってんのかなー。だいたい東馬さんとどうなんだろう。聞きにくいけど聞かないとなー」

独り言のように仁科は言った。

店長と東馬のことを、都は先日、本人から聞いていた。

やはり店長と東馬はしばらく付き合っていたそうだ。といっても、彼の都合のいいときにホテルに呼び出されるだけの関係だったらしい。

舞い上がった店長は呼ばれれば夜中でもなんでも出かけていき、夫にすぐに様子がおかしいと気づかれた。問い質されて恋人ができたことを白状してしまったそうだが、さすがに相手が同じ会社に勤務している東馬であることは言わなかった。それでもショックを受けた夫は家を出て行ってしまった。

それまでは本社勤務で土日休みの夫が、週末の子供の面倒をほとんどみてくれていた。それがなくなって、週末に店長が仕事のときは二世帯住宅に住んでいる両親に子供のことを見てもらっているが、両親も事の次第を知って激怒している。店長の夫はいま東京のウィークリーマンションから出社しているそうだ。

子供たちは、父親は出ていってしまうし、祖父母は機嫌が悪いし、何が原因でこうなったのかよくわからず不安定になっているらしい。店長もそれで困り果て、東馬に相談したが、彼は端《はな》から店長に誠意を尽くす気はなく、それよりも店の売り上げが目標に達しないことで叱られたりしたそうだ。

都はその話を聞いて、呆れもしたし不快感も覚えた。もちろん東馬が悪いのだが、あんな男に引っかかって家庭も仕事もぐだぐだにしてしまう店長が大人としてどうかとは思う。

でも清々しいほど自業自得というか、なりふり構わなさ、愚かさに少し心を打たれ、店長を嫌いになり切れなかった。

しかしさすがにこの話を都の口から仁科に伝えることはできない。本人の口から語ってもらうしかない。

仁科との会話も途切れ、このあとの話し合いも平穏に進むとは思えず、都はやや緊張して店の出入り口を見ていた。やがてガラスの扉が開いて店長が現れた。

都はすかさず手を上げる。店長はすぐ気が付いて、ふたりのほうへ向かって歩いてきた。

店長は顔を上気させており、髪も乱れていた。駐車場から走ってきたのだろうか。

「遅くなってごめんなさい」

どさりと腰を下ろした。そして息を整える。仁科は無言で腕を組み、店長を見つめていた。

「ふたりは食事した？」

店長は着ていたジャケットを脱ぐ様子もなく、そう聞いてきた。

「うん、食べたよ。亀沢さんは？」

仁科の答えに店長は首を振る。

「私はいいの。それより」

彼女は焦った様子で鞄を探った。隣の席の高校生らしき四人組が何かでどっと笑い、店長は不安げにそちらに目をやった。

「待たせた上に悪いんだけど、もうちょっと静かなところへ行かない？」

「あ、席を移りましょうか」

都は店員を呼ぶボタンに手を伸ばした。その手を店長が止める。

「ここじゃなくて、外へ行きましょう」

「なんで？　奥のほうの席に移ればよくない？」

仁科がそう言ったが、店長は既に腰を浮かせていた。

「とにかく、もう少し静かなところへ」

ホルダーに立ててあった伝票を抜くと、彼女はさっとレジの方へ行ってしまった。

都と仁科は顔を見合わせる。もともと落ち着きのない人だけれど、どことなく様子が変だった。仁科もそう感じているようで首を傾げている。

店の前でこの後の行き先を相談していると、扉を開けて店長が出てきた。ご馳走様でしたと都が頭を下げると、彼女は首を振った。

「私の車の中で話さない？」

「え？」

ふたりの返事を聞かずに店長はずんずん歩いて行ってしまった。その有無を言わさない歩調に戸惑いながらついて行く。

彼女は駐車場の隅に停めたワンボックスカーの前に立ち止まって、ドアを解錠した。店長はいつも軽自動車で通勤しているので、きっとこれは家族で出かけるときの車なのだろう。スライド式のドアを開けて、店長が乗り込んだ。三列あるシートの真ん中を回転させて向かい合わせにしている。

「散らかってて悪いんだけど、どうぞ」

家に招いたような言い方で、店長がふたりを促す。都と仁科はおずおずと車に乗った。車のある場所は店からも街灯からも遠く、小さな車内灯が点いているだけでかなり暗い。確かに密談するには最適な感じではあった。

ぬいぐるみや、運転席の後ろに引っ掛けてあるティッシュカバーや傘ホルダーなど、生活感のある小物が目を引く。ファミリーカーって動くリビングだなと都は思った。そういう点では都の車は動くワンルームだ。

「何か飲み物でも買ってきましょうか」

一旦座ったが、都は腰を浮かせてそう言った。

「与野さん、ありがとう。でもちょっと先に聞いてもらいたいことがあるの」

店長が都を制した。鞄を探って小さい銀色の物を取り出す。ＩＣレコーダーだった。

「なにこれ？」

仁科が聞く。

「仁科たちの歓迎会をやった居酒屋あったでしょ。あそこの店長の吉岡さんって人に頼んでさっき録音させてもらったの」

店長が再生ボタンを押す。暗い車内で都と仁科は顔を寄せて耳を澄ませた。


がさごそと何か動かすような音のあと、ふいに店長の声がした。

「では吉岡さんはふたりの様子をずっとご覧になっていたのですね？」

一拍おいて男性の声がした。しゃがれた声だった。

「ええ、見てました。あの男性、ひとりでカウンターに座ったときから何か違和感があったんですよ。苛々した感じで派手に貧乏ゆすりして、ぶつぶつ何か口の中で言ったりして。他のお客さんに迷惑かけたら困るから、作業しながらちらちら見てました」

「そのあと女の子が隣に来たんですか？」

「来たっていうか、後ろを通りかかった女の子を、通せんぼするみたいに止めて、座るように男のほうが言ったんです。雰囲気で、部下なのかなって思いました。ふたりは少し話し込んでいて、俺は仕事があったからずっと注意を払ってたわけじゃないんですけど、女の子はずっと難しい顔をして。うん、なんていうか、嫌がってるというか、困ってるみたいでした」

そこで彼は言葉をとめて、軽く咳ばらいをした。

「ふたりが立ち上がって、あ、やっとあの女の子、酔っ払いから解放されたって思ったんですよ。そしたら、その男が手を伸ばして、女の子の胸を摑みました」

「摑んだんですか？」

「そうです、触ったなんてものじゃなくて、ぎゅっと力を入れてひねるみたいな感じです。おい！　って声が喉まで出かかって」

三秒ほど沈黙が入った。

「今でも、なんであのとき声に出して注意しなかったのか悔やんでます。あいつ、にやにや笑って絶対頭おかしいですよ！　いや、すいません……。俺、前にも酔っ払いのお客を注意して喧嘩になったことあって、それでオーナーに叱られて大変だったんですよ。俺、小さいガキがいるし、いま仕事なくすのは困るんで。そんなことがあったから、つい飲み込んじゃって」

その人の声が感情的になってくる。

「女の子、店を飛び出てって、男の方は平気な顔で個室にぶらぶら戻って行きました。ほんと俺、後悔してるんです。俺にも娘がいるから、ほんとああいう奴はぶっ殺してやりたいですよ。酒の上でのこういうことって、前はまあそういうこともあるよなってただ思ってたんですけど、最近痛感するのは、人間って酔っ払うと本性が出るんですよ。酒が悪いんじゃなくて、酒がそいつがもともと持ってる資質を暴くんです。そいつ他にも悪さしてるんでしょ？　俺、いくらでも協力しますよ。会社行って証言したっていいです」

そこで店長が再生を止めた。レコーダーの電源の小さな光が消えると、車内はしばらく静寂に包まれた。

「亀沢さん、これ今日録《と》ってきたの？」

仁科が驚いた様子で口を開いた。都は予想もしていなかったことに頭がついていかず、ぽかんとしていた。

「そう、さっき頼んで話してもらった。私の証言だけじゃ、会社が信用してくれないかもしれないって思って。東馬のやったこと、会社に報告しましょう」

店長はそう答えてから、都のほうに体を向けた。

「与野さん。あの時、私だって見てたのに、何もできなくて本当にごめんなさい。このことの他にも、いろいろと迷惑をかけて申し訳なかったです。セクハラを報告して、なるべく早くＭＤを他の人に代えてもらいましょう」

店長は深く頭を下げた。都は、やがて目の奥に熱いものがじわりと湧き出すのを感じた。やっとわかってもらえた。都は慌ててハンカチで溢れてきたものを拭う。仁科は励ますように都の背中に触れて頷いた。

「うん、よく録ってきてくれたよ。亀沢さん、ありがとう」

仁科が言う。

「でもこれですべて解決ってわけじゃないからね」

念を押すようにそう言う仁科に、店長は「わかってる」と頷いた。

「スタッフがみんな不満を持ってることはわかってたし、信用を回復するのは大変なことだって思ってる」

「売れ残った服を買うようにバイトの人に言ったそうだけど、それ、大問題だよ」

「わかってる」

「本当にわかってる?」

暗い車内に緊迫した空気が流れはじめる。仁科が昔から店長をよく思っていないことを聞いていたので、口を挟んでいいかどうか都は迷った。

「とにかく、早いうちにアルバイトの子たちには直接謝るから」

「そうしてよ。私のほうからもみんなに説明するから。あと、プライベートなことだと思って今まで聞かなかったけど、東馬さんとはどうなの?」

店長は唇を噛んでうつむき、ややあって髪を振って顔を上げた。

「……付き合ってたけど、もう駄目だと思う。ていうか最初から駄目なんだけど」

「別れたの?」

「別れたとかじゃなくて、私が離婚して一緒になりたいようなことを匂わせたら冗談じゃないって感じで、相手にされなくなった」

「旦那さんは知ってるの?」

「うちの夫、相手は誰だかわかってないけど、出て行ったきりでほとんど連絡も取れないの。私が出勤してるときに子供に会いにこっそり来てるみたい。このままだと本当に離婚になる可能性もあると思う。もともと夫婦仲があんまりよくなかったから、私、東馬みたいなのに引っかかっちゃったわけだし」

店長は膝の上で両手を握り、自分に言い聞かせるように話した。

「本来、店がこんなふうになっちゃったら相談したり頼りにするのはMDなのに、それが東馬なわけだから、私は本当に愚かだったと思う」

店長は続ける。

「離婚ということになったら、旦那は子煩悩だからもしかしたら親権を争うことになるかもしれない。私の両親と二世帯住宅に住んでるからこっちが有利だとは思うんだけど、あっちの親もまあまあお金のある家だし、悪いのは私だからどうなるかわからない。でも子供は絶対渡したくないの。だから私、いま仕事を追われるわけにはいかないのよ」

黙って聞いていた仁科は、「なんかさあ」と呟いた。

「亀沢さん、結局自分のことばっかじゃない？　与野さんは何も悪いことしてないのに、セクハラを受けた子って目で見られるリスクを背負うんだよ。与野さんは何も悪くない。でも世の中には、問題起こすほうにも何か原因があったんだろうって思ういやな人間はたくさんいる。与野さんばかりがリスクを負って、亀沢さんはどうなの？　バイトの子たちに売れ残った服を買うように指示したのは東馬さんにそう言われたからなんじゃないの？　東馬さんと付き合ったことで、土日の忙しいときに休んだり、いろいろスタッフに迷惑かけたってことは会社に報告しないわけ？　自分の旦那に知られたくないから？　それ自分勝手な保身じゃないの？」

店長は「それは」と言いかけたが、そのあと言葉を失ったように下を向いた。

「仁科さん、それはまあいいですよ。店長の旦那さんの耳に入ったら、穏便に済むかもしれないことも済まなくなるし」

都は思わず言う。

「いや、これは与野さんだけの問題じゃない。亀沢さんはちゃんと全部会社に報告すべきだと私は思う。なかったことにするのは違うんじゃない？」

都は店長の横顔をそっと見る。彼女は目を伏せたままゆっくりと頷いた。


今日のところは解散ということになり、店長と仁科が帰っていったあと、都はそのままファミレスの駐車場に停めた車の中にいた。

膠着していた物事が急に動きはじめて、体の疲れはあっても、興奮しているのか頭が冴えてしまっていた。

このまままっすぐ家に帰りたくない、と都は思った。貫一に連絡を取ろうかとスマホを取り出したが、ラインの画面を開くと、それはなんだか違うという気持ちになった。今夜はひとりでもう少し考え事がしたかった。できれば少し飲みたい気分だ。

しかし、田舎に戻ってきてからひとりで飲みに行ったことなどない。やっぱりスタバでお茶くらいがせいぜいかと思ったときに、店長が今日、証言を録音してきてくれた店のことが思い浮かんだ。あの店は駅の近くだし、カウンターも長かった。車も駅の駐車場に置いておけば明日仕事帰りに取りにいける。広い店だからかえって気楽でいいかもしれない。確か結構深夜までやっているはずだ。東馬のことがあって二度と行きたくないと思っていたが、証言してくれた男の人がいたらお礼を言おう。そう決めて都は車を走らせ店へ向かった。

やや緊張してのれんを割ると、いらっしゃいとすぐ声をかけられた。ひとりだと言うとカウンターに案内された。

長いカウンターには真ん中あたりに熟年夫婦らしき二人連れがいるだけだ。案内されたのはL字に折れたカウンターの短いほうの端で、座ってみると妙に落ち着けた。

おしぼりを持ってきてくれた女の子にレモンサワーと、黒板に書いてあった今日のおすすめを上から二品頼んだ。さっきハンバーグ定食とワッフルも食べたのに、びっくりしてエネルギーを使ったからかもう空腹を感じていた。

カウンターの中で何か盛り付けている顔も体も丸い男性は、東馬といたときに目の前にいた人ではないようだ。サワーとお通しをその男性がカウンターの中から都へ渡しにきた。まだ若そうな店員だがにこっと笑って愛想がいい。なので、「あの、店長さんは？」と聞いてみた。

「吉岡っすか？　今日は休みを取ってるんですよ」

「あ、そうですか」

「何か用事でしたか？　電話しましょうか」

勢いよく聞かれて都は慌てて首を振る。

「いえ、用事とかじゃないんです。ちょっとご挨拶したかっただけで。また来ますから」

ふうと都は息を吐き、サワーに口をつけた。缶のものより炭酸もレモンも強くてきりっとしていた。

都は頬杖をついてあたりを眺める。店内はほどよくざわついていて、照明も明るすぎず暗すぎずちょうどいい。久しぶりにひとりの落ち着いた時間に浸ることができたような気がした。

お通しを口に入れながら、都は物思いにふけった。

親のことも貫一のことも仕事のことも、これからいろいろ大変になるのだろう。特に仕事は、これからセクハラのことで会社から調査を受けたりするだろうし、嫌なこともあるだろう。今の店に見切りをつけて転職する可能性だって出てくるかもしれない。けれど、いまは落ち着いた気持ちだった。

私はこれからどうなるのだろう。どうしていくというよりは、どんな成り行きに流されるんだろうと都はぼんやり思った。

すぐそこの四人がけのテーブルにいた客たちが帰ろうと立ち上がり、上着を羽織るのを見るともなく見た。お洒落な若い女の子と小綺麗な男子がふたりで、モールの従業員かもしれない。よその店の人と仲良くなる機会もないので、何年勤めても知り合いは増えない。

眺めていたら男の子のひとりと目があった。すると彼が「あ」と声を出した。

丸い眼鏡を見て、都も「あ」と声を出した。去年台風の夜に車のエンジンをかけてくれた、貫一と同級生だと言っていた人だ。

「前に駐車場で話した人だよね。あの、貫一の」

「あ、はい。その節はありがとうございました」

慌てて都は頭を下げる。丸眼鏡は人懐っこく笑った。あのときの印象通りチャラそうな人だ。

「ひとりで飲んでるの？」

「ええ、ちょっと」

彼は店を出ていく仲間に声をかけられ、「知り合いがいたから話してくわ」と返答した。

「カンちゃん、元気？」

「元気ですよ」

「ていうか、モールの回転寿司なくなっちゃったよね。いま、あいつどうしてるの？」

「ええと、なんか次の店が決まったみたいで」

「寿司？」

「立ち食い寿司だそうです」

「へー、立ち食い寿司」

丸眼鏡は立ったままにこにこ笑っている。酔っ払っているのだろうか。でも口調はしっかりしていてそういうふうには見えなかった。

「一緒にいたの、ブルーシップの方ですか？」

「そう。あれ、ぼく、店の名前言ったっけ」

「去年言ってましたよ。そういえばうちから中井杏奈って子がそちらに移ったんですけど」

「あー、杏奈ちゃん。そういえばトリュフさんから移ってきたって言ってたっけ。でもあの子、もう辞めちゃったよ」

「え？」

「半年もいなかったなー」

「ええっ？」

「ああいう、辞め癖がついちゃう子っているんだよね。いま、スポーツ用品店にいる」

「モールのですか？」

「そう」

「すごいですね、感心します」

「感心するよなー」

ふたりで笑う。彼はいつまでも立ったままで、隣に座り込もうという様子は見せなかった。案外ちゃんとした人なのかもしれない。そう思ってつい「えっと、よかったら座ります？」と都は言ってしまった。

彼は腕時計を見て、「じゃあ電車の時間まで二十分くらいあるからちょっとだけ」と言って、都の隣の椅子を動かし、腰を下ろした。彼の左腕が都の右腕に当たる。腕がぴたっと触れるほど接近して座られて、都はぎょっとした。都の左側は壁で、逃げ場を塞がれたような感じさえする。壁際へと体を寄せ、彼から極力離れるようにして「車じゃないんですか？」と聞いた。

「そうなんだよ。今日、弟に貸しちゃって」

さっきの店員が近づいてきて彼に「何か飲まれますか？」と聞いた。彼はにっこりして「コーラください」と言った。

「あ、僕、下戸なんだ。さっき久しぶりにちょっとだけビール飲んじゃって、なんか頭痛くなってきちゃって」と頭を掻く。

悪びれていない様子だし、酔っ払ってるわけでもない。ということは、この人は単に人との距離感がちょっと変なのかもしれないと都は思った。十五分ほどで彼が腰を上げてくれるというのが救いだった。

「カンちゃんと付き合ってるの？」

「ええと、うん、まあそうです」

「へ〜」

出されたコーラを彼は飲んだ。

「どっちから付き合おうって言い出したわけ？」

「どっちからってこともないですけど」

「ふーん。楽しい？」

「ええ、まあ」

「結婚とかするの？」

この人やっぱり気持ち悪い、と都は思った。なんで隣に座らせてしまったのだろうと後悔する。まわりのことがよく見えるようになったと思っていたのは錯覚だったのかもしれない。

「そんなこと、あなたに教えなくちゃいけませんか？」

都が強めに言うと、彼は「お」と言って笑った。

「ただの世間話でしょ。まあでも、貫一との結婚なんて、そりゃ考えられないよね～」

「もうちょっと離れてくださいよ」

「あ、悪い悪い。いつまでもあんなのと付き合っててもいいことないよ」

「なんでですか？」

「だって中卒だろー」

貫一の学歴については、都とて正直気になっていることではあった。でも人に言われるとカチンとくる。

「そんなことが引っかかってるわけじゃないですよ。彼、私なんかより頭いいし」

「頭いいかー？」

「本だっていっぱい読んでるし」

「僕が女だったら、あんなドキュンはやだけどね。頭の良しあしって成績じゃないだろう。人間として間抜けだから高校も行けなかったんだ」

この人何を言ってるんだろうと都は思った。

「何にも考えてないからまわりに流されるんだよ。目先のことしか見えないんだ。知能が低いっていうか、だらしないっていうか」

「さっきから何を言いたいんですか？」

丸眼鏡は都をじっと見た。眼鏡の中の黒目が何も見ていないようでにわかにぞっとした。

「なんで高校行かなかったか、あいつに聞いた?」

「え、割烹に就職したからでしょ。お父さんの店を将来継ぐためにって言ってましたけど」

「それはまあ、そういうことにはなってるだろうけど、本当は普通に高校受けることになってたんだよ。高校受験の前日に補導されて、受験できなかったんだ」

「補導?」

「ヤンキー仲間が強姦事件起こしてさ。貫一は見張り役だったんだって。何も知らなかったらしくてお咎《とが》めはなかったみたいだけど、本人は後味悪かっただろうな」

ふっと都は笑った。この人は自分を傷つけようと嘘を言っているのだ。

「そんな馬鹿みたいな話、信じるわけない」

「そうだね、ただの噂だから。どこまで本当か俺だって知らないし」

彼は妙に楽しそうに笑った。

「でもあいつ悪かったのはほんとだよ。俺だって何度か殴られたりカツアゲされたことある。田舎のヤンキーは野蛮だよー。君だって地元の人ならそういうこと知ってるんじゃないの? 君のことだって、さんざん僕に巨乳の女がいてやりてえやりてえって言ってたんだよ。ほんとにやれるなんてさすがカンちゃんだなー。嘘だって思うなら思っていいよ。男はだいたい君の顔より胸見てる。ね、自覚あるんじゃない? まさかそれをモテてるとか思ってる?」

都は目を見開いた。何か言い返さなければと思うのだが、言葉が出てこない。丸眼鏡は笑ったまま席を立った。財布から五百円玉を出して都の前に置く。

彼の飲み残したコーラを都は見つめた。

目に映るものが色を失くしていった。

東馬から受けたセクハラと同じくらい暴力を振るわれた気がした。


その後職場では、店長と仁科はすぐに東馬の件を会社に報告するべく動き、アルバイトの女の子たちにもそれぞれ面談して謝罪をした。

だが、彼女たちの不信感は想像していたよりずっと深く、結局ショップのスタッフは半分ほどが一斉に辞めることになってしまった。

十月最後の土曜日、遅番の都がアラームで目を覚まし、でもまだ眠くてベッドの中で丸まっていた時に電話が鳴った。出ると仁科の堅い声が聞こえた。早朝にアルバイトの子から店長へメールがきて、昨夜アルバイト全員で集まって相談し、皆もう出勤しないと宣言されたそうだ。

シャワーも浴びず、都は急いで身支度して店へ向かった。

週末は商品も大量に届く。本来は休みなのに呼び出されたスタッフと、大急ぎで段ボールを開けて開店の準備をした。

ボイコット同然で辞めてしまったのはアルバイトだけではなくて、人材派遣会社に登録して働いていた数人のスタッフもだった。派遣会社から「店長から商品を買うように強要された」と本社へ正式にクレームがきたそうだ。

店長も言っていたが、こういう非常事態にいち早く動き、会社とショップの橋渡しをして態勢を立て直すのがＭＤの大事な仕事である。都が前の店でスタッフたちにボイコットされたときも、呆然とする都に代わってＭＤがほとんどの事後処理を引き受けてくれた。しかし今回、問題の大もとはそのＭＤである。

東馬はぴたりとショップに現れなくなり、代わりのMDが来ているが、代役の人はその週の売り場作りで手一杯で、それ以上のことはできない。店長は毎日のように本社に呼び出されてなかなか売り場に来られないし、翌日に何人店頭に立てるのかもわからないような状態が続いた。

本社の人が代わる代わる応援には来るが、接客のことなど何も知らない総務の女の子が来たりして、大した戦力にはならない。せっかくの週末に、人手が足りなくて来店客を怒らせてしまったり、商品を畳む時間もなく棚は乱れたままで売り場はめちゃくちゃだった。開店前から閉店後まで山のような作業があって、立ちっぱなしで足がむくみ、体重があっというまに二キロ落ちた。予定していた貫一との一泊旅行は、当然行けなくなった。

「与野さんってすごいね」

お客が途切れた隙に、狭いバックヤードで商品のビニール袋を黙々と剝がしていると、急に後ろからそんなふうに言われた。振り向くと仁科が立っていた。いつも元気な彼女も、連日の長時間勤務でさすがに目の下に隈《くま》ができている。

「え？　何がですか？」

「いや、みんな不安で不機嫌なのに、与野さん淡々としてて」

「そんなことないですよ」

笑って答えると、仁科は壁に寄り掛かり息を吐いた。

「ほら、そうやってニコニコして。みんなピリピリしてるのに、与野さんだけだよ、お客さんにもスタッフにも笑顔で接してるの。今回ほんとに私、与野さんのこと見直した。辛抱強いし心が広いよ。やってられるかっ！　って一番なってもいいのが与野さんなのに」

都は顔にかかった髪を耳にかけ、首を傾げた。

「ほら私、一回ボイコットやられてますから。二度目だからそんなに驚いてないだけです」

仁科は手を伸ばして、都からビニールを剝がした商品を受け取った。

「ここは私がやるから休憩してきて。朝から立ちっぱなしで何も食べてないんでしょ」

「……はい。じゃあお願いします」

財布の入ったポーチを持って都はショップを出た。従業員用の通路に出ると、もう日が傾きかけていた。いつの間にか驚くほど日が短くなっている。

あまりに忙しいと空腹も感じないのだが、少しは何か食べておかないと夜になって胃がきりきりする。最近は弁当作りどころかコンビニで昼食を調達してくる時間もなく、都は休憩室の自動販売機の前に立った。前に貫一が買って食べていた、たこ焼きのボタンを押す。

窓に面した席に座って、機械的にたこ焼きを口に入れた。初めて食べたときはソースの味が濃いと思ったのに、なんだか味がしない。半分ほど食べて嫌になりテーブルの脇に押しやる。

憂鬱だった。来週は都心の本社に行かなければならない。東馬のセクハラについて聞き取り調査をされるのだ。

東馬は役員にも可愛がられていて出世頭だと聞いている。自分のような契約社員が面倒なことを起こしたと、人事の人に思われるかもしれない。こんな憂鬱な気分になるのなら、訴えなければよかったという気にすらなってしまう。

先程、仁科に心が広いと言われたことを思い出して、都は苦く笑った。彼女が皮肉で言ったわけではないのはわかっていたが、いつもと変わらないように見えるのだとしたら、それは辛抱強いのではなく「どうでもいい、私には関係ない」と内心思っているからだった。

こんな事態にならないように、アルバイトの子をできる限りフォローしたつもりだった。だからがっくりはきていたのだが、どこか鼻で笑ってしまうような冷めた気持ちも正直あった。

スタッフが半分辞めてしまったところで都には特に責任はない。契約社員の身分では昇給もほとんどない代わりに減給もない。店だって、個人経営の小さなブティックではなく大手アパレルが展開しているのだから、都があれこれ心配しなくても、やがて人が配置されて通常の状態に戻るだろう。

そんな愛着の持ちようもない会社に、上司のセクハラを訴えたところでどうなるというのだろう。

自分も近いうちに辞めてもいいとは思っている。だが以前の職場で店長時代にこういうボイコットにあっているので、さすがに今は逃げようとは思わない。それに目先のことで慌ただしくして、頭をからっぽにできることが今の都には救いでもあった。あの夜、丸眼鏡に言われたことを、忙しくしている間は考えないで済んだ。

だがこうして休憩時間などに、あの夜のことがぽかっと浮かび、胸が塞いだ。

丸眼鏡が言ったことをすべて真に受けたわけではなかった。むしろ数日は、悪意をぶつけられたことへの反発で怒りが収まらなかった。しかし時間がたつにつれて彼の言ったことがいやな感じにじわじわと気持ちを押しつぶしてきた。

貫一が中学生の頃、都が想像しているより悪かったのは本当なのかもしれない。でもそれはもう過去のことだ。過去を塗り替えることはできないし、どうしようもない。

そのことよりも、都の体のことを男性がどう思っているか、あれほどズバリと言われたことが都には衝撃だった。汚いものを投げつけられたようで、怒る気持ちと同時に心が折れそうだった。

異性が自分の顔より胸を見ている、ということは、うすうす思っていたことではある。

十代から二十代にかけて、森ガールと呼ばれる衣を纏《まと》っていたのは、そういう服が持つ世界観が好きだったという理由が一番ではあるが、同時にセクシーとは対極にある服だったからだ。はっきりと自覚的に思っていたわけではないが、なるべく性の対象に見られたくないという気持ちがあった。前の恋人は、都のそういうところを好んでいてくれたので、うまくいったのだと思う。三十代になって、若い女が醸し出す生々しさが薄れてきたと自分でも感じたし、世の中にはそんな男ばかりではないこともわかってきて、体の線が出る服を着ても大丈夫な気になっていた。

自分ではそう思っていたけれど、貫一はどうだったのだろう。

一番最初は、寿司屋で都がクレームをつけた。そのときムカつく女だと思っただろう。そしてそのあとは？　都はテーブルに肘をついて、貫一と親しくなっていった過程を回想する。

ブラジャーが透けてエロかったとか、突然自宅に来たときもやりたいとか言っていたが、彼の照れが言わせている冗談だと解釈していた。だが、もしかしたら、自分はいつでもやれる胸の大きい女くらいにしか思われていなかったのではないか。自分は貫一のことを、都合のいいように補正をかけていたのかもしれない。様々な違和感から目をそらしたくて、希望的観測で彼を見ていたのかもしれない。

都はひとりで首を振った。

いや、そんなはずはない。

貫一はいつだって優しかったではないか。都のことを、ただやれるだけの女みたいな扱いをしたことはなかった。ただやりたいだけの男が、何度も夕飯を作ってくれたり、十万円もするネックレスを買ってくれたりするわけがない。

そうやって打ち消そうとすると、東馬が薄笑いで自分の胸をひねり上げたあの時のことが頭を過る。

ぞっとして鳥肌がたった。

貫一が自分に欲情したとして、それを嬉しいと思うか、汚いと思うかは、こちらの気持ち次第だ。東馬の欲情も貫一の欲情も、それほどの違いはない。

そして自分の中にも、もちろん欲情はある。

自分は拘《こだわ》りすぎだろうか。

貫一に対して狭量すぎるだろうか。

前にそよかから、お洒落な人は狭量だと言われたことを思い出した。

お洒落とは人との差異だから、それはそうだと思った。そういえば前の恋人は物凄いグルメで、だから狭量だった。入った店で味のよくない料理を出されると別人のように口汚く罵った。

何かに拘れば拘るほど、人は心が狭くなっていく。

幸せに拘れば拘るほど、人は寛容さを失くしていく。

自問自答を続けることに疲れ、都は息を吐いた。もう考えたくなくて、まだ早いが仕事に戻ることにした。

リップを塗りなおそうとポーチから小さい鏡を取り出す。それを覗き込んで、左頰にできたニキビが赤く膿んでいることに気がつき顔をしかめた。結構目立つ。おでこにもぽつぽつと吹き出物が出ていた。忙しいから仕方がないが、なんだか薄汚い。

最近寝不足だし、ろくなものを食べていない。将来的な幸せがどうこうよりも、好きなだけ眠ってゆっくり風呂に浸かり、スキンケアをちゃんとして、新しい服を買ってお洒落したい。そうしみじみ思った。

どうせ今日も遅くまで帰れないのだから、夕飯用にモールの中にあるカフェでサラダでも買っておこうと立ち上がった。

モールの中をカフェに向かって歩いていくと、作業着姿の人たちが脚立をたてイルミネーションの準備をしていた。十一月になると、年末まであっという間だ。何も決められないまま時間だけがどんどん過ぎてゆくようで気持ちが焦る。通路の先には、西日に照らされた牛久大仏が見えた。相変わらず素知らぬ顔で町を見下ろしている。

大仏をぼうっと見ながら歩いていると、前を横切って行った家族連れの向こうから、ひとりで歩いて来る男性に気がついた。

背が高く、遠目にもスタイルがいいことがわかる。深緑のスウェードのジャケットを着ている。都はびくりと足を止めた。東馬だ。

とっさに踵を返そうとしたが、どうして自分が隠れなくちゃならないのだろうと思い直し、そのまままっすぐ歩を進めた。

どんどん東馬との距離が縮まってくるが、彼はまだ都に気が付いていない。

彼は片手にバッグを、もう片方の手はパンツのポケットに入れてぶらぶら歩いてくる。これ見よがしのお洒落ではないが、全体のシルエットや絶妙な袖丈とパンツ丈、素材と色味、靴やバッグまで拘っている身繕いだ。自分の体型やムードに似合うものをよく知っている。

あれほど隙なくお洒落だということは、彼は人の服装にも目を光らせているのだろう。そう思うと背筋が寒くなった。

東馬は少しやつれているように見えた。頬に影が落ち、無精ひげも見える。その気だるいムードがさらに彼を魅力的に見せていた。他人の気持ちがわからない人なのに、外見だけは優れている。何のために人は着飾るのかと都は混乱した。

やがて東馬と目があった。彼も都に気がつき、かすかに唇をゆがめた。笑ったようにも舌打ちしたようにも見えた。

都が彼のセクハラを会社に報告したことは、もう彼の耳に入っているだろう。

何か言ってくるだろうか。鼓動がだんだん早くなる。

東馬の視線が、都の顔から足元へと動く。きっと都の体とその上に纏った服を値踏みしているに違いない。

もうそんなに若くない胸の大きい女が、安っぽい服を着ている。肌荒れしているし髪も痛んでいて垢抜けない。そんなふうに思っているかもしれない。

視線を伏せて走り出したい気持ちを堪えた。目をそらしたら、彼の侮辱を認めることになりそうで、じっと彼の顔を見据えながら足を進める。

東馬も目をそらさない。目元をゆるめて、うっすら笑っているようにも見える。

ふたりの距離が縮まって、近すぎる距離で見つめ合い、そしてすれ違う。

「お疲れ様です」

東馬は都の耳元で小さく、からかうようにそう言った。都は足を止めて彼の顔を見た。

そのままスピードを落とさず、東馬はどんどん歩いてゆく。

石畳を蹴って彼に突進し、助走をつけて彼の腰のあたりに思い切り回し蹴りを食らわせる、という妄想が頭の中に爆発した。

実際は何もできない。東馬は足を緩める気配すらない。都のことなど小うるさい虫くらいにしか感じていないのかもしれない。

悔しい。

屈辱で体中の血が沸騰するようだ。

何か武術を習っておけばよかった。高校生のとき、卓球部なんかではなく空手部か柔道部に入ればよかった。そうしたら今、あの男に蹴りを入れることくらいはできたのに。

都はそこに立ちすくんだ。彼は一度も振り向かず、モールを楽し気に歩いている客たちの向こうへ消えて、見えなくなった。

立ち止まっている都を、年配の女性が不思議そうに見ていき、我に返った。

行かなくちゃと顔を上げると、牛久大仏が目に入った。

その柔らかい曲線とふわりと挙げられた右手を見たとたん「違う」と都は思った。暴力に暴力を返して何になるのか。自分にできることがあるとすれば、東馬にされたことを臆さず訴えることだ。ＭＤが店を混乱させたと報告することだ。

都はゆっくりとモールを歩き出した。小さかった歩幅はやがて大きくなり、靴のかかとを鳴らして都は歩いた。


数日後、久しぶりに休みが取れ、寝ぼけ眼で二階のリビングに上がっていくと、母に話があるからそこに座ってと言われた。

「話？　何？」

「いいから座って。コーヒーでも飲む？」

「……うん。ありがと」

パジャマのまま都は食卓の椅子に座る。母が湯を沸かし、ドリッパーを使ってコーヒーを淹れるのを眺めた。

「コーヒーメーカー、どうしたの？」

「捨てたわ。こうやって手で淹れるほうが場所取らないし」

母の言い方に都は違和感を覚えた。気の早い終活だろうかと訝《いぶか》しむ。

「へえ……最近、体調どうなの？」

「最近は悪くないわね。都はどうなの？　忙しいのは少しはましになったの？」

「ならない。このまま年が明けるまでバタバタだと思う」

「大変ねえ」

都は大あくびをして、髪をかき上げた。何かにつけ、これで親まで倒れたらとてもひとりでは抱えきれないので、元気でいてくれるのなら助かる。

マグカップをふたつ持って、母が正面に座った。背筋を伸ばして「さてと」と呟く。

「なによ、改まって。え、まさかパパのこと？　また具合悪いとか言わないでよね」

「違うわよ。実はね、この家を売って引っ越すことになったの」

「は？」

「来年早々には引っ越すことになったから。次の家はたぶん２ＤＫくらいで都の部屋はないから、あなたもどこか部屋を借りてね」

カップを持ったまま都は母の顔をまじまじ見た。

「この家を売るって言った？」

「そうよ。いま言ったでしょ」

母は澄ましてコーヒーをすすっている。その顔は大仏みたいに、我関せずという顔だった。

何を言われているのかまったくわからず、都はぽかんと口を開けた。

「はあ？」

「なんでって、ローンも厳しいし。夫婦ふたりならこんな立派な家、要らないかなって」

「な、なんで？」

「パパと話し合って決めたの。今なら結構いい値段で売れるから」

「なんで？」

9

桃枝が「この家を売ることにした」と告げると、娘はまったく呑み込めない様子で「なんで、なんで」と繰り返した。

「どうして相談してくれなかったのよ」

「だって都、忙しくて全然家にいなかったじゃない。話しかけても生返事だし」

「それはそうかもだけど、ちゃんと言ってくれれば話くらい聞いたよ！」

テーブルに身を乗り出すようにして都は声を荒らげた。相当ショックを受けているようだ。

「都は反対？　この家に住んでいたい？」

桃枝が問うと娘は絶句した。

「まあ、こんなこと急に言われたら驚くのは当然だわね。悪かったわ」

「驚くよ！　もう決めたことなの？」

「売るのは決めたけど、引っ越し先はまだいくつか内見しただけ。都が一緒に暮らしたいっていうなら、広いところにするけど？」

娘は再び言葉を失ってテーブルに突っ伏した。そのままくぐもった声で聞いてくる。

「どうしてそういうことになったの？　マンションでも買うの？」

「ううん、賃貸にするの」

がばりと娘は顔を上げる。

「え？　どうして？　年とって賃貸ってつらくないの？　むしろ逆なんじゃないの？　年取ったら持ち家のほうが安心なんじゃないの？」

「そこよ」

桃枝はにっこりした。笑った母親を娘は口を開けて見ている。

「私もずっとそう思ってたのよ。何かあっても住む家さえあれば何とかなるって」

「そうでしょ。それに、ママがこの家を気に入って住みたいって言ったんでしょ」

「そうなの。その時はそう思ったし、立派な一軒家に住めて嬉しかったんだけど、だんだん違ってきたのよ」

娘は怪訝な顔をしている。

「パパもそう言って最初は取り合ってくれなかった。でも毎日しつこく話をしてたらだんだん聞いてくれるようになって。話し合っていくうちにパパもアイディアを出してくれて、まだ体力があるうちに新しい生活を始めようかってことになったの」

娘は顔を曇らせて言った。

「この家じゃそれができないの？　そんなにローンって厳しいの？　私、もうちょっとお金を入れたほうがいい？」

「そういうことじゃないのよ。うーん、どこから話したらいいかわからないんだけど」

「うん」

「パパもママも病気をしたから、年をとっていくことがリアルになってきたっていうか……。これからもっと年をとって、たとえばだけど、足が悪くなったとしたら、うちみたいな急な階段はつらいじゃない。リビングに上がることもできなくなるかもしれない」

「あー、なるほど」

都は頷いた。

「だったら、ここを売ったお金でバリアフリーのマンションでも買えば？」

「……まあそうね。そういう気になったらそうするかも」

「はー、びっくりした、それで断捨離してたのか～」

都は頭をくしゃくしゃ掻いて、少しほっとしたのか腕をあげて伸びをした。昼前のリビングには日差しが斜めに差し込んでいる。パジャマ姿の娘が寛ぐこの長閑な光景が、近いうちにもうなくなってしまう。自分で決めたことなのに、そのことが切なく胸に迫ってくる。

それにしても、これだけの説明で娘は納得したようだった。この結論に至るまで、桃枝はこんなにものを考えたことはないというくらい考え、結婚以来こんなに夫と話したことはないというくらい意見を交わし、やっと出した結論なのに、簡単に納得されてしまって拍子抜けした。

「というわけだから、都もどうするか考えてね」

「……うん」

「貫一君と結婚するような話にはなってないの？」

都は唇を尖らせたままだ。どうやら結婚の話は具体的には進んでいない様子だ。

「ていうか、ママたちは大丈夫なの？」

「何が？」

「だって」

都は口ごもる。

「私はママの具合が悪くなって、パパにも頼まれて、ふたりを助けるために実家に帰ってきたんだから。いなくなっていいわけ？」

戸惑う表情で娘はそう言った。

「そうだったわね。そのこともパパと話したの。娘を介護要員としてあてにしていいのかって」

「え？」

「あなたがひとりっ子でなければ少しは違ったのかもしれない。でもそれはもう仕方ないわよね。ママもパパも病気をして、都がいてくれるありがたみを知ったけど、でも考えてみれば、都はひとりで父親と母親のふたりを背負わないとならないんだなって気が付いて。もちろん何かあったときにいてくれるのは支えにはなるんだけど、あなたの重圧に気が付いてなかった。パパは子供なんだから親の面倒をみるのは当たり前って思ってたみたいだけど、親の面倒をみることで、仕事や結婚で何か諦めることがあったら私はよくないと思ったの」

都は桃枝の台詞を聞いて目を丸くした。

「たとえば病院の送り迎えだって、いつも都に頼むんじゃなくて、お金を払って頼むサービスもある。病状が悪くなって介護保険が使えるようなことになれば安く頼めるし。介護保険が使えるのって高齢者だけじゃないって、そういうことも私は今まで知らなかった。そう考えていくうちに、そうだ、大きい病院の近くに住むって手もあるわねって思ったりしたの」

「……でも」

「もう子育ては終わったんだって、子供の手を離そうってパパに言ったの。なるべくパパとふたりでやってみようと思う。東京で一人暮らししてたのに、帰ってこさせてごめんね。ありがとうね」

都はしばらく黙り込んだ。冷めたコーヒーが入ったマグカップをいじって何やら考え込んでいる。

「話はだいたいわかったけど……。それなら私が誰と結婚しようと勝手にしていいってこと？　私、いざとなっても帰ってこないかもしれないよ。もし私が外国で暮らしたいって言ったらそれでもいいってこと？」

唐突に都はそんなことを言いだした。

「外国？　行きたいの？」

「たとえばの話だよ」

「そうねえ」

親が反対したらこの子は何でも諦める気なのだろうか、と桃枝はふと恐いような気になった。

「都はやりたいこととかあるの？」

「え？　やりたいこと？」

「こういう仕事がしたいとか、貫一君と絶対結婚したいとか、子供は産みたいとか産みたくないとか、いい家に住みたいとか、遠くに行っちゃいたいとか、逆にずっと地元にいたいとか」

都はしばらく考え、小さく息を吐いた。

「……それがあれば、話は簡単なのかもしれない。欲望が強い人が羨ましいな。私はあんまりそういうのがなくて」

「それもいいことなんじゃない？　過剰じゃないってことはバランスが取れてるんだし」

「そうかなー」

娘は弱々しく呟く。

「私、森ガールのとき幸せだったな」

「え？」

「欲しい服が山ほどあって、お給料つぎ込んで次々と買って、お金がもったいないとか、将来が不安だとかまったく思わなかった」

「今は森ガールじゃないの？」

からかい半分で笑って聞くと、娘は泣きそうな顔で頷いた。

「いまはもう、森ガールじゃない」


十一月、時子と一緒に桃枝は筑波山に来ていた。

先日、電話をして時子にも家を売って引っ越すことを伝えた。

彼女はとても驚き、引っ越し作業で忙しくなる前にどこかに遊びに行きましょうよ、そうだ、ちょうど山が紅葉している頃だと思うから筑波山でも行かない？　と、相変わらず出し抜けな感じで誘ってきた。

そう遠くに越すつもりはなかったが、誘われなければ筑波山などもう行くこともないかもしれないと思って桃枝は承諾した。

まず山頂駅から女体山のほうへ向かうことにした。十五分くらいだと時子が言う。斜面に丸太を並べた山道の階段を、頭上の赤や黄色に染まった梢を眺めながらゆっくり歩いた。日差しは強いが空気はひんやりして気持ちがいい。秋の山はどこか甘い不思議な匂いがした。

前を歩く時子は足取りがしっかりしていて、装備も本格的である。

「時子さん、山登りってするの？」

桃枝が聞くと、彼女は肩をすくめた。

「山登りってほどじゃないけど、知り合いがやってるハイキングサークルに入ってるから時々ね。疲れるから低い山しか登らないけど」

「ハイキングサークル……」

「流行ってるじゃない、山ガール。私たちは山おばさんだけど」

だんだん息が切れてきて、足元だけに集中して坂を上ってゆく。ふと顔を上げると、目の前に岩だらけの急斜面が現れぎょっとした。時子は立ち止まらず、その岩を上がろうとしている。

「ちょ、ちょっと待って。これ上がるの？」

彼女は振り向き笑う。

「そうよ。来たことあるんじゃないの？」

「こんなとこ登った記憶ないわ。無理よ、登れない」

「大丈夫だって。ここ登ればもうすぐだから」

時子は桃枝の訴えにとりあわず、どんどん岩場を上ってゆく。

やだ、無理、帰りたいと思いながらも、しぶしぶ桃枝は時子のあとに続いた。

一歩一歩、足を滑らさないように岩を上る。額に汗が噴き出した。五分ほど夢中で上がって後ろを振り返ると、ぞっとするほど高さがあって腰が抜けそうになった。両手両足をつかって懸命に岩場を上る。もし相手が夫だったら「もう帰る」と引き返していただろうが、友達では泣き言を言うのもそう簡単にはいかない。

なんとか岩場を上がり切り、へろへろになって山頂に着いた。

山頂は何も遮るものがなく、広大な関東平野が一望できた。空が驚くほど大きい。口を開けたまま、桃枝はその景色に見入った。爽快だった。

「ほんといい眺めねー！　何度来てもいいわ！」

「すごい、関東平野真っ平らね」

富士山が見えることもあるらしいが、遠くはもやっていて見えなかった。でも時子が「スカイツリー見えるね」と指したはるか彼方に、爪楊枝のようなタワーが見えた。反対方向には霞ヶ浦が見渡せ、水面が日差しを受けて光っている。その向こうには太平洋も見えた。

並んでベンチに腰を下ろし、水を飲んだ。

「あーあ、桃枝さんが引っ越しちゃうなんて淋しいなあ」

時子がふいにそう言った。ストレートに言われて、桃枝は面映ゆいような気持ちになった。

「引っ越すって言ってもそんな遠くには行かないわよ。取手とか柏とかそのへんだと思う。よかったらちょくちょく遊んで」

「そうね、そうよね。桃枝さんもハイキングサークル入れば？」

「うーん、ご迷惑じゃないかしら。体力ないから」

「もっと年配の人もたくさんいるから大丈夫。楽そうなときだけ参加すればいいのよ」

「そう？　じゃあ入ってみようかな」

「よかった。桃枝さん、本当に元気になったわね」

「うん、おかげさまで。時子さん、ありがとう」

あながち社交辞令ではなく、精神的に持ち直したのは時子の存在が大きかったと、桃枝は感謝の気持ちでいっぱいだった。

最近は以前に比べたら更年期の症状はだいぶ楽になっていた。まだホットフラッシュもたまにあるし、急に具合が悪くなって寝込むこともある。だが寝込んでも慌てなくなった。

「それにしても思い切ったわね、家を売るなんて」

「そうなのよ。最初に思いついたときは、自分でも何を馬鹿なことって笑っちゃったくらい現実感がなかったんだけど」

少し前までは、今住んでいる家を出るなんてことは微塵も考えていなかった。だからこんなことになって桃枝自身もとても驚いていた。

きっかけは夫の入院だった。厳密にいえば、娘の恋人が家に来た日、夫が倒れる直前に言った言葉が、あとあとになって桃枝の気持ちに思ってもみない作用をもたらした。

お前たちは気楽でいいよな、適当に責任なく働いたり、ずっと家にいたりでよくて。俺は大変なんだよ。休職して会社に戻って、微妙なポジションで肩身が狭くても、頑張って家族のために働いてるよ。

聞いたときは、何を偉そうにと大きな反発を感じたのだが、その後、夫の癌が発覚し手術を受けて、違う気分で夫の発言を思い出すようになった。

夫は、自分が思っているよりもずっと無理をしているのではないか。そんなことを桃枝はこれまで思ったことがなかった。

桃枝が育った時代には、まだ男は外で働き女は家を守るという風潮が残っていた。雇用機会均等法が導入されてからは、そんな旧弊な考え方をする人は減る傾向にはあるが、桃枝は両親の価値観を抱えたまま大人になって、また夫もそういう考えの持ち主だったので、特に疑問も持たず専業主婦になった。

専業主婦にはなったが、暇だったり楽だったりしたわけではない。娘の都は小さい頃は体が弱くて手がかかったし、今でこそ夫はずいぶん家事をするようになったが、以前は茶碗ひとつ洗わず、服も全部桃枝が選んで買っていた。

外で働くことの苦労はわかっていたつもりだが、男の人はそうするのが当たり前だと思っていたから、夫が疲れている様子をみせてもあまり何も思わなかった。だから、彼が疲弊し、限界に近づいているとは想像もしなかった。

団地から引っ越すと決めたときに、若い建築家がデザインしたという洒落た家を見つけ、桃枝は一目で気に入った。予算を大きくオーバーしていたが、なんとかなると思ってしまった。なんとかなるというけれど、なんとかするのは夫だった。彼には荷が重かったのではないか。本人も荷が重いことに気が付かないくらい、疲れて感覚が麻痺していたのではないか。

夫は桃枝にパートに出てくれと言ったことがあった。桃枝はそれを本気にしなかった。

桃枝は日々の生活費は管理していたが、貯蓄や保険やローンの支払いは夫が管理していた。それに口を出すのは、専業主婦としていけないことだと思っていた。いや、いけないというよりは、難しいことは夫に任せておけばいいと思っていた。

夫や世間からかけられる圧力ばかり気にしていたが、自分がかけていた圧力には無自覚だった。夫に癌が発覚したとき、桃枝は一瞬逃げたいと思ってしまった。だがたとえ逃がしてくれる人がいたとしても、逃げた先で夫のことを忘れることができるとは思えず、諦めをつけた。

諦めたら腹が決まった。夫が手術をして退院したあと、桃枝は思い切って夫に家のお金のことを詳しく教えてくれと訴えた。最初は「お前は知らなくていい」と言って取り合ってくれなかったが、あなたの病気が急に悪化したら困る、家計のことを何も知らずにいたらいざというときに途方に暮れてしまうと食い下がると、夫はしぶしぶ家計簿や通帳などを見せてくれた。

夫のつけていた何十冊もの家計簿を数日かけてじっくり見て、桃枝は愕然とした。

貯蓄は想像していたよりずっと少なく、生命保険は月々驚くほどの高額を支払っていた。この十年ほど夫の給料はほとんど横ばいで、ボーナスは一月分の月給にも満たない。桃枝は給料とボーナスは年々順調に上がっていくものだと思っていたので呆然とした。夫は毎月決まった額を桃枝に渡してくれていて、その額は一番景気がよかった頃から変わっていないので、当然貯蓄に回す額は減っていた。

桃枝が一番驚いたことは、ローンの利息だった。こんなにも利息を払わなければならないものなのかと仰天した。家を買ったとき銀行が作った返済の計画表を見ると、一千万近くの利息を払うことになっている。

自分の世間知らずぶりに桃枝は呆れた。たとえば四千万円の不動産を買うためには、四千万円払えばいいのだと単純に考えていた。利息などほんの少しのものだと思っていた。

それから毎夜のように、家計簿と通帳をテーブルに広げ、桃枝は夫と話し合った。

最初は五分もすると「もういい」と言って席を立っていた夫だが、だんだんと長くテーブルに留まるようになった。

夫も貯蓄の少なさを不安に思っていたようで、定年になっても仕事を探して七十歳くらいまで働かなければと厳しい顔で言った。お前も俺も、いつまた病気で寝込むかわからない。娘だってこの先どうなるかわからない。ひとり娘なのだから家くらいは残してやらなくちゃいけない。でも老いて動けなくなったとき、娘が介護してくれるとも限らないことくらいは俺だってわかっている。施設に入らなければならないこともあるかもしれない。死ぬまでいくら金がかかるかわからない。そう暗い顔で夫は言った。

七十歳くらいまでは働くと言う夫の顔は生気がなく、七十でも八十でも元気なうちはずっと働きたい、という精力的な様子ではなかった。疲れ果てて、でも今の生活の維持のために働き続けなければと思い詰めている悲愴な顔だった。

そのときはじめて、この家を売ってしまったほうがいいのではないかと桃枝は思った。まだ新しいこの家がそこそこの値段で売れるのであれば、ローンはなくなり、利息もなくなり、大きな額の現金がプールされる。そうすれば精神的に楽になるのではないかと桃枝は言った。娘に家を残したい気持ちがないわけではないが、心身ともに疲れて倒れ、それを娘に看病させることのほうが娘にとっては重荷なのではないかと思った。

そう夫に話すと、鼻で笑ってとりあってくれなかった。

桃枝は考えた。今までまったく考えなかったことを考えた。

毎日のように居間に置いてあるパソコンで調べものをし、図書館に行って司書に頼み、わかりやすい本を選んでもらった。

桃枝は勝手に不動産会社に連絡して家の査定をしてもらい、そう悪くない値段で売れそうなことを知った。

桃枝は毎晩のように夫と話した。

夫は勝手に家の査定をしたことを怒ったし、お前は世間知らずすぎると冷笑もしたが、少しずつ桃枝の話に耳を傾けるようになった。

ローンをなくし、家賃の安いところに引っ越して、家の経済をダウンサイジングしよう、と繰り返し桃枝は言った。

高額の保険は解約して、車も手放して、固定費を全部見直そう。一度チャラにして、老後の生活プランを立て直そうと言った。我々はどうかすると九十代まで生きてしまうかもしれない。まだ先は長い。無理のないように暮らそうと訴えた。

やがて夫は、桃枝の言うことに異議を唱えなくなってきた。

そしてある晩、そういうこともひとつの考え方かもしれない、と呟いた。

そして翌日には「我々は年をとる。軟着陸できるように、少しずつ高度を下げていくほうがいいのかもしれない」と言った。

夫の顔の険が少し緩んだのを見て、桃枝は大きな安堵に包まれた。

夫は苦しかったに違いない。もう苦しんでほしくなかった。

「すごいわね、桃枝さん。私、そんなふうに考えたことなかったかもしれない」

桃枝が家を売ることを決めるまでの過程をかいつまんで説明すると、時子は驚いた声をあげた。

「この年で持ち家を手放すって、正直言ってよくわからなかったんだけど納得したわ」

「お恥ずかしい話なんだけどね」

「全然恥ずかしくなんかないわよ。立派よ」

時子は桃枝に笑顔を向けた。

「それでお嬢さんはなんて?」

「あんまりピンときてないみたいだった」

「そりゃそうよね。でも子供にそんなこと言えるなんてすごいわよ、尊敬するわ。私なんかそれを考えたら、今から息子たちと住むなんて依存もいいとこかしら」

「それは違うんじゃない。事情は人それぞれよ。同居もひとつの選択だと思うわ」

「そうね。それぞれ違うわよね」

娘の都は、まだ経済的にも精神的にも自立していると安心できるほど大人ではないと桃枝は思う。娘のことが心配で仕方ない気持ちは大きい。それに身近にいて助けてほしい気持ちもまったくないとはいえない。でも心配するとは、束縛することと紙一重なのだ。

「それでね、私も働こうと思ってるの」

「あら！」

時子は素っ頓狂な声を上げた。

「そんなにいっぺんに始めたら頑張りすぎで倒れるわよ」

「そうね、そうかも。でも週に三日とかでもいいから、パートに出てみようかと思って」

「前向きねえ」

「そんなんじゃないんだけど。時子さんはパートはしたことあるの？」

「私は結構したわよ。スーパーのレジとか、お惣菜屋さんで売り子もしたし」

「大変かしら」

「大丈夫よ。おばちゃんがあなたのお店を手伝ってあげるわよ、くらいの気持ちでいけばなんでもないって」

「アハハハ」

「でも桃枝さん、着付けできるんでしょ？　そういうお仕事したら？」

「そうね。とりあえず七五三とか成人式のときとか、短期で探してみる」

「あれは？　この前テレビで観たんだけど、観光の外国の人に着物着せてあげるの流行ってるじゃない。ああいうの、東京ならあるんじゃない？」

「京都とか鎌倉とかじゃないの？」

「この辺じゃなさそうねー」

昼食を平らげると、男体山のほうにも登ろうとふたりは立ち上がった。鳥の声に顔を上げると、頭の上には宇宙の黒が透けているような青すぎる空が大きく広がっていた。

10

都は昨日、この家の売却先が正式に決まったと母から告げられた。年末には正式に売買契約を交わし、遅くとも二月上旬にはこの家を明け渡すという。

これで、否が応でも独立しなくてはならなくなった。

母から家を売ることを告げられたとき、都は常々家を出たいと思っていたにも拘わらず、自分でも驚くほど狼狽えてしまった。両親がいつか年老いて亡くなったあと、ここに住むかは別として、財産としてこの家と土地を貰えるつもりでいたことも、無自覚ではあったがかなり大きな期待としてあって、それがなくなったことに対するがっかりした気持ちもあった。

都は座ったまま、部屋を見渡した。

本来なら夫婦の寝室として設定された部屋は十畳以上あり、巨大なクローゼットの中には一度断捨離したにも拘わらず、都の衣装がぱんぱんに入っている。実家に戻って来たときはがらんとしていたのに、なんとなく安い家具を買い足したりしていつの間にか部屋はぎゅうぎゅうだ。

荷物を大幅に減らさなければならない。自力で借りられる部屋は、ワンルームか、広くても1DKくらいだろう。私服と制服だなどと言って様々なテイストの服を持っていたが、そんな贅沢なことはもうできない。

都は足を投げ出し、ベッドにもたれた。スマホを手に取り、ここのところ毎日のように見ている不動産の賃貸情報サイトを開いた。夢中で見ているうちに、気が付くと小一時間がたってしまっていた。都は大きく息を吐いて、凝った首を回した。

部屋はいくらでもあった。都のような単身者用の部屋は供給過多なくらいあり、間取りも家賃も大した差異はなく、どれでもいいといえばどれでもよかった。どのショッピングセンターでも売っている流行りの服と同じようなものだ。

だから、部屋を決めかねている理由はそこではなかった。最初の大前提が、都の中で決め切れていなかった。

これを機会に、貫一と一緒に暮らすかどうか。

物件探しの第一歩は、まず貫一に会ってその相談をするところからだ。だが都は、それを先延ばしにしていた。

その話をしてしまったら、ふたりの関係は次の段階へ進んでしまう。ずるずると続いている貫一との関係を終わらせなくてはならない可能性もあって、都は毎晩のように彼への連絡をしようとしては躊躇っていた。

しかしもうタイムリミットは目の前だ。

時間は夜の十時少し前だった。朝の早い貫一はそろそろ眠る頃だろう。

ラインのアプリを開いて少し考え、都はアプリを閉じた。貫一の電話番号を表示し、えいっと発信ボタンを押した。

呼び出し音一回で、すぐに彼は「おう」と電話に出た。

「電話、珍しいな。なんかあった？」

少し眠そうな声で貫一は言った。

翌日出勤すると、都は仁科にシフトの相談をしたいと伝えた。すると彼女のほうもちょうど話があるからと言って、一緒に昼休憩を取ることになった。

先週あたりから、売り場は非常事態を脱した感があった。年末商戦に向け本社から応援にくる人も、次の人事異動までと期間限定ではあるが、店舗経験のある人がフルで入ってくれるようになった。人手不足はとりあえず解消されて、やっとまともに休憩が取れるようになってきた。モールの中に都心に本店がある人気の中華料理店ができていて、そこの辛い担々麺を食べようということになった。

運ばれてきた麺は写真で見るよりさらに赤く、恐る恐るすすると、確かに辛いけれど複雑な旨味があって箸が止まらない。もうすぐ十二月だというのに、食べ終わるとふたりとも額に汗が滲んで、なんだか運動したあとのように爽快だった。

口直しにとマンゴープリンを頼んで、それを食べながらひといきついた。

都はおずおずと、近いうちに一度週末に休みを取りたいと仁科に告げた。その代わりにクリスマスや年末年始は全部出るというと、仁科は笑って「もちろんいいよ」と快諾してくれた。

「一番大変だったとき、与野さんって二十連勤くらいしてたでしょ？　三連休くらいしてもいいよ。クリスマスと年末年始は休みたい人が多いから、出てくれるならすごく助かるし」

都がほっとして頭を下げると、仁科は「こっちの話なんだけどね」と切り出した。

「ＭＤは、今代わりに来てる人が正式に担当になることになった」

「そうですか」

そんな気はしていた。頼りになるとは言い難いが、癖のない女性だし東馬よりは百倍いい。

「東馬さんは営業に戻るらしい。あいつ上には受けがいいからさ、飛ばされるって感じじゃなくて残念なんだけど」

都は本社で行われたセクハラの聞き取り調査のことを思い出した。総務部の年配の女性と一対一で向かい合い、事の経緯を説明した。仕事だからか、本当に何とも思っていないのか、その人から配慮の言葉を一言も聞くことなく事務的に終わった。

「はい。仕方ないです。とりあえずよかったです」

それでね、と仁科は身を乗り出して声を落とした。

「店長も年明けには代わることになった」

都は仁科の顔を見、少し躊躇ってから頷いた。店長は最近ほとんど出勤しておらず、ショップのことは副店長の仁科が回していた。

「亀沢さんは辞表出したって」

「え？」

離婚になる可能性も考えて、絶対仕事はやめないと言っていたのにと都は驚いた。

「それって辞めさせられたってことですか？」

「いや、さすがにそこまでじゃないと思うよ。亀沢さん、よそのアパレルに移るらしい。詳しくは聞いてないけどやっぱり居づらいと思ったんじゃない？」

「……東馬さんのほうがよっぽど居づらく思ってほしいですよ」

「そうやって厚顔な奴のほうが出世しちゃうもんなのかもね」

仁科は顔をしかめつつスプーンでプリンを口に入れた。

「それで次の店長はとりあえず私らしい」

「あ！　そっか、そうですよね！」

「ちょっと頼りないかもしれないけどよろしくね」

「いえ、仁科さんなら全然不安ないです。私、すごく嬉しいです」

これでショップの雰囲気がよくなりそうだと思うと心から嬉しかった。

「それでね、与野さん、正社員になりたかったらこの機会に推薦するよ？」

「え？」

「試験と面接があるし、絶対なれるって保証もないんだけど、今回本当に厳しい局面で頑張ってくれて、そのことを上にアピールしたとこだから、いいタイミングだと思う」

思ってもみなかったことを言われて、都はぽかんとしてしまった。

「正社員になったところで、それほどいいことはないかもしれないけど。うちのグループは手広くやってるからさ、他のショップや違う部署に移る希望も出せるし」

都は言われたことの実感が湧かず、ぎくしゃくと頷く。

「与野さん、もうほとほと嫌になってて転職したいって気持ちもあるとは思う。でも転職するにしても一回正社員になってからしたほうがよくない？」

都がどう返答しようか考えていると、突然仁科が両手で髪をわーっと掻いて、机に突っ伏した。

「え、え、なに？　どうかしましたか？」

彼女は両手で頭を抱えたまま「ごめん！」と言った。

「いま私さ、おためごかしなこと言ったよね」

「いえ、別に」

「与野さんのためを思ってみたいな言い方したよね」

「……そうは受け取らなかったですけど」

「いや、したんだよ〜」

仁科はがばっと顔を起こした。

「本当のことを言うね。いま与野さんに辞められたら私が困るの」

「え？」

「ねえ、うちのショップ、こんなぐだぐだなことになっても、本社があんまり怒らずに次々と人を回してくれるのはどうしてだと思う？」

勢い込む仁科を都は面食らいつつ見つめた。

「売り上げがいいからだよ。知らない人はアウトレットで働くなんて本流じゃないって思ってるかもしれないけど、うちのショップ、プロパーで一位の店と、ネットショップの次くらいに売り上げだしてる。だからもっと力を入れるために東馬さんが送り込まれてきたんだよ。まあ、それで大失敗したわけだけど」

仁科は人差し指を立てて「だからね」と都を指さした。

「私、単なるピンチヒッターの店長じゃなくて、ここでどかんと売り上げを出して、ＭＤに昇進して、ゆくゆくは本社に戻りたい。うちの会社、女性管理職があまりにも少ないから、私がそうなりたいの。平たくいうと私は早く出世したい。そのために優秀なスタッフが欲しいのよ」

　都は目を丸くした。

「与野さん、今は辞めないで。社員になって残って」

　都は仁科の突風のような台詞を受けて、それをしばらく咀嚼した。

「すごくよくわかりました。いま仁科さんの野心を聞いて、急に決心がつきました。ぜひ正社員に推薦してください」

「え？」

「正社員になれるならなりたいです。いずれ転職するにしてもしばらくはここに勤めます」

「ほんとに？」

「ご期待に沿えるように頑張ります」

　仁科は都の素早い返答にやや戸惑っているようだった。

「実は私、実家を出なくちゃならなくなって」

「あ、そうなの？」

「これからは自活するんだし、やっぱりちゃんとキャリアアップする職につきたいです。それに、こんなにはっきり頼りにされたの初めてで嬉しいって思いました。私、うちの服が好きだとかはなかったんですけど、それほど好きじゃなくても、うちの服のよさはわかるんです。だから売ることができると思うんです」

　仁科の顔がみるみる輝いた。

「与野さんがそう言ってくれて私もすごく嬉しいよ。じゃあ早速、いろいろ動いてみるね。明日

ＭＤが来るから三人で話そう。ディスプレイもいくつかアイディアがあるんだけど、亀沢さんがいるときは提案しづらかったんだよね。あー、なんかやる気出てきた」

「私も頑張ります」

そろそろ時間だと立ち上がり、仁科と並んでモールを歩いた。いつものモールの景色がなんだか違って見えた。ここで働いていて、これからも働くのだと明るい気持ちで思えたのは初めてだった。


十二月の二週目の土曜日、熱海への小旅行のため、都は貫一と待ち合わせをした。

先日貫一に電話をしたとき、会って話がしたいというと、じゃあこの前流れた熱海に行こうぜと彼が言い出した。貫一の勤めている店は年中無休だが、四谷でオフィス街にあるため週末はわりと暇で、休みが取りやすいと言う。貫一の部屋か近くの店で話をしようと思っていた都だったが、そう言われると最近仕事ばかりでどこにも出かけていなかったし、日常から離れてリラックスして話すほうがいいかもしれないと思い承諾した。

都は電車で行く気でいたのだが、週末なので熱海駅から遠い宿しか予約が取れず、向こうでの移動のことを考えて車で出かけることになった。

久しぶりに会った貫一は、ずいぶん精悍になったように見えた。やはり無職のときは、どこか輪郭がぼんやりしていた。

「おみや、痩せたんじゃねえ～」

と、貫一は都のせっかくきれいにセットした髪をくしゃくしゃ混ぜた。

常磐道は都が運転し、首都高に近づくと貫一が運転を代わってくれた。首都高を抜けて東名に入る。ずっとテンション高くあれこれ喋っていたが、運転を代わってもらってほっとし、都は少し眠ってしまった。十分ほどで目を覚ましたが、それで久しぶりに会った緊張も抜けて、都はとろんとした気分で運転する貫一の横顔を見た。彼は見かけによらずかなりな安全運転で、高速でも飛ばさず左側を淡々と走っている。

途中で腹ごしらえをしようと、貫一はサービスエリアに車を入れた。

北関東に住んでいるとほとんど神奈川県には来ることがなく、お祭りのような大混雑のサービスエリアに入ると、旅に来た感覚が湧き上がった。名物だという鯵の唐揚げやメロンパンを買って食べた。

サービスエリアからは「ちょっと眠いから運転代わって」と言われて運転席に座った。知らない土地で運転するのは多少恐かったが、何かあったら隣に貫一がいて助けてくれると思うと心強かった。

小田原厚木道路から西湘バイパスに出ると海が見え、ふたりは「海だー！」と子供のように声をあげた。ラジオのボリュームを上げ、知っている曲も知らない曲も、滅茶苦茶に声を合わせて歌った。

そう時間がかからないうちに熱海に着き、海近くの市営駐車場に車を停めた。

目の前には海が広がり、初めての熱海の風景に都は「うわー」と声を上げた。十二月で空気は冷たいが、抜けるような青空だ。

熱海の海岸は広い湾になっていて、都たちは弧を描く湾のちょうど真ん中あたりにいた。右手には大きなヨットハーバーがあり、左手には砂浜が広がっている。

海沿いの歩道は整備されて広々としており、そこを沢山の観光客が歩いていた。パームツリーが並び、鉄柵にはカモメがずらりと並んで、日本ではないような風景だ。

右側の岬は山になっていて城のようなものが見える。左側の岬も海岸沿いも、ホテルなのかリゾートマンションなのかぎっしりと建物で埋まっていた。湾の向こうには小さな島が見え、手前には何本も堤防が横たわっていて、箱庭的な美しさがあった。

「茨城の海とは違うね」

「そうだな。ずいぶんちまちましてんな」

「茨城の海はただうわーって広いだけだもんね」

そう言いながら、都は貫一と並んで砂浜のほうへ歩き出した。

貫一はジーンズのポケットに手を入れ、都は彼のダウンを着た腕に軽くつかまり、ぶらぶらと浜辺を歩いた。

白い砂浜を波打ち際まで歩く。ちまちました海でも、間近まで寄れば波の音は大きいし、潮風はつんと匂う。顔全体で海風を受けた。貫一も同じようにして目を細めている。そして彼はふぁっと大きなあくびをした。

「眠そうだね」

「まあな、さすがに毎日四谷まで通勤するのはつれーな」

「だよね」

「帰れないときは店の椅子で寝かせてもらったりしてさ。さすがに引っ越し考えないとな」

一緒に住む？　と喉まで出かかったとき、「お、あれだ。貫一お宮像」と彼が前方を指さした。

「はー、これか」

ふたりで像の前に立った。台座が高いせいか大きく見えた。年季が入っているようでだいぶ錆びが浮いて変色している。ネットで見た通り、学生服にマントを羽織った貫一が足をあげてお宮を蹴ろうとしていた。お宮は地面に片手をついてよろけている。

特に感慨もなく、都はその像を見上げた。

「デートＤＶだ」

「なんか、この像が暴力を肯定してよくねーから撤去しろって運動もあったんだって。あ、これこれ」

貫一が指した小さなプレートには【物語を忠実に再現したもので、決して暴力を肯定したり助長するものではありません】と書かれていた。

次々とカップルや家族連れが像の前で記念写真を撮っていく。ふざけて像の真似をして写真を撮る人が多かったが、必ず男性が蹴られてよろめいているポーズを撮って笑っていた。

そんな光景を都はしばらくぼうっと眺めてから言った。

「この貫一君は、お宮さんが金持ちによろめいたから怒ってるの？」

「小説、読んだんじゃないのかよ」

「読もうと思ったけど、途中でどうでもよくなって」

「貫一君はなー、ほんとはお宮さんにそんなに怒ってるわけじゃねーんだよ」

「そうなの？」

「お宮さんだって、貫一君が嫌いになったわけでもねえんだよ」

「そうなんだ。じゃあなんでもめてるわけ？」

「金だよ、金。拝金主義がふたりを引き裂いたんだ」

芝居がかった貫一の言い方に、都は「ほんとにー？」と笑った。

「腹減ったな。なんか食べて、土産物屋でもひやかしてから宿に行こうぜ」

そう言って貫一は歩き出した。


宿は熱海から車で十五分ほど国道を下ったところにあった。

那須へ行ったときは巨大な家族向けの温泉ホテルだったので、今回も特に期待していなかったのに、そこは海辺に立つ洒落た旅館だった。ロビーには現代的な生け花が飾られ、ソファやテーブルもモダンで清潔感があった。好きな浴衣が選べるサービスがあり、貫一がチェックインの手続きをしている間に、都は色とりどりの浴衣を手に取って迷った。

部屋に案内されると、大きな窓から海が一望できた。部屋そのものもふたりではもったいないような広さだ。

「すごーーーい！」

思わず都は声を上げてしまった。うわー、海！　うわー、露天風呂！　うわー、ウッドデッキ！　と部屋のあちこちを開けていちいちはしゃぐ都に、「そうだろうそうだろう」と貫一は満足げに頷いた。

「すごい部屋だね。高いんじゃないの。もうちょっとカジュアルなとこでよかったのに」

「ここしか空いてなかったんだよ。でも十万あるからいいべ」

「なによー、全部使ったら駄目じゃん」

「大丈夫、半分くらいは残るから。俺、疲れたから風呂入ろうかな」

「あ、うん」

「おみやもずっと運転して疲れたべ。そのテラスにある露天風呂入る？」

「あ、私はこの展望風呂っていうのに行こうかな。貫一、部屋のお風呂入りなよ」

都は立ち上がって、そそくさと風呂へ行く準備をした。

最上階にある風呂は、戸が全て開け放たれて部屋よりもダイレクトに海が見渡せた。カーブを描いた海岸線や、漁船や堤防、遠くには熱海のホテル群が見え、一枚の雄大な絵のようだった。湯に身を沈めると疲労が湯に溶け出し、都は気が済むまで湯に浸かった。

部屋に戻ると、浴衣姿の貫一が畳に転がって寝ていた。傍らには部屋の冷蔵庫から出したらしいビールの缶が置いてある。そんな気がしていたので、都は小さく息を吐いて空になった缶を拾って屑籠へ放った。押入れから毛布を出して、貫一にかける。二つ折りにした座布団に横顔を埋めて、彼は小さく鼾《いびき》をかいている。この人もきっと疲れているのだろうと都は思った。

湯冷めしないように半纏を羽織り、備え付けの和柄のソックスを履いた。しばらく海を眺めていたが、それにも飽きて洗面台で鏡を覗き、少しだけ化粧をして髪も簡単に結い上げた。窓の外はどんどん暗くなっていって、海も空も真っ黒になった。

大きな座卓に突っ伏すようにして都もうとうとしていると、ふいに古めかしい電話のベルが鳴った。床の間の隅に設置してあった電話を取ると「お食事の用意ができましたのでどうぞ」と言われた。

「あー、よく寝た」

振り向くと、貫一が体を起こして大きく伸びをしていた。

「ほんとよく寝てたよ。夕食だって」

「おー、いい感じに腹減ったなー。行こうぜ」

「これ着なよ。浴衣一枚じゃ風邪ひくよ」

半纏を渡すと、貫一はサンキューと軽く言ってそれを羽織った。悔しいけれど浴衣だけではなくて、彼は半纏すら似合った。和装が似合う男なのだ。もしこの人と結婚式をするのなら、和装のほうがいいかもしれないと都はぼんやり思った。ウェディングドレスも着たいけれど、貫一の紋付き袴を見たいから白無垢でもいいかもしれない。ドレスは二次会で着ればいいしと、食事処へ向かう廊下を歩きながら都は考える。ああ、自分はやっぱりこの人と結婚したいんだな、と都は貫一のとがった肩先を眺めながら思った。

食事処のテーブルは綺麗にセッティングされていて、ちょっとしたレストランのようだった。暖房が強く効いていて、そのわりには足元はすうすうしたので、都は半纏を脱いで膝にかけた。するると貫一が「お」と声を出した。

「可愛い浴衣だな」

山吹色の浴衣はセンスがいいとは言えないし、年齢的にもどうかと思うようなものだが、温泉で借りるのならまあいいかと思って選んだものだった。

「これ、さっきロビーで借りたの」

「すげー似合うよ。なんか今日きれーだなあ、おみや」

さらっと言われて都はつい赤くなる。貫一だって浴衣似合ってるよ、さっき紋付き袴を着せてみたいって思ったよ、そう言おうとしたが言えなかった。ただ小さく「ありがと」と呟いた。

生ビールと先付けが出され、軽く乾杯をして、一口飲んだところで都は言った。

「あのね、お願いがあるんだけど」

「んー?」

「今日は話があるからこれ以上飲まないでほしいの。せっかくのご馳走のときに悪いけど、飲むと貫一寝ちゃうから」

どんな反応を示すかと思ったら、彼は「ああ」とぼんやり呟いた。

「話が終わったら飲もう?」

「わかった」

きれいな懐石風の料理が並べられて、ふたりは言葉少なにそれを食べた。

「実は私、実家を出ることになって」

都は話を切り出した。

「出るって?」

「あの家、売ることになったの。うちの親、賃貸に移るんだって。そこには私の部屋はないんだって」

貫一は黙ったまま都の顔を見ている。

「それで私、部屋を探さないとならないんだけど、その、一緒に暮らさないかなって思って」

「え?　俺と?」

「他に誰がいるのよ。茶化さないで。貫一、店が四谷でもう少し近いところに引っ越したいって言ってたじゃん。私のほうはアウトレットへの通勤もあるから、常磐線沿線でもう少し東京寄りに部屋借りるのってどうかな?」

貫一は表情を変えずに、箸で刺身をつまんで口に入れた。なかなか返事をしない。

「気が進まない?」

「いや、驚いて」

「なんで、驚くことあるの？　私はずっと考えてたよ」

「うん、いや、それって結婚？」

「結婚かどうかはわかんない」

「わかんないのかよ」

表情の硬かった貫一が破顔した。そして頷く。

「わかった、一緒に暮らそう」

「え、そんな即答でいいの？」

「なんだよ、いやなのかよ」

「なんでもっと考えないのよ」

「考えたところで一緒だろ」

貫一はとっくに飲んでしまったビールのグラスを持ち上げ、空になっていることに気が付いて眉根を寄せた。

「私、貫一と一緒に暮らしたいとは思ってるんだけど、いろいろ迷いもあるんだよ」

彼は椅子の背にもたれて、目を細めて都を見ている。

「一緒に部屋を借りるにしても、貫一がどのくらいお金を出せるのかもわかんないし」

貫一は小さく頷く。通りかかった給仕の女性に「すみません」と声をかけ、ウーロン茶をふたつ頼んだ。

「あのアパート、家賃いくらなの？」

「三万円」

やすっ、と都は口に出さず思った。

「じゃあ単純に考えると、ふたりで同額出したら六万円のとこ借りられるね。でも二部屋はほしいから……、うーん、あと五千円出せない？」

「いいよ」

都は少しほっとした。それだけあればちゃんと風呂と洗濯機置場のある部屋を借りられるだろう。

「おみやの親は同棲なんか許すのかよ」

「え、いいんじゃない、もう」

「そうか」

何故か少し寂しそうに貫一は笑った。

「おみやは結婚したいのか？」

「え、だからそれはよくわかんなくて」

「その年で結婚したいかどうかわかんない男と同棲なんかしていいのかよ」

「そうなんだよね」

頬杖をついて都が息を吐くと、貫一は笑って「よく考えたほうがいいぞ」と言った。

都はむっとして唇を尖らせた。

「私は考えすぎなくらい考えたけど、それでもまだ考え足りないって思ってる。でもこれ以上は判断材料がないんだよ。貫一は自分のこと話さないから」

「どんなことが聞きたいんだよ」

「いろいろある。お金のことなんかは聞いたら悪いって思うけど、でも一緒に暮らすならある程度知っておきたいよ。たとえば、お父さんの施設のお金とかってどうしてるの？」

貫一は「ああ」と薄く笑った。

「入所金は家売った金で払ったから、月々の払いは姉ちゃんと出し合ってる」

「貫一はいくら出してるの？」

「今は月に六万かな」

月に六万はかなりな額で、都は思った以上にショックを受けた。今貫一が住んでいる部屋の倍額だ。貫一の給料がどのくらいだかはわからないが、二十万円以上もらっているようには感じられない。彼は都のように服飾には金がかかっていないが、それでも楽な暮らしではない。その六万を貯金できていたら、一年でかなりな額になる。親の施設代では仕方ないが、そのお金を払い続けている限り、たとえば子供を作ったりするのは厳しいと思った。

先程感じた安心が、嘘のように不安に塗り替わる。

そこで次の料理が届く。当館名物の金目鯛のしゃぶしゃぶだと給仕の女性が言う。薄桃色の魚の身を小鍋で湯に通し、口に入れた。

「わー、繊細だね」

それでも都は平静を装ってそう言った。すると貫一がふっと笑った。

「おみや、無理すんなよ」

「え、無理って？」

「俺さ、おみやといると楽しいよ。そんなに女と付き合った経験があるわけじゃないけど、その中でも、おみやは一緒にいて面白い」

「私もそう思ってるよ」

「でも不安なんだろ？　わかるよ」

まるで都のことを慰めるような口調で彼は話した。

「俺、自分のことくらいよくわかってる。おみやの家に挨拶に行ったときも、どうせ反対されるってわかってたし、おみやは親に反対されたら気持ちが折れるんだろうなって思ってた。だからいっそ気楽だった。おみやの親父なんか、店に来てる客だと思えばなんともなかった。そんなことより、おみやにはいつ会っても、これが最後かもしれねえなってどっかで俺思ってて」

「貫一……？」

飲んでいるわけでもないのに、なんだか言ってることが微妙におかしく感じた。

「俺、中卒だしな」

「そんなの、そんなの関係ないよ」

「うん、おみやがそんなことで差別するような人間じゃないってことくらいわかってる。そうじゃないんだよ。でも不安なんだろう？　不安なのは耐えられないんだろ？　育ちがいいってそういうことだって俺思うんだ」

「なに言ってるの？」

貫一はこれまで見たことのないような表情をしていた。皮肉な感じの薄笑いの向こうに、目の前にある小鍋の下の固形燃料のような青い炎が透けて見える気がした。それが諦念なのか怒りなのか、都にはわからなかった。

「俺、ボランティアに行ったって言っただろう。最初はマサルの家の片づけをして、そのあとそこに集まった連中と近所の家も片づけて、隣町の消防団のリーダーが急遽作ったボラのグループに混ざって、少しずつ北上して行って。北へ行くほどひどいことになってた。よくここまでってくらい車も家も破壊されて、腐った魚の臭いが酷くて何食っても吐いちゃって。でもついこの間まで使ってた家財道具がぶっ壊れてどろどろになってんの見てたら、なんか変なスイッチ入っちゃって。泥を掻いて、瓦礫片づけて、何日も布団で寝てなくて。夜中に余震がくると波がくるんじゃないかって心底びびって縮みあがった。でもその地域の人たちが、涙を流して感謝してくれんの。そのためにやってるわけじゃなかったんだけど、あー、よかったって思うんだよ。で、そのへんの親父と仲良くなって、夜酒飲んだりするわけよ」

貫一が急にそんな話を始めて、都は戸惑った。

「そうすっと、あんた普段は何やってんだ、みたいな話になって、俺、聞かれるまま中卒で割烹入って、いま出勤してないとか言ったら、それじゃダメだべとか急に言うわけよ。せめて高卒の資格取りなさいとか、明日はもう帰って店に出なさいとか、不安そうに言うわけよ。さっきあんた感謝して泣いてたろって、俺笑っちゃって」

「貫一？」

「知らないおっさんだよ。ほっとけってていうの。でもさ、それが普通の意見ってやつだよな。俺って、知らないおっさんまで不安にさせるんだなって思ったよ。知らないおっさんだけじゃなくて、マサルの親父もなんだけど。マサルのねーちゃんとふたりでどろどろになった食器とか洗ってたら、おい貫一、俺の娘には手えだすなよ、お前はいい奴だけど、俺の娘にはもうちょっといい暮らしをさせてやりてーんだよなんて笑って言うんだよ。それって冗談めかしてるけど本心だよな。でも俺、それってわかる気がするんだよ。俺が人の親なら、確かに俺みたいな男と結婚させるのは、」

そこで急に貫一は言葉を切った。大きく息を吸い、それを吐いた。「もしおみやが、いずれは結婚して子供がほしい、それも不安にならずにそうしたいって言うなら、やめておいたほうがよくないか?」

貫一が冷たい笑みを浮かべて言う。都は何を言ったらいいのか言葉が見つからなかった。

そこでメインの和風ステーキが運ばれてきた。給仕の女性が目の前でわさびを下ろしてくれるのを、都はただ見ていた。

都と貫一は黙ったままそれを食べた。美味しいはずのものが、口の中で粘土みたいな味しかしなかった。

「ねえそれって、私とは結婚したくないってこと?」

彼は返事をしなかった。


食事処を出ると、貫一は煙草を買いたいから小銭を貸してくれと言った。都が千円札を一枚渡すと、もう一枚と言われた。

「千円で買えるでしょ?」

「ゴムも買ってくるから」

そうさらりと言われて、都は返答に詰まった。赤くなりつつ財布からもう一枚札を出して手渡すと、彼はロビーの方へゆらゆらと歩いて行った。

そういえば今日会ってから、貫一は一度も煙草を吸っていなかったと都は思った。高速のサービスエリアでも昼食を済ませたあとも、灰皿を探していなかった。

ひとりで部屋に戻ると、大きな座卓は部屋の端に片付けられ、布団が敷いてあった。ぴったりつけて延べてある二組の布団を尻目に、都は部屋の冷蔵庫を開けた。

なんだか胸がざわざわして落ち着かないし、食事処は暖房が効きすぎていて喉が渇いてしまった。缶酎ハイを見たら飲みたくなったが、まだこれからちゃんと話をしなくてはならないと思い、古めかしいコーラの瓶を手に取った。

広縁に置いてある籐の椅子の上で膝を折り曲げ、自分を抱えるように丸くなる。

俺って知らないおっさんまで不安にさせるんだな、と貫一は薄ら笑いで言っていた。

彼の口から弱音のようなことを聞くのは考えてみれば初めてで、私はこれからも貫一のそばにいる、一緒に暮らして幸せになろう、いや、私が貫一を幸せにするから安心して！　と言ってあげたい気もするが、それは都の本心とは微妙に違っていた。

しばらく膝を抱えて顔を埋めていたが、なかなか貫一が帰って来ないのでスマホを手に取って時間を見た。もう三十分以上たっている。浴衣姿で財布も持たずどこへ行っているのだろうと、都は貫一にラインを送った。すると、部屋の隅でぴょろんと通知音が鳴る。立ち上がって音のしたほうを覗くと、貫一が脱いで適当に畳んだジーンズの上に彼の携帯が置き去りにされているのを見つけて思わず舌打ちをした。

心配と苛々がないまぜになって、ロビー階まで降りて喫煙コーナーや土産物売り場を見て回ったが、彼の姿はなかった。部屋に戻って立ったり座ったりを繰り返していると、ふいにドアが開いた。「悪い悪い」と笑う貫一からは、煙草とかすかだがアルコールの匂いがした。

「ちょっと、どこまで行ってたの？」

「一杯飲んできた」

「えっ？」

煙草を買おうとコンビニを探して歩いて焼き鳥屋の前を通りかかり、ちょうど休憩に出てきた店員に聞くとずっと先までコンビニはないと言われた。セブンスターでいいならうちに置いてるよ、と言われてその店に入り、ついでに一杯飲んできたのだという。

「信じられない！　心配して待ってたのに！」

「いや、ほんとに一杯だから。二千円しかなかったから、サワーを一杯だけ」

「飲むと寝ちゃうのに！　今日はちゃんと話がしたいのに！」

「寝ない寝ない」

まるで悪びれずに貫一は口の端で笑った。そしてやれやれと先ほどまで都が座っていた広縁の椅子に腰を下ろす。都はもっと文句を言いたい気持ちを堪えて彼の向かいに座った。

「話ってまだ続いてたんだっけ。それでなんだっけ」

「ごまかさないでよ。貫一は、私と一緒に住むのは気が進まないの？」

「そんなことない。おみやと一緒に住んだら楽しいと思うよ」

「じゃあどうして、やめといたほうがいいとか言うの？」

「あとでごちゃごちゃ言われたくない」

それを聞いて都は愕然とした。

「ごちゃごちゃって何それ！　私があとで籍入れたいとか子供欲しいとか言い出さないように予防線張ってるの？」

「そこまで言ってない」

「じゃあどこまでよ！　なんか狡くない？　お前がそんなに言うなら一緒に住んでやるけどその先のことは何も期待すんなよってこと？　こんな男でいいってそっちが言ったんだからなって念押ししてるの？　結局手軽にヤリたいだけ？　ヒモ？　クズ？」

思わず声を荒らげると、彼はだるそうに首元を掻いた。

「そう思うならやめといたほうがいいんじゃね？　っていうことだよ」

貫一は椅子にもたれて、先ほどと同じ、薄くて冷たい笑みを浮かべている。

夜の旅館の淡い灯りの下で、浴衣姿で足を組んでいる貫一は、こんなときなのにどこかなまめかしい色気があった。さっき食事処で垣間見た、剝き出しの震えるような弱さはもうまったく見えず、つけ入る隙がなかった。

「私、他にも聞きたいことある」

「おう。この機会になんでも聞け」

「この前、私、居酒屋で貫一の中学の同級生だった男にばったり会って聞いたんだけど」

「は？　誰？」

「そういえば名前も知らない。付き合う前に、車が動かなくて私が困ってたときに、車のエンジンかけてくれたじゃない。そのとき一緒にいた、変な丸眼鏡かけてた子だよ。モールのショップに勤めてるお洒落男」

「あー、平井ね」

「そんな名前なんだ。まあそんなのどうでもいいけど」

「あいつに会ったの？」

「なんかひとりで飲んでるときに、向こうはグループで飲んでて、帰りがけに話しかけてきて」

貫一が眉を顰める。

「おみや、ひとりで飲みになんか行くのか」

「たまには行くよ。そんなことより、丸眼鏡が変なこと言ってたんだけど」

都は唇を嚙んで、しばらくためらった。こんな話はしないほうがいいような気がしたが、もうなんでもないふりをするのも限界だった。

「貫一が中学のときかなり悪かったって話を聞いた。そいつ、貫一から殴られたりカツアゲされたりしたこともあるって言ってた。それから、貫一が高校に行かなかったのは、割烹の仕事が決まってたからじゃなくて、高校受験の前日に補導されたからって言ってた。ほんとなの？」

彼は微動だにせず都を見ている。

「その原因も聞いた。仲間が女の子に、その、乱暴して、貫一も疑われたって……」

「ほんとだよ」

さらっと認められて、都は自分が思っているよりも衝撃を受けた。否定してほしかったわけではないが、少しは貫一が動揺をみせるかと思っていたのに、彼の表情は変わらない。貫一はテーブルに置いてあったコーラをゆっくり手に取り、瓶に口をつけて一口飲んだ。

「俺、その頃一番荒れてたから」

瓶を置いて貫一はだるそうに椅子にもたれる。

「呆れた？　俺のこと恐くなった？」

都はうつむき、言葉を絞り出すように言った。

「貫一が悪かったことは、まあ外見や言動からうすうすわかってた。それは過去のことだから今更いいんだけど、話はそれだけじゃなくて、丸眼鏡、こんなことも言ってた」

「ん？」

「貫一は私のこと、巨乳だからやりてえって言ってたって。貫一に限らず、男はみんなあんたの顔じゃなくて胸を見てるって。それを、モテてるって勘違いしてるんじゃないのって言われた」

それを聞いて、さすがに貫一は表情を硬くした。大きく舌打ちすると横を向き「あいつぶっ殺す」と唸るように言った。

「巨乳だからやりたいって丸眼鏡に言ったのは本当？　私のことそういう目で見てたの？」

彼は目をそらしたまま黙った。そして息を吐く。

「言ったかもな」

「……そっか、言ったんだ」

「言い訳かもしれないけど、俺がおみやのことをいいと思ったのは、そんなことだけじゃない」

「それってずばり言い訳だよね」

明らかにかちんときた様子で貫一は声を低くする。

「だいたいな、女ひとりで飲みになんか行くから変な奴にからまれるんだよ」

「はあ？」

反射的に大きな声が出た。

「私がひとりで飲みに行くか行かないか、貫一にあれこれ指図されたくない」

「それを言うなら、俺だってちょっと一杯飲んできたくらいでけんけん言われたくねえよ」

「それとこれとは話が全然違うじゃん。ぜっんぜん違う！」

はー、と貫一はわざとらしく息を吐いた。

「とにかくだ！　胸が大きいからやりてーとか言ったかもしれねえけど、そんなの男同士の世間話だよ。いや、少しは本音も入ってるけど、それだけじゃないことくらいわかれよ！」

抑えめにしていた彼の声が、苛々が募ってきたのか強くなる。そして一拍おいて、声を落としこう言った。

「男はみんなお前の顔より胸見てるなんて、俺は思わない。そんな下種な台詞をまともに聞かないでいい」

　都は下を向いたまま、山吹色の浴衣の膝を見つめた。ついさっき、貫一が浴衣姿を褒めてくれたことがずっと昔の出来事に感じる。どうしてこんな空気になってしまっているのか。一緒に住みたいなどと言い出さなければいい雰囲気のままだったのにと思ったが、都は小さく首を振る。何事も決めないままの状態でずるずる付き合い続けることは、もうできそうもなかった。

「……わかってるよ。貫一、私にはいつも優しく接してくれたもんね。ただやりたいだけだったらあんなに優しいわけない。いくら発端はそうでも」

「はあ？　発端？　そんなに発端が大事かよ。あーあー、偶然道でぶつかってお互いひとめぼれ、みたいな少女趣味なのがよかったんだよな、ヤンキー崩れの中卒のエロ野郎で悪かったよ」

　ぶっきらぼうに貫一は言い放つ。不貞腐れた横顔に既視感が走った。貫一は不愛想ではあるが、あまりこんな顔はしたことがなかったので都は驚きつつも首を傾げる。そうだ、初対面のとき、回転寿司のカウンターの中で彼はこんな顔をしていたと思い出す。

「私、職場でセクハラにあって」

「え？」

　都が急にそんなことを言いだしたので、そっぽを向いていた貫一が視線を戻した。

「丸眼鏡の不愉快な話をしたのは、この話をしたかったからなの。半年くらい前かな。職場の歓送迎会で、上司の男に胸を触られて」

　かすかに唇を開いたまま、呆然とした顔で彼は都を見ている。

「触られたなんてもんじゃなくて、がっと摑まれてあとでひどい痣《あざ》になった。もともとその上司、人の胸じろじろ見たり、さりげなく触ってきたり、店長にも手を出したりして最悪だった。それをやっとのことで会社に訴えて、そいつ、異動になったんだ」

「なんで」

ずっと椅子の背にふんぞり返るようにしていた貫一が、身を乗り出すようにして拳でテーブルを打った。

「なんで今まで言わなかったんだよ」

「言ったところでどうなった？　あんたにできることあった？」

不意をつかれたように彼は動きを止めた。

「そのセクハラ上司と貫一が、女のでっかい胸に興味があって触ってみたいと思った点は同じ、とまでは言わない。だけど、その違いを察して善悪を判断するのも女の私の役目なの？」

テーブルの上の拳がかすかに震えだすのを見ながら、もしかしたら殴られるのかもしれないと他人事のように思った。貫一のプライドを傷つけているだろうという意識はあった。

「さっき貫一は自分のこと中卒だしなって言ったけど、中卒で社会に出れば、そりゃ沢山偏見をぶつけられて苦労したと思う。私だって正直、初めて貫一が中卒だって聞いたときは驚いたし不安にもなった」

もうなんとでもなれ、という気持ちで都は続けた。

「でもそれって、私が女で平均より胸が大きいっていう条件で生きてることとそんなに変わらなくない？　女で巨乳で、私も不便だったり不愉快な思いをいっぱいしてきたけど、だからって胸にさらし巻いて猫背でこそこそ生きようとは思わない。ぶかぶかな服じゃなくて、胸が目立ったとしても自分のサイズに合った服を着たいんだよ。貫一だって、そうすればいいじゃん。それにそこまで気にしてるんなら今から高卒の資格を取りなよ。私の胸は小さくしようがないけど、貫一のコンプレックスはやろうと思えば少しは改善できるじゃん。私、協力するよ」

拳をテーブルから離すと、貫一はしばらくうな垂れていた。やがて頭をがりがりと掻いたかと思うと、急に立ち上がり「煙草吸ってくる」と言った。

「逃げないでよっ」

「別に逃げるわけじゃねえよ。煙草吸うだけ」

「それが逃げてるって言ってんの」

立ち上がって歩きかけた彼の前に都は立ちふさがった。そして半纏の襟を両手でつかんでゆすぶった。

「不安なのは私よりも貫一なんじゃないの？　私の親に反対されるとか、いつ会っても最後かもしれないって思うとか、それって自分に価値があるって思えなくていつ切られるかびくびくしてるってことでしょ？　あとからごちゃごちゃ言われたくないっていうのも、期待されて失望されるのが恐いからなんじゃないの？　明日のことなんか何にも心配してない顔してるけど、本当は違うんじゃないの？」

「お前、何言ってんの」

貫一はうるさそうに、しがみつく都を右手で払った。大した力ではなかったがその拍子に畳のへりで足が滑り、バランスを崩して広縁のほうへ体が大きく傾く。あっと思ったときには椅子もろとも派手な音を立てて倒れ込んでいた。テーブルの上のコーラが倒れてみるみる床に広がっていく。

「わ、悪い。大丈夫か」

都の派手な転倒ぶりに焦った貫一は、慌てて屈みこむ。差し出された手を今度は都が払った。

睨みつけたが目の前が涙でゆがんだ。

「不安なの！　わたし不安なの！」

彼の目が怯んだのを見て、都は感情が決壊するのを自覚した。貫一にしがみついて訴える。

「生理が遅れて妊娠したって思ったこともあった。そのときすごく恐かった。貫一との間に子供ができて、育てていけるのか恐かった。友達にも相談した。どうしたら幸せになれるのか、みんな意見は違って、私、余計にわかんなくなった。不安なの、決められないの！」

「……」

「パパが癌になって、ママだっていつどうなるかわからない。自分だって、貫一だっていつ病気になるかわからない。働けなくなったら生活はどうなるの？　年金もどうなるかわからないような世の中で、簡単に生活保護がおりるなんて思えない。ふたりとも貯金なんてできる生活じゃないじゃない。どのくらい貯金しておけば安心なの？　不安なの！　不安がないふりなんてできない！」

滂沱《ぼうだ》の涙を都は止められなかった。貫一は都の顔を両手で包み、ゆっくり親指で涙を拭った。

「今、日本人のふたりにひとりは癌になる」

静かな声で貫一はそう言った。都は目をみはる。

「死因は八〇年代からずっと癌がトップで増える一方。年間の自殺者は二万人強。先進国の中ではトップクラス。交通事故死の約六倍。少子高齢化率も世界の中でダントツ。社会保障費はばんばん増えて、年金受給年齢はどんどん上がって、支給額はがんがん下がるだろうな。不安じゃない日本人なんかいないんじゃねえの」

貫一は子供に言い諭すような顔でそう言った。

都はがくがくと畳に手をつく。体の奥から震えがきた。貫一はふいに立ち上がると部屋を横切って行った。扉を開ける音がする。やがて戻ってくると、都の衣類を畳に置いた。

「おみや、着替えな。ちょっと外の空気吸いにいこう」

明日の朝まで着ないはずだったブラウスとカーディガンを身に着けると、せっかくの旅行を台無しにしてしまったような気がして、都は激しく落ち込んだ。

のろのろとコートを羽織ると、さっさと着替え終わっていた貫一が「なんかそれ寒そうだな」と呟き、自分のダウンを脱いで都に渡してきた。逆らう気力もなく、お気に入りの白いコートを脱いで彼の黒いダウンを着た。それは大きくて暖かく、埃っぽい匂いがした。

手を引かれて旅館の外に出る。昼間はわりと暖かかったが、さすがに夜は空気がきんと冷たかった。貫一はセーターの上に旅館の半纏を着て、都のしてきた赤いチェックのマフラーを巻いている。

ぽつぽつとしか車が走っていない国道を、海側の歩道へ渡った。街灯の間隔は広くてあたりは暗い。海は真っ黒で漁火《いさりび》さえ見えず、テトラポッドにぶつかる白い波だけが浮かび上がっていた。

大きな波の音と鼻をつく潮の匂い。右手に貫一の手の感触。あたりが暗い分、視覚以外の感覚が際立つ。部屋で不安な気持ちを全部吐き出したせいか、気持ちはだいぶ落ち着いてきた。

貫一はふいに立ち止まり、都の着ているダウンのポケットに手をつっこむと煙草を取り出した。古めかしいマッチで火をつける。

「ねえ、もしかしたら煙草やめてた？」

「うん、まあな」

「やめてた煙草を吸いたくなるような話題だったんだね」

煙を吐く横顔には表情がない。

「……おみやは幸せになりたいんだよな？」

「そりゃなりたいよ。友達にも相談して、どうしたら幸せになれるかあーだこーだ考えて」

「幸せ原理主義だな」

片頰だけで貫一は笑った。

「結婚して安心して子供を産むことがおみやの幸せの達成？」

「そんなことは言ってないけど」

「けど？」

「その可能性を自分からゼロにしようとは思ってないよ」

彼は答えず煙草を足元に落として踏みつぶし、再び都の手を取って歩き出す。コンクリートとテトラポッドで固められた海岸線はずっと先まで続いている。それに沿ってぶらぶらと歩いた。息が白い。いくら歩いても体は温まる気配はなく、足元からしんしんと冷えが上ってきた。

貫一があまりにも黙ったままなので、都は口を開く。

「私は貫一が運命の人なのか、そうじゃないのか、ずっと考えてるんだよ。貫一はそういうことは全然思わないの？」

「運命？」

彼は急に立ち止まって都の顔を覗き込んできた。「運命？」ともう一度聞いてくる。

「おみや、運命を信じるのか？」

何気なく口にした運命という単語に妙に反応され、不気味で都は顔をしかめた。

「ラプラスの悪魔を信じてるのか？」

「はい？」

「ラプラスの悪魔、知らない？」

「知らない。なにそれ？」

「ラプラスの悪魔っていうのはなあ、十九世紀フランスの数学者のラプラス卿って人が考えた理論で、人類のたどるシナリオはすべてあらかじめ決まってるって概念なんだ。世界に存在する全ての原子の位置と運動量を把握できるような知性が存在するとする。まあ神様だと思えばいいよ。その神様は原子の時間発展を計算することができるだろうから、先の世界がどうなるか完全に知ることができるだろうって考えたわけ。でも世の中のすべての成り行きを知ってるなんて、神っていうより恐ろしい悪魔みたいじゃねえ？　それでいつの間にかラプラスの悪魔って呼ばれるようになった。二十世紀に入って量子力学が登場して、すべての原子の位置と運動量を知ることはできないってことが常識になるまで物理学者は本気で悩んで、」

「もういい！」

都はつないでいた手を振りほどいて、貫一の滔々《とうとう》とした説明を遮った。彼はきょとんとする。

「だっておみやが運命なんて言うから」

はっと笑って都に背を向け、貫一は歩きはじめた。だんだんと離れていく彼の背中を、都は握った拳をわなわな震わせて見つめた。

胃の底から、怒りの塊がせり上がってきた。

都はアスファルトを蹴って、五メートルほど先を歩いていた貫一に追いつくと、走ってきた勢いのまま右足で彼の膝の後ろに思い切りローキックを入れた。

「いてっ！」

声を上げて、貫一はあっけなくその場に崩れ落ちた。何が起こったのかわからない顔で、首を曲げて都を見る。都は人を蹴り飛ばしたことなど生まれて初めてで、それが意外にもうまくいってしまったことに内心驚いていた。

以前、東馬とモールですれ違ったときは暴力衝動を堪えることができたのに、恋人に向かって破裂するとは思っていなかった。これはまさにデートDVだと思いながらも、どこか気持ちよく興奮している自分を感じた。

「蘊蓄《うんちく》うざい」

都が言うと、貫一は眉間に皺を寄せた。なんだよ、と口の中で呟きつつ立ち上がろうとする。都は考えるより先に、起き上がろうとした彼の肩を強く押した。まったく構えていなかった貫一は、再びどさりと道路に転がった。

「てめー、なんだよ！」

足元に尻もちをついている貫一を都は見下ろした。怒鳴られて余計に獰猛な気分に火が点いた。

「自分が困るような展開になると、蘊蓄で煙に巻こうとするとこがうざいんだよ！」

片方の肘で体を支え、足を広げて道路に転がっている貫一の前に、都は右足をどんと踏み出した。そして貫一の横に煙草の箱が落ちていることに気が付いて、逆の足でそれを勢いよく踏みつぶす。顔のすぐ横に都のショートブーツを履いた足が振り下ろされて、彼はびくりと震えた。

「私だって運命なんかないってわかってるよ！」

都は喉の奥のほうが詰まるのを感じた。息苦しい。本当に思っていることを口にするときはいつも肺が圧迫されるような感じがする。

「私は、一緒に暮らしたいって言ったの。このままじゃなんの変化もないし、それじゃ悩みの内容だって変わらない。結果がどうであれ前へ進みたくて提案してるんじゃん。不安や悩みを失くしたいんじゃなくて、種類を変えたくて言ってるんだよ！」

貫一は都の剣幕にぽかんと口を開けている。

「返事はイエスかノーの二択だよ！　貫一が昔悪かったことも、中卒なのも、経済的には頼れないことも、散々見てきてわかってて、考えに考えてそう提案してるのに。それでも私は貫一がいいと思ってるのに、なんでそんなにはぐらかそうとするの！　それってなんのポーズなの！」

貫一は驚いて口がきけないようになっていた。

「そんなに腰が引けてるんなら、今ここでノーって言ったらいいじゃん。おみやとは別れるって言えばいいじゃん」

「……そうは言ってない」

「言ってるね！　変化が恐いのはそっちじゃん！　びびりなのはそっちじゃん！　貫一は私と一緒に暮らしたくないし結婚もしたくないし、ましてや子供なんか作りたくない。でもそれを言ったら私が離れていく。どっちも嫌でごねてるんじゃん！」

都は再び地団駄を踏んだ。

「一緒には暮らせないって断られれば、諦めもつく。すっぱり諦めて仕事と婚活に精を出せる。結婚なのかどうかはわからないけど、私はやっぱり誰かと連帯して生きていきたい。そういう相手を探す！」

頭で考えるより先に感情が溢れてそう一気に言い切った。

そのとたん不思議なことが起こった。何かが体の中でスパークして弾けた。単に貫一に対してほとほと愛想が尽きてキレただけなのかもしれない。だが、前にモールの救護室で寝込んで目が覚めたときのような清々しさが、ぱきっと割れた心の中から湧き出してきた。

この人がいなくなっても生きていける！　と天啓を受けたようにはっきり思った。それどころか、この先、気の合う人に巡り合わなかったら別にひとりでいい、気の合わない人と不安を解消するためだけに一緒になる必要なんか全然ないと初めて感じた。今まで自分は何がそんなに恐かったのだろうと不思議な気分にすらなった。

「理屈はもういいよ。別れるって言いなよ。貫一は自分の本音に気が付いてないんだよ。そんなにはぐらかすってことは、やっぱり逃げたいんだよ」

貫一はアスファルトに尻もちをついたまま、口をもごもご動かしている。都は彼の前にしゃがみこんだ。

いつも余裕のある顔をしていた貫一が蒼白になっている。沈黙が流れ、夜の中、波の音が大きく響いた。

「私からは別れるとは言ってあげない。言ったらあんたは、自分は仕方なく受け入れたんだ、ふられたんだってところに逃げ込むから。中卒で稼ぎが悪いから捨てられたってところに逃げ込んでぬくぬくするに決まってるから」

貫一は怯えたような目で都を凝視していた。

「言えないの？」

彼は、何か懸命に言葉を探しているように見えた。

「私はそれでいい。今まで楽しかった。貫一とくだらなくてどうでもいい話をするのが楽しかった。別れても忘れない。ひどいことされたなんて思わない。いいお付き合いだった。もう会うことはなくても幸せだった気持ちと優しくしてくれたことへの感謝は忘れない」

そこで貫一が首を振った。最初緩慢だった動きが、徐々に大きくなる。

「いやだ」

絞り出すような声で貫一は言った。

「いやって何が?」

「別れたくない」

本当に?　本当の本当に?　そう言って縋りつきたくなる衝動を堪えた。そうしたらきっとまた、アドバンテージが相手に移ると直感した。都は彼の顔をじっくりと時間をかけて眺めた。

「じゃあ一緒に住む?」

かすかに、彼は頷いた。

都は息を吐いた。急速に脱力した。しゃがんだまま膝を抱え、そこに顔を埋めた。

貫一の手が伸びてきて、都の頭を恐る恐る抱えた。

都も彼の背中に腕を回した。温かい体がやっと自分の腕の中に落ちてきた。彼の背中がかすかに震えている。大好きな貫一の体。蹴ったり突き飛ばしたりするんじゃなくて、ずっとこうやって触れたかったのだと都は思った。


部屋へ戻ってちょっと気恥ずかしい感じでふたりは服を脱ぎ、やっと布団に潜り込んだ。

今日は何回服を着たり脱いだりしただろう、馬鹿みたいだね、と都が言うと、貫一はほんとだなと笑った。

糊の効きすぎた旅館のシーツはひどく冷たく感じたが、互いの体をもう一時も離すまいとぎゅうぎゅう抱きしめ合っていると、あっという間に暑いくらいになった。

都はうっとりと目を閉じた。

貫一の裸の肌は高級な毛布も比べ物にならないくらい滑らかで暖かかった。彼の腕や足の筋肉は固いのにしなやかで、腕も足も唇も、どこに触れても吸い付くようだった。

ここまでくるのに長かった、と都はやっと手にした甘美な気持ちを存分に味わった。

彼の動きはどこまでも優しくて、決して都を傷つけないと安心できる。こんなに安心したことは、子供の時以来なのではないかと都は思った。

もう言葉を駆使しないでもいいことが、これほどほっとすることとは思わなかった。

彼の腰骨の尖《とが》りを下腹に感じながら、都は蜜のような幸福に浸った。時折目が合うと、最中なのに可笑しくて可笑しくてふたりとも笑いが止まらなかった。

ふたりの暮らしがやっと始まる。外で懸命に働いて、時には理不尽な目にあっても、毎日こんなに安全で安心な寝床に帰ってこられるなら頑張れる、と都は思った。


息を落とすと、しばらく貫一は都の髪を撫でていたが、そっと腕を外して布団から出ていった。下着もつけずに浴衣を羽織り、襖《ふすま》をあけて部屋を出て行く。

廊下の奥でトイレの水が流れる音がするのを、都はうとうとしながら聞いた。一緒に暮らしたらこういう生活音が日常になるのだなとぼんやり思う。目をつむったまま彼が部屋に戻ってくる足音を聞いていると、貫一が部屋の冷蔵庫を開ける音がした。

「おみや、寝てる？」

小声で貫一が聞いてくる。「んー？」と目をつむったまま生返事をすると、「一杯飲んでいい？」と恐々した感じで聞いてきた。

「よっぽど飲みたいんだね」

振り返って呆れた声を出すと、「わかった。やめとく」と彼は冷蔵庫を閉めた。あまりにもしょぼんとした声だったので、都は裸の胸を隠しながら体を起こす。

「うそうそ。飲みたかったら飲みなよ。夕飯のとき我慢してたもんね。そのあと飲んでたけど」

「いや悪かったよ。俺、あのときどうしたらいいかわかんなくて逃避した」

貫一は瓶ビールを出してきて、壁に寄せた座卓の上に置いた。

「おみやも飲む？」

「うーん、私はいいや。冷えちゃいそうだし」

「じゃあお茶淹れてやろうか」

都は浴衣と丹前を着て、座卓の前に腰を下ろした。湯のみと急須を持ってきた貫一がはす向かいに座る。裸足の爪先が触れ合って、つい今しがたそれどころではないことをしていたのに、都はどぎまぎしてしまった。

ビールを注いだグラスと熱い茶の入った湯飲みを軽くぶつけあって乾杯する。

「帰ったら部屋を探さないとな。おみや、いつまでに引っ越さないとならないの？」

「一月中には出たほうがいいって親には言われてる」

「じゃあ年内か年明けには決めたほうがいいな」

「もうだいぶ検索して当たりはつけてあるから任せて」

そっか、と貫一は目を細めた。

「悪かったな、俺ぐだぐだ言って」

都は両手で熱い湯飲みを持って笑う。

「私が無理矢理一緒に住むって言わせたっぽい？」

「いや、いいんだ。ありがとう」

妙にしんみり言われて、都は貫一のほうを見た。部屋の明かりは和紙のナイトスタンドだけで、彼の横顔には影が落ちている。

「中卒だってことに拘ってたのは、確かにおみやの言う通りだ」

「……」

「高卒の資格を取る方法は俺も調べたことはある。でも俺ぎりぎりの生活してるから無理だと思ってたし、何より気力がなかった」

「うん」

「でも今の店はシフトも調整できるし、会社もわりと話を聞いてくれそうだからやってみる」

彼の口からこれほど素直で前向きな台詞が出てくるとは、と都は内心驚いていた。

「おみや、さっき連帯って言ったよな。俺、それはわりとしっくりきた。結婚って単語にはいろんなことがまとわりつきすぎてて、正直俺は、さっきおみやが言ってたように腰が引ける。でも連帯ならわかる」

「元ヤンキーは連帯責任とか言われ慣れてるから？」

くすぐったくてつい茶化してしまった。すると貫一は気にした様子もなく首を振り「ていうか、労働組合的な意味かな」と呟いた。

「え？」

「ポーランドの民主化運動の……」

言いかけて貫一はふいに口をつぐんだ。

「いかん。また蘊蓄言いそうになった」

「ハハハ」

「俺、人に助けてって言えなかったけど、言ってもいいんだってさっき思った」

「言っていいに決まってるじゃん」

貫一はビールを飲む。

「私、さっき思ったんだけどね」

「うん」

「貫一と私は似てないと思う。でも結婚……じゃなくて、連帯して生きていくのなら、同じような得手不得手の人が一緒になってもしょうがないじゃない。それぞれ出来ることが違うから補いあえるっていうか」

彼は感心したように目を丸くしてから笑った。

「そういうの古い諺でもあるよ。破《わ》れ鍋に綴蓋っていうんだ」

「あ、そうなの？　聞いたことある」

「たまには本を読め」

「まあ蘊蓄関係は貫一に任せるよ」

都は首を傾げて、下から彼を覗き込む。

「それにさ、運命はないんでしょ？　神様も悪魔もいないんでしょ？」

「？」

「運命はないってことは正解はないってことじゃない。正解はないってことは間違いもない、つまり失敗もない」

「おー、おみや、冴えてるなー」

ふたりは手を上げ、音をたててハイタッチをした。


どのくらい眠っただろうか、低い振動を感じて都は目を覚ました。聞き慣れたスマホの振動だ。枕元を探って自分の電話を手に取ったが何も通知されてはいなかった。時間は午前三時になるところだった。

都を後ろから抱きかかえるようにして、貫一は寝息をたてている。一度止まった振動が再び始まったので、あたりを見回して貫一のスマホを探した。とっさに頭をかすめたのは、施設に入所している彼の父親のことだった。座布団の上で彼のスマホが点滅していることに気がつき、都は貫一の腕を解いて布団を這い出た。電話を手に取ると「優」と表示されている。

電話を手にして都は貫一を揺すった。

「電話鳴ってる！　さっきから何度も鳴ってるから出たほうがいいんじゃない？」

寝ぼけ眼で携帯を手に取った貫一は、画面を見て訝し気に眉を寄せた。

「おう、こんな時間にどうした？」

電話に出ながら彼は立ち上がり、はだけた浴衣姿のまま襖を開けて洗面所のほうへ出て行く。優、とは誰だろう。彼の姉だろうか。襖の向こうの話し声はぼそぼそとしていて内容はわからない。

電話はすぐには終わらず、都はじりじりしながら襖を見つめた。十分ほどで声が途絶えたが、なかなか貫一が戻ってこないので都はしびれを切らして立ち上がった。襖を開けると、露天風呂へ続く扉の前の暗がりで貫一が座り込んでうな垂れていた。

「どうしたの？」

彼はちらりと都を見たが、何も言わず再び首を垂れた。都はそっと彼の前にしゃがみこむ。

「何かあった？　電話誰から？」

「マサル」

それって誰だっけ、と都は記憶をたどる。

「那須のホテルで働いてたやつ」

掠《かす》れた声で貫一が言い、彼を慕っていた歯並びの悪い男の子のことを思い出した。

「マサルの親父が倒れて、いま救急病院なんだって」

「え……」

彼の父親ではないことに内心ほっとしたが、目の前の貫一はまるで親が危ないと聞いたような深刻な顔をしている。

「マサルが動揺してて要領を得ないから、途中であいつの姉ちゃんに代わってもらって話を聞いたら、急性心筋梗塞でどうも危ないらしい」

「……病院ってどこの？」

「北茨城」

それでは駆けつけることもできないだろう。都はどうしたらいいかわからず、とにかくショックを受けているらしい貫一の頭を引き寄せて抱きしめた。

「俺、これから行くわ」

くぐもった声が腕の中から聞こえた。彼の頭が腕の中から離れ、都の前に戻った。

「これからって……、まだ真夜中だよ」

「酒飲んじゃったから運転できないし、タクシーに乗って行けるところまで行って、あとは電車で行く」

「ちょ、ちょっと待ってよ」

この人は何を言ってるんだろうと、都は慌てた。

「あと二、三時間で始発が出るんじゃない？」

「待ってられない。できたら生きてるうちに顔を見たい」

きっぱり言われて都は面くらった。

「マリコも動揺してるみたいだし、行ってやりたい」

どことなく焦点の合っていない目で貫一は言った。うっかり口にしてしまったマリコという名前が生々しかった。しかしうっかり口にしたという自覚も貫一にはないようだ。都は、貫一がそのマリコという名の姉と過去に何かあったのだなと直感した。

何これ、と都は唇を半開きにしたまま思った。

ぬるぬる逃げる貫一をやっと捕まえて、ふたりの親密な夜がまだ明けてもいないのに、思いがけない闖入者に邪魔されたような気がした。

「マサルの家の人たちは、俺のことを本当に家族みたいに扱ってくれたんだ。俺が荒れてるときも、優しく接してくれた。親父さんは田舎のおっさんで、学歴なんかないけど本が好きで、俺が好きそうな本をどんどん買ってくれたし、図書館で本を借りることも教えてくれた。割烹の働き口も親父さんが知り合いに口をきいてくれて決まったんだ。おみや、旅行中に悪いけど、恩があるんだ」

いつの間にか貫一は都の両肩を摑み、説得する口調で揺すっていた。

何これ、と都はもう一度思った。

親代わりの人なのだということは分かった。自分の両親が放棄していた愛情と教育を、その人たちは貫一に与えたのだろう。でもその人に、俺の娘には手え出すなよと言われたと、夕食の席で話していたではないか。だが都はそれを蒸し返すのはやめた。

「わかったよ」

都は溜息をつきながら言った。

実の父親でもないのに、本当はこんな夜中に無理して出ていくのはどうかとは思っていたが、それを飲み込むのが「連帯すること」だと都は思った。人の思い入れはそれぞれで、貫一がその人の死に目にあいたいというのであれば否定してはいけないと思った。

「タクシーなんかいくらかかるかわからないよ。私が運転していく」

「いや、それはいくらなんでも悪いからいい」

「北茨城までは無理だけど、東京くらいまでは車で送る。その頃には電車も動くだろうから、東京からは特急で行けば？」

貫一はまじまじと都の顔に見入った。そして「悪い」と頭を下げた。

仕方ない。都は浴衣を脱いでまた服を着た。脱いだり着たり、本当に何をやっているんだろうと思ったが、先ほどと違ってまったく笑う気にはなれなかった。

宿の当直の人に慌ただしく支払いをして、ふたりは出発した。

都は夜の中、車を走らせる。昨日走ってきた道なのだが、街道は思ったより暗くて、少し道がカーブしているだけで緊張した。夜明け前で道がすいているのが救いだった。

しかし熱海の町を出て小田原厚木道路に入る頃には、次第に車が増えてきた。しかも大型トラックが多い。バックミラーを見ると、後ろについたトラックが都の遅い運転に苛々しているのが手に取るようにわかって、一気に冷たい汗が噴き出した。

次から次へとトラックや大きなSUVが右側を通り過ぎていく。都の軽自動車など、ちょっと当てられたらぺしゃんこにされそうで、ハンドルを握った両手に力が入った。ディーゼル車の黒煙が入り込んでいるのか、車の中の空気がいがらっぽくなってきた。

「おみや、左側をゆっくり走れば大丈夫だから」

ずっと黙っていた貫一が、見兼ねたように言った。

「……うん」

「運転してやれなくてごめん」

貫一がそう言ってうな垂れたので都はちょっと驚く。今まで彼を助手席に乗せてずいぶん運転してきたが、そんなふうにストレートに謝られたのは初めてだった。

「いいよ、しょうがないよ」

「飲まなきゃよかった」

よほど自分のことが不甲斐ないのか貫一は舌打ちをし、さらに言った。

「海老名《えびな》まで行ったら交代しよう。もう酒抜けたから」

都は「大丈夫だって」と笑ってみせながらも、内心は大きく安堵していた。もともと夜の運転は苦手なのに、初めての夜の高速道路は恐怖でしかなかった。本当は今すぐにでも運転を代わってもらいたかった。

背筋を強張らせて、どんどん狭くなる視界の真ん中と速度メーターだけを見て、アクセルを踏んだ。

都は法定速度で走っていたが、まわりの車は物凄いスピードで飛ばしている。何台もの巨大な車が轟音を立てて、都のちゃちな軽自動車の真横ぎりぎりを追い抜いていった。クラクションを鳴らされると、それが自分に向けられたものかどうかわからなくても心臓が縮みあがった。

都の頭の中に、自分の車が大破するイメージがどんどん大きくなっていった。恐い。もういやだ。なんでこんなところでこんなことになってしまっているのか。

旅館で貫一がタクシーで出ると言ったとき、そうさせればよかったではないか。何万円かかろうがそれは貫一の金であって都の金ではない。どうして恰好をつけてしまったのだろう。

「軽トラ。あの軽トラの後ろをずっと走れ」

急に貫一が言った。我に返って改めて前方に目を凝らすと、合流車線から入ってきた小さい軽トラックが見えた。かなり荷物を積んでいるからか、スピードは他の車に比べて遅い。

「あの軽トラのテールランプだけ見てついていけ。そうすれば大丈夫」

子供を励ますような声で貫一が言い、都はかすかに頷いた。もう声を出して返事をすることさえ出来なかった。

やっとサービスエリアについて駐車場に車を停めると、張りつめていたものが解け、都は顔を覆って泣きだしてしまった。

行きはあんなに楽しかった場所に、これほど憔悴して寄ることになるとは想像もしなかった。

「おみや、ごめんな」

そう何度も言いながら、貫一は都を抱きしめた。

貫一に運転を代わってもらうと、都は心からほっとした。

今まで抜かれた分を取り戻すかのように、彼は右に左に車線を移動して大きなトラックを次々と追い抜いてゆく。自分の小さい車がこんなにも早く走れるのかと驚くほどの速度で、彼は追い越し車線を走った。普段安全運転の貫一が乱暴な運転をしていることに、再び事故の恐怖が湧き上がる。

最初はそのスピードに体が強張ったが、気持ちとは裏腹に眠気に覆われてきた。考えてみれば二時間くらいしか眠っていない。都はいつの間にか眠りに落ちていた。

途中一度目を覚まし、ちょうど目に入った緑色の案内標識を見上げると、もう都内を抜けつつあることがわかった。私のことは下ろして、と言おうと思ったが、眠気に負けて言葉にならなかった。再び都は眠り込んだ。

次に目を覚ましたとき、車は圏央道に入っていてもうすぐつくば牛久インターだった。夜は明けて、薄青い空が広がっていた。

「おみやの家まで送っていく。そこから俺、電車で行くから」

目を充血させた貫一が言った。

「家じゃなくて駅でいいよ」

「そうか。ありがとう」

「ていうか、車貸してあげるから、このまま乗って行っていいよ」

彼はしばらく考えるような顔をした。

「いや、電車にする。俺も眠いし」

車はスピードを落とし、インターの出口へと向かった。料金所を抜けて一般道に出ると、見慣れた沿道の景色が目に入る。ああ、ようやく自分の町に帰ってこられた、と都は安堵した。ロードサイドショップの看板が後ろに飛んでゆく。高速を降りたのにスピードだしすぎじゃないのかな、と都は思った。

「貫一、急いでるのはわかるけど、もうちょっと速度落としたら？」

そうだな、と彼は生返事をした。言っているそばから、目の前の信号が黄色から赤になる寸前にアクセルを踏み込んで交差点を抜けた。

しばらく行くと貫一はバックミラーをちらちら見て、アクセルを緩めた。よかった、分かってくれたんだ、と思ったとたん、「前の軽自動車！」と拡声器特有の割れた声が聞こえて、都はびくりとした。首を曲げて後ろを見る。赤色灯を点けたパトカーが真後ろにいることに気が付いてぎょっとした。

前の軽自動車、止まりなさい！　今度ははっきりとそう聞こえた。

貫一は何も言わず速度を落とし、ハザードランプを点けて、車を左側に寄せて停めた。

「え？　なに？　私たちの車？」

驚いて何が起こったのか把握できない都を、彼はゆっくりと見た。その顔は泣き笑いのような不思議な表情だった。都はそこでやっと速度超過で捕まったのだと悟った。

「説明すれば大丈夫だよ！」

思わず大きく言った。

「親しい人が危篤で急いでたって言えば大丈夫だって！」

貫一はすっかり諦めた様子で首を振った。都は言い募る。

「切符を切られるのにちょっと時間はかかるかもしれないけど、そのあと私が運転してあげるから。北茨城まで私が連れて行ってあげるから！」

「都」

「事故を起こしたわけでもないんだから大丈夫だって！　そんな顔しないで」

「いいんだ、おみや」

はにかみ屋であまり目を合わせてくれない彼が、都の目を正面から覗き込み、そっと頬に触れてきた。おみや、ではなく、都と呼ばれるのは珍しくて、嫌な予感がこみ上げた。

「楽しかった。俺なんかに優しくしてくれてありがとう」

「なにそれ、なんでそんな今生《こんじょう》の別れみたいなこと言ってるの、大袈裟だよ」

都は嫌な空気を打ち消すように無理に笑った。そこで運転席側の窓を警官がコツコツと打った。

貫一は都から手を離し、ウィンドウを下す。

「ずいぶんスピード出てましたねえ。免許証よろしいですか？」

警官は丁寧にそう言った。制帽に隠れて表情はわからない。貫一はゆっくりとジーンズの尻ポケットから財布を出し、そこから免許証を出して渡した。

免許証に目を落とした警官は、貫一の顔を見、再び目を落とし、そこで動きを止めた。首を伸ばして助手席の都の顔を見、振り返って後ろにいた同僚を手で呼んだ。

「おふたりとも、ちょっと降りて頂いていいですか？」

貫一は素直にシートベルトを外すと、都のほうを見て顎でお前も降りろと示した。仕方なく都も車の外に出る。

「すみませんが、こっちへ」

もうひとりの警官がさっと来て、都をパトカーのほうへ誘導した。

「え？　なんですか？」

「後部座席に乗って下さい」

「あの、私達、急ぎの用があって」

「中で聞きますから。お願いします」

警官はパトカーの後部座席を開け、有無を言わせない感じで中に入れられた。警官は入ってこず、バタンとドアを閉められた。

パトカーの中に入ったのは初めてで、都は車の中を見回した。当たり前だが普通の乗用車と特に変わらない。だが埃っぽく、掃除が行き届いているとは言えなかった。窓から自分の車のほうを見ると、貫一が都の車を背にし、警官ふたりに挟まれるようにして立っていた。

何か検査をしているようだ。アルコール検査だろうか。貫一が夜中にビールを飲んでから何時間たっているだろう、と都は頭の中で忙しく計算した。あれは十二時くらいだっただろうか。そうしたら六時間以上はたっている。都から見て、貫一は旅館を出るとき酔いが残っているようには既に見えなかった。しかし体内に残ったアルコールが運転に問題のない数値になるのに何時間必要なのか、都にはまったくわからなかった。

説明しなくちゃ、と都は思った。貫一は酒気帯び運転なんかする人間ではないし、普段はまったくの安全運転で、今は緊急事態だったから少しスピードを出しすぎていただけだと警官に話さなくてはと都は焦った。

車のドアを開けようとしたが開かず、ロックを解除しようとあちこち触ったがわからなかった。

そのうち警官が戻ってきて、後部座席に乗り込んできた。

先ほども大きい人だとは思ったが、間近にするとまるで熊が目の前にいるような威圧感があった。警察官の制服も、これほどごつかったかと改めて驚く。頑丈そうなベストに下げてある無線や、腰の警棒は頼りになるというよりも物々しく感じた。

「運転していた方は旦那さん？」

きつい口調で聞かれて、都は首を振る。

「恋人？」

声が出ない。都は首だけで頷いた。

「あの車はあなたの？」

「……はい」

「あなたはお酒は飲まれてない？」

詰問するように聞かれて、都はむっとする。

「飲んでないです。あの、彼だって飲んだのは昨夜で、とっくに覚めてるはずです。それでも心配だから途中まで私が運転してきたんです。えっと、熱海から帰ってくるところだったんですけど、彼の酔いは完全に覚めたってわかったから運転を代わってもらって。あの、彼の親類が危篤で、それで急いでいて」

「あなたの免許証を」

しどろもどろに説明する都を遮って警官は言った。都は焦りながらバッグから免許証を取り出して渡した。

「あの、だから急いでいて、スピードはちょっと出しすぎてたかもしれません。切符を切られるのは仕方ないです。でもなるべくなら早くして頂けないでしょうか。彼、急いでて」

警官は制帽の下から都の目をじっと見た。体もごついが顔も強面《こわもて》だ。彼には笑顔など装備されていないように見えた。

「あなた、彼が無免許だって知っていましたか?」

「え?」

「彼の免許ね、六年前に失効してました」

言われた意味がわからなくて、都はきょとんとしてしまう。

「知ってたんじゃないですか?」

強く言われて、都はごくりと喉を鳴らした。混乱して言葉が出てこない。

「知ってたのに運転してもらったとしたら、無免許幇助《ほうじょ》ですよ!」

まるで都のことを頭から疑ってかかるような口調だった。

「知りません!」

「今まで何度も運転してもらった?」

返事ができなかった。

どうして。どうしてこんなことになっているのか。

夢なんじゃないかと都は思った。

さっき熱海の旅館で、とろけそうな幸福の中で抱き合った。そのまま眠ってしまって、これは夢の中の出来事なんじゃないかと思った。

「署までご同行を」

警官はきっぱり言った。

都はそのまま貫一とは別々に警察署に連れて行かれ、取り調べを受けた。指に直接朱肉をつけられ、全部の指の指紋を取られた。

貫一と知り合ってから何度彼に運転をさせたか、全部思い出すように言われた。へとへとになっても許されなかった。テレビや漫画で見るように、出前を取ってくれたりはしなかった。優しい言葉をかけてくれる人は誰もいなかった。もちろん貫一には会わせてもらえなかったし、今どこにいて、どう言っているのかも教えてもらえなかった。

警察は、都が貫一の無免許を知っていたと疑《うたぐ》り、いくら否定してもなかなか納得してもらえなかった。自分が聞きたいくらいだった。どうして貫一は、免許が切れたまま、黙って都の車を運転したのか。

しかし、警官に過去のことを聞かれれば聞かれるほど、思い当たる節が沢山出てきた。

彼は都の運転が難しいだろうと判断しない限り、運転しようとしなかった。助手席で酎ハイを飲んでいたこともあった。熱海に来たときも首都高では運転してくれたが、そのあとは都に運転をさせた。彼は極力運転しないようにしていたのだ。

どうして正直に言わなかったのか。

怒りがこみ上げて、涙となってあふれ出た。

日が暮れるまで都は警察に留め置かれ、夜遅く、父親が都を引き取りにくるまで家に帰ることができなかった。

父親は警察から一通り事情は聞いたようで、何も言わなかった。憔悴した都を黙って家に連れ帰った。泣きそうな顔で待っていた母親に「ごめんね」と言うのがやっとで、空腹なはずなのに何も口に入れたくなくて、自分のベッドに倒れるようにして眠った。

翌朝目を覚ましたとき、自分の置かれている状況をすぐには思い出すことができなかった。しばらくベッドの上で呆然としていると、じわじわと昨日のことが蘇ってきた。

それでも、とにかく仕事に行かなければと立ち上がる。今日はどの服を着ていこうと考えたが、季節がいつなのかすらも咄嗟には思い出せなかった。

癖のように、スマホを手に取る。

着信もメールも、ラインの通知もなかった。

都はシャワーを浴び、髪を乾かし、自室に戻ってクローゼットを開け、面倒くさかったので黒いハイネックセーターを着た。

スマホを手に取り、貫一のラインをブロックした。電話番号は削除した。

今度こそ心から失望していた。

終わったのだ、と都は思った。

11

その冬はとにかく寒かった。

引っ越したワンルームは一見小綺麗だったがエアコンの効きが悪く、掃き出し窓のサッシが古いせいなのかいやに冷気が入ってきた。耐え切れなくて、都は窓ガラスの下半分に引っ越しで使った段ボールを貼り付け、厚手のカーテンで隠して窓を閉め切ったまま過ごした。

あんなにしたかった一人暮らしなのに、何の喜びもなかった。センスのいいインテリアにして友達を招いて家飲みをしたいなどと夢を膨らませていたこともあったのに、自分の食事さえ作る気になれず、夜はコンビニで買ったものを食べて、ネットで韓流ドラマやアイドルの動画を見て過ごした。休みの日は両親の家に行って炬燵でごろごろした。事情を知っている親はそんな都に何も言わずに接してくれた。

その冬、何も考えないでいるということを、都は覚えた。なんだかもう笑うしかない、という境地に達して、都はいっそ明るかった。

冬の終わりに、春から正社員になれることが決まった。仁科だけではなく、スタッフはみんなとても喜んでくれた。都も嬉しかった。久しぶりに正社員になると、意外なくらいその状況がしっくりきた。店のことも、自分の店、というふうに思えた。

ゆっくりと春はきた。

だんだんと電気毛布が熱く感じられるようになって、ある休日、窓の段ボールを剝がした。日差しが差し込む部屋に丁寧に掃除機をかけた。それで片づけスイッチが入って、水回りからクローゼットの奥まで雑巾で拭きあげた。

冬物のコートやセーターをクリーニングに出して、次の冬まで保管も頼んだ。すっきりしたクローゼットに、春夏物の薄い服がかけられている。開け放した窓から風が吹き込んで、首筋がすうすうした。

あんなに寒かった冬なのに、風邪ひとつ引かなかった。自分はわりと頑丈なのだと思って都はふっと笑った。

貫一とは別れ話すらしていなかった。電話番号は削除したけれど着信拒否まではしていない。でも電話は一度もかかってこなかった。貫一のことなので、ラインをブロックされたことを、都からの別れの意思表示だと受け取っているのだろうと想像した。

小さなベランダに洗った雑巾を干しながら、都は花曇りの空を見上げた。

沢山交わした言葉、つらい諍い、やっとたどり着いた結論。それらはみんな無駄になった。

どうして貫一は免許の更新をしていなかったのか。

六年前と警官が言っていたから、震災のボランティアでそれどころではなかったのかもしれない。あるいは単にだらしなくて気が付かなかったのかもしれない。そんなふうに想像はするが、本当のところどうだったのか、確かめようとは思わなかった。

それよりも、最初にちゃんと口をきいたあの台風の夜、無免許であることを都に言い出せなかった貫一がそもそも間違っていて、あそこからもう無理だったのだと都は思った。蘊蓄は言っても肝心なことは言えない男であった。それがわかった。

貫一がいなくても生きていける。彼だって都がいなくても生きていけるだろう。

それだけでもう十分だった。


ゴールデンウィークの忙しさは、何も考えたくなかった都には有難かった。

社員となり、責任もノルマもあるが、売り上げを伸ばすために気兼ねなく方策を立てられるのは、むしろ楽だった。

都の勤めるショップは、広いアウトレットモールの中で場所もよくないし、間口も広くはない。だが、プロパーの店と同じくらいは売り上げていると聞いて考え方が変わった。旅行ついでに来る非日常型のモールではなく地元のお客が多い店なので、プロパーの店並みにリピート客を大事にすることにした。以前よりも頻繁にブログを更新し、お客様登録をしてくれた方にはまめにD

Mを出した。平日の暇な日は来店客と積極的にお喋りをし、顔と名前を覚えるようにした。アルバイトの子も楽しく働けるように、都は気を配った。

今は仕事が救いとなって、へたりこみそうだった自分を立たせてくれているのは本当だった。

だが、都の笑顔の裏の景色は、荒涼としていた。


連休中は帰宅が連日夜中になり気が紛れていたが、それが終わると、都は再び夜の時間を持て余すようになった。そしてたまに、互いの仕事が終わったあとの遅い時間から、そよかと飲みに行くようになった。

その夜も、都は焼き鳥屋でそよかと向かい合っていた。

そこは県内に展開するチェーン店で、安いことと深夜までやっていることしか取り柄のないような店だが、個室風にシートが区切ってあるので、他の客の視線を気にしないで済んだ。他に選択肢もなく、便利だからと惰性で何度も来ているうちに、いつしかそよかとはその店で会うのが当たり前のようになっていた。

最初はお互いの仕事のことや、ほかの世間話をしていても、酒が回ってくると都は同じ愚痴をぐるぐると繰り返した。

貫一と一緒に住むと決心してから、どれほどエネルギーを注いで彼を説得したか。のらくらかわす貫一が、今思うとどのくらい卑怯だったか。誠意と努力を台無しにされて本当に腹が立つ、と都はお通しの小鉢を意味もなく睨みながら言い募った。

都はふと、そよかがずっと無反応なままなことに気が付き視線を上げた。彼女は都を見ておらず、あらぬほうへ目を向けたままサワーに口をつけている。あ、また自分は同じ話をしてしまったんだなと都は自覚した。いつも優しい彼女もさすがに呆れているのだろう。

そよかの機嫌を取るように、都は殊更明るい声で話を続けた。

のんびりしてないで早く次の人を探さなきゃって、最近本気で思うんだよね。今の店に勤めてる限り出会いなんかないから、マッチングアプリをやってみようかと思って。スタッフでやってる子、何人かいるんだよね。ちょっと恐いけど、みんなやってるしさ。

そこでそよかがジョッキをテーブルにごつんと音を立てて置いたので都はびっくりした。

「都さん、全然吹っ切れてないんですね」

「え？」

「貫一さんのこと、もう諦めたらどうですか」

冷たく言われて、都は言葉を失った。

「諦めるも何も、未練なんてないけど」

「そんなふうには見えませんよ」

疲れたようにそよかが答えたので都はかちんときたが、その気持ちを堪えて微笑んだ。

「わかった、もう愚痴らない。いつも同じような話をぐちぐち言った私が悪かった。ごめんね。同じ話を何度も聞き飽きてたよね」

「都さん、もう少し自分に正直になりましょうよ」

「いやーん、感じわる」

煽られているように感じたが、都は憤りを飲み込んで茶化した。

「私、今日はちょっと言わせてもらいますね」

だがそよかは固い表情のまま言った。そうだった、彼女は普段とても優しいが、いざとなると案外歯に衣《きぬ》を着せないことを言う人だったと思い出した。

「そんなに貫一さんは悪いことをしたでしょうか」

そよかは無表情で続けた。

「無免許運転がいいわけはないです。それはそうです。貫一さん、最初に格好つけて運転してしまって、言い出せなかったんでしょうね。でも都さん、付き合っていくうちにこの人と連帯して生きていこうって思うほど、貫一さんの人間性の良さを感じたんですよね。なのに彼の弱さを認めてあげられないんですか？　貫一さん、高卒の資格も取るって言ってたんですよね。そしたら免許のことだって絶対考えてたはずです。でもタイミング悪く、貫一さんが頼っていたその北茨城のおじさんが倒れて、なるべくしないようにしていた運転をして捕まってしまった。いろいろ不運が重なったんです。彼に申し開きをする機会さえ与えないのはどうかと思います。もう一回貫一さんと連絡とって話してみたらどうですか？」

「ありえない。あっちが言ってくるならまだしも、なんで私から」

「そんなにはっきりあり得ないって思えるなら、すっぱり切り替えたらどうかって言ってるんです。ずっとずっと都さん、貫一さんの話ばかりですよ。そんなに吹っ切れないなら、覚悟を決めてちゃんと別れ話をしてきたらどうですか？」

「もう別れてる」

「いいえ、都さんは貫一さんからの連絡を待ち焦がれてるんです。でも連絡はこない。それに失望していて悲しいんです。それを認めましょうよ」

ふたりはにらみ合った。そよかとこれほど険悪な雰囲気になったのは初めてだった。

「正論だよね」

都は呟いた。

「ええ、正論です」

しらっとした顔でそよかは言った。

「私、彼氏にもよく言われます。お前は正論ばっかり言うって。正しいことだけを言う人間は、自分のことを完璧に整合性のとれてる存在だと思い上がってるって、この前も注意されました。でもね、彼、ゴールデンウィークに子供と旅行に行ったんですけど、あとから元妻も一緒だったってわかったんです。それって家族旅行じゃないですか。後ろめたくて私に嘘をついたんです。それに腹を立てるのも、正論振りかざした傲慢人間だからですか」

目のふちを赤くして彼女は言った。急に出てきた彼女の恋人の話に、都は驚いて目を見張った。

「……え、そんなことがあったの？」

「ごめんなさい、今のは八つ当たりです」

唇を噛んでから、彼女は痛々しく笑った。

今年に入ってからそよかがよく付き合ってくれるようになったのは、彼女が恋人とうまくいかなくなってきたからだと薄々感じていた。だがそよかは都と違ってほとんど愚痴を言わないので、自分のことで頭がいっぱいな都は気に留めていなかった。

「おー、おねえーさんたち、一緒に飲まね～」

そこで都たちのテーブルの横を通りかかった男が、覗き込むようにして声をかけてきた。茶髪で眉毛を細くした、絵に描いたようなヤンキーだ。ぷんと酒と整髪料が混ざった臭いがする。ふたりが絶句していると、すぐに仲間がふたり駆けよってきて「すみません、こいつ酔っぱらってて」と男を自分たちの席に引っ張っていった。

男がいなくなると、ふたりは気まずくため息をついた。

都は急に、深夜にこんなうらぶれた飲み屋でふたり、いがみ合っていることを虚しく感じた。喫煙席から煙草の臭いが流れてきて、バイトの店員たちは声を潜めることもなくだべっている。安酒と悪い油の臭いが充満する、不健康でだらけきった空間だった。

都は、前にそよかと行ったシチューの店を思い出した。夢のように可愛らしい店で、お互い始まったばかりの恋の話で盛り上がった。買ったばかりの服を入れた、ぱりっとしたショップバッグを持って、美味しいものと可愛いものと優しい恋人の話をしてきらきらした時間を満喫していた。それがいつの間にかこんな濁りきった場所で愚痴りあうようになってしまった。

「……ごめんね、そよか。私、自分のことでいっぱいいっぱいになっちゃってて」

「こちらこそごめんなさい。私、いい子ぶりっこで人を苛立たせるってわかってます」

「そんなことないよ。ずっと私のくどい愚痴を聞いてくれて感謝してる。よかったら、彼氏の話、聞くよ？」

そよかは少し考えてから首を振り、「今日はやめときます。今度聞いてください」と言った。飲み物も空になり、ふたりは冷えてしまった焼き鳥をつまんだりした。

「都さん、お代わりします？」

「うーん。ねえ、甘いものでも頼もうか」

そよかは一瞬きょとんとし、「そうしましょうか」と微笑んだ。

ファミレスのような大きなメニューの最後には、何種類もデザートが載っていて、それを選んでいると少しだけ華やいだ気分になった。そよかは少し表情を柔らかくして言った。

「都さん、今度は昼間会いましょう」

そよかは言った。

「ぱーっと体動かしませんか。卓球でもテニスでもボウリングでも。日帰り温泉でもいいかな」

「そういえば、最近うちの母親が山登りにハマってて」

「へー、それもいいですね。筑波山とか？」

「うん、いいねいいね」

「私の話はそのとき聞いてください。この店じゃなくて」

「うん。もちろん」

大きなパフェがやってきて、都は殊更派手に歓声をあげた。悩み事などないという顔をして、スプーンに生クリームを大盛にして口に入れた。


都は友人だけではなく、両親にも相当甘えている自覚があった。せっかく独立したのに、週二日の休みのうち一日は親の家へ行くのが、もうすっかり習慣になってしまっていた。

冬のうちは自分のワンルームが寒すぎるから風邪ひきそうで、と理由をつけていたが、もう目の前に夏が迫ってきており、うまい方便もないまま行くのは気が引けていたが、その日は、大量に貰った梅があり梅干作りを手伝ってほしいと母から頼まれていたので、少し気楽な気分で向かったのだった。

両親が引っ越したのは、都の部屋よりもっと東京寄りの、昭和の時代に建てられた巨大団地だった。部屋の中は綺麗にリフォームされて近代的になっているが、全体的な雰囲気は都が生まれ育ったところにとても似ていて、タイムスリップした気になる。

その団地の入り口で、都は母親にばったり会った。母は化粧をしてきちんとした白いブラウスを着ていた。

「あ、都、ちょうどよかった」

「なに、出かけるの？」

「急に仕事に呼ばれちゃって。スタッフの人が急病で来れなくて店がてんてこ舞いだって」

不満げに唇を尖らせながらも、母はどこか楽しそうだった。

「パパがひとりで梅の始末やってるから、手伝ってくれる？」

「え？　平日なのにパパいるの？」

「この前休日出勤したから振替で休みなんだって。じゃ、頼んだわよ」

ハンドバッグを肩にかけて、弾むような足取りで行ってしまう母の背中を都は見送った。母は引っ越しと同時に、浅草にある外国人観光客に着物を着せる店でパートを始めた。着付けの技能を生かせる仕事が見つかってよかったが、更年期障害の症状が完全になくなったわけではないのにそんな仕事が務まるのだろうかと心配していた。だが今のところまだ続いているようだ。

父親とふたりきりとは気が重いが、ここまで来て帰るわけにもいかず都は古いエレベーターに乗った。五階にある両親の部屋へ行くと、リビングのテーブルをどかして新聞紙を広げ、父が梅をひとつひとつ並べているところだった。

「おう、来たか」

「下でママに会ったよ」

「来てくれてよかった。ひとりで全部やるのかと思ってうんざりしてたとこだ」

エプロンをした父はそう言った。床一面に並べられた瑞々しい梅からは清涼感のある匂いが立ち上っている。開け放した窓からは小さい子供が泣く声が遠くから聞こえていた。

「すごいね、こんなに沢山どうしたの？」

「それが樫山さんに貰ったのがあったのに、隣に住んでるばあさんからも貰っちゃったんだよ」

「へー」

こういうものをあげたりもらったりするのは、いかにもおばさんの社交っぽいなと都は思った。都が子供の頃住んでいた団地では日常的にそういうことが繰り返されていた。母には一軒家に籠って暮らすより、この方が合っているのかもしれない。

「ママ、昔はよく梅干し作ってたよね」

「ずっと面倒くさがってたけど、こういうこともやる気になったみたいだな」

「で、これどうやるの」

「俺だってよく知らないよ」

父は傍らに置いてあったスマートフォンを手にとって、「えーと、洗ったらひとつひとつ水滴をよく拭いて」と読み上げる。

「あ！　パパ、スマホにしたの？」

「ああ、先週買ったんだ。使い方わかんなくて苛々するよ」

そう言いながらも顔は笑っている。

「お前、続き読んでくれ」

渡されたスマホを受け取り、梅の下ごしらえと題されたページを読んだ。

「ええと、水滴を拭いたら、竹串でなり口のほしを丁寧に取り除きます」

「ほしって？」

「軸のことじゃない。この、へそのとこ」

母が用意してくれた竹串を手にして、都と父は床に座りこみ、おそるおそる梅の実の軸を取り始めた。四つほど軸を取るともう肩が凝ってしまい、都は手をとめて父に聞いた。

「ママ、仕事で急に呼び出されるとか、よくあるの?」

「そんなにちょくちょくじゃないけど、たまにはな」

「ふーん、すごいね」

「疲れてぐったりしてることもあるけど、まあ、生活にはりが出たみたいでよかったよ」

そう言う父も、昨年からは想像もできないほど顔色がよくなったし、話も態度も柔和になった。白髪が増えて老けはしたが、顔から険が消えた。

父は車を手放し、電車通勤に切り替えたそうだ。行きは下り、帰りは上り電車に乗るので空いていてストレスはないらしい。頑なにガラケーを使っていたのにスマホに変えたし、人間はいくつになっても変われるものなのだなと都は思った。

両親は生存戦略を練り直したんだな。長く一緒にいれば行き詰まるときもある。でも変化していけばなんとか突破口は見つかるものなのかもしれない。自分と貫一も、そうできたらよかったのかな。都は少し悲しい気分でそう思った。

ふたりで黙々と作業をしていると、ふいに父親は口を開いた。

「都はどうだ?」

「何が?」

「仕事とか、生活とか」

気を遣われてるな、と都は苦笑いした。

「仕事はまあまあうまくやってる。正社員にしてもらったから、いろいろやりたいこともできるようになったし、今、職場の人間関係がうまくいってるから仕事自体は大変でもつらくないし。生活のほうはまあ普通。一人暮らし、別に初めてじゃないし。それなりに快適だよ」

都は淡々とそう返答した。

「お前、無理に結婚しないでもいいんだぞ」

そんなことを言われて都は目を丸くした。

「もし展望が立たなかったら、また俺たちと暮らしたらいい。ここじゃちょっと狭いから、もうちょっと広いところに越したっていいんだ」

「はー？　なにそれ」

下を向いて作業をしながら、父は言った。

憐れまれてる。甘やかされている。それは有難いことなのかもしれない。

「やだよ」

都は言った。

「ふたりともよぼよぼになったら一緒に暮らしてあげないこともないけど。そうじゃないうちは自由にさせてもらいます」

強がって都は言ったが、内心は泣き出しそうだった。

甘えていいと言われるのは、甘えるなと言われるよりきつかった。


ついこの間まで寒さに震えていたのに、気が付くと恐ろしいほど暑い夏が始まっていた。連日最高気温が更新され、うだるような暑さが続いた。

そんな七月のある日、やっと太陽が雲に隠れて少し雨が降り、暑さがましになった。ましと言ってもエアコンを入れずにはいられない気温で、都は狭いワンルームのエアコンの設定温度を一番低くして、鏡の前に立っていた。

大きな姿見は東京で初めて一人暮らしを始めるときに思い切って買った立派なもので、都は洗い髪のブローやメイクや、毎日の服のコーディネイトを何年もその鏡に向かってこなしてきた。

今日は何を着て出かけたらいいのか。

同じ鏡に向かってこれまで数えきれないほど問いかけた。今日は絶対これ、と迷いなく決まることのほうが珍しく、だいたいはどこか自信がない。

今日は休日で、これからマッチングアプリで知り合った男性と会う。昨日の夜はシャワーではなく湯に浸かり、体にも顔にも保湿とマッサージを施した。

夕方から会うその男性は、美容師という職業と、アプリの写真とプロフィール、ほんの何往復かのラインでの会話だけで、ほとんどどんな人かは知らない。故にどんな服で行ったら正解なのかはわからない。自分らしい服装で行けばいいとは思うが、何が自分らしいかなど今となってはよくわからなかった。

アプリでマッチした人と会うのは、これが初めてではない。六月の中旬に始めて既にふたりの人と会い、今日は三人目だ。

店の若いスタッフから、アプリを使う上での作法や、関わってはいけない相手はどんな人か、みっちり手ほどきを受けた。ネットで知り合った人に会ったりして大丈夫なのだろうかと最初は緊張したが、少なくとも都が会ったふたりの男性は特に危険な部分はなさそうな普通の人だった。考えてみれば貫一とも、モールの寿司屋に勤めているという以外の情報はほとんど知らずに付き合い始めたのだから、同じようなものかもしれないと思った。

最初は年上の人と会い、次は年下の人と会った。今日は同い年の人と会う予定だ。前に会ったふたりとも、プロフィールの写真とはずいぶん印象が違った。だが都は面食いでもないので、話しやすければそれでいいと思っていた。

似たような店に行って、似たような会話をした。取り繕っても仕方ないのでなるべく普段の感じで話した。だが、会っているときは楽しいような気がしても、帰宅するとどっと疲れてしまった。年上の人ははっきりと結婚相手を探していると言っていて、悪い人ではなさそうだが、最初からそう言われると都としては引いてしまう。年下のほうは、店では盛り上がって話したのに、帰宅した頃にはわかりやすくラインをブロックされていた。

出会うのは大変だ。だが、めげるのはまだ早いと自分に言い聞かせた。

都は、今夜のために手の込んだナチュラルメイクを顔に施した。あまりに暑くて服装のほうは凝りようもなかったので、今年自分の会社が出して大ヒットしていた冷感素材のノースリーブワンピースを着た。ミントグリーンのストライプで、もう淡いパステルカラーは年齢的に厳しいかと思っていたのだが、着ると案外しっくりきた。初対面の人と今夜どうこうなるという気はなかったが、気合を入れるために下着も新しいものを下ろした。

全身真新しくしていい気分で家を出たのに、数分歩いただけで猛烈な湿気に汗が噴き出した。ほとんど修行のような気持ちになりながら、駅まで歩いてそこから電車に乗った。

半端な時間の常磐線はすいていて、都は暇にあかしてマッチングアプリを開き、次々と男性の顔をスワイプしていった。

巨大通販サイトのように、これでもかというくらい大量に並べられた顔写真を、それこそ洋服を選ぶような目で次々と見ていく。目に留まった顔に手を止めて、プロフィールを読んでみる。

身長や体重や趣味や様々なスペックが書いてある。ふーんと思う。この人わりといいんじゃない、という人にはいいねをつける。それを延々と繰り返す。

アプリも見飽きて都は息を吐いた。スマホを膝の上に伏せて目を閉じる。各停電車の規則正しい車輪の音を聞きながら、都は知らず知らずのうちに、また貫一のことを考えていた。

そよかはすっぱり諦めるか、貫一と会ってケリをつけたほうがいいと言っていたが、都はそのどちらもできないでいた。

そよかの言葉を思い出す。都さんは貫一さんからの連絡を待ち焦がれてるんです、でも連絡はこない、それに失望していて悲しいんです。

そうだろうか。違うという気もするし、そうなのかもしれないとも思う。

貫一との付き合いでよかったことや楽しかったことを思い出そうとすると、それを阻むように頭に浮かぶのが警察署での記憶だった。

半年以上の時間がたって、様々な記憶が曖昧になってきても、都の中でまったく溶けずにわだかまっているものがそれだった。

警察で犯罪者扱いされたことが都にはショックだったし、屈辱的だった。自分は特に品行方正ではない。だが、あんなふうに扱われるような生き方はしてこなかったつもりだ。指紋を取られたり、行動を制限されたり、ほとんど恫喝されるように質問を受けたりした。東馬からセクハラを受けたときも人ではないように扱われていることが悔しかったが、それに近いようなことをされた気がした。

そよかは貫一の無免許運転に何か事情があったのだろうと寛大な様子だったが、都はどうしてもそういうふうには思えなかった。貫一の運転は安定していてとても上手で、きっと運転歴は長いのだろう。けれど、無免許で運転するのは都の中では、どんな事情があれ超えてはならない線を超えることだった。それは酒酔い運転と同等に罪深い。心のどこかで「見つからないようにすればいい」と思っていた彼の甘さが、都の中では許しがたいことだった。

善い人とはどういう人のことだろう。都はぼんやり考える。

法律を守ることだけが善いことだとは都も思わない。

都はこれまで自分のことでいっぱいいっぱいで、法律違反はしていないが、特に善き行いもしてこなかったと思う。いいこともしていないが、悪いこともしないで生きてきた。

貫一は困っている人のために自分の時間をつぎ込んで善き行いをする反面、無免許運転という明らかな悪事も行ってきた。

貫一はあの後どうなったのだろう。逮捕されたのだろうか。どんな罰を受けたのだろうか。勤めていた店は首になったのだろうか。

都はスマホを起動させ、検索窓に無免許運転、罰則と打ち込んだ。何度か調べようとしたが恐くてしていなかった。初めて検索を実行し、上がって来た記事を頭から読みはじめた。

そのときぶるっとスマホが震え、ラインのメッセージが入った。

――急にすみません。今日行けなくなってしまいました。実家の広島の豪雨が凄くて、家が浸水したと連絡があり、これから実家へ行くことになりました。ドタキャンごめんなさい！　この埋め合わせは必ず！

平謝りのスタンプが続けて届き、誰からの何のメッセージか一瞬わからず、都はぽかんとしてしまう。何秒かして、それが今日これから会う予定の、アプリで知り合った男性からのものだと気が付いた。

豪雨？　と思って気象情報を開くと、確かに西日本でかなりな量の雨が降っているようだ。嘘をつかれているわけではないだろう。しかし本当だろうが方便だろうが、ドタキャンされたことに変わりはない。

せっかくお洒落したのに。

激しく気が抜けてしまい、都はスマホをバッグに突っ込んだ。車窓を流れる景色にぼんやり目を向けつつ、このまま帰るのはあまりにも惜しいし、気晴らしにひとりでぶらぶらするかと気だるい気持ちで思った。

そこでバッグの中でスマホが震えた。取り出して見ると、ショートメッセージが入っている。開けてみると、それはニャン君だった。

――先週から日本に帰ってきてます。しばらく居るのでよかったらご飯行きましょう！

都はメッセージをじっと見た。

正直、ニャン君のことは忘れていた。去年まではたまにメールのやりとりもしていたが、それもいつの間にか途絶えていた。

久しぶりのニャン君からの連絡に、都は少し考え、「急だけど、人との約束がなくなっちゃって今晩ならガラ空きです」と正直な返信をする。二分もたたないうちに、八時くらいになっちゃっても大丈夫なら会いたいです、と折り返しメッセージがきた。

ニャン君に指定された待ち合わせ場所は、東京駅隣接のホテルのラウンジだった。それまでの時間潰しに、あまり見たことがなかった日本橋周辺のファッションビルを見て回った。

そのホテルには入ったことはなかったが、駅の横のホテルならそれほど敷居も高くないだろうと思って気負いなく向かった。だが、高層階にあるラウンジへ足を踏み入れると絨毯が驚くほどふかふかで、天井には複雑な形の大きな照明がきらめいておりぎょっとした。

黒服を着た案内係に待ち合わせだと告げると、ウェイティングバーへ通された。久しく高級店には縁がなかったので緊張する。ウェイターにうやうやしくメニューを渡され、都は舞い上がってしまい、期間限定だと勧められた二千円近くする桃のカクテルをおたおたと頼んだ。

大きなガラスの向こうには東京の夜景が広がっている。普段目にしない眩い夜景に目を奪われているうちにカクテルがきた。ひとくち飲むと驚くほど美味しい。それでやっと気持ちが落ち着き、都はカウンターに軽く頬杖をついた。めかしこんでいる日で本当によかった。軽装だったら気遅れして帰ってしまいたくなっただろう。

アプリの相手にはドタキャンされたが、偶然ニャン君と連絡が取れて、ウィンドウショッピングをして、素敵なホテルのラウンジで美味しいカクテルも飲んで、今日は思いのほか充実してしまった。なんだかもうこのまま帰ってしまってもいいような気さえした。

そこで肩を叩かれて振り向くと、ニャン君が立っていた。

「ミヤーさん、久しぶりです！」

そう言って彼は大きな笑顔を見せた。都は驚いて思わず「えっ」と声を出してしまった。以前会ったときは前髪を下ろしていたのに、すっきりした短髪になってまったく印象が違っていた。きちんとしたジャケットを着ていて、耳に小さいがいやに光るピアスをしている。少し太った気がした。都の隣に腰かけるとき、彼はジャケットを脱いだ。中の黒いTシャツは、光沢のある明らかに高級素材のものだった。胸や腕には筋肉がつき、太ったのではなく体が大きくなったのだと気が付いた。

やってきたバーテンに愛想よく黒ビールを頼むと、ニャン君は楽しそうに都の顔を見た。

「いつ以来？　牛久大仏行ったとき？　会えて嬉しいです」

たどたどしかったはずの日本語も驚くほど滑らかになっていて都はさらに面食らう。

「……ニャン君、なんかすごく大人になったね」

「えー、そうですか」

「ニャン君っていくつなんだっけ」

「二十二ですよ」

ひとまわりも下だったのか！　と内心驚きながら、都は彼が隣のスツールに置いた鞄に目をやる。それは革のブリーフケースで、あからさまではないがハイブランドのものだった。足元はデッキシューズだが革製でカジュアル度は低い。とても学生の服装とは思えない。

「ニャン君ってもう働いてるの？」

つい聞いてしまうと彼は頷いた。

「お兄さんの商売が予定してたより早く進んで、僕もいろいろ任されてるんです。今日も打ち合わせで」

「そうなんだ」

「来年の春には東京にベトナム料理のカフェを作るんだけど、雑貨や服のスペースも広いんですよ。ミヤーさん、そこで働いてくれたら嬉しいな」

「えー、またまた～」

「ほんとにさ」

真顔で返答され、都はどぎまぎと下を向いた。たぶんダイヤモンドであろう小さなピアスがシャンデリアからの光を受けてきらめいている。なんだか現実離れしている、と都は思った。

「ミャーさん、夕飯は？　おなかすいてない？」

「あ、実はお昼食べたきりで。少し何か食べていいかな」

「もちろん」

ニャン君はスマートにすっと右手を上げる。やって来たウェイターに、食事をしたいのでテーブルに移っていいかとにこやかに言うと、すぐに窓際のテーブル席に案内された。カウンターに比べて照明はほの暗く、はす向かいに座ったニャン君の横顔がキャンドルの灯りに照らされていやに精悍に見えた。

都が腰を下ろした席からは、ちょうどスカイツリーがすっくと立っている姿が見えた。それに目を奪われている間に、ニャン君はウェイターにいろいろ注文しはじめた。急に最初に飲んだカクテルの値段を思い出し、都は支払いが不安になってくる。たぶん彼が出してくれるつもりなのだろうが、年齢のことを考えると無邪気に奢られていいとは思えない。

ウェイターとメニューについて歓談しているニャン君を見て、純朴そうに見えて彼はとても世慣れていると都は思った。最初に会ったときから感じていた彼の鷹揚さは、裕福な暮らしをしてきた故のものなのかもしれない。

それが楽と言えば楽だった。こういう店で物慣れた男性にあれこれ気を遣ってもらい、お姫様気分に浸ることができるのはやはり心地よい。それに当たり前だが、アプリで知り合った初対面の男性と話すより、ニャン君とは少しは気心が知れていて安心できるし、彼が自分に好感を持ってくれることにも自尊心を満たされる。

「貫一さんは元気ですか？」

さらっと聞かれて、都はグラスを取ろうとした手を止めた。

「えっと、実は別れたんだ。もう半年前かな」

「えっ！」

彼はひどく驚いた顔をした。

「なんで？」

「なんでって、えーと、まあいろいろあって」

「あー、びっくりした！」

「そんなに驚くこと？」

「なんとなくですけど、ふたりは結婚するのかと思ってたから」

「私もそう思ってたよ」

ニャン君は驚きが一段落すると、都の顔を覗き込み、にっこり笑った。浅黒い肌から綺麗に揃った白い歯が覗く。

「じゃあ僕にもチャンスができたわけだ」

「またまた、口がうまいなー。ていうか、ニャン君明らかに日本語うまくなってるよね」

「そうですか。まー、僕、語学は得意だから」

「ニャン君て何でもできそう」

「まあ器用は器用かも。でも日本語で僕みたいなの、キヨービンボーっていうんでしょ」

彼は通りかかったウェイターを呼び止めて、まだ飲み物は残っているのにグラスのシャンパンをふたつ頼んだ。

「え、どうしたの？」

「お祝いの乾杯をしましょう。恋人と別れるのはつらいことだけど、都さんはその結果、また新しい恋をする。それのお祝い」

「うわー！　そういう台詞どこで覚えてくるわけ？」

都は爆笑した。少し前にハマッて見ていた韓流ドラマの台詞のようで背中がむず痒い。だが、その辺の男子が言ったら馬鹿みたいな台詞も、外国人の彼が言うとまあまあ様になると頭の隅でちらりと思った。

本当にシャンパンがきてしまったので笑いながらも乾杯し、都はニャン君に聞かれるまま、貫一と別れた経緯について話しはじめた。グラスがあくと彼は都の分もカクテルを頼み、都はつい早いピッチで酒を口に運んでしまった。ティファニーのネックレスで喧嘩をしたことも、貫一の生い立ちや施設に入っている父親のことも、聞かれるまま話した。そして熱海の夜から翌日にかけての出来事を話す頃には、都はだいぶ酔いが回ってしまっていた。

「そうか、それは大変だったね」

無免許運転で捕まったところまで話すと、ニャン君は眉間に皺を寄せて頷いた。

「駄目な男でしょー」

「まあ、貫一さんらしいって言うか」

「あれ〜、肩持つの？」

都がからむ口調で口を尖らせると、ニャン君は足を組んで椅子の背によりかかり、ふいに皮肉っぽい笑みを浮かべた。

「貫一さんはまだ若いのに、古いタイプのニッポン男児って感じがしますよ。ただの僕の印象だけど、地方に住んでる人は若くてもちょっと考え方が古い人が多いよね。まあそれはベトナムでもそう。日本の男性の自殺率が高いのは、ニッポン男児たるもの人に物事を相談してはいけないっていう考えに縛られてるんじゃないですかね」

それまでとは違う低い温度の声に、都は言葉を失った。

「女じゃないんだから愚痴ったり、友達同士で共感ごっこをしたりしない。男は自分の能力ですべて問題解決できるって根拠のないプライドがあって、たとえ困ったことが起きてもその自尊心が邪魔して誰にも相談できない。そして自滅。そんなふうじゃない？」

都が何も返答できないでいると、彼は再び右手を上げた。魔法のようにウェイターが音もなくやって来る。酒のお代わりを頼むのかと思ったら、ニャン君はコーヒーを頼んだ。

都はそれで高ぶっていた意識がすっと冷めた。腕時計に目を落とすと、もう十一時近かった。

「こんな時間！　私、帰らないと。終電乗り遅れちゃう」

ニャン君は足を組んだまま、まったく動じないで微笑んでいる。

「コーヒー、すぐに来るから。飲んだほうがいいよ」

「でも電車が」

そう言いながらも、両親の家なら常磐線の最終に乗れば帰れると思いつく。スマホで検索しようとすると、ニャン君が腕を伸ばしてきて、人差し指で都の手の甲をそっとつついた。

「ここ定宿なんだ。僕の部屋に泊まっていけば？」

都はぽかんと彼の顔を見た。「またまた〜」と茶化そうとしたが、ちょうどそこでコーヒーが届いて都は笑い損ねた。

「ベッドはふたつあるから、安心して朝まで眠っていってよ」

からかうような顔でニャン君は言った。

ニャン君の部屋は広めのツインルームだった。

なるほどベッドはふたつある。だからと言って何もされないとはさすがに都も思ってはいなかった。入口で立ち止まったままの都の傍らをすり抜けてニャン君は窓際まで歩いて行くと、閉めてあったカーテンを開けた。窓は大きく、レストランとは違う方向を向いているようで、今度は東京タワーが見えた。

夜景に目を奪われていると、彼は都のところに戻ってきて、するっと当たり前のようにキスしてきた。思わず体を引いてしまうと、彼は苦笑いした。

「そんなに恐がらないでよ。ミャーさんがいやなことはしないから安心して」

窓際のソファを「まあ座って」と勧められて、都はおずおずと腰を下ろす。

「あー、今日も汗かいた。ホーチミンに比べれば東京は涼しいけど、Tシャツ一枚ってわけにはいかないからね。僕、汗臭いでしょ。先にシャワー浴びてきていい？」

「ど、どうぞどうぞ」

「冷蔵庫の中のものなんでも飲んで、ゆっくりしてて」

そう言い残してニャン君はバスルームに消えてゆく。ひとりになって都はほっと息を吐いた。

部屋はスイートではないが大きなソファセットもあって、明らかに都のワンルームの倍以上の広さがある。デスクの上には資料のようなものが広げられ、彼の衣服が無造作に椅子に掛けられており、既に何泊か泊まっている気配があった。彼は本当にお金持ちなんだな、と都は思った。

お金持ちだから、部屋までのこのこついてきてしまったのだろうかと、都は落ち着かない気持ちで考えた。ちやほやされて嬉しかったからだろうか。彼なら大事にしてくれる気がしたからか。

それともこれこそが運命なのか。いやいや、そんな大それたものではなくただの性欲かも。酔いが残る頭で都は混乱したように思った。

先程も思ったが、ニャン君のことは正直忘れていた。彼のほうだって最近は連絡してくることもなくなっていたし、同じようなものだろう。

どうにも落ち着かなくて、ソファに座ったりまた立ち上がったりしているうちに、ニャン君がバスローブ姿で出てきた。

「あ、居た」

「え？」

「シャワー浴びてるうちに帰っちゃうかと思った」

彼は都のことを抱き寄せた。全身から立ち上がる湿気とシャンプーの匂いに包まれる。そして先ほどとは違う濃厚なキスをされた。嫌悪感はなかったが、頭の隅が冷静でうっとりとは程遠い。彼の濡れた髪に触れて、ぎくしゃくとキスに応える。顔の位置が入れ替わるとき、彼のピアスの石が頬をかすった。その冷たい感触にはっとして都は彼の胸を押し後ろに下がった。

「私のことが好きなの？」

都が聞くと、彼は「好きだよ」と即答した。

「ずっと好きだったわけじゃないよね？」

「まあ、ミャーさんは貫一さんと結婚するんだと思ってたし、僕も忙しかったからね。ずっと忘れられなかったとかじゃないよ。でも久しぶりにミャーさんに会ったらやっぱりこの人可愛いなって思った。お嫁さんになってくれる？」

「お嫁さんって……、忘れてた人と急に結婚とか普通考える？」

「僕は日本人じゃないから、日本の普通はわからない」

にっこりして言われ「ただやりたいだけじゃないの？」と喉元まで言葉が出かけた。一発やりたいから、適当にお嫁さんとか言ってるだけなんじゃないの、と濁った感情が押し寄せる。

これは呪いだろうか、と都は愕然とした。

あの丸眼鏡に言われた、男はだいたい君の顔より胸を見てる、まさかそれをモテてると思ってる？　という忌まわしい台詞が蘇る。

都が言葉を失っていると、ニャン君は親指でそっと都の唇に触れた。

「僕、できれば日本人の女の子と結婚したいんだ」

「……え」

「お兄さんみたいにね。それが日本でビジネスするには最適だから」

初めて彼の本音に触れたような気がして、都は息を止めた。

「日本人だったら誰でもいいの？」

「そんなわけないじゃない。ミャーさんみたいなセンスがよくて可愛い女の子がいいに決まってる」

都が何か言う前に唇がふさがれる。そしてあっという間に抱え上げられてベッドに倒された。筋肉のついた重い体から欲望が立ち上がってくる。都は抵抗する気も徐々に失せ、もういいかという気になってきた。それでも、手慣れた様子でワンピースのファスナーを下げられて、都は彼の手を押しとどめた。

「待って待って。シャワー浴びる」

「浴びなくていいって」

「すごく汗かいてるし、お願い」

仕方なさそうにニャン君は手をゆるめる。彼の体の下から這い出して、都は乱れた裾を急いで直し、バスルームのほうへと向かった。酔いが残っているせいか足元がよろけ、ぶつかるようにしてドアを開けた。ふと振り返ると、ニャン君は気恥ずかしいのかうつ伏せのままベッドに寝転んでいた。その背中を見て、初めて愛おしさがこみ上げてきた。そっと声をかける。

「あの、私、かなり年上だけど本当にいいのかな」

ゆっくりと顔を上げ、彼は笑った。

「うん、年上なのはわかってます」

「たぶん、あなたより一回り上だけど」

「ヒトマワリ?」

ニャン君はきょとんとした。

「……ヒトマワリって干支だっけ?」

「そう、干支を一周ってことね。ベトナムにも干支ってあるの?」

彼はぽかんとしたまま返事をしなかった。

「つまり、あの、十二歳違いってことだけど……」

「えっ!」

彼はがばりと体を起こした。

「え、じゃあ、ミャーさんっていま何歳?」

「もうすぐ三十四歳だけど」

「えーーーーっ!」

ものすごく純粋に驚いた声を彼は出した。先ほど店で、都と貫一が別れたと聞いたときよりも驚きは大きかったようだ。

年齢に対し、派手に驚かれて都は少々むっとした。彼はベッドから起き上がると食い入るように都を見た。バスローブがはだけ、脛《すねげ》毛の薄いつるんとした足が見えている。

「それほんと？」

都が頷くと、彼は片手で口を覆った。

「ミャーさん、ちょっと待って」

あまりに彼の驚きが大きくて、都のほうが戸惑ってきた。彼は下を向き、難しい顔で何やら考えを巡らせている。

「ごめん」

そして出てきた言葉はそれだった。都はバスルームの扉に手を掛けたまま「え？」と問い返した。

「そんな上だと思わなかった」

「え？　え？」

「ごめん、ちょっと無理かも」

何を言われているのか、都はまだわからなかった。

「ごめんなさい。ほんとにすみません。あの、五歳くらい上かなーって思ってたけど、そんな上だとちょっとまずい。お姉さんより年上になっちゃうし、いや、それはちょっと」

ずっと大人っぽく洗練された態度だった彼が、嘘のように狼狽えている。都は予想外の出来事に口が開いたままだった。たっぷり一分ほど沈黙が流れ、やっと何を言われているのか理解した。

急転直下、と都は思った。そう思ったとたん、笑いが込み上げてきた。アハハハハと空笑いが出る。笑いながら、おばさんってこういう笑い方をするなと頭の隅で考える。何か失敗したとき、中年女性はごまかすために大笑いする。

「ミヤーさん」

「ハハハハハ、いや、こっちこそ、ごめん」

腹を抱えつつ都はソファへ小走りに行き、自分の荷物をあたふたと取ってドアへ向かった。

「あの、私、帰るね！　まだ常磐線あるし！」

「ミヤーさん！　あの、いや」

「いいって！　気にしないで！　ご馳走様！」

都は廊下に出て、エレベーターへ走る。すぐに来たエレベーターに乗り込み、ホテルを飛び出て駅へ走った。そのままホームへの階段を駆け上がる。

そんなうまくいくわけがない。いったらおかしいし、むしろ恐い。

夜の電車の窓に、吊革につかまり、何故か笑いを堪えている自分の顔が映っている。

傷ついてもいないし、悲しくもなかった。

意味もなく天井を見上げると、夜の車内を照らす蛍光灯がまぶしかった。

スポーツクラブのランニングマシンの上で、都は一心に足を動かしていた。

ランニングなど、高校以来だ。久しぶりに走ると自分の体がイメージしていたよりずっと重たくてびっくりした。

スポーツクラブというところに来るのが初めてなので、回転するゴムベルトの上を走るマシンを使うのも都は初めてだ。最初は足がもつれそうになったが、五分もするとまわりを見回す余裕も出てきた。

ジムスペースの壁は一面鏡張りになっており、その前にランニングマシンが並べられているので、いやでも自分や両隣の人の姿が目に入ってくる。急遽アウトレットで買ったトレーニングウエアから出た自分の手足は、家の姿見で見るより締りがなかった。徐々に年を重ねている事実を改めて見せつけられたように思った。

今日は有休を取ったそよかに誘われて、近所に出来たばかりのこのスポーツクラブに無料体験に来た。

そよかはどこかのジムに入会しようとあちこち見て回っているそうだ。都はただ興味本位でついて来ただけだが、だんだんと自分も入会してもいいかもしれないという気になっていた。

最初にプールと風呂を案内された。大浴場はかなりの広さで、サウナも併設され、休憩スペースにはマッサージチェアもある。早朝から夜遅くまで営業しており、入浴だけしに来る会員も沢山いると説明された。会費は平日会員ならば都にも何とか払えそうな金額だった。これは案外いい暇つぶしかもしれないと都は思いはじめていた。

先日の三十四歳の誕生日は、半休を取って三年使ったスマートフォンを買い替えた。保存されていた大量の写真は新しいスマホには移さなかった。貫一と撮った写真も、撮りためたコーディネイト写真も削除するのは勇気が要ったが、やってみれば清々した気分だった。マッチングアプリも削除し、アプリで知り合った人の連絡先も消去した。

ニャン君と会ったあの夜から、憑き物が落ちたような不思議な気分になっていた。早く幸せにならなくてはという強迫観念のようなものが、ほろほろと剝がれ落ちたように感じた。

自分がひとまわり年上だとわかったとたん、ニャン君にあっけなく引かれたことは、腹を立ててもいい出来事だったのかもしれない。しかし落胆や怒りの感情は不思議と湧かず、何かが腑に落ちたという気持ちになった。

翌日彼から電話があり、平謝りされた。謝られるのもなんだか違うが、収まりもつかないだろうと思って「またいつかご馳走して」と笑っておいた。

ニャン君は、でも僕の店で働いてほしいことは本当だから考えておいてと言った。「またうまいこと言って」とおばさん笑いで聞き流した。

彼の話を都は本気にはしていないが、語学を勉強するのもいいかもしれないと思った。モールにも最近は中国などアジアのお客が増えている。英語か、中国語か、あるいはニャン君にベトナム語を習うのもいいかもしれないとぼんやり思う。時間があるのなら、何か将来のために資格を取るのもいいかもしれない。仁科が商品装飾展示技能士という国家資格の試験を今度受けると言っていた。自分も勉強してみようか。

そんなふうに今まで思いもしなかったことを考え出した矢先に、そよかに誘われてスポーツクラブに来た。とりあえず体を動かすのはいいかもしれない。綺麗に服を着るには体は大切だ。半年くらいでもいいから通ってみようかと都は走りながら考える。設定した時間を走り終えると、想像していたより大きな充足感があった。

都は壁際のベンチに腰を下ろし、首からかけたタオルで顔の汗をふいた。運動したあとの心地よい気だるさを感じながら、ジムスペースで筋トレをする人々を眺めた。

窓際の大きなマシンに、そよかの姿を見つけた。階段を登るように両足を交互に動かすもので、勧められてランニングマシンの前に都もやったが、あまりにきつくてすぐ音を上げた。

そよかは額に汗を光らせて黙々と体を動かしていた。横顔は恐いくらいに真剣だ。苦しい運動をしているのだから楽しそうな顔にはなりようもないが、彼女がとてもつらそうに見えた。

やがて彼女は動きを止めてマシンを下りた。しばらく屈んで息を整えていたが、汗をぬぐいながら都のほうを振り向いた。手を振るとそよかはぱっと笑顔になった。

「すごいね、そよちゃん」

「見てたんですかー。恥ずかしい」

「もう私疲れちゃってお終い。そよちゃん、運動が向いてそうだね」

彼女は上背もあるし、運動している姿はバネがあって力強かった。

「そうですね、夜、お酒を飲みに行くよりはずっと向いてる気がします」

にっこり笑って彼女が言った。

「入会するんでしょ?」

「うーん、とりあえずここは保留です」

「え、そうなの?」

「思ったよりプールが小さくて。平日は来られないし、そうなるとレギュラー会員じゃないですか。ちょっと高いかな」

「私は平日来られるから入ってみようかな。うちのお風呂狭いし古いし、お風呂だけでもいいかも」

「あの大浴場は魅力ありますよねー」

人々が運動するのを眺めながら、ふたりはなんとなく話した。短パンにスニーカーで足を投げ出していると、高校のときの部活のようで、それだけで何か楽しかった。

「私、スポーツクラブってうっすら反感持ってたんだけど、悪くないね」

「うっすら反感ってなんですか？」

そよかが笑って聞く。

「えー、だってわざわざお金払って体を鍛えるって、なんか神々の遊びっていうか」

「神々の遊びって！　そんなことないですよー」

そよかは大笑いしていたが、都はあながち冗談でもなくそう思っていた。貫一だったら、もし経済的に余裕があったとしてもわざわざスポーツクラブに入って体を鍛えたりはしないだろう。

「なんか最近時間があってさ」

ぽつんと都が言うと、そよかは微笑んだまま都の顔を見た。

「恋愛しないと時間ってあるね」

「そうですね。私も最近彼と会ってないから前より時間に余裕ありますね」

「そうなんだ、会ってないんだ」

「別れるとかじゃないんですけど、ちょっと距離おこうと思って」

「そっか」

ベンチに座って、ふたりは大きな窓の向こうの日差しに光る街路樹をしばらくぼんやり眺めた。外は暑そうだ。

「そろそろシャワー浴びて、絵里さんのところ向かいましょうか」

「うん」

ふたりは立ち上がり、ロッカーへ向かう。夕方から絵里の家へ赤ん坊を見にいく予定だった。ロッカールームで汗を吸ったウェアを脱ぎながら、都はふふっと笑った。

「時間が余って、なんて絵里が聞いたら怒るだろうね」

「怒りますね。それこそ神々の遊びですよね」

下着姿になったそよかも悪戯っぽく笑った。


絵里の赤ん坊は、リビングに置かれた大きな籐製の揺りかごの中にいた。ぱっちりと目を開け、無表情で都の顔をじっと見ていた。

都は戸惑いつつ赤ん坊の視線を受け止める。後ろでは、そよかがお祝いや手土産を絵里とその夫に渡して、賑やかに笑っていた。

「……赤ちゃんってこんな真顔なもの？」

都の呟きは聞こえなかったのか、誰からも答えはなかった。赤ん坊の目は大人のそれとはまったく違っていて、澄み切ってやや青みを帯びている。人形のような小さな手にはぽっちり爪がついており、耳はちゃんと複雑な形をしている。髪は意外に濃くて黒々としていた。

「始めまして。私は都。ミャーって呼んでね」

指先で小さな手の甲をそっとつついて囁く。赤ん坊は反応せずただじっと都を見ている。

「ご機嫌いかが？　快適？　幸せ？」

「なに聞いてんのよ」

後ろから絵里に背中を叩かれた。

「いや、なんか無表情だから」

「まだあんまり見えてないんだよ」

「そうなんだ」

そこで絵里の夫がキッチンから「都さんもアイスコーヒーでいい?」と聞いてきた。慌てて「はーい!」と振り返って返事をすると、急に赤ん坊の表情が崩れ、べそべそと泣き出した。

「あっ、ご、ごめんね、びっくりしたね」

「大丈夫だよ」

絵里は笑って赤ん坊を抱きあげ、左右に小さくゆすりながらおむつで膨らんだお尻を軽く叩いた。彼女はキッチンの夫に向かって「私はほうじ茶。あと昨日お母さんが持ってきたお菓子も出して」と部下に言うように指示した。

やはり絵里は少しやつれていた。化粧をしていないのもあるが、あまり眠れていなそうな顔色だ。けれど無理して笑っているふうでもない。充実した表情だ。

部屋は前に来たときより物が増え生活感が出ていた。はっとするほど彩度の高い、赤ん坊用の生活用品があちこちに散らばっている。

いいなー、と都は思った。幸せそうでいいなーと。

羨ましいという気持ちは、以前は胸がキリキリするような感情だった。だがもうそれは痛みではなく、憧れに近かった。

隣に立って、泣き止んできた赤ん坊の顔を覗き込んでいると「抱いてみる?」と言われた。

「とんでもない、恐いよ」と首を振ると、大丈夫だよと言われて恐る恐る抱いてみた。

赤ん坊は重く、熱かった。可愛いとは思ったが、欲しいとか産みたいとか、そういう感情は特には湧かない。

再びぐずぐず泣き出した赤ん坊を絵里が引き取って、ソファに座りおっぱいをあげはじめる。前がうまく割れるような授乳用のTシャツを着ている。絵里の夫が四人分の飲み物を持ってきて、おっぱいをあげながら絵里はみんなと普通に世間話をした。

スポーツクラブの体験に行って来て、入会するかどうしようか迷っててという話を都はした。神々の遊びの話をそよかが付け足すと、「ほんとにそれは神々の遊び！　神でいられるうちにたっぷり遊べ！」と絵里は大笑いした。

夕飯食べて行ってよと旦那さんが言って、ご迷惑じゃないですかとそよかが答えた。絵里が、迷惑なわけないじゃん、友達と話すの久しぶりで超嬉しいんだからとすかさず言った。

パスタでも茹でる？　と旦那さんが言い、絵里がピザでも取ろうと言い返す。じゃあどっちも食べましょう、パスタは私が茹でますとそよかが手を上げた。そよかと旦那さんがキッチンへ行って、都は渡されたタブレットで宅配ピザのサイトを開ける。

「明日も暑いのかなー。なんか台風来てるんだっけ？」

絵里がそう言いながらリモコンでテレビを点けた。

注文したピザはあっという間に来て、そよかがさっと作ったペペロンチーノと冷蔵庫の中のものを適当にテーブルに出し、わいわいと食事をした。

テレビは天気予報が終わりニュースになっていて、都はふと画面に目をやった。

七月の豪雨のニュースだ。西日本各地に起こった土砂崩れや浸水で大きな被害が出た。二か月たった今でも復興は進まず、ボランティアの手がまだまだ必要だとキャスターが言った。

都はそのニュースを吸い込まれるように見た。

画面の中、ボランティアセンターの受付に並ぶ人々の列の黒いリュックを背負った男に目がとまる。

あれ？　この人貫一に似てる。後ろ姿がすごく似ている。この人貫一なんじゃないの？　と息をつめて目を見開いた。カメラが回りこんでその人の横顔を映し、そして画面が変わった。貫一ではなかった。全然知らない男の人だった。

「ミャー？」

首を曲げてひとりだけ真剣にテレビを見ている都に気が付き、絵里が声をかけてきた。

「どうしたの？」

都はゆっくり顔を戻す。三人の視線が都の顔に集まっている。

ぽたっと水滴がテーブルに落ちた。どうして自分が泣いているのか、都も自分ではわからなかった。

12

その翌週、都は西へ向かう新幹線に乗った。

東京駅で買った弁当を食べ終わってもまだ新横浜で、本を読んだり音楽を聴いたりする習慣のない都は目的地の広島までの約四時間、何をして過ごそうかとやや途方にくれていた。

先週、絵里の家で泣いてしまったとき、都はその理由を彼女たちにまるで説明できず、「悲しいニュースをやってたから」と言って誤魔化した。

帰宅し、混乱した気持ちに向き合いたくなくて、シャワーだけ浴びて早々にベッドへ入った。しかしいつまでも眠りは訪れず、数え切れないほど寝返りを打った末、都は「あーっ！」と叫んで夜半過ぎに起き上がった。冷蔵庫から缶酎ハイを出して、立ったまま一気に半分ほど飲む。

そしてベッドの縁に寄り掛かって座り、膝を抱えた。

貫一の存在を、やっと小さく畳んで引き出しの奥にしまったのに、また頭の中が彼のことでいっぱいになってしまった。

しかしそれは、貫一が恋しいとか会いたいとか、そういうシンプルな気持ちとは違っていた。いったいこれは何だろうと都は考える。開けたくなかった気持ちの蓋を勇気を出して開け、中に入っているものを見つめなくてはと都は息を詰めた。

膝を抱えて丸くなり、考えること約十分。

都は傍らに置いてあったスマホを手に取り、猛然と検索を始めた。

二時間後には、広島駅発のボランティアバスの仮予約、広島市内のビジネスホテルと新幹線の予約を終えた。そのとたん眠気に襲われ、気絶するように眠った。

出勤して有休を申請すると、店が暇な時期なので簡単に受理された。もし店長の仁科が「どこか行くの？」と聞いてきたら、都は自分のような者が災害ボランティアへ行っていいものか相談しようと思っていたが、彼女が何も聞かなかったので言い出せなかった。

都は結局、そよかにも絵里にも両親にも、関西へボランティアに行くことを打ち明けなかった。自分らしくない行動を取る理由を人に説明できそうもなかったし、人助けをしたいという純粋な気持ちで行くわけではなかったので、感心したとか偉いねという言葉を聞きたくなかった。

都は車窓を流れる景色を見つめ、自分がひどく緊張していることを自覚した。

自分のような非力な者がボランティアに行っても迷惑をかけるだけなんじゃないか。やはりやめておけばよかったと、都は強い後悔に襲われた。名古屋に着いたら折り返して帰ろうかと思いはじめたとき、車内販売のワゴンが通りかかったのでコーヒーとチョコレートを買った。それらを口にすると少し落ち着いた。

自分も災害ボランティアをしてみよう。そう思いついたのは混沌とした気持ちの底から、ふいにぽこっと泡が立つように出てきたことだった。

絵里の家のテレビで、ボランティアセンターに並ぶ貫一に似た人の姿を見、驚くほど心がかき乱された。

都はあまりテレビのニュースを見ないし、実家にいた時もいつも食卓に置いてあった新聞にも目を通さなかった。ネットに上がってくるニュースの項目を眺めるくらいのことはするが、自分の生活に直接影響のないことについて興味を向けないできた。

自分の視野の狭さ、幼稚さもあると思う。だがそれと同時に、大きな社会問題に興味を持ってしまうと、結局何もできない無力な自分を見つめなければならないことがわかっていて、半分は自覚的に避けてきた。

普段触れないようにしているその部分に触れてしまって、ひどく胸がざわついたことがあった。それは貫一が東日本大震災のときに、仕事を辞めてまでボランティアにのめり込んでいた話を聞いたときだった。都は感心するというよりは、畏れのようなものを感じた。

あの地震のとき、都の前の恋人はひとりで逃げたので、それとは正反対ですごい人だと思ったが、同時に都は「お前は何もしなかったのか」と責められたような気がしたのだ。もちろん貫一はそんなことを言う人でもないことはわかっていたが、勝手に持ってしまった罪悪感を消すことができなかった。

自分は社会の中で困っている人に対して何もしていない。お金も時間も全部自分が楽しむためだけに使っている。それは母の更年期障害の時に、痛いほど感じたことだった。だから貫一に対してどこか尻込みしてしまった。自分の父親が入居している施設の支払いをし、年老いた父親の口元にひとさじひとさじ食べ物を運んでいた貫一に、都は大きな劣等感を持った。

アプリで知り合って待ち合わせをした男の人が、広島の実家が浸水したと連絡してきたときも、「あ、そうなんだ」と思っただけだった。そのままニャン君と待ち合わせをして、豪華なホテルで食事をして楽しんだ。そして翌日のニュースで被害の大きさに驚いたが、その人のことを思い出しもしなかった。やはり自分には人の痛みに寄り添う気持ちが欠けているのかもしれないと、都は背筋が寒くなった。

貫一は、今、どこで何をしているだろう。

無免許運転で捕まって、もし職を失っていたとしたら、今度は西日本でボランティアをしているという可能性もないではない。

都はじっと考えた。

貫一は都の心の均衡を崩した。彼の善行も悪行も、都をかき乱す。自分はしないことを彼は易々とやる。彼は都にとって理解不能で、認めたくない存在で、そして憧れだった。

貫一がするようなことを、自分もしてみたい。彼の気持ちが少しは理解できるかもしれない。自分の体と時間とお金を使って、善なる行いをしてみたい。ちょうど都にはスポーツクラブに入る時間と金と体力があって、それをほんの少しボランティアに回せばいい。その行動が結局神々の遊びの一種なのかもしれなくても、この機会を逃したら次はないと都は思った。

理解できない貫一を、理解したかった。できるとは思っていなかったが、ほんの少しでいいから彼に近づいてみたかった。


降り立った広島駅は想像以上に大きく、駅前の何車線もある道路の両側にはビルが建ち並んでいた。思っていたよりずっと都会で、都は少し怯んだ。

夕暮れの時間、多くの人が行き交う中、市電の乗り場を探した。三両が繋がっている車両がきて、市電に乗ったことのない都は物珍しくてどきどきした。

車窓を知らない街が流れていく。二か月前の豪雨の影響のようなものは街中にはなく、清潔な地方都市の風景だ。見ているうちに緊張の中から楽しい気分が湧き上がってきた。そしてすぐ、遊びに来たわけではないのだから楽しんではいけないと顔を引き締めた。

三駅ほどで市電を降りた。空気がむわっとする。スマホのマップで検索するまでもなく、目の前に予約したホテルの看板が現れた。ホテルまで歩く間にコンビニや飲食店がいくつもあった。あとでちょっと外を歩いてみようか。お好み焼きでも食べてみようかと都は思った。

チェックインを済ませて、都は部屋へ入った。何の変哲もないシングルルームだが思っていたより広い。ドアを閉めると力が抜け、はーっと息を吐いてベッドの上に寝転がった。

ただ新幹線に乗ってきただけなのに、とても疲れていた。知らない街を冒険する気も失せてくる。部屋の白い天井と壁を眺めながら、もっと安いホテルにすべきだったのかもしれないと都は思った。つい不安でそこそこの値段のホテルを取ってしまった。ここのホテル代二泊分と新幹線の往復代金のことを考えると、それをストレートに募金したほうがよかったのではないかという考えが過る。

結局都は、ホテルから一番近いコンビニへ行き、弁当を買ってきて部屋で夕食を済ませた。

明日のことを考えると再び緊張してきた。早朝に起きないとならないので、電気を消してベッドに潜り込み、目をぎゅっとつむった。

やがて朝が来て、都はビジネスマンに交じって簡単な朝食を摂り、広島駅へ向かった。

集合場所がわかるかどうか不安になりながら行くと、通勤の人たちが行き交う中に、ラフな服装で並んでいる人々がいてすぐにわかった。ボランティアバス集合場所という紙を掲げた男性に、都は自分の名前を告げ、列の後ろについた。

都の前には十人ほどの人が並んで腰を下ろしており、皆ひとり参加なのか話をしている人はいない。地面に直接座るのは子供の時以来で、都はそれだけで日常から切り離されたような心許なさを感じた。

男性がほとんどだが女性の姿も見えた。数人いるスタッフの中にも女性がいたので胸を撫でおろした。集まった人は皆色味のない服で、使い込んだ感じのバックパックを傍らに置いている。都は服も帽子もリュックも新品で、急にそれが恥ずかしくなってきた。

このボランティアバスのことは、ネットで検索して知った。地元の民間組織が立ち上げたもののようで、ネットで仮予約ができたり、行程や持ち物なども明記されており、Q＆Aまであって参加者の質問に丁寧に答えていたので申し込んでみた。とにかく生まれて初めての経験なので、主催者側が経験豊富なところに申し込んで、指示されたとおりにやってみようと思ったのだ。

都のリュックの中には、そのサイトに書いてあった通りのものが入れてある。飲み物と昼食と、踏み抜き防止の長靴。タオルや軍手も持ってきた。化粧は最小限にして、髪は後ろでひとつにまとめた。

やがて時間がきて、ぞろぞろと車寄せに向かった。観光用の大型バスの前でスタッフが立ち止まる。

「本日はこちらのバスです。平日で人数が少ないので、座席は詰めなくて大丈夫です」

そう言われて都はほっとしつつ、後ろのほうの座席に座った。通路を隔てて隣にやや年上に見える女性が腰を下ろす。都が会釈をすると、その人はにっこり笑ってくれた。

「えー、では出発します。平日にも拘わらずお集り頂きありがとうございます。今日は私がリーダーを務めさせて頂きます。よろしくお願いします」

マイクを使って男性が挨拶を始めた。都と同い年くらいに見える人で、声が明るくはきはきしている。

これから呉方面へ二時間ほど移動し、バスを降りたら現地には徒歩で向かうことになるとのこと。日中の気温は相当上がる予報なので、熱中症や怪我のないよう安全第一で作業してほしいとのこと。自己紹介のようなものがあったらどうしようと緊張していたがそれはなく、これから行く町の被害状況の説明が少しあっただけだった。

バスは市街地を抜けて、だんだんと緑が増えてきた。田畑や雑木林、ぽつぽつと建つ民家や小さな工場が見える。日本中どこにでもある普通の地方の風景だ。沿道には特に被害のあとは見えない。バスの中はしんとしており、緊張しているはずなのに都は眠気を感じた。昨夜眠りが浅かったせいか、とろんと瞼が重くなる。

どのくらいうとうとしただろうか、ふと目を開けると、窓の外の風景が一変していて、都はぎょっとした。

道路の端に延々と瓦礫が積まれていたのだ。びっくりした都は身を乗り出し、窓に張り付いた。折れたベニヤ板のようなもの、自転車、タンス、椅子、扇風機やランドセルや、あと何だかわからない破壊された大量の物が、人の背ほどの高さに積んである。それがどこまでも延々と続いているのだ。首を伸ばして反対側を見ると、逆側の沿道も同じように破壊された物が乱暴に積んであった。

車内の人々は皆、眉間に皺を寄せてその光景を見ていた。

東日本大震災のときに、ニュースでこういう映像を見た。しかし地震ではなく大雨でもこんなことになるものなのかと愕然とした。それにもう二か月もたっているので、こんなふうに大量の瓦礫がまだ撤去されないままだとは思っておらず、都は言葉を失くした。

対向車線には砂埃をたてて大型トラックが何台も走ってゆく。何キロにもわたってそんな光景が続いた。

やがて車は幹線道路を離れた。緩やかな丘へと車は向かい、また景色は長閑なものになった。しかしよく見ると、あちこちでカーブミラーが倒れたり、重機が建物を壊していたりした。

口の中がからからになってしまい、都はリュックから水のボトルを出して一口飲む。早くなった鼓動はなかなか収まらなかった。


まばらだった住宅がまた少しずつ増えてゆき、バスは公民館のようなところで止まった。

ぞろぞろとバスを降りると、その建物から作業着を着てバインダーを持った男性が出てきて、ボランティアのスタッフたちと打ち合わせを始めた。そこは地元の集会場のようで、復興センターと手書きの貼り紙がしてあった。

見ていると、泥だらけの作業着を着た人が慌ただしく出入りしている。建物の横には支援物資らしき段ボール箱が積まれ、そこで数人の女性たちが何か作業をしていた。

やがてリーダーが「ここから歩いて現場に向かいます。こちらの建物でお手洗いを借りられますので、みなさん順番に済ませておいてください」と言った。

その言葉で、現地へ行ったら自由に使える手洗いはないのだと気が付いた。まだ断水や停電をしているのかもしれないし、だいたい被災した場所でトイレを借りられるわけがなかった。ここへ来るまでに自分なりに調べたことで、ボランティアは現地のものを借りたり貰ったりしてはいけないと読んだことを思い出す。都はあまり水を飲みすぎないようにしようと思った。

ボランティア用の赤いベストが配られ、男性たちは貸し出された大きなスコップなどを持ち、出発することとなった。

日差しが照り付け気温もぐんと上がってきている中、列を作って歩いた。田畑と住宅が混在する地域で、きれいに片付いている家と、まだ庭先に汚れた土嚢が積んである家があった。砂埃がすごくて、マスクを忘れたことを都は後悔した。

やがて道は上り坂になった。二十分ほどだと言っていたが、ずっと坂が続いたらどうしようと都は内心焦っていた。普段は立ち仕事だから、それほど体力がないというわけではないが、汗がだらだら額を流れ不安になってきた。

家が途切れ、雑木林のようなところを抜けると、また住宅地が現れた。そこで、ボランティアたちは思わず足を止め、目の前の惨状に息をのんだ。

道の両側に瓦礫が積まれ、車がぎりぎり一台通れるくらいの幅しかない。坂道の上のほうから濁流が流れたのだろうか、泥と流木のようなものが民家に流れ込んでいたり、横転したまま泥だらけになっている軽自動車もあった。一見被害がなさそうに見える家も、よく見ると窓が全部外されていて人が住んでいる様子はない。瓦は落ち、外壁は乾いた泥がこびりついて、庭にはソファなどの家財道具が出されて積まれている。何か嗅いだことのない臭いがする。このあたりは大きな車が入れないことと、高齢者が多く住む地域で復興が遅れているとリーダーが説明した。

破壊された平凡な生活を目の当たりにして、都は動揺していた。もし自分の身に同じことが起こったらと想像したら、喉が詰まって息が苦しくなる。豪雨や地震に襲われない地域など日本中どこにもない。いや、災害のない場所など世界中どこにもないのだ。昨日までの日常があっという間に破壊される可能性は例外なく誰にでもある。明日も明後日もずっと安心して暮らせる、という保証などまったくない。

ぞっとした。人間はなんてちっぽけなのだと都は思った。

「酷いわね」

横からそう言われて都ははっとした。

バスで会釈をした女性が顔を曇らせて呟いていた。はい、と都は神妙に頷く。話しかけてもらえて嬉しかった。

ずいぶんと背が高くがっしりとした人だ。化粧っけはなく、顔にはそばかすが散っている。

「あの、私は与野と言います。私、ボランティア自体が初めてで、こういう光景を初めて見ました。災害ボランティアはいつもされているのですか?」

勢い込んで言う都にその人は目を丸くし、「いつもってことはないけど」と戸惑った様子で答えた。

「私は近藤です。普段は海外に住んでるんですけど、広島市に実家があって、たまたま帰省してるときだったから」

「あ、そうなんですか」

「今はロスに住んでるの。与野さんは?」

「私は茨城県です」

「そんな遠くから？」

「いえ、ロサンゼルスのほうが遠いです」

「あらそうね」

そこで風が吹きつけてきて、砂埃をまともに吸ってしまった都は思わず咳きこんだ。その人はリュックからマスクを出してかける。

「あなたも要る？」

「え、いいんですか」

「どうぞ」

都にもマスクを一枚差し出すと、彼女はふいと横を向いて先に歩き始めた。まだ都は話し足りなかったが、その人はどんどん坂を上っていってしまった。馴れ馴れしくしすぎただろうかと都はしゅんとした。

その人を追いかけるようにして都も坂を上がった。だんだんと勾配がきつくなって息が上がってくる。暑さもひどく、顔が沸騰しそうだ。水を飲もうとして、そうだ、控えないとトイレが、と思い出し、飲むのをやめた。


本日の活動は被災した家の片づけを行うとのことで、ほどなくその家に到着した。出てきたのは、都の父親よりだいぶ年嵩《としかさ》の男性だった。

リーダーが挨拶をすると、男性は大きな笑顔を見せた。ボランティアたちにも深く頭を下げ、自分も女房も豪雨のあとに体調を崩し、ずっと避難所で横になっていた、暑さもゆるんできたのでそろそろ家を何とかしようと腰を上げたが、ひとりでは運べない物も沢山あるので手伝いに来てくださって本当に助かります、と男性は笑顔を絶やさずに言った。

しかし首のよれたTシャツから見える彼の胸元には隠しきれない憔悴の色が見えて、都の気持ちは軋《きし》んだ。

二階建ての家は外からはそれほど被害がなさそうに見えたが、中に入って都はその惨状に立ち尽くした。

床は泥まみれで、大きなソファが部屋の隅で斜めになり、その上にのしかかるようにして仏壇が倒れていた。大きな地震のあとのように様々な生活道具が散らばり、襖は無残に破れていた。

これを家主ひとりで片づけることは不可能だ、と都は思った。男性はまだ避難所暮らしだと言っていた。この暑さの中、夜にゆっくり休める場所もなく、破壊された自宅を片づけないとならないなんて、こんな心も体もつらいことがあるだろうかと都は呆然とした。

わかっているつもりでも何もわかっていなかった。本当に人の手が必要だということを実感した。今日来たボランティアたち皆で作業をしても、一日では片付きそうもない。今日の夜もホテルを予約しているので、明日も必ず来ようと都は思った。

スタッフは家主と家の状態を見て回って相談し、ボランティアたちに作業を割り振り始めた。男性陣が一階の居間周辺を、女性陣が二階を片づけることになった。女性は、先ほどマスクをくれた人の他に、もうひとり六十代中頃に見える人がおり、スタッフの女性を含めた四人だった。

二階には部屋がふたつあり、どちらの部屋も窓ガラスは外されていた。窓の下にはガラスの破片もいくつか見えた。片方はやや広い和室で、もう片方には勉強机が置いてあり、子供が使っていた部屋のようだ。

スタッフの女性が和室に入って襖が開いたままの押入れを覗き込む。下段にはプラスティックの衣装ケースが並んでいて、それを引き出すと、黒い水がどぽんと跳ねてぎょっとした。

「窓から水が流れ込んだのかもしれないわね」

独り言のように女性スタッフが言い、他の三人は言葉を失っていた。もう豪雨の日から二か月もたっているのにまだ水が残っていることがショックだった。ケースの中の服はどろどろで、上段に畳んでしまってある布団も染みだらけだった。都は窓に目をやり、そこから濁流がガラス窓を破って流れ込んでくる様を想像して、ぞっとした。

スタッフの指示で、都と年配の女性が子供部屋を片付けることになった。家主によると、もう貴重品や大切なものは運び出したので、部屋に残っているものはすべて処分するとのことだった。

まずは窓辺に落ちていたガラス片を注意して拾い、次に倒れたままになっていた小さめの本棚を起こした。濡れてから乾いて無残に膨らんでしまった本を重ね、ビニール紐で縛っていく。絵本や子供向けの図鑑が多くて胸が痛んだ。

しかし本はかなり昔のもののようだし、壁に貼ってあるポスターはひと昔前のアイドルで、今はタレントとして活躍している人だ。この家の子供はきっともう大人になって独立しているのだろう。額の汗をタオルで拭いながら、その子供は手伝いに来ないのだろうかと都は思った。いやいや、普通の社会人だったら仕事があってそうそう来られないだろうと思い直す。

やっとのことで本棚の周辺を片づけ、次は机に取り掛かった。引き出しを開けると、机の中はあまり濡れなかったようで、綺麗なままの物が多かった。古い郵便や写真もある。

「あの、これって捨てていいと思います？　年賀状とか写真もあるんですけど」

年配の女性はクローゼットの中を片づけており、都の問いかけに振り返った。

「さあ、大事なものはない言うてたからええんちゃう？　うちの子も、そういうのもう取ってないわ」

そっけなく言われて頷いた。そうだ、都も子供の頃の郵便物などとっくの昔に処分していた。思い切って引き出しに入っていた葉書や封書をゴミ袋に入れた。だがどうしてもプリントされた写真を捨てることに抵抗を感じ、都はそれをパンツの尻ポケットに押し込んだ。

しばらく夢中で作業をした。最初は軍手をしていたが、細かい作業ができないので外し、気が付くと両手が真っ黒になっていた。

あっという間に重みのあるゴミ袋がいくつもできた。スタッフの女性から、机や本棚などの家具は男性が下ろすから、それ以外の物を庭に下ろしてくれと言われた。まずゴミ袋を何往復もして二階から階下へと下ろした。暑さの中での慣れない作業と階段の上り下りで息が切れてきたが、気持ちは高揚していた。やっとまともに人の役に立てているという実感があった。

「いたたたた」

声がして振り向くと一緒に作業していた年配の女性が腰を押さえてしゃがみこんでいた。

「大丈夫ですかっ」

「うん、これを持ち上げようとしたらぐきってなってもうて」

彼女の足元には炬燵の天板があった。

「無理しないで下さい。大きいものは私が持ちますから。ちょっと休んだほうがいいですよ」

座り込んだ女性の前に都もしゃがんだ。姿勢がいいので気が付かなかったが、よく顔を見ると結構年齢がいっていそうな人だ。七十を超えているかもしれない。

「あーやっぱり歳やわ。私、農家の娘だから、昔はこんな作業なんでもなかったんやけどねえ」

「いえいえ、さっきから私よりずっと機敏に動いてましたよ」

「アハハハ、そうかしら。あなたも頑張ってたわよ」

「え、そうですか。私はこういうことしたことなかったからヘトヘトです。暑さにも慣れてないし」

「そうなの。ＯＬさん？」

「いえ、洋服を売ってます。立ち仕事だけど、一日中冷房の効いたところにいるから暑さは参りますねー」

彼女は目を丸くして都を覗き込む。

「まあ、どうりで綺麗でお洒落な人やと思うたわ。どちらからいらしたの？」

「茨城です」

「え、大阪の？」

「あ、それはたぶん茨木市で、私は関東の茨城県です。筑波山とか霞ヶ浦があるところ」

「まー、そんな遠くから偉いのね。私は彦根から来たのよ」

「あ、ひこにゃんがいるところですね」

「そうそう、ひこにゃんのおかげで有名になったわ」

ロスから来た女性に馴れ馴れしく話しかけて嫌がられたような印象を受けたので、都はこの年配の女性には必要以上に話しかけまいとしていた。だが話してみれば場が和んでほっとした。

女性スタッフが様子を見に来たので、その彦根の女性が腰を痛めたようだと言うと、もう少しで昼休憩なので先に一階で休みましょうと、彼女を支えて階段を下りて行った。

休憩まで頑張ろうと都も立ち上がり、炬燵の天板を抱えて階段を下りる。庭には汚れた家財道具が沢山出ていた。門の外に軽トラックが停まっていて、男性たちが荷台へ壊れた家具などを積んでいた。

再び階段を上っていくと、足元がふらついて慌てて手すりにつかまった。疲れてきたなと都は自覚した。慎重に階段を上がって、隅に置いてあったリュックから水を取り出し一口飲んだ。顔がほてるし、頭も重くなってきた。腹のあたりも少しおかしい。

気のせいだ、疲れただけだと自分に言い聞かせているうちに、階下から「休憩してください」と声がかかった。


一階の茶の間は既に畳が全部上げてあり、床板だけになっていた。その上にブルーシートを敷いて、数人が腰を下ろしそれぞれ持ってきたものを食べ始めている。若い男性が都のほうをちらりと見た。女性スタッフが都に気づき、ここどうぞと隣を示してくれた。腰を下ろし、リュックから菓子パンを出して開けた。

少し食べたが、口の中がぱさぱさして食欲が湧かず、もっと水分のあるものを買ってくるのだったと後悔した。半分ほど残してリュックに入れ、「ちょっと風に当たってきます」と言って建物の外へ出た。

人の視線から逃れたくて家の裏手に回り、汚れが少なそうなコンクリートの上に座り込んだ。頭痛が強くなってきたし、下腹がしくしくした。膝を抱えて丸くなる。

これはまずいんじゃないかと思っていると、「あんた、どうしたん?」と声が降ってきた。びくっとして顔を上げると家主の男性が都を覗き込んでいた。

「腹がいたいんか?」

「大丈夫です」と言って笑おうとしたがうまくいかず、掠れた声が出てしまった。

家主は少し考える顔をしてから「ちいと降りたとこの親戚の家なら手洗いも使えるけん、来んさい」と言った。

「でも、スタッフの人に聞いてみないと」

「あとでわしが言うちゃるけん。とにかく来んさい」

家主は歩き始め、戸惑って固まる都を振り返って手招きしたので、のろのろと立ち上がった。手洗いを借りられるのは正直助かる。

彼に続いて坂を下りた。太陽が照り付けてくらくらする。坂道の途中に横断歩道のあるやや広い道路があって、そこを渡るとすっかり片付いている様子の家が増えてきた。

大きな石の門柱のある家に家主は入って行き、呼び鈴も押さずに玄関の引き戸を開けた。

「おーい、フユさん。具合が悪い子がおるんじゃ、トイレ貸してやってつかあさい」

はーい、と言って前掛けをした白髪の女性が出てきた。

「わしのとこにボランティアで来とる子でのう。ちいと休ませちゃってくれえや。うちじゃ横になるとこもないけん」

あらあらと小柄なおばあさんは目を丸くした。どうぞ入ってと言われて都は恐縮する。

「すみません、いいんですか」

「ええんよー。このあたりは水道も電気も復旧しとるから、どうぞ遠慮せんで」

案内してもらったトイレは古い和式だったが清潔だった。

都はふらふらになりながら用を足した。トイレの中にある蛇口をひねると勢いよく水が出て、冷たい水で手を洗うと生き返るようだった。

トイレの中は当たり前だがひとりきりになれて、都は心からほっとした。知らない土地に来て知らない人と口をきいて、慣れない労働をして、疲れないわけがない。

手洗いを出て、ゆっくりと廊下を歩いた。古いけれどよく磨かれた木の廊下はつやつやして、寺の中のようにひんやりと暗く静かだった。もう少しここにいたい、ここで休みたい、という気持ちを振り払って玄関へ向かい、汚れたスニーカーを履いた。

「あら、おねえさん、大丈夫なん？」

先ほどのおばあさんが奥から出てきて都を心配そうに見上げた。白い開襟シャツに小花柄の前掛け。古そうなものだが糊が効いていてとても似合っていた。自分も年をとったらこんな服装がしたいと、こんなときなのに思ってしまった。

「休んでいかんでええん？」

「はい。お手洗いお借りできてとても助かりました。ありがとうございました」

「ええのええの。他のボランティアの方にも、使いたかったら来ていうて伝えてえ」

都は何度も頭を下げて礼を言い、その家を出た。


外は相変わらず蒸し暑く、せっかく引いた汗があっという間に全身から噴き出した。都は重い足を一歩一歩踏み出して坂を上がった。

大量に瓦礫を載せた軽トラックがよたよたと下りてくるのを避けて立ち止まる。他の家でも片づけをしているようで、全身汗だくの男性がふたり、大きなマッサージ椅子を抱えて出てくるのを横目で見た。首にかけたタオルで口元を押さえて、都はまぶたを閉じる。

手洗いを借りて少し涼み、これでもう大丈夫と思ったのだが、まだ腹に鈍痛があった。頭も重いし、吐き気のようなものもある。スタッフに話したほうがいいだろうかと都は迷った。だがここで体調が悪いなどと言い出したら迷惑がかかる。夕方の四時に今日の作業は終了だと聞いていたから、もう少し我慢してみようか。いや、でも、この状態で何か作業ができるだろうか。

ぐるぐると都は迷った。迷いながらも足を進めていくうちに、現場の家に戻ってきた。

家の前には泥だらけの茶簞笥の上に小さな文机、そのまた上にどこからか剝がしたらしいベニヤ板が高く積んであった。危ないなと思い、少し迂回するようにして敷地へ入ろうとすると、玄関のあたりで何人かが談笑している声が聞こえてきた。

「あの可愛い子、いないね。どっか行ったのかな」

男性の声がして都は足を止め、咄嗟に積んだ家具の陰に隠れた。

「なんかトイレ借りに下のほうの家へ行ったって。さっき誰か言ってた」

「え、便所借りられんの？　俺も行きてえ」

「男は裏の空き地でしろって」

入って行きづらくて、都はそこで様子を窺った。

「リーダーに聞いたら？　適当なところでそんなことしたら家の人に悪いでしょ？」

そこでやや低い女性の声がした。口調からあのロスから来た女性だと都は思った。

「穴掘ってして埋めればよくない？　俺、東日本のボラのときはそうしてた。トイレなんかなかったし」

「非常事態のときは仕方ないかもしれないけど、ここはそんなじゃないじゃない。とにかく聞いてみなさいって」

「はいはい。じゃあ、あの可愛い子が戻ってきたら聞いてみる」

都の他に若い女性はいないので、可愛い子というのはきっと自分のことだ、と都は思った。こんなときでも、そういうふうに言われるのは悪い気はしなかった。

「あの子、どっから来たのかな。あんな子でもボランティアに来るんだな」

「外見とボランティアは関係ないでしょ」

「まあな、でも珍しいじゃん」

「なんかハウスマヌカンだって、さっき彦根のおばちゃんが言ってたよ」

「ハウスマヌカンって！　久しぶりに聞いた単語だな！」

男性たちはどっと笑う。

「そんな可愛かった？　俺、顔よく見てない」

「美人っていうんじゃないけど、丸顔で目がくりくりしてさ。俺、あのくらいのちょいブスが好きなんだよ」

「へー」

「俺、連絡先聞いちゃおうかな」

そこでロスの女性が「そんな言うほど可愛くないわよ。化粧でごまかしてるだけ」と口を挟んだ。

「ボランティアに来るのに、こってりメイクしてお洒落して。お喋りばっかりしてサボってるし、まったく何しに来たんだか」

彼女の強い口調に、男性たちはしんと静まった。

「トイレだってスタッフに聞きもしないで勝手に行っちゃって。遊び半分の自己満足なのよ。あいうのほんと迷惑」

「……ちょっと言い過ぎじゃね？」

「ああいう人がいるからボランティアが迷惑とか言われるのよ。あんたたちだってナンパ目的で来てるわけ？」

「はあ？　何言ってんの、あんた」

頭から血が引いて、都はがくがくとその場にしゃがみこんだ。揉め始めた人たちの声が遠く響く。陰口など聞かなかったことにしたかった。すぐにでも走って逃げてしまいたい。

とにかく立ち上がらなくてはと、何かにつかまろうとして腕で宙を掻いた。だが足がふらついてぐらりと体が揺れ、固いものが腕に当たった。

あっと思ったときには簞笥がこちらへ倒れてきて、都は地面に腰を打ち付けた。何かが落下する音と共に砂埃が舞って、思わず目をつむった。そのとたんに顔の右側がさっと熱くなった。

「おい！　大丈夫か！」

「動かすな！　頭打ってるかもしれないぞ！」

人々が騒ぎ出す声を聞きながら、都は気が遠くなっていくのを感じた。


顔にそよそよと心地よい風があたっている。細く目を開けると、誰かが傍らに座って団扇で扇いでくれているのだとわかった。

「起きたんか？」

聞かれて今度ははっきり目を開けた。誰か男が自分を覗き込んでいる。その男の肩の向こうに丸い蛍光灯があって逆光になっており、顔がよく見えなかった。

え？　貫一？　と咄嗟に思った。改めて目を凝らすと、そこにはまったく知らない男がいた。短い髪を金色に染めた若い男だった。

「わ！」

都はぎょっとして後ずさった。

「ばあちゃーん！　起きたで！」

その若者は顔を背けて大声で誰かを呼んだ。都は自分がどこかの和室で、布団の上に寝かされていることに気が付いた。ほどなく障子の向こうから前掛けをした白髪の女性が現れた。男は都から離れ、部屋の隅に足を投げ出して座った。

「おねえさん、大丈夫ね？」

あ、さっき会った上品なおばあさんだ、と思ったとたん、ずるずると記憶が蘇る。

先ほど家の前に積んであった家具を倒してしまい、それが自分に当たったんだった。誰かが担いで運んでくれて、どこかに寝かされたところまでは覚えている。

「顔、痛む？　応急処置はしたんじゃけど」

「あ、ええと」

「板の角が顔に当たったみたいで、血が出とる」

手で触れると右頬にガーゼが貼ってある。おばあさんが手鏡を渡してくれ、覗くとガーゼの端からも擦ったような傷が見えた。震える手でガーゼを少し剝がしてみると、血の滲んだ傷が数本斜めに走っていた。傷はそう深くなさそうだが、顔を怪我したというショックが一気に湧いてきて、指先がみるみる凍った。

水のペットボトルを「飲んで」と渡された。飲んでみて初めて喉がからからだったことに気が付き、止まらなくなってペットボトルの半分くらいを一気に飲んだ。

そこでスタッフの女性が現れ、心配そうに頭や体で痛いところはないかと聞いてきた。都は立ち上がり、少し歩いたりその場で飛んでみたりしたが、腰と腕が少し痛む程度で動くには問題なさそうだった。眠ったせいか頭痛も消えていた。

ご迷惑おかけしましたと都は頭を下げた。

「ううん。あんな不安定に家具を積んだこちらの落ち度だから。ごめんなさいね。今日はもうこれでお帰りください」

「え、でも」

「このお家のお孫さんが広島市内に住んでて、ちょうどこれから戻るところなんですって。彼の車に乗せてもらえることになったから」

都が眠っている間に、もう自分を帰す手筈がすっかり整っているようだった。大事なことは何もかも大人に決められる無力な子供になったようで、都は恥ずかしくて唇を噛む。

「体調はもう大丈夫です。みなさんと一緒に時間まで作業できます」

「そう言ってくれるのは有難いけど、何かあったら責任問題だから」

彼女にそう言われて、都は言葉を失った。それはそうだ、逆の立場なら自分だってそう言うだろう。

「……でしたら、自力で帰りますので」

「バス停までは距離があるし、バスも時間通りにはこないから。呉線だって復旧してないし」

スタッフの女性の言葉から、かすかだが苛立ちが感じられた。これ以上面倒をかけてはいけないと察して、都は「はい」とうな垂れた。

「あの、私、今夜も広島に泊まるので、明日また来たいです」

「ううん。遠くからいらしてるのよね。無理をしないでお家に戻って。あのね、間に合ったら今日中に病院へ行ってほしいの。たぶん軽い熱中症にもなってたんじゃないかな。ボランティア活動保険がきくと思うから、病院でもらった領収書をあとで送ってほしいの」

「保険？」

「そう、参加費に含まれているのよ。今回はたぶん適用されると思うから。与野さん、保険証持ってきてる？」

身分証明書にと思って免許証は持ってきたが、保険証までは持参していなかった。あれほど、自分は非力で人に迷惑をかけるかもしれないと心配していたのに、医者にかかる可能性までは思い至らなかった。

都はうつむいた。泣くな、ここで泣いたらさらに迷惑をかけるだけだと思ったのに、あっけなく涙が落ちた。不甲斐なくて、情けなくて、自分が幼稚で恥ずかしかった。

「ああ、泣かんでええ、泣かんでええ」

傍らで話を聞いていたおばあさんが、皺しわの手で都の背中をそっとさすった。

そのおばあさんの孫というのは、先ほど都を覗き込んでいた金髪の男の子だった。まだあどけなさが残るのに、生え際と眉を剃って、耳だけではなく小鼻にまでピアスをあけ、汚れたニッカボッカを穿いていた。都の地元でもあまり見なくなった古いタイプのヤンキースタイルだった。おばあさんが「こんななりじゃけど、ええ子じゃけん安心して」と言うと、不機嫌そうにそっぽを向いた。

彼の車はボックス型の軽自動車で、あちこち傷だらけで埃まみれだった。後部座席をフラットにして毛布を敷き、ここに横になれと言われる。戸惑っていると彼に「早うせえ」と叱られた。

挨拶もそこそこに出発し、都は貸してもらったタオルケットにくるまって丸くなった。

悪路を走っているようで車はガタガタ揺れたが、ハンドルを切るのもブレーキのタイミングもヤンキーの割にはソフトに感じた。気を遣ってくれているのかもしれない。

気持ちが落ち着いてくると、今日起こったことを思い出し、再び涙が滲んできた。

自分はいったい何をしに来たのか。やはりボランティアになど来なければよかった。自分らしくない行いをして、結局人に迷惑をかけた。

ロスから来た女性の言っていたことを思い出すと、心の中が真っ黒に塗りつぶされるような気がした。彼女の言葉には八つ当たりが含まれていたことは都にもわかっていた。だが内容はそれほど的外れなわけでもなかった。都がレジャーに行くような新品の装いで、いいホテルに泊まって、旅行気分で来たのは本当のことだ。

自分は弱い。体も心も弱い。善行を行うにはきっと強さが要る。弱い者は弱いなりに、せめて自分の生活の中に留まって、人様に迷惑をかけないようにじっとしていればよかった。知らない男の人に可愛いと言われて一瞬でもいい気になって、そのあとちょいブスと言われたことも意外にこたえていた。

感情が高ぶって思わずしゃくりあげると、車の中にかかっていた音楽が急に大きくなった。流行りのＪポップが爆音で車内に溢れる。それに合わせて、運転席のヤンキーが鼻歌にしては大きな声で歌いはじめた。きっと年上の女に泣かれてうっとうしいのだろう。

タオルで口を押さえて嗚咽をこらえ、都はぎゅっと目をつむった。

いつの間にか少しうとうとして、ふと目を覚まして体を起こすと、窓の外はもう街中だった。

「もーすぐ着くで」

運転席で前を見たままヤンキーが言った。

「え、もう?」

来たときはずいぶん遠いところだと感じたのに、帰りは驚くほど速かった。

「どこで下ろす?」

ぶっきらぼうに聞かれて、都は「どこでもいいです」と答えた。彼は運転席から振り向くと、都を睨みつけた。

「どこでもええじゃわからん」

「あ、じゃあ広島駅で」

「いうか、おねーさん、医者行かんでええんか?」

「……保険証ないから」

「実費で払うても、あとで申請すりゃあ返金されるよ」

すらっと言われて都は返事をしそこなう。

「わしんとこの近くの外科、連れてこうか?」

「ええと」

「行けえや」

「……はい。ありがとうございます」

ハンドルを切って彼は住宅地へと車を進めた。右に左に曲がって、コンビニの前の広い駐車場に車を停めた。車を降りると、彼はコンビニには入らず、顎で「こっち」と示して歩き出す。空がうっすら赤みを帯びてきており、暑さも収まって心地よい風が吹いている。都は知らない街の知らない道を、知らない男について歩いた。ヤンキーってどうしてがに股で歩くのだろうと思いながら、彼の華奢な肩を追いかけた。

すぐに古い商店街へ出て、その一角にある小さな医院の扉を彼は押した。彼は「こんちはー」と受付の人に声をかける。白いブラウスを着た女性が「あら、こんにちは」と笑顔で応えた。

「ちょっと怪我人連れてきたんじゃけど。おい、自分で説明せーよ」

「す、すみません」

「あらあら、お顔、どうしたの？」

都は受付の女性に、ボランティア先で怪我をしたことと、保険証を持っていないことを説明した。これに記入して少しお待ちくださいと用紙を渡される。すると彼が後ろからぬっと顔を出して言った。

「わし、ちょっと買い物してくる。待っとって」

「ええと、もう私、大丈夫ですけど」

「ええから待っとけ。終わったら駅まで送っていくけん」

瘦せた背中がドアの外へ出ていく。待合室のベンチに座って都は息を吐いた。言葉はタメ口で乱暴だが、テイスト的には貫一に似ているので、都は彼に対してそれほど反感は抱かなかった。自分は案外あの手が好きなのかもしれないと、しぶしぶ認めるような気持ちになる。

十分もしないうちに彼は戻ってきた。手には小さな白い箱を持っていて、どう見てもそれはケーキの箱だった。

「そこでプリン、買うてきた」

「え、プリン？」

隣にどすんと座ると、彼は箱を開けて瓶に入ったプリンを出した。ひとつ取って都に差し出す。戸惑って目を丸くした。どうしてプリンなど買ってきたのだろう。

「嫌いか？」

「好きですけど」

彼は無言で自分の分のプリンを食べだした。仕方なく都も、小さなプラスティックスプーンを使ってプリンを食べた。昔ながらの硬めのもので、舌に甘みが染み渡った。

彼はあっという間に食べ終わると、紙の箱に入っていた保冷剤を都の膝に投げてきた。

「顔、腫れるけん」

「え」

「怪我。なんかぶつかったんじゃろ。明日腫れるかもしれんけん、これで冷やしといたほうがええ。頼んで大きいの貰うてきたけえ何時間かもつじゃろ。わし、鳶の仕事始めた頃は注意散漫で怪我ばっかして、よう腫らしたけん」

都はぽかんとし、そして彼が保冷剤を渡したくて、プリンを買ってきたのだと理解した。

「……なんだか、いろいろありがとうございます」

都はじんとして頭を下げた。

「ええけん。東京から来たんか？」

「茨城県です」

「はー、それどこ？」

「千葉県と埼玉県の上のほう」

「はー、知らん。ガキの頃ディズニーランド行ったけど、そこしか知らん」

なんだか可笑しくなってきて都は笑った。案外話好きな子なのかもしれない。

「鳶の仕事ってどのくらいやってるんですか？」

「中学出てからじゃけん四年かのう」

あ、中卒なんだ、と都は思った。

「だりい、やめたい思うこともようあるけど、今、台風とそのあとの豪雨でこっちのほう大変じゃろう。わしみたいな半端もんでも引っ張りだこなんじゃ。休みの日はばあちゃんとこらの片づけやってのう。年寄はブルーシート一枚かけられんけん」

得意そうに彼は言った。

「……私のことも助けてくれて、ありがとう」

彼は「へっ」と笑った。そしてまんざらでもない感じに答えた。

「別に気にせんでええ。遠くからわしらのこと助けに来てくれたんじゃろ。誰も迷惑になんか思うとらんよ。ゆうて、おい、また泣いとるんかっ。いちいち泣くな、うざいんじゃ！」

都は思わず吹き出し、こぼれた涙を急いで拭いた。来なければよかったなどと思ってしまったことを後悔した。


ホテルをキャンセルし、都は帰りの新幹線に乗った。

もらった保冷剤をタオルでくるんで、そっと頬にあてた。病院でもらった薬を飲んだせいか、新幹線が動きはじめるとすぐに眠り込んでしまった。

途中何度か目を覚ましたが、すぐ眠気に襲われた。最初空いていた座席も目を覚ます度に埋まっていき、新大阪からは出張帰りらしいサラリーマンで満席に近くなった。都の顔の大きなガーゼを露骨に見ていく人はいたが、恥ずかしいと思うような気力もなかった。行きはあれほどぐるぐると思考が巡ったが、疲れもあるのだろうが帰途では何も頭に浮かばなかった。

東京駅に着き、都はリュックを背負ってホームに立った。

そびえたつビル群が夜の中できらめくのを見て、夢からまだ覚め切らないような気分でぼんやりしてしまった。

とぼとぼと歩き出し、構内の手洗いに入った。そして大きな鏡に映った自分の姿を、長い一日だったと脱力しながら眺めた。顔に貼られた大きなガーゼも目を引くが、髪はぼさぼさで、服やリュックがあまりにも汚れていることに驚いた。Tシャツの襟もとには血の染みがついている。腕を上げて鼻を近づけてみると、燻《いぶ》されたような臭いがした。

時間は八時半を過ぎたところだった。よく眠ったせいか、強い空腹感に襲われていた。幸い傷は痛んでいないし、何か食べて帰ろうと思った。何かさっぱりしたものが食べたかった。蕎麦とか寿司とか。

ハンカチを出そうとして、尻ポケットに何か入っていることに気が付いた。出すと、今日片づけをした家から持ってきた写真だった。

端が黄ばんでいる古い写真だ。知らない子供、知らない家族が写っている。

最近はめったなことではもう現像した写真を手に取ることはなくて、そのせいか、以前、貫一の上着に入っていた、彼がボランティア仲間と写っていた写真のことを思い出した。

貫一の気持ちを理解したくて行ったボランティアだったが、今日の長い一日の中で、あのヤンキーの男の子と会うまで貫一のことは一切思い出さなかった。それどころではなかった。

いろんな人に会っていろんな会話をした。怪我をして迷惑をかけてしまったが、都はようやく充実感のようなものに包まれた。

また休みをとって、この写真を返しに行こう。そしてお礼を言って、何かできることがあったらやろう。力まない自然な気持ちでそう思った。

今日あった様々な経験を、見たものを、言われた言葉を、話したい人はひとりしかいなかった。そして自分の何十倍も濃厚な体験をしたであろう、彼の話を聞いてみたいと都は思った。


貫一が勤めている四谷の立ち食い寿司の場所は、前に聞いて確認してあった。中央線に乗って四ツ谷で降り、マップを見ながら都会の道を歩いた。彼はもう勤めていないかもしれないがそれでもよかった。

店はすぐに見つかった。間口は狭いが、長いカウンターがずっと続いていた。椅子はなく、本当に客は立ったまま寿司をつまんだり、酒を飲んだりしていた。

つけ場にはずらりと職人が並んでいたが、貫一らしき姿は見えない。やはりクビになったのかもしれない。空いているスペースがないかと背伸びして奥のほうを見た。

「いらっしゃい。一番奥が空いてますから、どうぞ」

手前にいた職人が声をかけてくれ、L字に曲がったカウンターの奥へ客たちの後ろを通って行く。

ふと顔をあげると、職人のひとりと目があった。貫一だった。

彼は口をぽかんと開けて、都を凝視していた。

「お客さん、おひとり？　こちらどうぞ」

貫一の隣にいた年配の職人が声をかけてきて、都はぎくしゃくと頷きカウンターの一番奥に立った。荷物を下ろして足元に置く。白木のカウンターに、ネタの入った冷蔵ケース。椅子がないだけで普通の寿司屋と変わりなかった。酢の匂いが食欲を湧き立たせる。

「お飲み物は？」

「お茶……、いえ、生ビールお願いします。一番小さいの」

「はいよっ。お好きなもの握りますよ。セットもあるからね。メニュー、そこにありますからゆっくり見て下さい」

メニューをざっと見てから、都は貫一の横顔を窺った。彼のほうもちらちら都を見ているが、忙しそうで声をかけてくる気配はない。

少し痩せただろうか、それとも久しぶりに見たからそんな気がするだけだろうか。

どうやら職人ひとりで三、四人の客を相手にしているようだ。貫一の前には、だいぶ酔っぱらった風情のサラリーマンたちがいた。彼はその人たちを相手に、時折笑顔を見せつつ寿司を握っては出していた。どんな話をしているのかは、都の位置からは聞こえなかった。

クビにならず、元気そうに働いている彼の姿を見て、胸の内があたたかいもので満たされた。よかった、と思った。貫一に会ったらどんな気分になるかまったく想像できなかったが、ただ生きて、元気にしてくれていてよかった、というシンプルな感想しか湧かなかった。

注文を聞かれて、都は旬のセットというのを頼んだ。都の隣には三人連れの会社員風の人たちがいた。ふたりは四十代後半に見える女性で、ふたりともグレーの地味なパンツスーツ姿だ。もうひとりは男性上司という雰囲気で、黒い礼服に黒ネクタイだった。葬式帰りだろうか。

「あれ、おねえさん、顔どうしました？」

その三人組の中の男性が、急に気が付いたような様子で都の顔を覗き込んできた。

「昼間、ちょっと転んじゃって」

都は微笑んで答えた。

「ちょっとどころじゃないんじゃない？　大丈夫？　若い女の子が顔を怪我しちゃ大変ですよ」

「ちょっとスズキさん、やめなって。女の子、困ってるじゃない」

そこで連れの女性が止めに入る。

「ごめんね、この人酔っ払いで」

「いいえ、大丈夫です」と都は笑ってみせた。

もうひとりの女の人もにっこりし、「うるさくしてごめんね」と言ってくれた。「こいつらの方がうるさいよなー」と上司も笑う。それで緊張がほぐれて都はほっとした。

つけ台の青々とした笹の上に、ぽんと寿司が一貫置かれて、都は早速口に運んだ。噛むと頬の傷が少し痛んだが、寿司は夢のようにおいしかった。シャリは小さめで、ひんやりした生魚を噛み切る感触と控えめな山葵の風味が口の中に広がる。食べれば食べるほど、もっと食べたくなって、都は次々と置かれる寿司を無心に口にいれた。

食べながら都は貫一の横顔を眺めた。彼も時折作業をしながら横目でこちらを見た。突然来たことに怒っているのか、睨むような視線だ。

「これでセットは終わりです」

穴子がひょいと置かれて、都は「じゃあ追加で」と、黒板に書いてあるおすすめを上からふたつ頼んだ。

「ほんと、いつ死んでもおかしくない年になっちゃったよ、俺」

都の隣に立った黒ネクタイの男性が、ひときわ大きな声で嘆いた。

「なに言ってんの、まだ五十代でしょう」

「そうよ、私達とみっつくらいしか違わないじゃない」

「いやいや、もう葬式ばっかでさー。次は俺かよってやんなるよ」

なんとなく聞いていると、どうやら三人共通の知り合いが急に亡くなったという話をしているようだ。

「災害も多いじゃんか。南海トラフ地震もいつ来るかわかんないし」

「そうねえ」

「でもさー、私が若いときは八十歳くらいで人生終わりなんだろうなって思ってたんだけど、今、みんな余裕で九十歳とか百歳まで生きるじゃない」

「そうそう、私、この前死ぬまでにいくらかかるか、老後のお金を計算しようと思ってさ。でもいくつまで生きるんだ？　って思ってやんなっちゃった」

「とてもじゃないけど、百歳までお金もたないよね。年金だけじゃ足りないって」

「だからさあ！」と上司は酔ってろれつが回らなくなった口調で大きく言った。

「明日死んでも悔いがないように、百歳まで生きても大丈夫なように、どっちも頑張らないといけないんだよ！」

その台詞に都は思わず男性を見た。

「そんなこと言うけど難しいって。明日死ぬかもしれないって思ったら、ウニだの大トロだのもっと食べちゃえって気になるけど、百歳まで生きちゃうかもしれないなら、そんな値段もコレステロール値も高いもん食べてる場合じゃないって思うわ」

「その矛盾を受け入れてこその大人だ！」

「でかい声で言えばいいってもんじゃないってば」

そこで三人はどっと笑った。

彼らはやがて会計を頼み、都にも「お先にね」「おやすみー」と言って店を出て行った。都の前の職人がその三人を見送りに行き、都はぽつんとひとりになった。

もう時間は十時を回っていた。ビールもなくなり、寿司もたらふく食べた。

ふと影がさして顔を上げると、貫一が目の前に立っていた。長い腕を伸ばし、ごとんと大きな湯飲みを都の前に置いた。筋張った腕は記憶よりも白かった。

都と貫一は見つめ合った。

「ラストオーダーです」

不機嫌そうに貫一はそう言った。目の縁が赤い。

「……最後に一貫食べたいんですけど、おすすめありますか?」

「コハダは召し上がりました?」

「いえ」

貫一は鈍く銀色に光る包丁ですらりと魚を切り、素早く寿司を握って、都の前に置いた。

それをつまんで口に入れた。彼の握った寿司は先ほどの職人よりシャリが小さくふんわり握ってあり、口の中でほどけた。咀嚼して飲み込む。「おいしいです」と都は言った。

「どうしたんだよ」

震える声で貫一が言った。

「顔、どうしたんだよ」

「ちょっと転んじゃって」

「転んでんじゃねえよ」

小さな声で彼はそう言った。うつむいて表情が見えなくなった。

「転んだ話、聞いてくれる?」

貫一はうつむいたまま返事をしなかった。

都は彼に触れようと手を伸ばした。明日死んでも百年生きても、触れたいのは彼だけだった。

エピローグ

式を終えた我々が会場に到着すると既にパーティーは始まっていて、静かで厳かだった教会から一転、ものすごい騒々しさに私は少し怯んだ。

会場はサイゴン河に停泊された、古い帆船を模した大きなクルーズ船だ。普段は外国人に向けて高級なディナークルーズを行っているが、今日は桟橋に係留されている。

結婚パーティーと言っても日本のそれと違ってスピーチや余興があるわけではなく、あるのはバンドの演奏くらいだ。人々は好きな時間に来て、山のようなご馳走とアルコールを口にし、勝手に帰っていく。

夫は一分も座っていられず、友人に呼ばれて会場中を笑顔で回っていた。

小さなステージではピアノトリオが演奏をしている。音楽に耳を傾けている人は見当たらず、お客たちはそれぞれ大きな声で喋ったり笑ったりしていた。

私の隣に座った母は、度肝を抜かれた様子で呟いた。

「すごいわね」

「昔はこれを自宅でやってたらしいよ」

「これを？」と母は目を丸くする。口にはしないが、信じられない、私は絶対イヤと顔に書いてある。

そこで白いポロシャツを着た若い男性が私に挨拶にきた。夫の学生時代の友人だと自己紹介する。早口の英語で結婚のお祝いと、私のドレスと母が着ているアオザイを褒めて、それ以上は特に会話もせず去っていく。

「いまの、何かの業者の方?」

「なんでよ。彼の大学の同級生だって」

「だってポロシャツとチノパンだったから」

よその国の人のTPOまで気になるのかと私は内心うんざりした。

「ママのアオザイ、すごく素敵だって言ってた」

「あら」

「私のママだって言ったら、お母さんには見えない、お姉さんかと思ったって驚いてたよ」

「まー、お世辞は上手ね」

そう言いながらも母はまんざらでもない顔をした。

まったくこの人は、と私は苦笑いする。とにかく着飾ることが好きで、素敵な服さえ身にまとえば、そしてそれを褒めてもらえればご満悦なのだ。

確かに母は異様に若く見え、日本にいても歳の離れた姉妹に間違われることも多い。歳のわりに体型は崩れていないし、肌も髪もつやつやしている。

このパーティーに母は黒留袖のまま出席する予定だった。だが、彼の叔父のニャンさんに「二日でアオザイを作らせるから是非パーティーで着てくれ」と言われて、口では恥ずかしいと言いながらもド派手な生地を選んでベトナムの伝統衣装のアオザイを作ってもらい、平然とそれを着ているのだ。ニャンさんは私にも作ってくれると言ったが、彼と相談して決めたいと言ってやんわり断った。

「都さん!」

大きな声で呼ばれて我々は顔を上げた。ブラックスーツを着たニャンさんが大きな笑顔で近寄ってきた。

「素晴らしい！　綺麗です！」

「えー、本当に？」

「着物姿の都さんだってもちろん素敵だけど、アオザイを着た都さんが見られるなんて、僕、本当に嬉しいです」

「そう？　いい年して恥ずかしいけど」

「後ろはどんな感じ？　ちょっと回ってみて」

母は照れ笑いを浮かべながらくるりと回ってみせる。極彩色の花がちりばめられたシルクの生地は日本ではまず見ない色彩だ。

アオザイは両脇のスリットがウエストのやや上まで深く切り込んでいるデザインで、下に穿いた白いパンツの上にわき腹がちらりと見えた。母のウエストは決して太くはないが、さすがに肉感が生々しい。

「うん、サイズも色も都さんにぴったりだ」

だがニャンさんはお世辞とは思えない口調でそう言った。

「悪いと思ったけど、いい生地を選んじゃった。ごめんね」

「なに言ってるんですか、アオザイは生地が命ですよ」

ふたりは楽しそうに笑い合った。そこでニャンさんは私の視線に気が付いたようで、はっとして私に向き直った。

「この度はご結婚おめでとうございます。式に間に合わなくてすみませんでした」

何言ってんの、ママ以外眼中にないくせに。

喉元まで出かけたそんな言葉を私は飲み込んだ。

久しぶりに会ったが、ニャンさんは相変わらず古い時代の香港映画スターと見紛うような男前で、片耳につけた小さなピアスも嫌味じゃない。

ニャンさんは食材やインテリア雑貨の輸出入を行う会社を経営し、日本とベトナムにアパレルを併設しているカフェレストランを何店舗も持っている。昔からあるこのクルーズ船の会社も数年前に買い取ったらしい。

その会社のアパレル部門の日本支社で母は働いている。私も高校生のときから彼が経営しているレストランでアルバイトをしてきて、そこのキッチンスタッフに正社員として採用された。彼はうちの経済を支えてくれた恩人とも言える。

だが、私はニャンさんに対する警戒心を未だに捨てきれていなかった。

初めて母からニャンさんを紹介されたとき、ふたりのあまりの仲の良さに考えるより先に嫌悪感を持ってしまった。このふたりはできているのではないか、もしかしたら私は父の子ではなくニャンさんの子供なんじゃないかと疑ってしまった。

しかしすぐ、さすがにそれはないなと思い直した。私は童顔で愛らしい母の顔の要素をまったく引き継がず、面長すぎる輪郭も一重瞼でとろんとした目も父にとても似ていた。胸も尻も平らで、ひょろりと棒みたいなところまで父に似ている。そして身繕いよりも食に興味があるところも父親譲りだった。

それに、もし一度や二度、母とニャンさんに何かがあったとしても、私が口を出すことではないと思った。そこまで私は潔癖ではなかった。ただ、彼らの仲が父を傷つけ、不快にさせるのであれば話は違う。そう思ったが、私の結婚が決まって、両親と私と恋人、そしてニャンさんの五人で食事をしたとき、父は屈託なくニャンさんと話していた。ふたりは古い知り合いらしく、昔話に花を咲かせていた。父が母とニャンさんの仲を疑っている様子は微塵もなかった。

それでも私はニャンさんに対し、心の底では気を許していなかった。

楽しそうにしている母とニャンさんから目をそらし、私はパーティー会場に目を向けた。その一角で、父が寿司を握っていた。

白い作務衣姿で黙々と手を動かしている。この会場に来ている半分以上の人が、彼が花嫁の父親だと気が付いていないだろう。

ベトナムにも寿司店はいくらでもあるが、やはりそう安くはない。だから父の前には沢山の人が列を作って寿司が供されるのを待っていた。父は今朝、ニャンさんの店で働くコック長と市場へ行き、魚を仕入れたそうだ。珍しい白身の魚が手に入ったと嬉しそうにしていた。

おしゃべりをしながら寿司を口に入れた人々が、そこで一瞬止まるのが見える。みんなびっくりした顔をする。美味しい！　と誰の顔にも書いてある。

その様子を私は遠くから見つめた。

父はたぶん腕のいい寿司職人だが、自分の店を持つことはなかったし、高級な寿司店に勤めることもなかった。

これは亡くなった祖母から聞いた話だ。

私が生まれたとき、両親はとても貧乏だった。ふたりは働きに働いたが暮らしはよくならなかった。私を保育園に預けるのも限界があり、幼い私は両親の家よりも祖父母の家で夜を過ごすことのほうが多かった。

私が小学校に上がった頃、母は失業してお金に困り、ニャンさんに彼の経営するアパレルの会社で働かせてもらえないかと頼んだ。ニャンさんは快諾し、母に破格の給料を払ったという。

母の収入が上がって、父は勤めていた寿司店を辞めた。その頃祖父が病に倒れ、祖母が介護で手一杯になり私の面倒まで手が回らなくなったからだ。子供の頃の私はぜんそくやアレルギーがあって高熱を出すことも多く、祖母を頼れないのであれば、給料が安い父が専業主夫になったほうが家の経済が回ると判断したのだそうだ。

祖母は父に対して、男のくせに女房の収入に頼るのかと反感を覚えたという。私がその話を聞いたのは高校生くらいのときで、祖母の反感は正直時代錯誤に感じた。

私にとって、父は愉快で鷹揚で、祖母が言うような男ではなかった。精神的に安定していていつでも機嫌がよく、でも厳しいところもあった。ゲームもネットも時間を決めてそれ以上はさせてくれなかったし、成績も上位であることを課した。自分は学歴で苦労したから、できれば大学に行くようにといつも言っていた。

だが、学校が休みの日などは、父は惜しみなく私と遊んでくれた。初めての海水浴もキャンプもディズニーランドも父とふたりだった。夜は並んで台所に立って料理をした。包丁の持ち方も、野菜くずの活用の仕方も父が教えてくれた。父と過ごす時間が私は大好きだった。

それにひきかえ母は娘の私とあまり関わろうとしてくれなかった。一家三人の生活費をひとりで稼いでくれて、それで疲れているのはわかるが、ストレスが溜まったからと言っては洋服やアクセサリーや役にも立たない雑貨を買いあさり、家を散らかした。そして私にも、自分好みの服を着せたがった。私は母が勝手に買ってくる流行ばかり追いかけた服が嫌いで、小学生のときは我慢して着ていたが、中学生になって絶対母の選んだ服を着ないと宣言した。

高校に進学する頃には私のぜんそくやアレルギーもだいぶ改善され、体力もついた。私に手がかからなくなると、父はひとりで出張の寿司屋を始めた。

宴会やパーティーや催し物会場に呼ばれ、その場で寿司を握るのだ。注文分だけ市場で買えばいいのでネタが無駄にならないし、店を構えるより自由にできると父は楽しそうだった。

最初は月に二度ほどしかなかった注文も、だんだん評判が上がってきて予約が沢山入りだした。だが父はあまり働きたがらなかった。食べられるだけ稼げばいいんだと言って、週に三回ほどしか仕事を引き受けなかった。

それまで母は父に対する不満を匂わせはしても言葉にしなかったが、父があまり仕事を引き受けないのを見て、はっきりとそれを口にするようになった。せっかく注文があるのだからもっと仕事をすればいいのに、私ばかりお金を稼がなきゃならなくてずるいと愚痴を繰り返すようになった。結局母の本音は祖母の時代錯誤な考え方と同じなのかと、私は母に対し落胆を深めた。

母はとても外面《そとづら》がよい。外では親切で癖がなくて、どうやら仕事も結構できるらしく、あまり嫌われないタイプの人間だと思う。

でも私から見る母は、今時流行らないマキシマリストで、新しいのは服だけで考え方が古く、不合理で保守的だった。父は見た目よりずっと進歩的で現実的、少ないお金で豊かに生活することを知っている人だ。

けれど私は、そんな母がたまに食事や買い物に誘ってくれると、認めたくはないがやはり嬉しかった。自分でも矛盾しているとわかっていたが、どうしようもない感情だった。

父が洒落た店にはあまり行きたがらなかったので、母は行きたいカフェやレストランができると私を誘った。また父の愚痴を聞かされるのだとわかっていても、母が私との関係をなんとか改善しようとしているのは感じていた。

そのようにして母に誘われ、ニャンさんの店に行ったのは、十六歳のときだった。それが私の人生を変えるきっかけになったのだからわからないものだ。

ニャンさんは東京にもう何店舗も店を持っていたが、そこは隅田川沿いの再開発エリアにできた、ベトナム料理を中心に東南アジアの料理を出す店だった。

そこで私は生まれて初めてアジア系のエスニック料理を食べ、未知の味に衝撃を受けた。父は和食かごく一般的な家庭料理しか作らなかったので、アジアの調味料も米粉でできた麺も口にするのは初めてで、言葉を失うほど美味だった。

もう一度食べたくて、レシピを検索して料理を再現してみた。恐る恐る父に出してみたら、美味い美味いと平らげた。別にアジア料理が嫌いなわけじゃないのだとほっとした。

もっと味を試してみたくて、検索したベトナムやタイやインドネシア料理を片っ端から作ってみたが、材料が手に入らないものもあったし、食べたことのないものばかりなので料理が再現できているかもわからない。食べ歩きができるような小遣いをもらっているわけではなかった私は、ひとつのアイディアを思いついた。

自分があの店でアルバイトをすればいいのだ。そうすれば味を覚えられて、しかもお金が貰える。

母に頼みごとをするのは抵抗もあったが、やりたい気持ちが止められず、私は母にニャンさんと会わせてもらってその店でアルバイトを始めた。

皿洗いから入って、キッチンのアシスタントになった。ウェイトレスを勧められたが、料理を覚えたいと言ってキッチンを希望した。学校の成績が下がったらバイトをやめることを父から約束させられていたので、勉強も必死でした。

私は夢中になった。ベトナム料理は知れば知るほど奥深かった。中国とフランスの植民地時代の影響が大きく、それぞれの食文化が取り入れられていて複雑で、高度に洗練された料理だった。料理そのものにも心を奪われたが、様々な国籍の人が働くその職場にも私はのめり込んだ。家と学校以外の場所を知らなかった子供の私が初めて知った大人の世界だった。失敗して叱られることも多かったし、人間関係のトラブルで泣いたこともあった。

でも、つらいことも含めて、すべてが充実し輝いていた。家庭という守られた囲いの中から放たれた私は、新鮮で刺激的なその世界に恋するようにのめり込んだ。

父は大学に行くことを勧めたが、私はもうそういう気にはなれなくて、そのレストランに就職することを決めた。

そして私は夫になる男性に出会った。彼はニャンさんの甥っ子で、ホーチミンの店で働いていたのだが、研修で私が働く東京の店にやって来た。二年間、マネージャーの補佐をしながら日本語の勉強もするという。その人と私は自然と付き合いだし、今日、結婚した。

彼がホーチミン郊外でニャンさんの新しい店を任されることになったので、結婚して私も一緒にその店で働くことにした、と告げたときの、母の蒼白な顔は今でも忘れられない。

母の反対はすごかった。外国人と結婚することも、二十代前半で結婚を決めることも、母はまったく理解できないと嘆いた。彼が私の初めての恋人であるということも母を仰天させた。

何故そんなに急ぐのか。初めて付き合った人とのぼせて結婚しても失敗するに決まっている。パートナーというのは、もっと時間をかけて経験を積んで選ぶものだと母は声を荒らげた。

母は何時間も泣いて、私に結婚を思いとどまらせようとした。どうしてそれほど失敗を恐れるのだと聞いても、母は嘆くばかりだ。やがて母が、結局は私に離れていってほしくないだけなのかもしれないと思い当たった。

急に母が小さな女の子のように、あるいはしぼんだ老婆のように見えた。

私は声を柔らかくして肩を震わせている母に言った。

ホーチミンは遠くない。最先端の超音速旅客機に乗ればたったの三時間だ。それが高価で乗れなくても普通のジャンボ機で六時間。いつでも帰って来られるし、ママも来ることができるじゃないと。

母は激しく首を振った。

「どうしていきなり結婚するの？　今時の子はお試し期間を設けて急には結婚しないものなんじゃないの？」

そう問われて、私は言葉に詰まった。

どうして結婚なのか、私にも正確には自分の気持ちが摑めていなかった。

私が若くて愚かなのだという自覚はある。そしてもちろん恋人が大好きだからというのもある。国籍が違うから正式に結婚契約を結んだほうが何かと便利だというのもある。向こうで働くうえで、周囲のひとに自分の覚悟を認めてもらいたい気持ちもある。正式に結婚しても、駄目なら別れればいいとどこかで思っているところも正直言ってある。

でもそれよりも、静かに枯れて色を失くしていくこの国にいるより、天に向かう竜巻のような国へ飛び込みたい、という気持ちが一番大きいかもしれなかった。

二年前の二〇四〇年、ベトナムの人口はとうとう日本を上回った。私が四歳のときには日本の三人にひとりが六十五歳以上の超高齢化社会となった。その後、地滑りを起こすように地方自治体の多くが破綻し、老人ホームも病院も足りなくなって、世界的に見ても福祉の悪化が問題となった。ニュースは過疎化、地方の荒廃、人手不足というワードを繰り返した。

私の世代は学校を出たら海外で働くつもりの人がクラスの半分以上だった。中国やインドで働くことが生きていく手段として妥当だと考える人は多い。私もベトナム料理に出会うまでは、なんとなくどちらかの国に働きに行こうと思っていた。日本にはエリート以外はろくな職がなかった。賃金は安く社会保険料は高く、それこそ子供など夢のまた夢のような生活しか送れない。

それ以上反対するのならもう二度と会いにこないとはっきり言い切ると、母はやっと折れた。

父は私の話を聞いて静かに頷いた。

行きたいところがあるうちはどこにでも行きなさい、と言った。

パーティーも終わりの時間に近づいていた。

ジャズバンドはもう引き上げていて、ステージでは民族衣装をまとった老人がひとり、胡弓に似た弦楽器をゆったりと奏でていた。

私と夫は出口に立って帰っていく人々にお礼を告げる。ほとんどの人は引き上げたが、彼の兄弟と親類たちは腰を落ち着けて酒を飲んでいた。朝までここで過ごすつもりなのかもしれない。息をついてあたりを見回すと、両親の姿が消えていた。

黙って帰ってしまうわけはないが、なんとなく不安になって私は彼らを探しに甲板に出た。

今や東京よりも煌びやかになったビル群の夜景を背に、父とニャンさんが立ち話をしているのを見つけた。

手すりによりかかり、ふたりとも電子ではない紙巻の煙草を吸って笑っていた。煙草など日本では吸っているだけで白い目で見られるが、まだこの国には野外ならどこにでも灰皿はある。声をかけるとニャンさんは大きく腕を広げて私を迎え、何度も言ったお祝いの言葉をまた繰り返した。そして「パパと水入らずでどうぞ」と言って去っていった。

昼間、四十度を超えた気温も夜が更けてやっと少しマシになり、サイゴン河を渡ってくる風が心地よく頬を撫でた。

父は目を細めて、川沿いに並ぶ高層ビルの夜景を眺めていた。屋上の四隅に赤く瞬く灯りや、河のカーブに沿って並ぶ大きなクレーンを縁取る金色の光の粒。それらを見る父の横顔は何を考えているのかわからない。

「ママは？」

「着替えてる。もう来るだろ」

ちらりと腕時計を見て父は言った。

「もう一泊していけばいいのに」

「猫らが心配だからね。また来るから」

父は目尻に皺を寄せて笑った。

両親は今夜の深夜便で日本に戻る。三匹の猫が待つ、家賃が安いだけが取り柄のぼろぼろの一軒家に帰るのだ。

「パパ」

「ん？」

「パパってニャンさんとママのこと疑ったことないの？」

父は目を丸くした。

「何を聞くかと思えば」

「だって」

「ママがそんな人に見えるのか？」

私はぐっと詰まって下を向いた。そして首を振る。

母と私は気が合わないかもしれないが、母がどんなに家族を大切にしているか、それはよく知っていた。

「それに、恋愛関係だけが男女の関係じゃないだろ」

私は父の言葉に驚いて顔を上げる。

「俺と都だって、厳密に言えば恋愛じゃあなかった気がするし」

「え、そうなの」

無骨な父から「恋愛」という単語が出てきたこと自体にドギマギしてしまって、私はどう答えたらいいかわからなかった。恋愛じゃなかった気がするって、どんな意味なんだろう。聞こうとすると、父は言葉を続けた。

「ママにはニャンさんは大切な人なんだよ。お前にとってもそうだろう」

私は頷いた。そして聞く。

「じゃあパパにとっては？」

父は少し考えた。

「いい奴だよ。ちょっといけ好かないけど」

父の言い方に私は吹き出した。そうか、やっぱりいけ好かないのか。

そこで「みどり！」と声をかけられて私は振り返った。

母が大きなカートを片手に引いて笑顔で近づいてきた。母にしては珍しくTシャツとジーンズ姿だ。そんなつもりではないのだろうが父も白いTシャツなのでまるで若い恋人同士のようだ。

俺は手洗いに、と言って父が歩き出す。父の薄い背中がドアの中に消えていくのをふたりでなんとなく見送った。

「そろそろ車を呼んで空港に向かわないと」

母は独り言のように言った。その顔は疲労のせいか、それとも私が見ようとしていなかったのか、いつもと違って皺やしみが目立っていた。老いていく女の顔だった。

「……もう一泊していけばいいのに」

「うん、まあ、でも猫が気になるしね」

母は父と同じことを言った。

「はー、夜になっても暑いわね」

「ねえママ」

「ん？」

「ママはパパと結婚して幸せだった？」

「はあ？」

何を聞くのかとばかりに母は嫌な声を出した。

そして私の問いには答えず、こんなことを言った。

「別にそんなに幸せになろうとしなくていいのよ。幸せにならなきゃって思い詰めると、ちょっとの不幸が許せなくなる。少しくらい不幸でいい。思い通りにはならないものよ」

母は風に乱れる髪を押さえて笑った。行きかう貨物船が警笛を鳴らし、川面には色とりどりのネオンが映って揺れている。

「いいお式だった。すごく楽しかった。みどりは綺麗だし、みんな優しいし、パパのお寿司は大好評だったし」

「……また来てくれる?」

「さあどうかしら。こっちのほうが安くて素敵なお洋服が売ってそうだけど、飛行機代がね。それに暑いし」

私が涙声で聞いたのに、妙に現実的な答えしか返ってこなかった。

母の目にはもう感傷的な色はなく、そこにはきらめく夜景が映り込んでいた。

初出
「小説新潮」二〇一六年一月号〜六月号、八月号、九月号、十二月号、二〇一七年一月号、三月号〜二〇一九年五月号掲載。プロローグ、エピローグは書下ろしです。単行本化にあたり、大幅に改稿いたしました。

著者紹介

1962年神奈川県生れ。ＯＬ生活を経て作家デビュー。99年『恋愛中毒』で吉川英治文学新人賞、2001年『プラナリア』で直木賞を受賞した。著書に『あなたには帰る家がある』『眠れるラプンツェル』『絶対泣かない』『群青の夜の羽毛布』『落花流水』『そして私は一人になった』『ファースト・プライオリティー』『再婚生活』『アカペラ』『なぎさ』など多数。

自転《じてん》しながら公転《こうてん》する

発　行……2020年９月25日

著　者……山本文緒《やまもとふみお》
発行者……佐藤隆信
発行所……株式会社新潮社
〒162-8711　東京都新宿区矢来町71
電　話　編集部03-3266-5411
　　　　読者係03-3266-5111
https://www.shinchosha.co.jp
印刷所……株式会社光邦
製本所……株式会社大進堂
乱丁・落丁本は、ご面倒ですが小社読者係宛お送り下さい。
送料小社負担にてお取替え致します。
価格はカバーに表示してあります。

ISBN978-4-10-308012-1　C0093